KORTE GESCHIEDENIS
VAN HET BEDROG

Van Herman Koch verscheen eveneens bij uitgeverij Anthos

HERMAN KOCH

KORTE GESCHIEDENIS VAN HET BEDROG

DE VERHALEN

Anthos|Amsterdam

ISBN 978 90 414 2050 3
© 2012 Herman Koch
Omslagontwerp en -illustratie Roald Triebels, Amsterdam
Foto auteur © Mark Kohn

Verspreiding voor België:
Veen Bosch & Keuning uitgevers n.v., Antwerpen

INHOUD

HET LIEGEN VAN
DE WAARHEID

KORTE GESCHIEDENIS VAN
HET BEDROG

OVER HET LIEGEN VAN DE WAARHEID

Er zijn mensen die altijd de waarheid vertellen. Over alles. 'Ik moet je iets vertellen,' zeggen ze tegen hun vrouw – en eigenlijk weet zij het dan al. Ze weet dat die waarheid zijn secretaresse is met wie hij sinds anderhalf jaar 'iets' heeft. 'Weet je nog die keer toen ik zei dat ik moest overwerken?' vraagt hij. Maar zijn vrouw is al de kamer uit gerend, de rest hoeft zij niet meer te horen.

Nog diezelfde avond begint zij die laatste anderhalf jaar te reconstrueren. Veel dingen vallen nu op hun plaats. Dat rare telefoontje op zondagmiddag, toen hij had opgenomen en 'Ik ben bang dat u verkeerd bent verbonden' had gezegd; dat weekend waarin hij 'voor zaken' naar Parijs moest; de lippenstift op de kraag van zijn overhemd – pas veel later is zij aan zijn onderbroeken gaan ruiken voordat ze ze in de was deed. De secretaresse is twintig jaar jonger dan zij, vijfentwintig jaar jonger dan hij. Dát is de waarheid, niet: 'Ik moet je iets vertellen...'

Er zijn echtparen die altijd in de wij-vorm spreken, meestal houden ze daarbij ook nog elkaars hand vast. 'Wíj vonden het een van de mindere films van Woody Allen,' zeggen ze. 'En wij vonden het einde ronduit ongeloofwaardig.'

Ongevraagd trakteren de wij-echtparen je op hun levensbeschouwing. 'Wij hebben geen geheimen voor elkaar,' zeggen ze. 'Wij vertellen elkaar alles.'

Ik kan er niets aan doen, maar ik beleef er altijd een groot genoegen aan wanneer de relatie van een wij-echtpaar op de klippen loopt. Een groter genoegen dan bij een 'gewoon' echtpaar, bedoel ik. Ook dat op de klippen lopen doen ze in de wij-vorm. 'Papa en mama houden niet meer van elkaar,' zeggen ze tegen hun drie kinderen. 'Maar wij houden allebei nog wel heel veel van jullie.'

De bedrogen echtgenoot of echtgenote reconstrueert zijn of haar leven vanaf het moment dat het bedrog is begonnen. Met het vertellen van de waarheid doet het bedrog zijn intrede. Ze denken aan die keer dat ze nog samen op vakantie waren in Normandië. Of aan die middag dat hij met een bos bloemen thuiskwam en haar in haar nek kuste. Hij denkt op zijn beurt aan al die middagen dat ze was shoppen of lunchen met vriendinnen. Aan hoe makkelijk het haar opeens viel om die vier kilo te veel kwijt te raken. Aan hoe stralend, hoe mooi ze eruitzag. Aan hoe lang ze zich zat op te maken voordat ze ging lunchen of shoppen.

'Ik moet je iets vertellen,' zeggen we tegen de ander. We feliciteren onszelf met onze eigen eerlijkheid. We zijn opgelucht dat er een einde komt aan het bedrog. Er valt zogezegd een last van ons af: nu kunnen we eindelijk de waarheid vertellen.

Maar voor de ander is de waarheid de waarheid helemaal niet. Voor de ander is de waarheid het begin van de leugen.

Mijn eerste lessen over waarheid en bedrog leerde ik op de kleuterschool. Op een ochtend brak er brand uit op de derde verdieping van een tegenover de school gelegen woonhuis. Alle klassen, ook de onze, die onder leiding van juffrouw A. Cohen stond, werden naar het dakterras geleid vanwaar wij een beter zicht hadden op de brand. Het was een echte brand, een spectaculaire brand als in een film, met uit de ramen slaande vlammen en een dikke rook-ontwikkeling. Net als in de film had de grootste brandweerwagen zijn ladder al tegen de derde verdieping uitgeschoven. Brand-weermannen rolden slangen uit en sloten ze aan op de brand-kranen. Twee brandweermannen klommen razendsnel met een slang en een bijl de ladder op.

Het was de eerste brand uit mijn leven. Net als al mijn klasge-noten hoopte ik dat het de brandweermannen nooit zou lukken om de brand te blussen. Wij wilden dat de vlammen nog hoger op zouden laaien, dat de rookkolom alleen maar zou uitdijen en ten slotte de hele hemel zou verduisteren. Wij hoopten en baden in stilte dat de brand zou overslaan naar de aangrenzende hui-zen en dat die huizen vervolgens zouden instorten. En als we echt geluk hadden zouden een paar vonken door de wind wor-den meegevoerd en op het dak van onze kleuterschool belan-den. Springend over brandende dakbalken en achtervolgd door de vlammen zouden wij ternauwernood de straat kunnen berei-ken.

Maar toen gebeurde er iets wat niet in het scenario van een leuke ochtend met de hele school naar een brand kijken was op-genomen. Peter Wu, die een Chinese vader en een Nederlandse moeder had, zag het het eerst.

'Kijk daar!' riep hij en wees. 'Daar bij dat raam!'

We keken in de richting die zijn vinger aangaf, en toen zagen wij het ook. In een van de ramen waardoor de dikke zwarte rookwolken naar buiten rolden, stond een vrouw. Ze stond in de vensterbank en keek naar beneden, naar de straat en het trottoir in de diepte. Ze zei niets, ze keek alleen maar. Ze keek ook naar de ladder van de brandweerwagen en naar de brandweermannen die hun waterstraal inmiddels op een van de andere ramen ge-richt hielden. Het verkeerde raam, drie ramen verder dan het raam waar de vrouw in de vensterbank stond.

Nu had juffrouw A. Cohen de vrouw ook gezien. 'Kom, jongens,' zei ze. 'We gaan weer terug naar de klas. Dit gaat nog wel even duren.'

Aanvankelijk met zachte hand, maar allengs steeds dwingender en gehaaster, duwde zij ons in de richting van de dakterrasdeur die naar het trappenhuis en de lokalen leidde.

Bij die deur keek ik nog één keer om. De vrouw stond nog altijd in de vensterbank. De ladderwagen was begonnen zijn ladder in de richting van haar raam te draaien, maar er stond een boom in de weg, waardoor ze haar niet zo een-twee-drie konden bereiken.

Die avond aan tafel vroegen mijn ouders hoe het op school was geweest. 'Er is iemand verbrand,' zei ik. 'Er is iemand brandend van de derde verdieping naar beneden gesprongen.'

Mijn moeder glimlachte naar me. Ze schepte me nog wat appelmoes op en knipoogde naar mijn vader.

'O ja?' zei ze. 'Dan moet je ons dat maar eens helemaal vertellen, hoe dat precies gebeurd is.'

En dat heb ik toen gedaan.

Amper een week later speelden Peter Wu en ik op woensdagmiddag op het pleintje achter de school waar ook de zandbak en de schommels waren. Om de zandbak stonden drie afgezaagde boomstammen die als krukje dienstdeden. We hadden de boomstammen op hun kant gelegd en rolden ze over het pleintje.

Totdat een van de boomstammen ons ontsnapte, hij rolde althans te ver door, tot helemaal aan de rand van het pleintje. Daar was een stenen trap met een paar treden naar beneden. Onder aan de trap, in het souterrain, was ons lokaal, of beter gezegd: waren de ramen van ons lokaal.

Misschien hadden we de boomstam nog kunnen tegenhouden wanneer wij snel genoeg hadden gereageerd. Maar we bleven, zoals dat heet, 'als aan de grond genageld' staan. Zo waren we getuige van het onafwendbare. Diep in mijn hart weet, en wist ik, ook toen al, vijftig jaar geleden, dat wij het onafwendbare bewust of onbewust hadden opgezocht.

De boomstam maakte vaart op de traptreden, boorde zich met een luide klap door een van de manshoge ramen van ons lokaal, en viel vervolgens in een regen van glasscherven naar binnen.

In de doodse stilte die volgde keken Peter Wu en ik naar de ravage die wij hadden aangericht. Dit was iets anders dan een voetbal door een ruitje trappen. Dit was een raam van onafzienbare afmetingen. Drie bij twee meter denk ik nu, wat voor een vijfjarige ongeveer gelijkstaat aan zes bij acht.

Onze eerste impuls was om het op een lopen te zetten. Maar toen hoorden wij, veel sneller dan verwacht, een stem. Het was de stem van juffrouw A. Cohen.

'Wat gebeurt daar?' riep zij. Wij keken omhoog en zagen de juffrouw over de balustrade van het dakterras leunen. 'Wie heeft dat gedaan?' vroeg zij vervolgens.

Het was een impuls. In die ene seconde waarin ik over deze vraag na had kunnen denken, overzag ik de gevolgen. Zelf zou ik met ingang van morgen van school worden gestuurd. Mijn ouders zouden onze auto moeten verkopen om de ruit te kunnen betalen. Mijn eigen zakgeld zou de komende tien jaar worden ingehouden.

Ik stak mijn vinger in de lucht. 'Ik,' zei ik. 'Ik heb het gedaan.'

Een paar dagen later hoorde ik van mijn moeder dat juffrouw A. Cohen mijn gedrag uitvoerig had geprezen. 'Ze vond het heel goed van je dat je zo eerlijk bent geweest,' zei mijn moeder. 'Ze zei dat je meteen had gezegd dat jij het had gedaan.'

Ik werd dus niet van school gestuurd. Mijn ouders hoefden

hun auto niet te verkopen, de ruit werd vergoed door de verzekering en aan het eind van de maand kreeg ik gewoon mijn rijksdaalder zakgeld.

Maar ik had wel iets geleerd. Ik had geleerd dat je een beter mens werd door de waarheid te spreken – althans in de ogen van de anderen. Vanaf vandaag ging ik door het leven als een 'eerlijke jongen'. Ook Peter Wu was mij dankbaar, zijn Chinese vader had misschien nog wel gevoel voor humor, maar het was op zijn zachtst gezegd een 'ander' gevoel voor humor. Peter wist dat hij bij mij in het krijt stond. Dat was nog een voordeel van het vertellen van 'de waarheid', dat je er krediet mee opbouwde voor de toekomst.

Nog datzelfde schooljaar trok ik op het toilet te hard aan het handvat van de doortrekketting. Het was een ijzeren handvat, bekleed met wit email, het raakte los, sloeg een gat in de toiletpot en verdween in de afvoer uit het zicht.

Ik keek naar het gat en de scherven van de pot op de tegelvloer en overwoog wat mij te doen stond. Op een manier die ik niet goed uit kon leggen was dit 'erger' dan de boomstam door de ruit. Bovendien was het wel erg veel in één schooljaar: eerst een ruit en nu een toiletpot. Het gevaar dreigde dat ik van een 'eerlijke jongen' zou veranderen in een 'onhandige jongen' die alles stukmaakte en uit zijn poten liet flikkeren.

Aan het eind van de schooldag zei juffrouw A. Cohen dat we allemaal nog even moesten blijven zitten. 'Deze middag heeft iemand ons toilet vernield,' zei ze. 'Wie van jullie zijn vanmiddag naar het toilet geweest?'

Behalve ikzelf staken nog een stuk of vijf klasgenoten hun vinger op. Een van hen was Peter Wu. 'Goed, ik ga het jullie een voor een vragen. Wie van jullie heeft de pot kapotgemaakt? Herman?'

Ik schudde mijn hoofd. 'Toen ik ging was hij in elk geval nog heel, juffrouw,' zei ik – zei de eerlijke jongen, misschien wel de eerlijkste jongen van de klas, die over zoiets nooit zou liegen, omdat hij eerder over nog iets veel ergers toch ook niet gelogen had.

Ik keek even snel opzij naar Peter Wu. Hij moet het aan mijn blik hebben gezien dat hij aan de beurt was. Dat, Chinese vader of niet, de dag was aangebroken waarop hij zijn schuld zou moeten inlossen.

Zo leerde ik op mijn vijfde, zonder me daar op dat moment nog ten volle van bewust te zijn, de belangrijkste les die een schrijver vroeg of laat moet leren: dat de waarheid en de geloofwaardige leugen twee handen op een en dezelfde buik zijn, dat die geloofwaardige leugen verre te verkiezen valt boven een ongeloofwaardige waarheid. En dat het voor de rest vooral gaat om het opbouwen van krediet.

Die avond vroegen mijn ouders of er nog iets gebeurd was op school.

'Niets bijzonders,' zei ik.

Op de lagere school rekte ik de geloofwaardige leugens verder op. In de vierde klas waren er twee kampen: dat van de stomme jongens en dat van ons. Het sprak vanzelf dat de stomme meisjes zich automatisch bij de stomme jongens aansloten. Dat was toen al zo, en vandaag de dag nog steeds.

Tot zover de waarheid. De waarheid die ik ook aan tafel aan mijn ouders vertelde. Ik noemde namen van vriendjes die zij kenden, vriendjes die ik weleens mee naar huis nam, vriendjes die zij met eigen ogen hadden gezien.

Daarnaast noemde ik namen van vriendjes die zij nog nooit gezien hadden. Sommige van die vriendjes bestonden echt. Sommige had ik verzonnen.

Daarna begon al snel de oorlog. Aanvankelijk met wat kleine

schermutselingen die soms ook in het echt plaatsvonden. Zo had ik Marco Montanelli een keer aarde laten eten. Marco Montanelli had gewacht tot ik alleen was. Hij was mij van school naar huis gevolgd en ter hoogte van het Hilton Hotel had hij geprobeerd mij in de bosjes te drukken.

Marco was vrij dik en zwaar, ik was dun, maar wel een stuk beweeglijker dan hij. Al snel had ik hem tegen de grond en zat ik boven op hem. Hij lag met zijn gezicht voorover in de aarde tussen de bosjes, zijn armen had ik op zijn rug gedraaid.

Een paar uur later ging bij ons thuis de telefoon. Mijn moeder nam op. 'Aarde?' hoorde ik haar na een poosje zeggen. 'Hoezo aarde laten eten? Heeft Herman Marco aarde laten eten? *Aarde?*'

Nadat mijn moeder had opgehangen, keek zij mij aan. 'Is dat zo, Herman? Heb jij Marco aarde laten eten?'

'Ja,' zei ik.

'Marco…?' zei mijn moeder. 'Is dat niet die wat dikke, verwende jongen?'

Ik knikte.

'Wat een lafaard om zijn moeder te laten bellen,' zei mijn moeder.

Na dit voorval breidde ik de oorlog uit. Ik verzon legers en generaals en gewone soldaten. Ik verzon veldslagen op het schoolplein. Ik verzon krijgsgevangenen en disciplinaire straffen. Ik verzon dat een van mijn vriendjes 'de keizer' van ons leger was, en ik zijn adjudant. Het betreffende vriendje heette Frans H. en hij bestond echt – alleen had ik hem nog nooit mee naar huis genomen, zodat mijn ouders hem nooit in het echt hadden gezien.

Mijn moeder knipoogde niet meer naar mijn vader wanneer zij naar mijn verslagen van de strijd luisterden. Ik had geleerd dat ik geen brandende mensen meer uit de ramen moest laten springen. Ik had geleerd leugens en waarheid te doseren tot een geloofwaardige mengvorm. Slechts één keer werd de mengvorm tot zijn uiterste opgerekt: dat was op de dag dat ik Frans H. voor het eerst mee naar huis nam.

Mijn moeder vroeg wat wij op onze boterhammen wilden. Daarna nam zij Frans van hoofd tot voeten op. 'Zo, dus jij bent de keizer,' zei ze met een warme glimlach.

Frans keek van mijn moeder naar mij. 'Ik...' begon hij, maar ik was hem voor. Terwijl ik mijn hoofd warm voelde worden, trok ik hem mee naar mijn kamer. 'We hebben nog niet zo'n honger,' zei ik tegen mijn moeder. 'We eten straks wel wat.'

Eenmaal op mijn kamer wendde ik mijn hoofd af, zodat Frans mijn ongetwijfeld vuurrode kop niet kon zien. 'Waar ging dat over?' wilde hij weten.

Ik haalde diep adem. Behalve schaamte ervoer ik ook een gevoel van triomf. Ik was zojuist door het oog van de naald gekropen, maar de vraag van mijn moeder kon niets anders betekenen dan dat zij voor honderd procent in de oorlog op school geloofde.

'Mijn moeder,' zei ik ten slotte tegen Frans. 'Ze is soms wat in de war. Ik leg het je nog wel een keer uit.'

Vanaf nu wist ik dat ik geloofwaardig kon liegen. Toch moest mijn grootste ontdekking nog komen. De ontdekking waar ik uiteindelijk het meeste plezier aan zou beleven, en die ik gemakshalve maar 'het liegen van de waarheid' zal noemen.

Op de middelbare school maakte ik een werkstuk voor geschiedenis dat *De Orde van Surchol* heette. Het ging over een monnikenorde uit de veertiende eeuw die in het oosten van Roemenië huisde. De monniken begaven zich met een zwaar houten kruis op de rug naar Rome. Er waren maar weinigen die de tocht volbrachten. 'Overal in Midden- en Zuid-Europa kun je deze houten kruisen nog langs de kant van de weg aantreffen,' schreef ik. 'Op de plek achtergelaten waar de krachten van een monnik het begaven.' Ik verhaalde over de merkwaardige gebruiken van de orde, waaronder het offeren van katten, en eindigde het werkstuk met een uitvoerige boeken- en bronnenlijst. Het standaardwerk op die lijst was *Surchol: Medieval Deathwish or a Call for Catholic Vitality?*, en de naam van de auteur was Samuel Demmer.

Mijn geschiedenisleraar beloonde mijn inspanningen met een achtenhalf. De uitvoerige bronnenlijst werd door hem in de kantlijn van een uitroepteken voorzien. Toch was alles in het werkstuk, van de Orde van Surchol tot en met de lijst aan het eind en de daarop vermelde boeken, en het standaardwerk tot en met de naam van Samuel Demmer, verzonnen. Desalniettemin werd het werkstuk in de jaren daarna nog vijf keer ingeleverd in andere klassen en andere scholen door andere leerlingen bij andere geschiedenisleraren zonder ooit een lager cijfer dan een acht te krijgen.

Natuurlijk speelde dit alles zich af in het paradijs voor de komst van het internet, toen nog niet alle namen en feiten meteen gecheckt konden worden, toch heeft geen enkele geschiedenisleraar ooit aan de echtheid van het werkstuk getwijfeld. Destijds vond ik die leraren gewoon dom, maar inmiddels denk ik het antwoord te weten.

Het antwoord luidt 'Waarom?' Waarom zou je iets van begin tot eind verzinnen, wanneer je ook een werkstuk over Floris de Vijfde of de hugenoten kon maken? Welke zieke geest zou zich zoveel moeite getroosten?

En het antwoord op die laatste vraag luidt: 'Ik.'

Ik heb zelden dingen in winkels gestolen, een enkele keer tijdens liftvakanties in buitenlandse supermarkten als het geld op was. En slechts één keer in mijn leven een boek. Ik verbaasde me er eigenlijk vooral over hoe makkelijk het was. Ik had mensen weleens horen zeggen dat ze er een kick van kregen, van de spanning van het stelen. Maar ik vond er niets aan. Ik stak de blikjes tonijn in de zakken van mijn jas, liet het boek vrijwel onder de ogen van de boekverkoper in mijn tas glijden en liep naar buiten.

Later begreep ik wat ik verkeerd deed: ik zag er niet uit als een dief, ik gedroeg me veel te natuurlijk, niet als iemand die de boel komt beroven. Vanaf die dag ben ik het stelen in winkels gaan omdraaien. Dat wil zeggen dat ik niets meer stal, maar me wel ging gedragen als iemand die dat van plan was. Ik pakte de blikjes tonijn nu van het schap, legde ze in mijn karretje, reed een rondje en zette ze weer terug. Ik keek vaak om me heen, of iemand misschien zag wat ik aan het doen was. Ik keek ook omhoog naar de plek waar ik de bewakingscamera wist te hangen, alleen deed ik net of ik hem niet zag. In de boekwinkel liep ik heel lang om de boekentafel heen zonder ook maar één boek op te pakken of door te bladeren.

Deze nieuwe benadering had onmiddellijk het gewenste resultaat. Bij de uitgang van de supermarkt werd ik opgewacht door de bewaker die mij opdroeg mijn zakken leeg te maken. Wat ik maar al te graag deed. De boekverkoper posteerde zich voor de deur van zijn winkel en belette mij de vrije doorgang. 'Is er iets niet in orde?' vroeg ik zacht en ik kreeg het bijbehorende rode hoofd. Ik moest mijn plastic tas leegmaken, maar daar zaten alleen maar tijdschriften en dropjes in die ik al eerder bij de kiosk had afgerekend. 'Ik heb ook het bonnetje nog,' zei ik. 'Hier, kijkt u maar.'

Begin jaren tachtig werkte ik een paar maanden op de administratie van een muziekschool. Op een ochtend riep de hoofdboekhouder de werknemers bij zich in zijn kantoor. De twee andere werknemers behalve ik waren twee vrouwen die tegen de pensioengerechtigde leeftijd aanleunden.

De hoofdboekhouder toonde ons een leeg metalen kistje.

'Wie heeft er gisteren afgesloten?' vroeg hij dreigend.

'Ik,' zei ik en kreeg een rood hoofd.

'Gisteren zat er nog driehonderd gulden in dit kistje,' zei hij. 'Vanochtend was het leeg. Heb jij daar een verklaring voor, Herman?'

Ik schudde mijn hoofd en vermeed om iemand van de aanwezigen recht aan te kijken. Sommige mensen spelen de vermoorde onschuld. Ik speelde de vermoorde schuld. Ik kan niet anders zeggen dan dat ik er een kick van kreeg. Lopende het onderzoek werd ik op non-actief gesteld. Een paar dagen later belde de boekhouder mij thuis op om zijn excuus te maken. Het geld was gevonden. Hij zei niet waar of hoe, het maakte mij ook niet uit, het was hoe dan ook een enigszins teleurstellende afloop.

Soms maak ik geluiden op een roltrap. Bij voorkeur op de roltrap van een groot en druk warenhuis. Vreemde geluiden, dierlijke geluiden – iets tussen het miauwen van een poes en de klaaglijke roep van een tot dusver onbekende vogelsoort in.

'Mwaauw.' Zo klinkt het ongeveer.

Ik sta tussen de mensen en ik breng mijn geluid voort. Niet zachtjes, of half stiekem, nee: zó luid dat het op vijftien meter afstand nog zeer goed te horen is. 'Mwaauw!' doe ik, en de eerste hoofden draaien zich om. Hoofden van mensen die voor mij op de roltrap staan, maar ook hoofden van mensen veel verderop in het warenhuis. Op de badhanddoekenafdeling is een ouder echtpaar blijven staan en tuurt omhoog naar de roltrap. Een moeder zet haar kinderwagen stil bij de houten afdruiprekjes en kijkt om zich heen.

Sommige blikken richten zich op mij. Ik zie er normaal uit. Ik heb geen raar of geverfd haar. Ik draag geen oorbellen of andere zichtbare lichaamspiercings. Mijn kleding is op zijn zachtst gezegd onopvallend. Geen veiligheidsspelden, vlekken of scheuren. *Een normale man,* zie ik de mensen denken – en hun blikken zoeken verder naar wie het dan wel geweest kan zijn. *Die in elk geval niet,* denken ze. *Maar wie dan wel?*

En nu komt het. Voor mijzelf is dit altijd een van de leukste momenten. Zo niet het leukste moment. Ook ik trek nu op mijn beurt mijn wenkbrauwen op. Duidelijk zichtbaar voor mijn mederoltrapgebruikers draai ook ik mijn hoofd om en kijk om me heen, op zoek naar de dader. Ik schud mijn hoofd en haal mijn schouders op. *Geen idee,* zegt mijn lichaamstaal. *Misschien een gek.*

Het geheim van het miauwende dier is dat ik helemaal in mijn eentje ben. Ik doe het niet voor een vriend of vriendin. Een vriend of vriendin die zou kunnen gaan lachen en mij daarmee zou verraden. Of die een rood hoofd zou krijgen van (al dan niet plaatsvervangende) schaamte. Die een pasje opzij zou kunnen doen. *Ik hoor hier niet bij,* zou er met de lichaamstaal van het pasje opzij worden uitgedrukt. *Bij deze gek.*

Nee, ik ben helemaal alleen. Anders is er geen lol aan te beleven. Althans niet voor mij. Terwijl ik naar de verschrikte en om zich heen speurende gezichten van de mensen kijk, moet ik nu zelf mijn uiterste best doen om niet te gaan lachen. Ik moet mijn gezicht in de plooi houden. Daarom lach ik vooralsnog alleen vanbinnen. Maar wel heel erg hard. De slappe lach, dat is nog waar het het meest op lijkt. Een gierende slappe lach die voor niemand zichtbaar of hoorbaar is.

Dit is tevens het moment waarop ik me gedurende enkele seconden in alle oprechtheid afvraag of ik echt wel helemaal in orde ben. *Wie doet zoiets?* vraag ik aan mezelf. *Ik,* luidt het eerste antwoord. Maar het enige juiste antwoord zou misschien *een gek* moeten luiden.

Tussen mijn medemensen op de roltrap voel ik me op dit moment namelijk ook een beetje als de seriemoordenaar die bij een

21

wildvreemd huis heeft aangebeld om een glaasje water te vragen. En die vervolgens is binnengelaten omdat hij er zo *normaal* uitziet. *Alle* seriemoordenaars zien er normaal uit – zeggen de mensen altijd achteraf. Nadat de hoofden en lichaamsdelen van vierentwintig vermiste personen over diverse vuilniszakken verspreid in de vriezer zijn aangetroffen. 'Een hele gewone buurman,' zeggen ze. 'Altijd aardig. We maakten vaak een praatje hier op de stoep. Nee, dit komt als een volslagen verrassing.'

Dat is ook mijn vermomming, daar op de roltrap. Ik zie er net zo uit als mijn medemensen. Ik ben alleen. Ik kan het dierengeluid nooit gemaakt hebben, want alleen een gek zou zoiets doen. En ik ben geen gek – denken de mensen. En denk ook ik, hoewel ik een heel enkele keer, daar in mijn eentje op de roltrap, nog weleens twijfel.

In de beginjaren van het televisieprogramma *Jiskefet* hadden wij een producente die Antoinette Grote Gansey heette. Voor het vervolg van dit verhaal is het van belang dat u mij in dezen voor honderd procent gelooft. Dat u mij uw vertrouwen schenkt, en voor het moment aanneemt dat ik deze achternaam niet uit mijn duim heb gezogen. Ik weet het nog beter: ik zweer op het Wetboek van Strafrecht dat ik hem niet uit mijn duim heb gezogen.

Op een avond ging ik uit eten met een van mijn oudere zusters. Mijn oudere zusters kennen mij al langer dan vandaag. Zij weten als geen ander dat ik het niet zo nauw neem met de scheidslijn tussen fantasie en werkelijkheid.

Ik vertelde haar iets over de afgelopen dagen, en liet daarbij terloops – zonder bijbedoelingen – de naam van de producente vallen.

Mijn zuster liet haar soeplepel zakken, en legde hem vervolgens in haar bord.

'Ja, heel leuk, Herman,' zei ze.

'Wat?' zei ik, me nog van geen kwaad bewust.

'Die achternaam,' zei zij. 'Dat is heel leuk verzonnen, maar je moet niet denken dat ik *alles* geloof. Grote Ganzenei! Dat is gewoon net iets te vergezocht om nog geloofwaardig te kunnen zijn.'

'Het is niet Ganzenei, maar Gansey,' zei ik. Maar ondertussen voelde ik plotseling iets jeuken in mijn hersens, vlak onder mijn schedeldak, precies op de plek waar bij sommigen de haargrens begint en bij anderen eindigt. Ik zag kortom nieuwe mogelijkheden om het liegen tot een hogere vorm te verheffen.

Ik schreef de naam op een servetje. Ik herhaalde nog een paar keer dat het allemaal echt waar was. Dat een naam als Grote Gansey inderdaad veel te vergezocht was om te verzinnen. Om mijn zuster iets voor te liegen of op de mouw te spelden had ik toch een veel geloofwaardiger verzonnen achternaam kunnen verzinnen? Ik verhoogde mijn inzet: 'Ik zweer op het Wetboek van Strafrecht dat deze achternaam echt bestaat,' zei ik.

Mijn zuster keek mij aan. Langzaam, maar duidelijk zichtbaar, zag ik de scepsis van haar gezicht verdwijnen. 'Echt waar?' zei ze. 'Heb je het echt niet uit je duim gezogen?'

Op haar gezicht zag ik nu ook nog iets anders: een zekere teleurstelling dat haar kleine broertje de achternaam niet zelf had verzonnen; dat hij op een of andere manier toch minder inventief en origineel was dan zij altijd had gedacht.

'Echt waar?' vroeg ze.

Ik legde mijn hand op mijn hart. 'Echt waar,' zei ik – naar waarheid.

'Oké, ik geloof je,' zei ze ten slotte, en pakte eindelijk haar soeplepel weer op. Toen de lepel haar mond bereikte, zei ik: 'Natuurlijk niet!'

Mijn zuster staarde mij aan. 'Natuurlijk bestaat zo'n achternaam helemaal niet,' zei ik. 'Maar je geloofde het wel, hè? Je geloofde het echt! Je bent er voor honderd procent ingestonken.'

'O, wat verschrikkelijk!' riep mijn zuster uit. 'O, wat ben je toch erg! En ik geloofde het echt!'

Ondanks haar gesputter zag ik aan het gezicht van mijn zuster ook iets voldaans: het was toch allemaal waar geweest, haar kleine broertje was wel degelijk net zo inventief en origineel als zij altijd had gedacht. Hij had haar een ongeloofwaardige achternaam op de mouw gespeld. En daarna had hij net zo lang doorgedramd tot hij haar de ongeloofwaardige achternaam door de strot had kunnen duwen, en zij hem had doorgeslikt. Grote Ganzenei, laat me niet lachen!

Ik deed het niet meteen. Ik wachtte tot na het dessert. Tijdens de koffie met cognac haalde ik het contract uit mijn binnenzak. Het contract van de televisieomroep die ons programma ging produceren.

'Kijk,' zei ik, en ik schoof mijn zuster het contract over de tafel toe. 'Dit ga ik verdienen. Dus dit etentje is voor mij.'

Het duurde nog even voordat mijn zuster onder aan het contract was aangeland. Ik moest zelfs wijzen met mijn vinger, zodat zij het niet over het hoofd zou zien. Daar onderaan stond de naam van de producente die het contract had ondertekend.

Antoinette Grote Gansey.

Dit was waar ik het allemaal voor had gedaan, realiseerde ik me nu, toen ik het gezicht van mijn zuster zag. Haar gezicht terwijl zij de naam las, voluit en in druk. Op een officieel document dat onmogelijk kon zijn nagemaakt. Officiële documenten liegen zelden. Ik had dus ook niet gelogen. Maar mijn zuster had zo lang aangedrongen, dat ik wel had *moeten* liegen.

Ik had de waarheid gelogen.

Een paar maanden later deed ik het opnieuw. Ditmaal was mijn eigen vrouw het slachtoffer. Ook mijn eigen vrouw kende mij inmiddels al langer dan vandaag.

Het gebeurde toen ik op een middag naar de Olympische Winterspelen zat te kijken. Naar de biatlon om precies te zijn. Ik zat in de kamer, mijn vrouw was in de keuken.

'Wat doe je?' riep zij.

'Ik kijk naar de biatlon,' antwoordde ik naar waarheid.

'De bi-wat?' riep zij.

'Biatlon. Het is echt geweldig. Ze moeten eerst een stuk skiën, op langlaufski's en met een geweer op hun rug, en daarna moeten ze in de sneeuw gaan liggen en met dat geweer op een doel schieten. Op een schietschijf.'

'Heel leuk,' hoorde ik mijn vrouw zeggen.

Het was waar, besefte ik nu pas: ik zat naar de biatlon te *kijken*. Tv-beelden liegen niet. Maar de beschrijving van deze wintersport klonk buitengewoon ongeloofwaardig. Ik rook mijn kans.

Eerst zette ik de tv uit. Daarna ging ik naar de keuken. Ik herhaalde het procedé zoals ik dat ook bij mijn zuster in het restaurant had toegepast. Ik dramde net zo lang door tot mijn vrouw eindelijk geloofde dat er een wintersport bestond waarbij volwassen mannen vanaf langlaufski's op een schietschijf schieten.

'Je gelooft het echt, hè?' zei ik ten slotte. 'Nou, het is mooi niet waar! Natuurlijk bestaat zo'n sport niet.'

Zo kende mijn vrouw mij weer. Ik wachtte een halfuur. Ik zette mij op de bank voor de tv. Ik keek naar de mannen met hun geweren. Het was best een mooie sport eigenlijk. Ik kon mij zelfs voorstellen dat het leuker was dan alleen skiën. Of dan alleen schieten.

Nog iets later dan na dat halfuur kwam mijn vrouw de kamer binnen. 'Waar kijk je naar?' vroeg ze.

'Naar de Olympische Winterspelen,' zei ik. 'Naar een hele rare sport. Ik wist niet dat zoiets bestond.'

Toen keek ze zelf. Op de tv hurkte er net een biatlondeelnemer op zijn langlaufski's in de sneeuw en zette zijn geweer aan de schouder. Ik keek naar het gezicht van mijn vrouw.

Voor dat gezicht deed ik het allemaal, wist ik. Dat gezicht was alle moeite meer dan waard geweest.

De biatlon bestond echt. Maar ik had iemand kunnen laten geloven dat ik hem helemaal uit mijn duim gezogen had.

Een jaar of wat geleden publiceerde ik een boek dat *Eten met Emma* heette. Voorin had ik bij wijze van motto twee citaten uit twee boeken van twee schrijvers gezet.

Het eerste citaat was van David Leavitt. Het kwam uit *The Term Paper Artist* en het luidde als volgt: *'Writers often disguise their lives as fiction. The thing they almost never do is disguise fiction as their lives.'*

'Dit is een waar gebeurd verhaal,' luidde de eerste zin van *Eten met Emma* – maar het motto van David Leavitt zou ook het motto van mijn leven kunnen zijn.

Het tweede citaat ging zo: *'Telling the truth is just one of many ways to tell a story.'* Het was afkomstig uit *This Is Not Montana*, een roman die was geschreven door Samuel Demmer.

Het was voor het eerst sinds het werkstuk geschiedenis dat ik Samuel Demmer weer van stal had gehaald. Het behoeft hopelijk geen uitleg dat ook de boektitel en het citaat zelf uit mijn eigen eerlijke duim gezogen waren. Toch waren er meerdere critici – om geen reputaties te schaden zullen we geen namen noemen – die de auteur Demmer goed bleken te kennen en het citaat uit *This Is Not Montana* met instemming citeerden.

Begin jaren negentig maakte ik met mijn vrouw een lange reis door het midden en westen van de Verenigde Staten. Niet ver van Denver, Colorado, in Boulder om precies te zijn, waren de gewone motels allemaal vol waardoor wij ons gedwongen zagen om voor één keer in een uiterst luxe hotel naast een golfbaan te overnachten. Om een lang verhaal kort te maken raakten wij bij het ontbijtbuffet aan de praat met twee andere gasten van het hotel, te weten president Bill Clinton en zijn vrouw Hillary.

Het was een uiterst toevallige ontmoeting, naast de mand met de witte bolletjes en croissants, eerst met Hillary en daarna met Bill. Er stonden weliswaar overal bodyguards bij de ramen en toegangsdeuren van de ontbijtzaal, zagen wij nu ook wel, maar de president en zijn vrouw waren hier toch zoveel mogelijk incognito, zo vertelden ze ons.

Ik heb in mijn leven maar één keer gegolfd, en het moet veel van het geduld van Bill Clinton hebben gevergd, maar wij lagen elkaar meteen, ik weet ook niet hoe ik het anders moet zeggen. Na tweeënhalve dag gingen wij ieder ons weegs. Nooit, en ik herhaal hier *nooit*, heb ik in geschreven vorm gebruikgemaakt van deze ontmoeting. Als literair gegeven was hij simpelweg onbruikbaar. Wanneer je het al niet zo op hebt met ongeloofwaardige waarheden, was dit misschien wel de ongeloofwaardigste waarheid van allemaal.

We bleven sporadisch contact houden na die keer. Soms een e-mail of een ansichtkaart, af en toe een sms'je, zoals bijvoorbeeld na de succesvolle aanval met kruisraketten op vermeende trainingskampen van Bin Laden in het zuiden van Soedan.

We kwamen elkaar echter niet meer echt lijfelijk tegen, tot die middag aan het eind van de vorige eeuw, waarop ik een sms'je kreeg van Hillary. Ze zat in het Amstel Hotel, ze kende verder niemand in Amsterdam, zo legde ze uit.

Omdat wij inmiddels een kind hadden, kwam ik met mijn

vrouw overeen dat ík zou gaan en zij thuis zou blijven. Het was in de tijd van Bills affaire met Monica Lewinsky. Hillary was op zijn zachtst gezegd minder ontspannen dan destijds in het hotel naast de golfbaan in Boulder.

Om opnieuw een lang (en opnieuw volkomen onbruikbaar) verhaal kort te maken, hebben we eerst een kleinigheidje gegeten in het restaurant van het Amstel. Ze zei dat het haar opluchtte om alles in één keer eruit te gooien over Monica en haar man. We bestelden nog een fles wijn. Daarna zijn we naar boven gegaan.

Rond middernacht ging mijn mobiel. Het was mijn vrouw die vroeg waar ik zo lang bleef.

'Ik… ik ben in slaap gevallen,' antwoordde ik naar waarheid. Ik was blij dat het zo donker was dat niemand mijn rode hoofd kon zien.

'Je klinkt zo raar,' zei mijn vrouw. 'Is er iemand bij je of zo?'

De volgende ochtend ben ik eerst langs een bloemenstal gefietst. In het halletje van ons huis hebben wij een spiegel hangen. Omdat ik mijn vrouw niet recht aan durfde te kijken toen ik haar de bos bloemen overhandigde, keek ik naar mezelf in de spiegel.

Mijn haar zat in de war, mijn hoofd zag er verre van geloofwaardig uit en op de kraag van mijn overhemd waren duidelijke sporen van lippenstift te zien.

'Ik moet je iets vertellen,' zei ik.

SADAKO WIL LEVEN

De eerste keer dat ik besefte dat ik later wereldberoemd zou worden, was toen meneer Van Eeghen meneer Heesters aanstootte en fluisterde: 'Je moet vooral op die letten. Daar komt altijd wel iets leuks uit.'

Meneer Van Eeghen was het hoofd van de school, en meneer Heesters zou toezicht houden in het lokaal waar wij in twee uur tijd een opstel moesten schrijven. Dit was in het laatste jaar van de lagere school, en in dat laatste jaar werden wij in totaal vier keer onder toezicht twee uur lang in een lokaal opgesloten om de aankomende schrijver in onszelf aan het woord te laten.

We werden ook wel voor andere dingen in lokalen opgesloten. Op de Amsterdamse Montessori School kon je niet blijven zitten, maar in de zesde klas werd er wel een serie zogenaamde *tests* afgenomen om te zien of je geschikt was voor de middelbare school. Wie niet geschikt was ('nog niet rijp genoeg', heette het, geloof ik), moest de zesde klas nog een keer overdoen.

Twee uur was in die tijd nog behoorlijk lang. Twee uur was in elk geval te lang voor alleen maar rekenen of aardrijkskunde of geschiedenis. Wie aan het begin van die twee uur niet wist welke vormen van veeteelt of akkerbouw er tussen de zomer- en winterdijken, dus in de uiterwaarden zeg maar, werden beoefend, wist het aan het eind van die twee uur nog steeds niet.

Voor het schrijven van een opstel was twee uur echter altijd te kort.

Meneer Van Eeghen had meneer Heesters zo onopvallend mogelijk aangestoten, en zijn gefluister was maar ternauwernood verstaanbaar. Maar ook in die tijd lette ik al scherp op wanneer twee volwassenen elkaar aanstootten om vervolgens op de fluistertoon over te gaan.

Zo kwam het dat ik de woorden opving die eigenlijk niet voor mijn oren bestemd waren. Ik zag het aan het bijna onmerkbare hoofdknikje van meneer Van Eeghen in mijn richting. Ik zat maar twee tafeltjes van hem en meneer Heesters af, en er was geen vergissing mogelijk: ik was die 'die' waarop je moest letten, en ook was ik die 'daar' waar altijd wel 'iets leuks' uitkwam.

Daarna ging meneer Van Eeghen weg en deelde meneer Heesters de foliovellen uit. We kregen allemaal een dubbelgevouwen foliovel voor ons neus en hadden dus de beschikking over vier kantjes. 'Wie meer nodig heeft, kan altijd bij mij papier komen halen,' zei meneer Heesters.

Ik keek naar het witte vel met de lijntjes, terwijl de woorden van meneer Van Eeghen nog in mijn hoofd nagonsden. Uit dat hoofd moest nu 'iets leuks' op het witte vel terechtkomen. Bovendien zou meneer Heesters 'vooral op mij letten'... – had ik het me alleen maar verbeeld, of had meneer Heesters mij inderdaad veelbetekenend aangekeken toen hij het foliovel voor mij op tafel neerlegde? Had hij met opzet juist op het moment waarop hij bij mijn tafel was aangeland, gezegd dat wie er nog meer papier nodig had het altijd bij hem kon komen halen? Vanuit mijn voeten kroop een warm gevoel langzaam omhoog door mijn benen, en daarna door mijn buik en bovenlichaam, tot het ten slotte ook mijn hoofd bereikte. Het was een niet helemaal onprettig gevoel. Het hield het midden tussen gewoon warm en niet hele-

maal gewoon warm – tussen de warmte van de vanachter de wolken doorbrekende zon en de warmte van een beginnende griep.

Ik keek naar het witte vel.

Daarna schroefde ik de dop van mijn pen en bracht deze naar
het papier.

'Sadako wil leven,' schreef ik boven aan het foliovel.

In de tijd waarin dit verhaal zich afspeelt, was twee uur nog iets
heel anders dan tegenwoordig. De dagen hadden in die tijd nog
een duidelijk begin, een midden en een eind. Wanneer je 's ochtends opstond had je het eind van de dag nog niet in zicht. Dat
eind begon pas ergens ver voorbij het midden aan de horizon te
dagen. Een dag was in die tijd nog net zo lang als wat je ermee
deed.

Met twee uur lag het allemaal net iets ingewikkelder. Ook met
twee uur kon je van alles doen, maar dat was dan meestal pas
achteraf. Of beter gezegd, pas achteraf kon je zeggen: 'Ik heb dat
en dat gedaan, en in die tussentijd is er ongeveer twee uur voor-
bijgegaan.' Twee uur met een duidelijk begin, een midden en een
eind kwam in die tijd eigenlijk niet voor. Toen meneer Heesters
de foliovellen had uitgedeeld, was in de centrale hal van het
schoolgebouw de bel gegaan, ten teken dat het eerste uur was begonnen. Na een uur zou de bel opnieuw klinken, en dan zat je
dus precies in het midden.

Maar in het midden van wat? In het midden van je verhaal, of
alleen maar in het midden van de twee uur? Nog weer een uur later zou de bel voor de laatste keer luiden, en dan was het verhaal
af. Ook wanneer het verhaal niet af was, was het in elk geval daar
en op dat moment afgelopen.

Ik keek naar de woorden die ik boven aan het foliovel had geschreven, en ik vroeg me af of ik ooit het eind van mijn verhaal
zou bereiken. De twee uur zou toch wel voorbijgaan, daar hoef-

de ik zelf niets aan te doen. Het enige wat ik helemaal zelf in de hand had, was hoe lang de twee uur uiteindelijk zou gaan duren.

Hoe eerder ik zou beginnen, des te meer tijd zou er in de twee uur gaan zitten. Tegelijkertijd zouden ze juist door het schrijven van een verhaal zo snel mogelijk weer voorbij zijn.

We naderden het einde van het schooljaar, en dit was inmiddels de vierde en laatste keer dat we in het lokaal zaten opgesloten. Het beste opstel van de vier zou naar de middelbare school worden opgestuurd – en als er één ding duidelijk was, dan was het wel dat ik dat beste opstel nog altijd niet had geschreven.

Van het eerste opstel herinnerde ik me helemaal niets meer, behalve dat het veel te kort was. Ik had het al ruim voor het verstrijken van de twee uur ingeleverd, en het was dus eigenlijk geen opstel van twee uur – of beter gezegd, het was geen opstel waaraan af te zien was dat ik er twee uur voor nodig zou hebben gehad om het te schrijven.

Bij het tweede opstel schoot ik juist helemaal door naar de andere kant. Het ging over Floris de Vijfde, en dan vooral over hoe deze in een ton, die aan de binnenzijde met scherpe en roestige spijkers was betimmerd, van een heuvel naar beneden werd gerold.

Ik wilde eigenlijk zo snel mogelijk naar de ton met spijkers toe, en daarom was ik daar meteen na het luiden van de eerste bel mee begonnen. Floris de Vijfde zat al gelijk in het begin van het verhaal in de ton, en terwijl deze, eerst langzaam en daarna steeds sneller, naar beneden rolde, vroeg Floris zich af hoe hij in de ton terecht was gekomen. Hij liet als het ware zijn hele leven als een film aan zich voorbijtrekken – want dat had ik weleens ergens gelezen, dat je leven in de laatste seconden voordat je sterft als een film voor je ogen wordt afgespeeld.

Maar toen aan het eind van de twee uur de laatste bel ging,

was de ton nog altijd niet onder aan de heuvel aangeland. Integendeel, hij rolde pas ergens halverwege. En terwijl meneer Heesters al was begonnen de foliovellen te verzamelen, had ik razendsnel nagedacht wat mij te doen stond. Niet alleen bevond de ton zich pas halverwege de heuvel, ook het leven van Floris de Vijfde, of althans de terugblik op dat leven, zat nog maar net ergens aan het begin van de tweede helft.

Binnen een paar minuten de ton nog helemaal tot beneden laten doorrollen was uitgesloten. Aan de andere kant voelde ik mij te goed voor een half af verhaal.

En zo kwam het dat er plotseling als vanuit het niets een boom onder aan de heuvel stond. Floris de Vijfde had hem inmiddels ook gezien. Die boom wordt mijn redding, zo overpeinsde hij in de laatste haastig neergekrabbelde regels van mijn verhaal, en terwijl meneer Heesters al naast mijn tafeltje stond. De ton zal tegen de boom in stukken breken, dacht Floris, waarna ik uit deze benarde positie zal worden bevrijd. En als ik het er toch levend afbreng, heeft het weinig zin meer om nu ook nog de tweede helft van mijn leven als een film aan mij te laten voorbijtrekken.

Ik wist destijds nog niet dat er altijd wel iets leuks uit mij kwam. Wat mij na het inleveren van dit tweede opstel in elk geval duidelijk werd, was dat twee uur gewoon niet de juiste tijd was om opstellen in te schrijven. Of ik had het al ruim voor de laatste bel af omdat twee uur gewoonweg te lang was, of anders was een ton met spijkers na twee uur nog altijd niet onder aan een heuvel aangeland, waarna je dus minstens nog eens twee uur nodig had om hem daar ook inderdaad te laten aankomen.

En het was mede daarom, en ook om van alles en een hoop gepieker af te zijn, dat ik besloot om het gegeven voor het derde opstel gewoon rechtstreeks van mijn vader te lenen.

Op een dag, heel lang geleden, toen bij ons nog maar sinds kort het besef was gaan dagen dat bijna een kwart van het hele beschikbare mensenleven in zogenaamde schooljaren kon worden afgeteld, had meneer Van Eeghen een keer aan ieder van ons gevraagd wat onze vaders voor werk deden. In de tijd waarin dit verhaal zich afspeelt waren de dingen nog een stuk overzichtelijker dan tegenwoordig. Zo waren er bijvoorbeeld geen moeders die 'werk deden' – of anders werd daar in elk geval nooit naar gevraagd.

Na twee of drie antwoorden ('Dokter…', 'Tandarts…', 'Eh… dokter…') was meneer Van Eeghen bij Eduard Eliël beland die aan het tafeltje naast het mijne zat.

'En jouw vader, Eduard? Wat voor werk doet die van jou?'

'Gewoon,' antwoordde Eduard.

Meneer Van Eeghen trok zijn wenkbrauwen op. 'Hoe bedoel je *gewoon*?'

'Nou… gewoon,' zei Eduard.

In de klas werd onrustig met stoelen geschoven, en van ergens achterin klonk al een onderdrukte giechel op. Zelf durfde ik niet naar mijn vriend te kijken en staarde strak voor mij uit.

Meneer Van Eeghen deed een paar passen naar voren, leunde met beide handen op het tafeltje en bracht zijn gezicht vlak bij dat van Eduard. Het gezicht glimlachte, dat nog wel, maar misschien ging er juist daarom wel des te meer dreiging van uit. 'En wat mag dat dan wel zijn, *gewoon*?' zei hij zacht.

'Gewoon… Op kantoor,' zei Eduard.

De klas barstte in lachen uit. Meneer Van Eeghen richtte zich op en maande tot kalmte.

'Dus op kantoor is *gewoon*,' stelde hij vast, terwijl hij Eduard opnieuw aankeek.

Maar Eduard gaf geen antwoord meer. Zijn ogen waren op het tafelblad gericht en zijn gezicht had een dieprode kleur aangenomen.

Ondertussen dacht ik razendsnel na. Het volgende moment kon dezelfde vraag immers ook aan mij gesteld worden.

Wat *deed* mijn vader? Hij werkte bij een krant. Het was een zogenaamde 'socialistische' krant. Een krant bovendien, die in die tijd de grootste, of de op één na grootste van Nederland was.

Dus je vader schrijft voor een krant?

Nee, dat weer niet. Hij… – maar hoe noemde je dat, wanneer iemand niet voor een krant schreef, maar er wel bij werkte?

Ik ging er weleens op bezoek, en dan zat ik – inderdaad – in mijn vaders *kantoor*. Het was een groot kantoor, met hoge ramen en planten, en mijn vader had het helemaal voor zichzelf alleen. Er was een brede vensterbank waar je in kon zitten, en daar stonden potten met planten die tot op de grond hingen en een gigantisch bronzen beeld van een schreeuwende vogel.

Beneden in de kelders waren de drukpersen. Daar raasde het geschreven woord met zulk een hoge snelheid over de rollen dat er geen letter meer van te lezen was. Ik hield altijd het meest van het oorverdovende lawaai dat er heerste. Je kon je er alleen schreeuwend verstaanbaar maken, en soms zelfs dat nog niet eens. Het denderen van de drukpersen nam bezit van je hele lichaam, tot je uiteindelijk zelf lawaai werd. Soms keek ik om me heen of er niemand oplette en schreeuwde dan uit alle macht zo hard als ik kon. Maar er was niemand die het hoorde, ook ikzelf niet: je voelde dat je schreeuwde, maar je hoorde het niet.

Bij elk bezoek aan de drukpersen in de kelders kreeg ik van een van de drukkers de pas gereedgekomen krant van die dag cadeau. Die krant was nog bijna nat, en hij rook naar verse drukinkt. Maar de lucht was veel sterker dan die van de kranten die gewoon bij ons thuis werden bezorgd.

Daar stond ik, met in mijn handen een exemplaar van een krant die zelfs nog niet in de AKO-kiosk op de hoek van de Beethovenstraat en de Gerrit van der Veenstraat lag. Ik was mij bewust van de plechtigheid van het ogenblik. En terwijl ik de krant zo onopvallend mogelijk tot vlak onder mijn neusgaten bracht, en het lawaai van de drukpersen volmaakt samenviel met het onhoorbare lawaai binnen in mijn eigen lichaam, beleefde ik enkele seconden van de diepste gelukzaligheid. Het was bovendien een geluk dat op afroep beschikbaar was, waarvan je van tevoren wist dat het op je lag te wachten: elke keer wanneer ik bij mijn vader op bezoek ging – op zijn *kantoor*.

Tegen mij waren de drukkers altijd erg aardig: ik was immers het zoontje van de… – maar nee, dat kon ik nooit als antwoord geven: dat klonk te veel naar dikke sigaren, of naar nog iets veel ergers. Mijn vader had dan wel een kantoor dat helemaal van hem alleen was – maar dat wilde toch nog niet zeggen dat hij *op kantoor* werkte?

Meneer Van Eeghen had zich inmiddels naar mij toegewend en keek mij aan. Ik had mijn antwoord klaar. 'En jij, Herman? Wat doet jouw vader voor werk?'

Ik keek recht in de ogen van Van Eeghen. Alles kwam nu aan op een perfecte timing.

Gedurende enkele seconden liet ik het nog niet gegeven antwoord in vrije val door de stilte zweven. Pas daarna, en zonder mijn blik van meneer Van Eeghen af te wenden, opende ik mijn mond.

'Gewoon,' zei ik.

Het verhaal dat ik van mijn vader had geleend ging over de vier negers die op een langzaam smeltende ijsschots naar het zuiden afdreven. Het had weleens ergens in een krant gestaan, al wist ik niet meer goed welke. Bovendien was dat al heel erg lang geleden, dus de kans dat meneer Heesters of meneer Van Eeghen het verhaal al eerder had gelezen was vrijwel te verwaarlozen.

Behalve dat mijn vader inmiddels niet meer voor een krant

schreef maar er alleen maar bij werkte, had hij ooit een aantal korte verhalen en twee kinderboeken geschreven. In tegenstelling tot het verhaal over de negers op de ijsschots heb ik me voor die kinderboeken altijd een beetje geschaamd. Nooit voor het moment waarop hij ze schreef – ik herinner mij vooral hoe hij op de terrassen van vakantiehuisjes in Zeeuws-Vlaanderen of in de Dordogne aan een laag tafeltje zat te typen, en hoe belangrijk het was dat je dan zo min mogelijk tegen hem zei – maar wel daarna, wanneer ze af waren.

Ik wist nog niet wat ik later wilde worden, maar waar ik naar streefde was wel iets wat er sterk op leek: een laag tafeltje met een typemachine, op een zonovergoten terras, terwijl iedereen zijn mond moest houden. Maar soms kwamen vriendjes of vriendinnetjes van school met exemplaren van *Marius Blok bij de tommies* of *De lange logé die lang bleef* aanzetten en vroegen dan of Herman H. Koch inderdaad dezelfde persoon als mijn vader was.

Ik wist niet precies waar die schaamte vandaan kwam. Ik denk dat het te maken had met het gegeven dat de vader uit *De lange logé die lang bleef* een geleerde professor was, die weliswaar een zoon had maar geen vrouw. Er was alleen een huishoudster die voor hen zorgde. Met *Marius Blok bij de tommies* lag het wat ingewikkelder. Dat speelde zich af tijdens de Tweede Wereldoorlog: een tijd waar ik dus onmogelijk zelf bij kon zijn geweest. Een tijd bovendien waarin mijn vader met een hele andere moeder was getrouwd dan met de mijne.

Vanuit mijn perspectief gezien had mijn vaders leven tot het verschijnen van *Marius Blok bij de tommies* één rechte lijn tot aan het einddoel gevolgd. In mijn perspectief waren ikzelf, en in mindere mate mijn moeder, dat einddoel – om de doodeenvoudige reden dat er nooit een ander einddoel zichtbaar was geweest.

37

Maar tijdens het lezen van dat boek besefte ik, waarschijnlijk voor het eerst, dat er ooit andere einddoelen moesten hebben bestaan. Zolang je maar ver genoeg terugrekende kwam er als vanzelf een ander, en vooral *eerder* einddoel in zicht. Natuurlijk had mijn vader weleens over die tijd verteld, maar nu het in een boek gedrukt stond, kwam het allemaal dichterbij dan ik tot dusverre voor mogelijk had gehouden.

Het was, denk ik, vooral het plotselinge besef dat die tijd niet alleen maar donker en ver weg was geweest, maar dat er ook *leuke dingen* moesten zijn gebeurd: dat er zo nu en dan zelfs werd gelachen, zij het om dingen waar wij tegenwoordig de schouders over ophalen. Terwijl ik er ondertussen zelf nog helemaal niet bij was. Ooit had mijn vader van anderen dan van mij en van mijn moeder gehouden. Omdat hij van ons bestaan nog niet kon hebben af geweten, troostte ik mijzelf dan maar zo vlug mogelijk – en sloeg *Marius Blok bij de tommies* snel dicht, om het nooit weer open te slaan.

Lang geleden had mijn vader mij eens de volgende anekdote verteld. Wanneer zijn eigen moeder hem, bij hoge uitzondering, van school kwam halen, probeerde hij zich in eerste instantie zo klein mogelijk te maken, om zo lang mogelijk niet door haar te worden gezien. En als zijn vriendjes dan vroegen of de vrouw die daar buiten bij het hek van het schoolplein stond te wachten soms zijn moeder was, antwoordde hij: 'Nee, dat is onze huishoudster.'

Zo heb ook ik meer dan eens tegen iemand, die met *Marius Blok* of *De lange logé* aan kwam zetten, gezegd dat de schrijver Herman H. Koch een ander was dan mijn vader, en alleen maar toevallig precies dezelfde naam had – en dat het inderdaad nog toevalliger was dat hij ook nog eens precies dezelfde naam had als ik.

Uiteraard was dit allemaal in een tijd waarin ik nog niet wist dat zoveel toevalligheden tegelijk onmogelijk in één wereld pasten.

De negers op de ijsschots waren muzikanten die in een orkestje speelden. In een restaurant in Stockholm, waar mijn vader een keer iets had gegeten. In zijn verhaal hadden de negers het veel te koud in het hoge noorden en waren ze uit heimwee op de ijsschots geklommen.

Bij hem werd het verhaal eerst vanuit het perspectief van de negers verteld, om pas op het laatst te verschuiven naar een tegemoetkomende boot, van waar iemand de almaar kleiner wordende ijsschots aan de einder zag verdwijnen. Terwijl de negers voorbijdreven zongen zij een lied over het warme en verre Afrika waar zij naar op weg waren.

Bij mij begon en eindigde het verhaal bij de negers. Met het smelten van de ijsschots klonk ook de muziek steeds zachter, om ten slotte samen met de muzikanten en de hoop op terugkeer naar het warme en verre Afrika door de golven te worden verzwolgen.

Wanneer mijn vader niet op terrassen van vakantiehuisjes zat te schrijven, las hij mij vaak urenlang voor. Niet alleen vlak voor het slapengaan, maar ook gewoon op klaarlichte dag. Het waren meestal dikke boeken over ontdekkingsreizigers als Vasco da Gama, Hudson, Cook, Vespucci, en Stanley en Livingstone. Zo heb ik de woorden Mr. Livingstone, I presume voor het eerst uit mijn vaders mond horen komen. Pas daarna keek hij op uit het boek om Stanleys woorden voor mij te vertalen.

Later las hij ook voor uit boeken over de oorlog, zoals De langste dag van Cornelius Ryan. De langste dag ging over de geallieerde invasie van Normandië in juni 1944. Het hele boek wisselde voortdurend van vertelperspectief. De ene keer was je in het Engelse hoofdkwartier en daarna weer in het Duitse. Soms lag je samen met de Amerikaanse en Engelse soldaten in dekking voor het vijandelijke vuur, op stranden met namen als Omaha en Arromanches. Het volgende moment verschool je je samen met een Duitse patrouille achter de Normandische heggen.

Door *De langste dag* wist ik ook dat de opperbevelhebber van de Duitse troepen aan het westelijke front, generaal Erwin Rommel, in de nacht van de invasie in München was om de bruiloft van zijn dochter bij te wonen.

Ik had er nooit rekening mee gehouden dat ik die kennis nog eens een keer zou kunnen gebruiken. Mij ging het in de eerste plaats om het verhaal. Maar kort nadat meneer Van Eeghen Boyd Buuger in elkaar had getimmerd, kreeg ik alsnog de kans.

Op de Amsterdamse Montessori School werd je zoveel mogelijk vrijgelaten om alles naar eigen inzicht en in je eigen tempo in te delen. Maar wanneer iemand geheel uit eigen beweging eens een keer zelf iets wist, zat niemand daar echt op te wachten.

Boyd Buuger woonde ergens buiten, aan de rand van de stad. Waar precies buiten, of aan welke rand, is nooit helemaal duidelijk geworden. Hij had in elk geval het hoofd en de lichaamsbouw van iemand die niet helemaal uit de stad kwam. Het was een lichaam met veel ronde hoeken en maaiende armen die van alles omver stootten.

Op warme dagen rook Boyd naar een glas karnemelk dat te lang in de zon heeft gestaan, en wanneer hij je op het schoolplein of in de klas voorbijliep, leek het of de lucht zich samen met hem verplaatste – of hij hem voor zich uit duwde, waardoor er in zijn kielzog een soort vacuüm ontstond. Stof en pluizen en dorre bladeren hechtten zich vast aan zijn veel te ruim zittende truien, die niet van gewone schapenwol leken te zijn gebreid, maar van de haren van dieren die zich zelf ook zelden verder dan tot aan de rand van de stad waagden.

Ik heb nooit begrepen waarom iemand Boyd Buuger zou moeten heten. Of beter gezegd, ik begreep niet dat mensen die van achteren al Buuger heten hun zoon daarbovenop ook nog eens Boyd noemen. Maar om kort te gaan, het is ook nooit helemaal duidelijk geworden wat Boyd precies had gezegd of had uitgespookt, dat hij de razernij van Van Eeghen over zich kon hebben afgeroepen.

Het begon allemaal op klaarlichte dag, en midden op het schoolplein. Eerst klonk er een verschrikkelijk tumult. Daarna bleef het even stil. Eduard Eliël en ik waren onder de eersten die bij de ramen van het klaslokaal arriveerden.

Boyd Buuger zat op de grond, terwijl meneer Van Eeghen hem de hoofdingang van het schoolgebouw in probeerde te trekken. Van Eeghen kon moeilijk houvast krijgen op de veel te wijde trui van Boyd. Hij trok aan de trui, maar die gaf dan zo ver mee dat Boyd zelf gewoon op de grond kon blijven zitten. Daarbij probeerde Boyd voortdurend om Van Eeghen tegen zijn schenen te schoppen. Ook Boyds schoenen waren eigenlijk te groot. Het waren schoenen voor alle weersomstandigheden en terreinsoorten, en Van Eeghen maakte steeds kleine sprongetjes in de lucht om ze te ontwijken, wat hem maar half lukte.

Ondertussen stond de halve school voor de ramen van de klaslokalen. Wij waren getuige van een ongelijke strijd. Het was de strijd tussen iets wat van buiten kwam, en dus goed beschouwd van nature sterker was, en een schoolsysteem dat elk individu zoveel mogelijk vrij wilde laten zodat het zich geheel naar eigen inzicht en in ieders eigen tempo in alle vrijheid kon ontwikkelen. De uitkomst stond daarom al van tevoren vast.

Van Eeghen kreeg plotseling greep op de hals van Boyds trui. En hij maakte hier snel gebruik van door zijn vuist een paar keer zo hard mogelijk op Boyds gezicht te laten neerdalen. Bloed spoot uit Boyds neus, en ook uit zijn mond. Hij slaagde erin om zich half op te richten. 'Vuile vieze gore klootzak!' schreeuwde hij, en van ergens ver achter uit zijn keel verzamelde hij een rochel, die hij vervolgens over het gezicht van Van Eeghen uitspoog. Ook de rochel had een donkerrode kleur, met kleine stukjes felrood en vers bloed ertussenin.

Inmiddels was Van Eeghen erin geslaagd om Boyd over de drempel van de hoofdingang naar binnen te trekken. Nog altijd schopte en sloeg Boyd om zich heen, als een losgebroken dier dat zich er tot het uiterste tegen verzet om in zijn natuurlijke omgeving te worden teruggebracht. Maar zijn verzet werd nu allengs zwakker. Vanuit onze positie achter de ramen zagen wij nog net hoe Van Eeghen, die zich waarschijnlijk voor het eerst volledig onbespied waande, zich niet langer inhield, maar op de op de grond liggende Boyd intrapte totdat deze nauwelijks meer bewoog. Daarna greep hij hem alsnog bij de te ruimzittende trui en sleurde hem door de gang in de richting van zijn kantoor.

De dagen daarna kwam Boyd niet naar school. Maar op maandag was hij er opeens weer. Boven zijn wenkbrauwen was iets gehecht, en ook liep er een landschap van blauwe en gele vlekken over de linkerhelft van zijn gezicht.

Aan de andere kant gebeurde er nog altijd iets met de lucht in Boyds kielzog. De dorre bladeren, de pluizen en het stof hadden ook nu nog een voorkeur voor die lege, zichzelf vacuüm zuigende vrijplaats achter zijn rug. Maar ondertussen waren het niet alleen maar bladeren en stof die zich in Boyds nabijheid op wilden houden.

Na de laatste schoolbel, buiten op het speelplein, drukte Eduard Eliël hem de hand. Daarna volgde ik. Boyd en ik keken elkaar aan. Zonder woorden beloofde ik hem om de strijd tegen de onbeperkte vrijheid met alle beschikbare middelen te zullen voortzetten.

Op het laatst stonden we wel met zijn tienen om Boyd Buuger

heen. Iemand sloeg hem op zijn schouder. Uit zijn trui maakte zich een wolk van stof los.

Een paar dagen later vertelde meneer Van Eeghen over de Twee-de Wereldoorlog. Over de invasie in Normandië om precies te zijn. Op het bord had hij een ruwe kaart getekend, waarop hij met pijlen had aangegeven op welke stranden de geallieerde troepen aan land waren gekomen. Namen als Omaha Beach en Arromanches klonken mij net zo vertrouwd in de oren als Gerrit van der Veenstraat of Apollolaan, alleen was het vreemd om ze nu over de lippen van Van Eeghen te horen komen.

Hij was zeker geen slecht verteller, maar hij hanteerde niet hetzelfde vertelperspectief als Cornelius Ryan in *De langste dag*. Nee, bij Van Eeghen werd het hele verhaal van de invasie maar van één kant belicht, waardoor je voortdurend over de schouders van de Engelse en Amerikaanse soldaten heen keek. Eerst zat je samen met de soldaten in de landingsvaartuigen, daarna waadde je met hen mee door de branding om ten slotte vlak achter hen aan de Duitse bunkers en verdedigingslinies te bestormen.

Nooit zag je de invasie vanuit het gezichtspunt van de Duitsers, die deze zelfde Engelse en Amerikaanse soldaten immers *op zich af* hadden zien komen. Waarbij je als toehoorder, of als lezer, ook nog eens wist dat ze er behoorlijk van langs gingen krijgen.

Slechts één keer verschoof meneer Van Eeghen het perspectief voor heel even naar de Duitse kant. Dat was toen hij vertelde wie de Duitse opperbevelhebber was. 'Generaal Erwin Rommel werd 's nachts op het Duitse hoofdkwartier wakker gemaakt,' zei Van Eeghen. 'Om hem te vertellen dat de invasie was begonnen.'

Ik stak mijn vinger op.

Omdat meneer Van Eeghen met zijn rug naar de klas stond, en met brede gebaren van zijn armen op het bord illustreerde hoe de Duitse legers onder aanvoering van generaal Rommel de geallieerde divisies op de eerste dag van de invasie in de tang dreigden te nemen in de zogenaamde Falaise Pocket, duurde het even voordat hij de opgestoken vinger opmerkte.

'Jij wilde wat vragen, Herman,' zei hij ten slotte. Zijn gezicht stond vriendelijk – nog wel, schoot het door me heen, terwijl ik me plotseling afvroeg waar ik aan begonnen was. Maar op de een of andere manier was het te laat om nu alsnog terug te krabbelen. Tegelijkertijd was er iets in mijzelf wat precies wist wat het het liefst wilde zien. 'Nee,' zei ik. 'Ik wilde niets vragen. Ik wilde iets zeggen.'

Meneer Van Eeghen bleef maar glimlachen. Ook mensen die van bruggen af vallen of een dakpan op hun hoofd krijgen, hebben kort daarvoor vaak nog geglimlacht.

'Generaal Rommel was op de eerste dag van de invasie niet in Normandië,' zei ik. 'Hij was de vorige avond naar München vertrokken omdat zijn dochter ging trouwen.'

Meneer Van Eeghen glimlachte nog steeds. Maar het was net of de glimlach zich van het gezicht had losgemaakt en nu alleen nog op eigen kracht in de lucht hing.

'O ja?' zei hij. 'Nou ik denk dat je je vergist hoor. Ik heb dat verhaal van de dochter van Rommel in elk geval nog nooit gehoord.'

Ik haalde diep adem. 'Nee,' zei ik. 'Ik vergis me helemaal niet. Het staat in *De langste dag* van Cornelius Ryan. Generaal Rommel lag op de ochtend van de invasie te slapen in het huis van zijn dochter. Daar moesten ze hem wakker bellen.'

Bij Van Eeghen kon je het altijd al van ver zien aankomen. Eerst verdween alle kleur uit zijn hoofd. Je moest goed opletten, want het gebeurde zo snel dat het eigenlijke van kleur verschieten niet door het menselijk oog kon worden waargenomen. Er ging altijd een kort ogenblik van windstilte aan vooraf, waarin het net leek of alle lucht uit het klaslokaal werd weggezogen. Het volgende ogenblik had het hoofd een diepgrijze tint aangenomen.

Hij deed een stap naar voren. Even dacht ik dat hij me wilde slaan, of dat hij mij net als Boyd Buuger eerst de hele gang door zou sleuren om het karwei in zijn kantoor af te maken.

Maar hij bleef staan waar hij stond en keek mij alleen maar aan. Wel was het heel duidelijk te zien dat hij was opgehouden met ademhalen. Achteraf gezien denk ik dat hij op dat moment tot tien moet hebben geteld. Want toen hij opnieuw zijn mond opende, keerde ook meteen de kleur in zijn gezicht terug.

'Nou,' zei hij zacht. 'Misschien moet je dat boek dan maar eens mee naar school nemen, Herman. Ik ben heel benieuwd.'

De naheffing kwam pas enkele weken later. Van Eeghen had alleen maar op een geschikte aanleiding gewacht. En die aanleiding had ik hem zelf in handen gegeven door Marco Montanelli aarde te laten eten.

Marco Montanelli was eigenlijk veel sterker, en vooral een stuk dikker dan ik. Maar ik had hem in een greep waaruit hij niet zo gemakkelijk los kon komen. Hij lag op zijn buik, met zijn gezicht naar beneden, en met mijn vrije hand schepte ik de aarde in zijn mond naar binnen.

Later die middag ging bij ons thuis de telefoon. Mijn moeder nam op en knikte een paar keer ernstig terwijl ze mij aankeek.

'Heb jij Marco aarde laten eten?' vroeg zij, nadat ze had opgehangen.

Ik haalde mijn schouders op.

'Marco's moeder zegt dat jij zijn overhemd hebt stukgescheurd en dat je hem daarna aarde hebt laten eten.'

'Ik heb zijn overhemd niet stukgescheurd,' zei ik. Mijn moeder slaakte een diepe zucht. En thuis bleef het daar verder bij.

Maar de volgende ochtend stond meneer Van Eeghen mij bij de deur van het klaslokaal op te wachten. We waren nog niet in zijn kantoortje, of hij gaf me zo'n harde zet dat ik met mijn achterhoofd tegen de rand van zijn bureau aan viel. 'Heb jij iemand aarde laten eten?' schreeuwde hij.

Voordat ik op kon staan, pakte hij me bij de kraag van mijn jas en slingerde me tegen de muur. Hij liet me dit keer niet meer los, maar schudde me door elkaar, waarbij ik af en toe met mijn hoofd de muur raakte. Ik dacht aan Boyd Buuger, en aan het verzet dat hij geboden had – maar voorlopig hield ik me zo slap mogelijk en bood geen enkele weerstand.

'Aarde!' riep Van Eeghen. 'Aarde!' herhaalde hij nogmaals – en terwijl hij me door elkaar schudde, bleef hij maar steeds 'aarde' zeggen, alsof het het ergste woord op de wereld was. Of misschien hoopte hij wel dat als hij maar hard genoeg schudde de gewraakte aarde uit het binnenste van mijn jas op de grond zou vallen, om mij vervolgens schuldig te verklaren.

Ondertussen stond het als een paal boven water dat de aarde in de mond van Marco Montanelli slechts zeer zijdelings met de driftaanval van Van Eeghen te maken had. Het kwam allemaal door de bruiloft van de dochter van generaal Rommel, en ook doordat ik destijds ten overstaan van de hele klas een veel te lollig antwoord had gegeven op de vraag wat mijn vader voor werk deed.

Er kwam dan weliswaar af en toe iets leuks uit mij, het moest ook weer niet te leuk worden.

Iets in mijzelf hoopte dat meneer Van Eeghen mij ernstig zou verwonden. Dat hij zo volledig buiten zinnen zou raken dat hij iets zou doen wat nooit meer te herstellen zou zijn.

Het was hetzelfde iets in mijzelf dat op momenten als deze alleen maar een getuige van de gebeurtenissen was, maar geen echte deelnemer. Een getuige die de dingen vooral zag in het licht van wat je er later eventueel mee kon doen, in hoeverre ze naderhand ergens 'bruikbaar' voor konden zijn – al wist ik destijds nog niet goed voor wat precies.

Ook *Sadako wil leven* was een opstel met twee vertelperspectieven. Het ene perspectief was dat van het achtjarige meisje Sadako, dat met haar ouders in Hiroshima woonde. Het andere perspectief was dat van de cockpit van de B-29 bommenwerper die de atoombom boven Hiroshima ging afwerpen.

Ik begon bij Sadako. Met hoe zij 's ochtends wakker werd, wat zij voor haar ontbijt at (rijst), en hoe zij daarna met een bal in de tuin ging spelen. Het eerste fragment over Sadako's bezigheden eindigde met Sadako die naar de klaarblauwe lucht keek en vaststelde dat het een mooie dag zou worden.

In de volgende zin zat je gelijk in de cockpit van de B-29. De piloten dronken een kopje koffie en rookten een sigaretje, terwijl de bommenwerper opsteeg van de Amerikaanse luchtmachtbasis. Ze keuvelden wat met elkaar over hun vrouwen en kinderen thuis, en over het weer. Ze waren het erover eens dat het een ideale dag was om een atoombom af te werpen.

Op dat moment ging de bel voor het tweede uur – maar ik kan me niet meer herinneren of ik hem wel of niet heb gehoord. Sadako had inmiddels genoeg van het spelen met haar bal, en had haar poppenwagen de tuin in gereden. Zij dekte de pop toe met een dekentje, want het was nog vroeg in de ochtend. Daarna boog zij zich over het wagentje heen en gaf de pop een kusje op zijn wang. 'Slaap maar zoet, Miko,' zei Sadako zacht. Waarna zij opnieuw naar de hemel keek. Waarin op dat moment alleen een paar witte paradijsvogels op grote hoogte rondvlogen.

In de cockpit hadden Ted en Buck ondertussen een lied ingezet. Het was een lied over vroeger, toen ze nog bij hun moeders op de boerderij woonden. Daarna vertelde Buck over de keer dat zijn kleine zusje voor haar zesde verjaardag een poppenwagen cadeau had gekregen en hij de hele dag had lopen stampvoeten omdat hij de poppenwagen niet mocht duwen. Hierop verzonk Ted in gepeins en keek door het raampje van de cockpit naar buiten. Beneden glansde het blauwe water van de Stille Oceaan. In de diepte beschreven twee witte vogels trage cirkels boven het wateroppervlak.

'Mag ik even storen?' klonk een stem. Ik richtte mijn hoofd op en keek in het vriendelijk glimlachende gezicht van meneer Heesters, die naast mijn tafeltje stond. Hij stak zijn hand uit naar het foliovel dat voor mij op tafel lag.

Ik keek om mij heen en zag dat er verder niemand meer in het klaslokaal zat.

'Je zag er zo geconcentreerd uit,' zei meneer Heesters. 'Dus ik dacht: ik laat hem nog maar even doorwerken.' Hij keek op zijn horloge. 'Maar nu moet je toch echt naar je volgende uur.'

Ik keek van meneer Heesters naar het papier voor mijn neus.

Het probleem waar ik voor stond was groter dan een pas halverwege een heuvel rollende ton met spijkers. De B-29 had nog niet eens het Japanse luchtruim bereikt. Ook met Sadako ging alles nog goed. Zij was zich in elk geval niet bewust van enig naderend onheil.

Het grote nadeel van twee vertelperspectieven was dat het allemaal erg lang duurde. Het moment waarop de atoombom aan een parachute uit de onbewolkte hemel zou neerdalen, lag ergens in een verre, niet in uren te bemeten toekomst. Het was tevens het moment waarop de twee vertelperspectieven zouden samenvallen. Sadako zou haar pop uit het wagentje halen, zodat deze het aan de parachute bungelende zwarte voorwerp beter kon zien. Wat mij betreft eindigde het verhaal voorlopig daar: in een verblindende lichtflits die 'helderder was dan de zon'.

Ik slaakte een diepe zucht. Daarna schreef ik snel de woorden 'wordt vervolgd' onder aan het foliovel en overhandigde dit aan meneer Heesters.

Terwijl ik door de gang naar het lokaal van Van Eeghen liep, overpeinsde ik wat er was gebeurd. Het kwam allemaal omdat ik al van het begin af aan had geweten dat er vooral op mij gelet zou worden, zo besloot ik – omdat ik voor het eerst een verhaal had geschreven in de wetenschap dat er altijd wel iets leuks uit mij kwam.

Sadako wil leven was de titel van een boek dat ik een paar weken eerder had gelezen. De naam van de schrijfster ben ik inmiddels vergeten, maar op de omslag stond een tekening van een Japans meisje dat een zwaan van papier aan het vouwen was. Het was het beste boek dat ik tot dusverre had gelezen. De kans was daarom zeer groot geweest dat het ook mijn beste opstel tot dusverre had kunnen worden. Desalniettemin was er ergens iets misgegaan met de tijdsberekening waarin het boek tot een opstel kon worden teruggebracht zonder het dubbele vertelperspectief geweld aan te doen.

In het boek overleefde Sadako de bom op Hiroshima. In mijn verhaal had ze hem niet eens zien vallen.

Toen ik het lokaal binnenkwam, waren Eduard Eliël en Marco Montanelli nieuwsgierig naar wat mij zo lang kon hebben opgehouden. Vervolgens vroegen zij hoe mijn opstel was geworden.

Ik dacht even na.

'Te goed,' zei ik toen.

Eduard Eliël en Marco Montanelli keken elkaar aan. Daarna keken zij weer naar mij. Zij keken mij aan zoals je naar iemand kijkt die al op zijn elfde volledig over het paard is getild.

Een paar weken voor het einde van het schooljaar kregen we bezoek van een afgevaardigde van de middelbare school die ons

49

voor kwam lichten over wat ons na de lagere school te wachten stond.

De afgevaardigde heette Holbijn, en hij droeg een veel te strakke broek en een truitje met bloemmotieven. Hij was wat wij tegenwoordig in de volksmond een sluimernicht noemen. Een sluimernicht is iemand die het van zichzelf nog niet weet, of anders iemand die denkt dat anderen het nog niet van hem weten. Nadat hij ons zo'n beetje had verteld hoe het Montessori Lyceum 'functioneerde', zoals hij het zelf formuleerde, kwam hij tot slot bij de opstellen terecht.

'Ik heb van ieder van jullie een opstel mogen ontvangen,' zei hij. 'Waarvoor mijn hartelijke dank, want ze waren stuk voor stuk even prachtig. Ik zou alleen heel graag even willen weten wie van jullie Herman Koch is, want van hem zijn mij niet minder dan drie opstellen opgestuurd.'

Ik probeerde zo normaal te kijken als onder de omstandigheden mogelijk was. Toch was er vanbinnen iets begonnen te gloeien dat het midden hield tussen gewone warmte en de warmte van de van achter de wolken doorbrekende zon. Ik keek opzij en zag het ronde gezicht van Boyd Buuger, dat eerst een rochel wegslikte en daarna naar mij knipoogde.

Pas toen richtte ik mijn hoofd op en keek Holbijn recht aan. Van Eeghen zat naast hem en knikte mij bemoedigend toe.

'Ik ben Herman Koch,' zei ik, ongeveer op dezelfde toon als waarop ik ooit mijn vader 'Mr. Livingstone, I presume' had horen zeggen.

'Drie opstellen,' zei Holbijn. 'Een veelbelovend schrijver, zou ik haast willen zeggen. Als je dat tenminste niet erg vindt, dat ik dat zeg. Want ik meen het wel.'

Ik schudde van nee. In mijn keel zette een droogte in die tot aan het eind van mijn leven zou blijven doorduren.

'Bij dat verhaal over die negers op die ijsschots heb ik me werkelijk kapot gelachen,' vervolgde hij. 'En vele collega's met mij, dat kan ik je wel vertellen.'

Ik durfde niet goed naar Eduard Eliël en Marco Montanelli te kijken. Eduard en Marco, tegen wie ik ooit had gezegd dat wat ik had geschreven jammer genoeg 'te goed' was. Ik denk dat Marco Montanelli nog liever een hele emmer aarde had leeggegeten dan nu te moeten horen dat hij zes jaar lang met een aankomend schrijver in de klas had gezeten.

'Ook die vondst van Floris de Vijfde vond ik ronduit geniaal,' zei Holbijn, zich er blijkbaar niet van bewust hoe het ophemelen van één leerling ten opzichte van de anderen de verhoudingen binnen een klas voor de eeuwigheid kan verstoren. Aan de andere kant zou ik dat zootje middelmatige mislukkelingen over twee weken nooit meer hoeven zien, hield ik mijzelf voor.

'Dat hij eerst zijn hele leven overziet,' vervolgde Holbijn, 'en dat hij dan daarna besluit dat het geen zin heeft, omdat het zelfs voor een terugblik te kort dag is. Geniaal! Ronduit geniaal, je moet het me niet kwalijk nemen dat ik het zo zeg.'

Tot dusverre had ik alleen maar bevestigend geknikt. Maar nu was het mij gelukt om mijn lippen zodanig te bevochtigen dat ik weer tot het uitspreken van samenhangende woorden in staat was.

'Het laatste opstel heb ik helaas niet afgekregen,' zei ik. 'Op het moment dat Sadako de bom aan een parachute naar beneden zag komen, ging de bel. Het was gewoon nog lang niet af.'

Holbijn fronste zijn wenkbrauwen. 'Sadako?' zei hij.

'Sadako woonde bij haar ouders in Hiroshima,' zei ik. 'Je ziet het naar beneden komen van de bom zowel door haar ogen, als door de ogen van de piloten die de bom afwerpen.'

Holbijn keek even opzij naar Van Eeghen. Daarna stak hij zijn handen onder zijn trui en begon zichzelf daaronder warm te wrijven, hoewel de ramen openstonden en het buiten al tegen de zomer liep. 'Ik geloof niet dat ik dat opstel ooit heb mogen ontvangen,' zei hij. 'Wat zo te horen een gemis is.'

Ik staarde naar Holbijn. Iets in mijzelf weigerde te geloven dat uitgerekend het verhaal over de aan een parachute in de lucht hangende bom in het niets verdwenen was.

'Wat ik wel heb gelezen, en wat ik daarom ook tot het laatst heb bewaard,' zei Holbijn, 'is dat verhaal over die vader die zijn zoon meeneemt naar de drukpersen onder het kantoor waar hij werkt.'

'Ja,' zei ik.

'Omdat ik het zo prachtig vond,' zei Holbijn. 'En tegelijkertijd ook zo triest. Of ik kan beter zeggen: zo mooi, en daarom ook juist een beetje verdrietig.'

Ik keek om mij heen. Maar zowel Boyd Buuger als Eduard Eliël, en zelfs Marco Montanelli, keken naar andere dingen dan naar mij.

'Dat die jongen eerst het hele gebouw doorgesleurd wordt en door zijn vader wordt geslagen,' zei Holbijn, 'maar dat niemand zijn geschreeuw kan horen omdat de drukpersen zoveel lawaai maken.'

Ik keek naar Van Eeghen. Maar deze knikte mij alleen maar bemoedigend toe.

'Ja,' zei ik opnieuw. 'Dat was het eerste opstel.'

'Ik weet niet of het het eerste was,' zei Holbijn. 'Het was wat mij betreft in ieder geval wel het beste, of ik moet eigenlijk zeggen het mooiste, van de drie.'

'Ja,' zei ik.

'Ik hoop in elk geval dat het niet op de werkelijkheid is gebaseerd,' zei Holbijn lachend. 'Ik bedoel dat ik hoop dat het niet waargebeurd is.'

Ik haalde een paar keer diep adem.

'Nee,' zei ik. 'Het is niet waargebeurd.'

Waarna zowel Holbijn, als Van Eeghen, als ik, elkaar aankeken of we elkaar al jaren kenden. Wat tot op zekere hoogte natuurlijk ook zo was. Maar aan de andere kant was ik op datzelfde moment het liefst heel ergens anders.

In de laatste klas van de lagere school wist ik al dat ik later wereldberoemd zou worden.

Na vandaag wist ik ook nog hoe.

VIRGINIE, *C'EST MOI*

Ze belt altijd tijdens de donkerste uren, in het gevaarlijke niemandsland tussen middernacht en vier uur 's ochtends, wanneer een rinkelende telefoon niets anders dan een onheilstijding kan brengen. Ik kijk op mijn horloge en nog voordat ik de hoorn heb opgenomen, weet ik dat zij het is.

Ze zegt nooit: 'Hallo, je spreekt met die en die.' Ze volstaat met het veel simpelere: 'Met mij…' Een horloge bezit zij niet. Hoe vaak heeft ze me al niet gevraagd welke dag het is, welke maand, welk jaar? Ik luister naar haar stem, die zoals gewoonlijk veel te opgetogen klinkt. Ik knip een lamp aan en staar met slaperige ogen een lange gang in. Het is de gang van mijn eigen huis en aan het eind bevindt zich de buitendeur, maar langs die weg vluchten is nu niet mogelijk.

Even overweeg ik een oude truc: 'Hallo… hallo… misschien hoor jij mij nog wel, maar ik hoor jou niet meer. Probeer me nog een keer te bellen…' – om daarna de telefoon met wortel en tak uit de muur te rukken: terug naar de stilte van vóór dit gesprek, dat ik niet zelf heb gezocht. Maar ik blijf luisteren. Tot op heden ben ik altijd blijven luisteren.

Ze heet Virginie en ze woont net als ik in Barcelona. Virginie is Française. Een halfjaar geleden heb ik haar op een feestje leren kennen en sindsdien neemt zij met onregelmatige tussenpozen contact met mij op. Ja, zo is het goed geformuleerd: 'neemt zij contact met mij op'. Ik neem nooit contact met haar op.

Op dat feestje vroeg ze wat ik deed. Ik zei dat ik schreef, waarop zij zei dat ze ook schreef. Haar verheugde blik had mij toen al moeten waarschuwen. Daarmee is het namelijk allemaal begonnen, met dat zij ook schreef, en of we dan niet een keer konden afspreken om onze schrijfervaringen uit te wisselen. Zo noemde ze het inderdaad: schrijfervaringen. Destijds dacht ik dat het aan mijn slechte Frans lag – sinds ik Spaans heb leren spreken, is mijn beheersing van het Frans door de nieuwe taal vrijwel uitgewist – maar inmiddels weet ik dat het woord 'schrijfervaringen' precies datgene dekt wat Virginie met de rest van de wereld wil uitwisselen.

Ze stelt voor om morgen af te spreken op dat en dat terras in het centrum van de stad. Ik kijk om me heen in de halfdonkere kamer, op zoek naar een uitvlucht, maar er is er geen. Als ik de hoorn heb neergelegd, breng ik heel even een bijna onhoorbaar gekreun voort.

Voor iemand die geen horloge heeft, verschijnt zij altijd wonderbaarlijk stipt op onze afspraken. Wanneer ik om twee uur de volgende middag de Plaza de Catalunya oversteek, zie ik haar al op het terras zitten. Ze heeft een zonnebril op, haar haar is korter geknipt dan de laatste keer dat ik haar zag, ze rookt een sigaret en tikt met een aansteker op het tafelblad. Voor haar op het tafeltje liggen verscheidene mappen en plastic tasjes.

Je hebt schrijvers en mensen die 'ook schrijven'. Een schrijver heeft buiten de deur vaak een pen en een papiertje bij zich waarop hij, meestal met tegenzin, liefst zonder dat iemand het ziet, een gedachte of een halve zin noteert. Maar mensen die 'ook schrijven' slepen altijd hun hele handel voor iedereen zichtbaar met zich mee: plastic tassen vol schriften met ruitjespapier, belangrijke krantenknipsels, potloden in diverse kleuren, uitpuilende mappen met in een onleesbaar handschrift volgeschreven vellen. Soms verdwijnt er een hand in een van de plastic tassen en je bidt tot God dat de hand er niets uit zal halen: geen nieuw gedicht, geen nieuw half af verhaal, geen 'schrijfervaringen'…

Virginie behoort tot deze laatste categorie. Virginie 'schrijft ook'.

Zij bestelt thee. Ik neem een whisky met ijs. Om te werken is deze dag toch verloren, concludeer ik misschien net iets te voorbarig. Het zou immers zo mooi kunnen zijn: twee schrijvers, allebei buitenlanders, hebben een ontmoeting op het terras van een wereldstad aan de Middellandse Zee. Schrijvers in het buitenland – Hemingway, Joyce, Gertrude Stein, Sartre, allemaal zijn zij in wereldsteden op terrassen bijeengekomen om met elkaar van gedachten te wisselen. Maar ik zit hier met Virginie. Ik voel mij als die Nederlandse filmacteur, die de aanbieding door de telefoon verkeerd had verstaan en naderhand in het contract las dat hij met het *nichtje* van Meryl Streep in een film mocht spelen.

Onze gesprekken verlopen steevast volgens hetzelfde schema. Virginie vertelt over de verschillende kleuren gloeilampen die zij gebruikt om in de juiste stemming te komen voor het verhaal waar zij op dit moment aan werkt. Over de verschillende kleuren papier. Bij een vorige gelegenheid heb ik haar in een baldadige bui aangeraden om het papier in kleinere stukjes te knippen omdat het dan lijkt of je sneller opschiet, en vandaag vertelt ze dat ze mijn raad heeft opgevolgd en dat het enorm heeft geholpen. Wist ik overigens dat Gabriel García Márquez alleen kan werken wanneer hij een vaas met één enkele gele roos op zijn schrijftafel heeft staan? Ik vraag haar niet of zij het zelf ook heeft geprobeerd. Ik *weet* dat zij elke dag een verse gele roos koopt. Ik zie hem zelfs staan, op de tafel tussen de papieren, volle asbakken en halflege koppen kruidenthee in haar werkkamertje, waar ik nog nooit ben geweest en waar ik ook nooit wil komen.

Ze heeft het over een boek dat ze net uit heeft en dat *superbon* was. Over *un mec très sympa* die een paar van haar verhalen heeft gelezen en heeft gezegd dat ze ze zo kon uitgeven. Een uitgever? vraag ik. Nee, *un mec, tu vois*, gewoon een jongen uit Parijs die ze goed vond.

Op een gegeven ogenblik graait zij met haar hand in een van de plastic tasjes. Ik neem snel een grote slok van mijn whisky.

Ze overhandigt me een stapeltje zwart-witfoto's. Op de bovenste foto staat een vrouw afgebeeld. Ze heeft een zonnebril op en rookt een sigaret, haar elleboog steunt op een schrijfmachine. Ik kijk Virginie vragend aan.

'*C'est moi*,' zegt ze simpel.

'*Ah, oui*,' zeg ik.

Nee, ik had haar niet herkend. Het komt ook omdat ze haar haar anders heeft. Nu zie ik pas dat ze op alle foto's staat.

'Voor achter op mijn roman,' zegt ze.

'Welke roman?' vraag ik voorzichtig.

Ze klopt met haar hand op de plastic tasjes. '*Voilà!*'

Hij is weliswaar nog niet helemaal af, op het ogenblik 'zit ze vast', maar dat is slechts *un petit problème*, waar het nu om gaat is dat ik de foto moet uitzoeken waar zij volgens mij het beste op staat.

'Het is erg belangrijk hoe je achter op een boek overkomt,' zegt ze. '*Moi, personnellement, je m'en fous de mon image*, maar je moet ook aan de lezer denken.'

Ik bestel een tweede whisky. Dan begin ik het stapeltje foto's door te kijken. Om iets te zeggen vraag ik wie ze genomen heeft. Dat heeft ze zelf gedaan, met de zelfontspanner. Fotografen begrijpen nooit wat je wilt.

Niet voor de eerste keer vraag ik me af wat ik hier doe met Virginie. Om verkeersongelukken loop ik altijd met een wijde boog heen. Ik heb geen morbide belangstelling. Ik hoef geen bloed en leed te zien om te weten dat ze bestaan. Zijn mijn motieven misschien niet voor honderd procent zuiver? Het is immers een feit dat sinds ik Virginie voor het eerst heb horen zeggen dat ze 'vastzat', ik die uitdrukking nooit meer heb durven gebruiken. Desalniettemin zit ik regelmatig vast. Is het voor een schrijver goed om te weten dat het altijd nog erger kan – dat er mensen bestaan die zo onwrikbaar vastzitten dat geen macht ter wereld ze meer los kan krijgen?

Het gegeven dat zij Française is, vormt geen verzachtende omstandigheid. Integendeel zelfs. Hoe lang is het al wel niet geleden dat ik het Franse volk in zijn totaliteit heb opgegeven? Ooit, in een ver verleden, was Frankrijk het buitenland. Nu ik in Barcelona woon, is het buitenland vijftienhonderd kilometer naar het zuiden opgeschoven en begint pas voorbij de Pyreneeën. Nu ik in Barcelona woon, is Frankrijk het land waar je doorheen moet reizen om in het buitenland te komen, en ligt Parijs ongevaarlijk en onaantrekkelijk *in het noorden*. Wanneer ik nu aan Frankrijk denk, zie ik de uitgestorven straten van een Franse provinciestad om halftien 's avonds voor me, en dan weet ik wat ik eigenlijk altijd al heb geweten: dat er voor dit volk geen verlossing mogelijk is.

Op een van de foto's heeft zij geen zonnebril op en rookt zij ook geen sigaret. Met vermoeide ogen kijkt zij in de camera.

'*Oui*,' zegt ze, 'deze vond ik zelf ook de beste.'

Bij onze vorige ontmoeting heeft ze mijn hand gelezen. Vooral de lijn van de roem was volgens haar uitzonderlijk lang. Deze keer vraagt ze naar mijn ascendant.

'*Ah, le même que Tolstoi!*' roept ze uit.

Ze blijft even stil en roert nadenkend in haar thee.

'Weet je wat mijn probleem is?' zegt ze dan. 'Dat ik te veel lucht en water in mijn teken heb.'

Ik besef dat ik zo weer genoeg heb. Het verzadigingspunt is bereikt. Zo gaat het meestal wanneer ik met Virginie heb afgesproken. Ik drink mijn glas whisky leeg en maak aanstalten om op te staan.

'Je hebt me ontzettend geholpen,' zegt ze bij het afscheid.

'Jij mij ook,' zeg ik.

Ik kijk haar na tot zij in de ingang van het metrostation is verdwenen. Onder elke arm draagt zij een map. Haar lichaam lijkt bijna door te buigen onder het gewicht van de plastic tasjes.

De afgelopen dagen heb ik veel op bed gelegen en naar het plafond gestaard. Soms liep ik naar het balkon aan de straatzijde om naar de voorbijrijdende auto's en de voetgangers te kijken. Zo nu en dan bladerde ik in een boek of tijdschrift, of at een halve appel. Alles was goed zolang ik maar niet naar mijn schrijftafel hoefde terug te keren.

Ik heb geen gekleurde gloeilampen, geen gekleurd papier, en ook geen vaas met een gele roos. Ik heb Virginie. Vandaag weet ik weer hoe ik verder moet.

En wanneer het onvermijdelijke moment aanbreekt waarop ik opnieuw doelloos voor mij uit zal staren, hoef ik alleen maar te wachten – misschien een paar dagen, een paar weken, maar dan zal de telefoon opnieuw rinkelen in het holst van de nacht. Ik zal haar stem horen en opnieuw zal ik met tegenzin met haar afspreken, in de zekerheid dat ik datgene doe wat goed voor me is.

Plotseling krijg ik een idee. Het verbaast me dat ik er nooit eerder opgekomen ben. Waarom zou ik wachten? Waarom zou ik niet zelf het heft in handen nemen?

Terwijl ik mijn pas versnel, op weg naar huis en naar mijn

schrijftafel, zie ik in mijn gedachten nu zelfs het tot dan toe on-voorstelbare voor me: hoe mijn hand de hoorn oppakt en haar nummer draait. Ik zie mijzelf zitten in mijn donkere kamer, ergens ver na middernacht. Ik zie mijn eigen gezicht, dat gloeit in het duister wanneer er aan de andere kant van de lijn wordt opgenomen, en ik hoor mijn eigen stem, die zegt: 'Virginie, c'est moi…'

ZUIPEN EN DE REST
NET ALS VROEGER

Lang geleden – ik zal een jaar of vijftien, zestien geweest zijn – haalde ik een boek uit de boekenkast van mijn moeder dat geschreven was door Gerard Kornelis van het Reve en dat *Op weg naar het einde* heette. Mijn moeders boekenkast was niet groot, een plankje of vier, naast haar bed in haar eigen slaapkamer: mijn ouders woonden nog wel in hetzelfde huis, maar mijn vader sliep inmiddels alweer enige jaren op de bank in de woonkamer. Zij waren bij elkaar gebleven 'voor de kinderen', zoals dat toen heette, maar het enige kind in huis was ik. Het enige kind wilde alleen maar dat zijn ouders uit elkaar zouden gaan, maar durfde dit tegen geen van tweeën hardop te zeggen.

In het boekenkastje van mijn moeder werd de meeste ruimte in beslag genomen door meerdere dikke delen Simone de Beauvoir, en nog wat andere boeken die je waarschijnlijk het beste als 'vrouwenliteratuur' kon betitelen. Hoe Gerard Kornelis van het Reve tussen de vrouwenliteratuur verzeild was geraakt, is tot op de dag van vandaag onduidelijk gebleven. Het was de uitgave van *Op weg naar het einde* met op het omslag de foto van de schrijver waarop hij tussen een grote berg snuisterijen en quasi-antieke rommel poseerde, in mijn herinnering had hij ook minstens één kat op schoot. De schrijver zelf droeg een stoer overhemd, een spijkerbroek en ook al tamelijk stoere werkman-schoenen.

Ik weet nog altijd zeker dat het deze foto was die mij het boek deed openen en de eerste regels lezen. Een paar jaar eerder had ik ook al een boek uitsluitend om de foto op het omslag opengesla-gen – en daarna van het begin tot het eind uitgelezen. Dat was *Ik Jan Cremer*; de schrijver zat, zoals bekend mag worden veron-dersteld, in stoere kleding op een motor.

Vandaag de dag wordt er heel wat afgeouwehoerd over het *image* of de 'leuke kop' en 'vlotte babbel' van de schrijver of schrijfster die het geschreven werk naar het tweede plan dreigen te verdringen. Toch was ik zonder die twee foto's misschien wel nooit aan *Ik Jan Cremer* of *Op weg naar het einde* begonnen. Jan Cremer en Gerard Kornelis van het Reve stonden door hun *image* voor mij dichter bij Keith Richards en Wally Tax dan bij Multatuli en Willem Elsschot, om over Hildebrand en Simon Vestdijk nog maar te zwijgen. Deze laatste vier schrijvers werden ons op school 'met de paplepel ingegoten' volgens de methode van het Nederlandse literatuuronderwijs, de snelste methode om iemand het lezen een leven lang tegen te maken.

Op de eerste bladzijde van *Op weg naar het einde* stonden bo-ven het eigenlijke begin van de tekst vier cursief gedrukte zin-nen, bijna als een gedicht – maar een gedicht was het niet.

Wat zegt u daarvan? Een mens hoort er van op:
opgehouden met roken, ben ik, acht en dertig jaar oud,
begonnen gedichten te schrijven.
Zuipen en de rest net als vroeger.

Het is inderdaad lang geleden, maar zoiets had ik nog nooit gele-zen, zeker niet bij de schrijvers die onze 'verplichte literatuurlijst' bevolkten. Meer dan de ontdekking van een schrijver waren deze zinnen als een flard van een gitaarsolo die je op een maanverlichte nacht uit het openstaande raam van een rokerig café hoort komen: een gitaarsolo die je daarna nog honderd keer wilt horen, die je ten koste van alles in bezit moet zien te krijgen, op vinyl, voor op je eigen pick-up om hem nog honderd keer te kunnen draaien.

Mijn ouders gingen uiteindelijk niet uit elkaar. Kort nadat ik aan *Op weg naar het einde* begon werd mijn moeder ziek. Toen ik *Nader tot u* uit had, was ze dood. Bij het leeghalen van haar boekenkastje liet ik de Simone de Beauvoirs staan, en nam ik alleen dat mee wat van waarde was.

Ook lang geleden – het zal vast 1997 geweest zijn – maakten wij, Kees Prins, Michiel Romeyn en ik, in het kader van *Jiskefet* voor de televisie een serie die *De Heeren van de Bruyne Ster* heette. De serie speelde zich af in de vijftiende eeuw op een zogenaamd COC-schip. Zelf waren wij niet zo erg tevreden over het resultaat, om niet te zeggen dat we er doodongelukkig mee waren. Waar dit aan lag is ook nu nog altijd moeilijk aan te wijzen. Van je mislukkingen kun je leren, wordt er gezegd, maar wij leerden helemaal niets – uit schaamte hebben we ook nooit meer een aflevering terug willen zien. Het had te maken met zelfoverschatting, denk ik, in combinatie met het nog dodelijker virus dat je doet geloven dat het 'later misschien leuker wordt'.

In deze verschrikkelijke periode werd ik op een middag aangesproken door Klaas Koppe, 'hoffotograaf' van Gerard Reve. De schrijver had hem gevraagd een boodschap aan ons over te brengen. In de eerste plaats wilde hij ons graag laten weten dat hij en Matroos Vos al jaren met plezier naar ons programma keken, maar de eigenlijke boodschap luidde dat dit in het bijzonder gold voor *De Heeren van de Bruyne Ster*, en of wij het misschien een aardig idee zouden vinden wanneer hij, Gerard Reve, daar een keer een rol in zou spelen?

Letterlijk luidde de via Klaas Koppe overgebrachte sollicitatie als volgt: 'Graag zou ik door de drie heren naakt aan de mast worden vastgebonden om vervolgens te worden gegeseld, mits filmisch opgelost.'

Klaas Koppe overhandigde mij een papiertje met een lang telefoonnummer, en de aansporing van Gerard Reve om 'gewoon maar eens een keer te bellen'.

Zo zat ik een paar avonden later alleen thuis. Naast de telefoon had ik een glaasje en een fles ijskoude wodka neergezet. Ik had ook maar alvast een paar glaasjes genomen, om dat rare, een beetje bibberige gevoel tegen te gaan: het was hetzelfde bibberige gevoel als dat van de zestienjarige die ik was toen ik, bijna per ongeluk, in de boekenkast van mijn moeder *Op weg naar het einde* tussen de verzamelde Simone de Beauvoirs uit viste.

Tot mijn niet geringe schrik nam Gerard Reve zelf op – ik was ervan uitgegaan dat Matroos Vos te allen tijde de privacy van de schrijver afschermde. Ja, hij wist waarvoor ik belde, stelde Reve mij echter onmiddellijk gerust, de overgebrachte boodschap was voor honderd procent echt geweest. Het ging hem eigenlijk vooral om het volgende: op ons schip, De Bruyne Ster, was ook een scheepsmaatje (gespeeld door Ellen ten Damme) dat naar de naam Retenjong luisterde. Was het misschien een idee dat het Retenjong kwam te overlijden 'of anderszins te water zou raken', waarna het moest worden vervangen door het Revejong? Het Revejong zou vervolgens alles verkeerd doen, waarvoor het uiteraard moest worden bestraft. Het kon bijvoorbeeld aan de mast worden vastgebonden en afgeranseld 'mits uiteraard filmisch opgelost'.

Op zeker moment tijdens ons gesprek vroeg Gerard Reve: 'Even voor de duidelijkheid, opdat ik een gezicht voor me kan zien, wie van de drie heren bent u precies?'

Ik dacht snel na. Van ons drieën voelde ik me ongetwijfeld het doodongelukkigst, om niet te zeggen dat ik werkelijk geen flauw benul had wat ik op dat schip stond te doen. Bovendien kon ik geen geloofwaardige nicht neerzetten.

'Ik ben die blonde met dat lange haar,' zei ik. 'Zeg maar de minst nichterige van de drie.'

'O, dat geeft niet,' zei Reve. 'Ik discrimineer niet hoor.'

Daarna babbelden we nog wat, of laat ik zeggen: Gerard Reve babbelde en ik luisterde. Ik kon mij niet aan de indruk onttrekken dat hij daar in Machelen ook een fles naast zich op tafel had staan: dat hij alleen thuis was en dat een beetje geoudehoer waar Gods zegen op rustte hem zeer welkom was. Pas na ruim een uur verbraken wij de verbinding. Mijn fles was inmiddels bijna leeg.

Kort daarop kwam het bericht dat hij een hartoperatie moest ondergaan. Van uitstel kwam afstel. De Bruyne Ster ging voorgoed de mist in – waar hij ook thuishoorde.

Na het overlijden van Gerard Reve beweerden sommige collega's – we zullen proberen geen namen te noemen – dat zijn werk wel snel vergeten zou worden. 'Hij probeerde alleen maar grappige zinnen te schrijven,' zei een oudere collega die je inderdaad nooit op één grappige zin zult betrappen.

Ik herinnerde me hoe Gerard Reve zelf na het overlijden van W.F. Hermans in *Nova* was uitgenodigd. Hoe hij op de vraag over wat er van je werk overblijft na je dood, en wie er de komende eeuw nog gelezen zou worden, antwoordde dat het hem allemaal niet zoveel kon schelen. Op dat moment kwam er een foto van genoemde oudere collega in beeld. 'Maar ik denk niet dat die feestneus erbij zal zijn,' zei Reve.

De sympathiekste opmerking over de vergetelheid en de onsterfelijkheid las ik een aantal jaren geleden in een vraaggesprek met de Spaanse schrijver Eduardo Mendoza (van o.a. *De stad der wonderen*). Wat denkt u dat er na uw dood met uw boeken zal gebeuren, luidde de vraag.

'Ik hoop dat ze tegelijk met mij vergeten zullen worden,' antwoordde de schrijver.

Zuipen en de rest net als vroeger.

MIN OF MEER TOEVALLIG

VERZORGDE REIS

U komt aan op het niet meer in gebruik zijnde vliegveld Akhórah, een kleine veertig kilometer ten oosten van de hoofdstad. In
een van de bijna geheel onder het zand begraven gammele hangars wordt u vergast op een glas thee en een plaatselijke lekkernij, waarna u plaatsneemt in de gereedstaande bus die u naar het
hotel zal brengen.

Diner in het restaurant van het hotel. Uit het noordelijk
stadsdeel zullen af en toe geluiden opklinken als van het knappen van takken in een inderhaast aangelegd houtvuur, die bij
een aantal van u prettige herinneringen oproepen aan padvinderij, spoorzoeken en kampvuren. Andere hotelgasten zullen u
verzekeren dat je 'eigenlijk nergens iets van hoeft te merken' zolang men zich maar niet te ver van het hotel waagt en zich in zijn
omzwervingen beperkt tot de uitgestrekte hoteltuin, de minigolfbaan en de comfortabele ligstoelen rond het wel degelijk
leeggepompte zwembad.

Na een licht ontbijt neemt u opnieuw plaats in de ditmaal *achter
het hotel* geparkeerde bus. Rit door de schitterende Alkházi-
woestijn. Blijft u vooral, ondanks de ernst van de situatie, oog
hebben voor de bij tijd en wijle op de zandheuvels opduikende

nomaden en hun kamelen. Wanneer de zon nog laag boven de horizon hangt, kunt u goed zien met welk een oogstrelende helderheid hun blauwe en zwarte gewaden en hoofddoeken afsteken tegen de bloedrode hemel en bijna inktzwarte woestijn. Vergeet u dan even wat men, zo een en ander weer op zijn pootjes terecht mocht komen, nog allemaal met deze geen enkel centraal gezag tolererende vrijbuiters te stellen zal krijgen, en neemt u de gelegenheid te baat om de gegroefde gezichten van deze 'zonen van de woestijn' door uw verrekijker wat dichterbij te halen. De hoofddoeken worden al sedert bijbelse tijden met de hand geweven.

Aankomst in de garnizoensstad Arhbásh, waar de lunch zal worden gebruikt. Er is een klein halfuur ingeruimd voor een ongedwongen babbel met de voor hun kazerne rondhangende, kaartspelende en kettingrokende, regeringsgetrouwe soldaten. U zult zien dat de meeste ongeschoren zijn en diepe wallen onder hun ogen hebben. Een enkeling zal misschien nog wel interesse veinzen voor 'de gebeurtenissen' in de hoofdstad, waarvan de reisleider hun ongevraagd een korte samenvatting geeft, maar over het algemeen maken zij op u toch een enigszins apathische indruk.

De middag heeft u voor uzelf. Lekker luieren op een terrasje, of gezellig slenteren door de schilderachtige straatjes van de oude stad. Zeker de moeite waard is een bezoek aan de vestingwallen (xivde eeuw), die herinneren aan het turbulente verleden. Hoewel het in de avonduren goed toeven is in de vele barretjes en restaurants, gebruikt u met het oog op de avondklok een eenvoudige maaltijd in de kazerne en begeeft u zich tegen het invallen van de schemering naar uw hotel.

Wanneer u daar aankomt, wordt uit een huis aan de overkant door een viertal soldaten een ietwat treurig uit zijn ogen kijkende man naar buiten gesleurd. De reisleider zal u bereidwillig verklaren dat het leven een janboel is, ook zonder lastige vragen uwerzijds, terwijl de soldaten er vrolijk en – wie zal het zeggen? – onnodig op los timmeren wanneer zij de verdachte in een slordig overgeschilderde Land Rover plaats laten nemen.

Nadat deze met gierende banden om de hoek verdwenen is, zal uit een huis met gesloten blinden aan het eind van de straat een melancholieke zangstem opklinken. U staat er een ogenblik bij stil hoe het mogelijk is dat zulke scherpe tegenstellingen zo dicht naast elkaar kunnen bestaan. En aangezien niet iedereen ertegen opgewassen is om zich al te lang aan dergelijke bespiegelingen over te geven zonder door het loodzware besef van de zinloosheid en de ledigheid van het bestaan te worden bevangen, raden wij u aan om het deze avond niet al te laat te maken.

U sluit de deur van uw hotelkamer goed af, neemt de instructies voor de volgende dag nog even door en valt in een diepe droomloze slaap…

Bezoek aan een 'doorgaans goedingelichte bron'. In een ogenschijnlijke chaos van her en der rondslingerende paperassen, telefoons, telexapparatuur, een kortegolfontvanger en een schrijfmachine bewoont deze een buitengewoon klein vertrek in een buitenwijk van de stad. Hoewel de gordijnen gesloten zijn, zal hij ook hierbinnen een zonnebril dragen, en deze niet afnemen wanneer hij zich – uitsluitend met zijn voornaam (Carlo) – aan u voorstelt. De telex ratelt voortdurend, op een laag tafeltje staan een fles whisky, een plastic bekertje en een op dit uur reeds overvolle asbak.

In korte afgemeten zinnen zal 'Carlo' een uiteenzetting over zijn werkzaamheden geven. Op uw verzoek draait hij eventueel een poosje aan de knoppen van de kortegolfontvanger: krakerige geluiden en onverstaanbare kreten vullen de halfduistere ruimte.

Na afloop van de rondleiding is er gelegenheid om met 'Carlo' van gedachten te wisselen. Deze zal zich in bijzonder laatdunkende termen over de aanstichters van de huidige moeilijkheden uitlaten, die hij als 'een bende van iedere realiteitszin gespeende avonturiers' afschildert. Verscheidene vragen branden u op de lippen. Wie is deze 'Carlo' eigenlijk? Wat zijn zijn middelen van bestaan? Wat is precies de aard van... – U heeft echter al aan één blik van de reisleider genoeg om in te zien dat daar op dit moment niet nader op kan worden ingegaan.

Eenmaal weer buiten knippert u met uw ogen tegen het felle zonlicht. Een korte busrit brengt u naar een plekje even buiten de stad waar het kampement wordt opgeslagen. Een vijftal 'slaaptenten' en een grote 'kooktent' zullen de eerstvolgende dagen uw onderkomen vormen. Na het moeizaam inhameren van de laatste tentharing zult u niet zonder enige tevredenheid vaststellen dat het uitzicht op het Al Albáshgebergte van hieruit zonder meer adembenemend is.

Aangezien het paardenbestand van de stad ten gevolge van 'de gebeurtenissen' danig is uitgedund, zal het aangekondigde 'tochtje in het zadel van een mak bergpaard' helaas komen te vervallen. De middag wordt nu gevuld met een stevige wandeling door de uitlopers van het Al Albáshgebergte. Het oogverblindende natuurschoon en de fraaie vergezichten zullen u licht doen vergeten dat de loodzware inhoud van uw bepakking slechts uit stenen en niets dan stenen bestaat.

Een van die bezienswaardigheden waar u niet omheen kunt, is de markt van Arhbásh. Bij het aanschouwen van al die 'kleurige gewaden', 'sprekende koppen' en duizend-en-één onmogelijke ambachten zal de oververmoeidheid al spoedig de overhand krijgen. Het is nu dan ook uw fototoestel dat de rol van uw tot de nok verzadigde registratievermogen zal overnemen: onverstoorbaar klikkend smeedt dit de onoverzichtelijke, pijn-aan-de-ogen-doende, pittoreske warboel van even kleurrijke als opdringerige indrukken tot een samenhangend geheel van voor zichzelf sprekende kiekjes aaneen.

Let u vooral eens op hoeveel schapen er overal op de onwaarschijnlijkste manieren vervoerd worden. Met zijn allen zullen zij het over enkele dagen te houden Grote Slachtfeest luister bijzetten. Iedere familie gaat in deze tijd over tot de aanschaf van een schaap en neemt dit mee naar de woning. Daar wachten de dieren, als wollige en warmbloedige kerstbomen zolang in washok of op balkon geposteerd, gelaten de aanvang van de feestelijkheden af.

Op de terugweg naar het kampement zal de reisleider alleen mompelend antwoord geven op uw vraag aangaande de vele scheef in de berm weggezakte, voor het merendeel uitgebrande, militaire voertuigen. Wanneer u zich die avond met een goed glas wijn rond het hoog oplaaiende kampvuur hebt geschaard, zal hij zich wat toeschietelijker tonen. Hij zal het misschien zelfs even hebben over 'de schier onhoudbare positie' van de soldaten in de garnizoensstad.

De aangename geur van geroosterd vlees prikkelt uw neusgaten, de kurken worden in een steeds hoger tempo van de flessen getrokken, en ja… u wordt bekropen door het gevoel dat bepaalde dingen, misschien wel juist door de omstandigheid dat u zich zo ver van huis bevindt, zich opeens veel duidelijker beginnen af te tekenen. Dat hier zo bij het flakkerende vuur, te midden van al die door de gloed van de vlammen beschenen blijde en lachende gezichten, alles van een diepere zin lijkt te zijn doortrokken. Ja, dat zelfs die paar op enkele honderden meters van het kampement in het maanlicht badende geraamten van de legervoertuigen, die aanvankelijk alleen maar symbool leken te staan voor de bodemloze put die een ontwikkelingsland nou eenmaal is, plotseling bezwangerd lijken met betekenis. Het gevoel kortom, dat u hier even aan iets raakt wat voor de meeste stervelingen doorgaans achter de schijn der dingen verborgen blijft.

Hebben de anderen dat ook? Ja, dat hebben ze ook... U zult zich voornemen om dit moment nooit meer te vergeten.

Er zal inmiddels worden gezongen, een enkeling waagt een paar danspassen maar valt al na luttele seconden onder luid applaus weer in het zand. U zit elkaar na tot ver buiten het kampement, herhaaldelijk struikelt er iemand over de scheerlijnen of botst in het donker tegen een reisgenoot op. De achtervolging wordt voortgezet tot in de 'slaaptenten', waar dan ook op slag de eerste kussengevechten zullen uitbreken. Er vloeit wijn over het beddengoed, men bekogelt elkander met restanten van de maaltijd en klautert, indianenkreten slakend, op het dak van de bus.

Op zeker ogenblik zal de reisleider zich met de woorden: 'Ik moet geloof ik even een wijf hebben' – of iets in die geest – aan het keten onttrekken en zich in een oogwenk door de duisternis laten opslokken. Wanneer de sterren ten slotte al beginnen te verbleken en u volkomen uitgeput ergens in de buurt van het nog nasmeulende vuur in slaap bent gesukkeld, zal hij nog altijd schitteren door zijn – overigens vrijwel onopgemerkt gebleven – afwezigheid.

Bij het ontwaken zult u zich het zand uit de ogen wrijven. Het zit waarschijnlijk ook in uw haar en in uw mond. Hoewel het al volop dag is, zal er van de reisleider geen spoor te bekennen zijn. De felle zon hamert genadeloos op uw houten hoofd. U overlegt wat u nu te doen staat. Hem gaan zoeken? Na enige minuten van besluiteloosheid zult u zich zuchtend in de betrekkelijke koelte van de 'kooktent' terugtrekken. Daar wordt de rest van de dag doorgebracht met berustend kaartspel en het uiten van met het verstrijken der uren allengs alcoholischer getinte speculaties.

De voor de ongeoefende luisteraar van zeer dichtbij komende knallen waardoor u de volgende ochtend gewekt wordt, blijken in feite uit het oude stadsdeel afkomstig te zijn. Het geknal zal die hele verdere ochtend aanhouden. Wanneer u uw hoofd af en toe eens buiten de tent steekt, kunt u vaststellen dat de boven de stad uitstijgende dikke, zwarte rookkolom almaar hoger en hoger reikt.

Halverwege de middag – de rust lijkt inmiddels te zijn weergekeerd – besluit u dat het wellicht nog niet zo'n gek idee zou zijn om te proberen de woning van 'Carlo' terug te vinden. Misschien is het mogelijk om van daaruit te telefoneren?

In de buitenwijk zal zich geen mens op straat vertonen. De meeste huizen lijken in grote haast te zijn verlaten: hier en daar ligt wat huisraad op de stoep, de deuren hangen losjes in de hengsels. Bij nadering van 'Carlo's' woning wordt u bekropen door het onaangename voorgevoel dat er iets niet helemaal in de haak is. Al van grote afstand waaien de paperassen u tegemoet. Voor de deur moet u over de zo te zien met grote kracht tegen de grond gesmeten schrijfmachine en kortegolfontvanger heen stappen. Onder aan de trap, op enkele decimeters van zijn zonnebril, ligt de 'doorgaans goedingelichte bron' in de deuropening. Zijn haar zit danig in de war. Wanneer u de hoorn van het, zich eveneens onder aan de trap bevindende, telefoontoestel naar uw oor brengt, zal niemand u eigenlijk meer hoeven vertellen dat hier uw ergste vermoedens bewaarheid zullen worden, dat ieder contact met 'de buitenwereld' voorshands tot de onmogelijkheden zal behoren, dat de lijn al even dood zal zijn als de ongelukkige 'Carlo' zelf.

Het is gek, maar ondanks de vervelende wending die de gebeurtenissen hebben genomen, zal nu binnen de groep toch iets beginnen te groeien van… – ja, u kunt het nog niet zo goed onder woorden brengen, maar na kort onderling beraad zult u het er al snel over eens worden dat de formulering 'een gevoel van saamhorigheid' nog het beste aan de bij u allen levende gevoelens uitdrukking geeft.

Dan zal er tegen de schemering een slordig bundeltje oude vodden in de 'kooktent' naar binnen worden gegooid.

Eenmaal in het licht van de gaslamp gehouden is er geen twijfel mogelijk dat het hier de broek van de reisleider betreft… De broek van de reisleider!

Wanneer u het tentdoek openslaat, zult u nog juist zien hoe twee jongens zich in het halfduister haastig uit de voeten maken. U wilt nog iets roepen – maar ze zijn al uit het zicht verdwenen. Hoe oud ze waren? Amper veertien, schat u.

U zult zich afvragen wat het nou precies is, die plotselinge tegenzin om de 'kooktent' überhaupt nog te verlaten. Waarom u alle interesse verloren schijnt te hebben in hetgeen zich *buiten de tent* afspeelt…

Die nacht heeft u een merkwaardige droom. Het is het soort droom waarin je door een gang loopt die uiteindelijk geen gang blijkt te zijn, waarin je een kamer betreedt die geen kamer maar iets anders is… Ergens op de achtergrond onderhouden nauwelijks te onderscheiden personen zich met elkaar in een taal waar u geen woord van verstaat. Af en toe wordt er gelachen en kijken ze uw kant uit. Nee, het lijdt geen enkele twijfel over wie ze het hebben…

Dan komt een van de personen naderbij. Hij grijnst breeduit en ontbloot hierbij een gebit vol horsten en slenken, waartussen de wind vrij spel heeft. Hij brengt zijn gezicht dicht bij het uwe... Alleen het ontwaken kan u nu nog redden. U schreeuwt en schreeuwt, trekt aan de dekens en klauwt met uw vingers in het kussen, maar de nacht is lang en de droom is amper begonnen.

AAN DE GRENS

Ina in een weiland met grote klonters aangekoekte modder aan haar rubberlaarzen.

Ina op het strand tussen verbrokkelde betonnen resten van opgeblazen bunkers.

Ina in de dorpswinkel met boodschappentassen.

Ina onder de douche: door het raampje linksboven valt het zonlicht schuin in op het zeepbakje.

Wil die haar wenkbrauwen fronst bij het schillen van aardappels.

Wil die haar wenkbrauwen fronst bij het ontwaken.

Wil die in de spiegel boven de wasbak kijkt en haar wenkbrauwen fronst.

(Wil die haar wenkbrauwen fronst in een zonovergoten rijwielstalling, zes jaar geleden.)

Erna helpt de boer bij het voeren van de beesten.

Erna draagt emmers naar de pomp en vult ze met water. Erna helpt Ina en Wil met het schillen van aardappels. Ina helpt Erna met het schrijven van een ansichtkaart naar huis.

Ina en Wil wandelen met Erna over een brede laan. Erna loopt vooruit en plukt boterbloemen, paardenbloemen, margrieten, dovenetels en weegbree. In de verte, boven de dijk, cirkelen meeuwen.

Erna is blijven staan en laat een fleurig boeket van bloemen zien.

Thuis zetten we ze in een vaas, zegt Ina.

Erna staart een ogenblik naar de bloemen, dan drukt ze ze tegen zich aan, drukt het boeket plat.

Zo maak je ze stuk, zegt Ina en pakt het boeket af.

Achter de dijk klinkt het getoeter van een boot. De meeuwen krijsen en duiken naar beneden. Aan de waslijn bij een boerderij wapperen kussenslopen in de wind.

In een vaas, zegt Erna.

Ina, Wil en Erna op een schilderijententoonstelling in de stad. Er zijn hele oude en hele nieuwe schilderijen. Er is een schilderij dat *De Verlossing* heet en dat van de parketvloer tot aan het plafond reikt.

Daar heb je een ladder voor nodig om dat te schilderen, zegt Erna.

Ze staan voor een oud schilderij waarop een echtpaar is afgebeeld. Wil wijst naar de brandende kaars in de boven het echtpaar hangende kroonluchter.

De kaars brandt, terwijl het dag is. Bovendien is hij naar de raamzijde toegekeerd: dat symboliseert de aanwezigheid van God. De mandarijnen in de vensterbank symboliseren de reinheid. De hond die aan de voeten van het echtpaar ligt, symboliseert de trouw. De man heeft zijn schoenen uit: dat symboliseert de nederigheid.

Symboliseren de kleuren achtereenvolgens hartstocht, rijkdom en reinheid, zegt Wil, de kleuren van het beddengoed...

Ina en Erna staan voor een toonbank met ansichtkaarten.

Erna wil er een hebben met een reproductie van het schilderij *De Verlossing*, hoewel dit er door zijn ongelukkige vierkante vorm maar ten dele op staat afgebeeld. Wil voegt zich bij hen.

Het was een dia, zegt ze.

Wat?

Een dia. Dat schilderij waar we voor stonden.

Dat echtpaar? Een dia?

Met een soort lamp erachter. Het was niet echt. Een dia van het echte schilderij.

Ina en Wil kopen allebei een ansichtkaart met een drieluik: *Het Laatste Oordeel*. Door de enorme verkleining van het origineel zijn de details onduidelijk.

Ina en Wil laten zich, met Erna op de bok, fotograferen voor een rijtuig. Overal beieren de klokkentorens. In de kanalen varen open motorsloepen met lachende mensen erin.

Het magisch oog ziet alles, zegt de fotograaf.

Wil maakt met Erna een rondvaart langs de historische gebouwen. Ina zit op een terras en drinkt bier. Een jongeman stapt van zijn glanzend zwarte motorfiets en knipoogt naar haar.

Ina en de jongeman drinken nog meer bier. Dan ziet Ina Wil langs de terrassen lopen en zoekend rondkijken. Erna heeft een zak frites in haar hand.

Dit is Ted, zegt Ina, wanneer ze uiteindelijk voor het tafeltje zijn blijven staan.

Die avond gaat Ina naar bed met Ted. Ted is parachutespringer. Een paar weken geleden is de parachute van een vriend van Ted niet opengegaan, en die is toen met zijn hoofd op een container gevallen die ergens in een buitenwijk op het trottoir stond opgesteld.

Het eigenlijke moment waarop je in de diepte springt is

met geen pen te beschrijven, zegt Ted.

Ina en Ted roken sigaretten in bed. Ted probeert Ina het gevoel uit te leggen dat je hebt als je met een motorfiets heel hard over een weg rijdt. Daarna vertelt hij iets onprettigs over een vriend die ook een motorfiets had.

Zelf was ik één keer straalbezopen, maar dat doe ik nóóit meer.

Het is nacht. Ergens ver verwijderd in het donkere land klinkt de claxon van een auto. Ina ligt in bed en staart in de donkere kamer. Achter de houten wanden ritselen muizen. Achter de houten wanden ligt Wil te hoesten.

Wil hoest in bed. Hoog in de boomtoppen schreeuwt klaaglijk en dof een uil: lang vervlogen boodschapper van geboorte en dood, nu onschadelijke nachtvogel. Wil loopt naar de kraan, drinkt een glas water en drukt haar gezicht tegen het keukenraam. Door het maanlicht is het gras wit.

Brrr, zegt Wil en kruipt snel weer in bed.

Ina en Wil wandelen op het strand, het gedeelte met mul zand. Erna wandelt dicht bij de golven, het gedeelte met hard zand. Op het prachtige zandstrand, dat zijn faam dankt aan zijn uitgestrektheid, vonden in vroeger tijden talrijke haaien en dolfijnen hun laatste rustplaats.

Ina zegt: Ik denk weleens, ik wou dat ik langdurig ziek werd, een heel jaar in bed liggen.

Erna komt aanrennen. Erna heeft een haaientand gevonden. Erna houdt haar hand met de haaientand omhoog, eerst voor de neus van Ina, dan voor de neus van Wil. Wil zegt iets wat in het geraas van de wind en de golven verloren gaat.

Aan een ketting, brult Wil, om je ha-hals!

In het bos achter de duinen horen ze plotseling hondengeblaf. Op het aangrenzende parkeerterrein staan auto's met aanhangwagens. Zowel op de portierraampjes van de auto's als op de aanhangwagens zijn stickers geplakt waarop grote harige hondenkoppen staan afgebeeld.

Tussen de bomen lopen mannen heen en weer. Ze hebben dikke jassen aan en schreeuwen bevelen. De honden springen tegen hen op en bijten zich in hun polsen vast.

Een van de mannen opent de achterdeur van een aanhangwagen. Twee honden komen kwijlend en grommend naar buiten. Ze rukken aan hun kettingen en beginnen luid te blaffen zodra ze Ina, Wil en Erna in het oog krijgen.

Ja, zegt de man, ze zijn niet ongevaarlijk, maar deze honden zijn mijn lust en mijn leven!

Enkele dagen geleden had hij een soortgelijke hond aan de grenspolitie verkocht. De mannen van de grenspolitie hadden eerst getest of het dier wel schietvast was door in zijn nabijheid tientallen schoten af te vuren. Daarna hadden ze hem in de kofferruimte van hun auto opgesloten. Het paaltje met het touw, dat om de nek van de hond was bevestigd, lieten ze naar buiten hangen. Zo konden ze na aankomst eerst het paaltje in de grond slaan alvorens de kofferruimte te openen.

Ze lopen over een verlaten boulevard. Aan de linkerkant ligt de zee, aan de rechterkant staan kolossale villa's met gesloten blinden. Desondanks zien ze tussen het hoog opgeschoten gras van de tuinen regelmatig bordjes met afbeeldingen van honden en daarnaast het opschrift: HIER WAAK IK. BETREDEN OP EIGEN RISICO!

Nu voert hun weg door het vogelreservaat. De verschillende vogelsoorten, die hier op hun lange trekvluchten naar alle delen van de wereld zijn neergestreken, drijven versuft in de smalle slootjes. Erna achtervolgt een paar konijnen die zich traag, als met tegenzin, uit de voeten maken.

Wat is het hier stil, zegt Wil.

Bij een bosje ligt een man te slapen. Hij is gehuld in een grijze overall, die op verscheidene plaatsen is gescheurd en onder de zwarte vegen zit. Vermoeid richten ze hun schreden in de richting van de vuurtoren.

Het is donker. De witte stralenbundels van de vuurtoren zwiepen over het pad.

Hoeveel kost een vuurtoren? vraagt Erna.

Ik weet niet of we zo wel goed lopen, zegt Wil.

Ze bereiken een geasfalteerde weg en slaan op goed geluk rechts af. Dan zijn in de verte de vertrouwde lichtjes van de kerncentrale te zien. Na verloop van tijd komt ook het metershoge hek van de centrale in zicht. Nu hoeven ze alleen nog maar het hek te volgen dat hen als vanzelf tot aan de eerste huizen van het dorp brengt.

Ze zijn al vlak bij huis wanneer ze de geüniformeerde agenten van de grenspolitie midden op de weg zien staan. Ze richten hun zaklantaarns op de gezichten van Ina, Wil en Erna en vragen naar hun papieren. Een agent houdt een hond aan de leiband.

Mag ik de hond aaien? vraagt Erna.

De mannen lachen, gaan op hun hurken zitten en maken grapjes, terwijl een van hen de papieren doorbladert.

Ina en Wil kijken elkaar aan. Nog even blijven de agenten staan. Ze blazen in hun handen en stampen met hun zware laarzen op de grond. Dan verwijderen ze zich langzaam in de richting van het vogelreservaat.

Ina ligt in bed. Vanuit de verte dringt vaag het blaffen van een hond tot haar door. Ook klinken er een paar scherpe knallen.

Daarna wordt het stil. In de kamer is nu alleen de regelmatige ademhaling van Erna te horen.

Ina en Wil zitten in de tuin. Ze hebben zonnebrillen op. Erna maakt een tekening aan een witte ijzeren tafel.

Ik heb zin om iets te lezen, zegt Wil.

Erna loopt naar binnen en komt terug met een kleurig boek in haar hand.

Voorlezen.

Wil leest een verhaal voor over een beer die een lekkage in een kelder veroorzaakt.

Laten we vanavond vlees roosteren, zegt Ina als het uit is. Op een open vuur.

Wil maakt een ondiepe kuil in de grond. Ina vlecht van ijzerdraad een rooster. Met een krant wakkeren ze het vuur aan.

Ina, Wil en Erna eten stokjes met vlees. De zon staat nog laag boven de horizon wanneer het vuur al langzaam begint te doven. Ina neuriet zachtjes voor zich heen: *Come in, come out of the rain.* In de lucht is de uiteengewaaide streep van een vliegtuig te zien.

Erna zingt liedjes die ze op school ook zingt. Ze steunt op haar elleboog en legt bosjes droog gras op de gloeiende kooltjes.

Een mooie avond, zegt Wil.

Erna zingt nog meer liedjes. Erna maakt een koprol in het gras. Erna bootst een wind na op de rug van haar hand. Erna roept: Pak me dan, als je kan! Ina en Wil rennen ieder een andere kant op, om het huis. Aan de achterzijde, bij een hoek, botsen ze tegen elkaar op. Ze lachen. Ina gaat op haar hurken zitten, Wil op haar rug liggen, van het lachen. Tranen lopen over de wangen van Ina en Wil als Erna aan komt lopen.

Waarom lachen jullie zo?

Ina, Wil en Erna drinken warme melk. Buiten hangt de rode gloed van het nasmeulende vuur. Ze ruiken de lucht van de rook die aan hun kleren hangt.

Een verhaal, zegt Erna.

Maar als Ina begint te vertellen over een hond die alleen was en die het koud had en in de verte een vuur zag en zachtjes jankte van de honger en over zijn hele lichaam rilde en verdrietig was, is Erna al op haar stoel in slaap gevallen.

DE VOORBIJGANGER

Becker sloeg de hoek om en kwam zo bij de versperring. De soldaten hingen wat verveeld rond in de middagzon en rookten sigaretten. Twee van hen dwongen een oude vrouw haar boodschappentas uit te pakken en de inhoud op een, uit enkele planken en schragen bestaande, lage tafel uit te stallen. Half geamuseerd keek Becker toe hoe de verschillende groenten en vruchten aan een grondige inspectie werden onderworpen.

Toen hij naderbij kwam, merkte hij dat de soldaten elkaar aanstootten en zachtjes begonnen te grinniken. Ze lieten er geen twijfel over bestaan dat ze Beckers uiterlijk, in het bijzonder zijn kalende schedel, tot mikpunt van hun spot hadden gekozen. Hij toonde zijn identiteitskaart, waarop hun houding op slag veranderde. De dienstdoende officier hield de kaart tussen duim en wijsvinger en wapperde hem heen en weer, alsof Becker hem een gloeiend hete kastanje in de hand had gegeven. Hij nam nauwelijks de tijd om de op de kaart geplakte foto te bestuderen en gaf het document met een lichte buiging aan Becker terug. Daarop sloeg de officier zijn ogen neer en zijn blik dwaalde hulpeloos over de wortelen, uien en tomaten die de oude vrouw inmiddels weer in haar tas begon te pakken. De soldaten zwegen, trommelden met hun vingers op de magazijnen van hun automatische geweren en keken naar niets in het bijzonder.

Becker maakte een grapje, waarna allen zich ontspanden en opgelucht lachten. Een van de soldaten hield nu zelfs de tas van de oude vrouw open, terwijl een ander, nog altijd grijnzend, de boodschappen inpakte.

Een kwartier later belde Becker bij het eerste adres aan. Om bij de deur te komen moest hij een drietal steile trappen beklimmen. Op de overloop stond een kinderfietsje tegen een paar vuilniszakken geleund. Uit de handvatten staken witte en rode plastic slierten.

Een vrouw deed open. Tegelijk met het noemen van zijn naam en het tonen van de identiteitskaart had hij zijn voet tussen de deur gezet. In de woonkamer zat een jongetje op de grond met blokken en autootjes te spelen. Becker hurkte bij het jongetje neer en liet zich bewonderend uit over de wijze waarop hij de blokken in een waar labyrint van wegen, kruisingen, tunnels en garages had gerangschikt. Het jongetje was juist klaar met het schrijven van de woorden 'parkeergarage voor 500 auto's' op een van de lange, platte stukken hout en liet dit trots aan Becker zien alvorens het op de juiste plaats neer te zetten.

Hij stond op, streek het jongetje over zijn haar en keek om zich heen. Hij trok allereerst de laden van een grote linnenkast een voor een open en voelde met zijn vingers vluchtig tussen het daarin opgeborgen linnengoed. Vervolgens rommelde hij wat in de keukenkastjes en wierp een blik in de stortbak van het toilet. Nadat hij ook nog de boekenkast had doorzocht, ontdekte hij dat het belastend materiaal gewoon onder het vloeiblad op de schrijftafel lag. Hij bladerde het even door en stak het toen dubbelgevouwen in de binnenzak van zijn jas.

Hoewel de vrouw het formulier dat Becker haar met betrekking tot de in beslag genomen papieren ter ondertekening voorlegde, aanvankelijk met enige argwaan bekeek, tekende zij ten slotte zonder het gelezen te hebben.

Ze vertelde hem dat de schrijver van de papieren haar elke week op een vaste dag bezocht. Hij bleef dan altijd bij haar slapen en zij lag vaak urenlang in bed te wachten terwijl hij tot diep in de nacht aan de schrijftafel zat te tikken. Thuis, in zijn eigen gehorige kamer, zou al dat getik te veel in de gaten lopen, had hij tegen de vrouw gezegd, temeer daar hij immers al twee jaar werkloos was. Hij kwam meestal tegen etenstijd en ging zodra hij het eten op had achter de schrijfmachine zitten. In het begin had ze zijn gezelschap nog wel op prijs gesteld, maar de steeds volgens hetzelfde patroon verlopende bezoeken waren haar inmiddels danig de keel uit gaan hangen. Hij was ziekelijk en hoestte veel. Soms trok hij helemaal wit weg en ijsbeerde dan minutenlang door de kamer, waarbij hij diepe zuchten slaakte. Hij had nooit de minste belangstelling voor het zoontje getoond. Het had haar daarom zo getroffen dat hij, Becker, na zijn binnenkomst eerst bij het zoontje was neergehurkt. Iedere dag leefde ze met het onplezierige vooruitzicht dat hij de volgende week weer voor de deur zou staan. Met Beckers voorstel om de volgende week opnieuw langs te komen, stemde ze dan ook onmiddellijk in.

Om geen argwaan te wekken legde hij het belastend materiaal weer onder het vloeiblad terug. De afgelopen weken was het hoesten alleen maar erger geworden, zei de vrouw bij de deur nog tegen hem. Altijd had ze er rekening mee gehouden dat hij op een dag dood naast haar in bed zou kunnen blijven liggen. Ze had een verhaal gehoord van iemand die het ene moment nog vrolijk had gelachen, de wijn in de glazen had geschonken en de schaakstukken op hun plaats had neergezet, om het volgende ogenblik dood in zijn stoel te blijven zitten.

Becker verzekerde de vrouw nogmaals dat hij de volgende week terug zou komen.

Op straat was het warm en stil. Na een minuut of tien kwam hij bij een groot plein. Ofschoon de zon nog altijd hoog aan de hemel stond, waren de terrassen zo goed als uitgestorven. Hij ging een café binnen en zette zich aan een tafeltje helemaal achterin waar vrijwel geen licht van buiten doordrong. Hij bestelde bier en iets te eten. De serveerster boog zich over het tafeltje heen en kuste hem op zijn mond.

Nadat hij had gegeten en gedronken ging ze hem voor naar een boven het café gelegen kamertje. Becker stelde vast dat de lucht van de gebakken eieren, die hij zojuist had gegeten, ook tot in dit vertrek was doorgedrongen. Hij liet zich op het bed vallen en stak een sigaret op.

De serveerster sloot de gordijnen, kleedde zich uit en kwam naast hem liggen. In het kamertje was het nu bijna even donker als in het café beneden. Op het lege plein speelde een draaiorgel. Hij dacht aan het op de grond spelende jongetje, de blokken en de tunnels, begroef zijn handen diep in de zakken van zijn jas en sloot zijn ogen.

Die middag werkte hij nog drie adressen af. Bij de eerste twee trof hij niemand thuis, verschafte zich toegang met een loper, maar vond niets van belang. Bij het derde adres had hij meer geluk. De bewoners lieten zich op heterdaad door hem betrappen. Omdat hij van buiten kwam, stond hij eerst een tijdje met zijn ogen te knipperen, maar toen zag hij op een tafel toch duidelijk de stencilmachine staan. Op de grond, onder de tafel, lagen dikke pakken stencilpapier.

Becker belde een wagen en las ondertussen de tekst die de twee aanwezige bewoners, een vader en een zoon, hadden gestencild. Hij raadde ze aan eerst nog iets te drinken aangezien het wel even kon duren voordat ze weer wat te drinken zouden krijgen. Staande in de keuken dronken ze alle drie een glas ijs-

koude limonade. Daarop bond hij de stencils met een touw bijeen en overhandigde deze aan de mannen die de bewoners kwamen halen. Een van de mannen stootte bij zijn binnenkomst een
antieke olielamp omver. Ze droegen allebei bruinleren jekkertjes en lachten alleen maar, terwijl ze met hun witte gymschoe-
nen gewoon door de scherven heen liepen.

Het park was vrijwel verlaten. Een paar kinderen gooiden stenen
naar de in de vijver ronddrijvende eenden. Op een kruispunt
van twee grindpaden zat een muzikant op een klapstoeltje. Hoewel er verder geen voorbijgangers waren, bespeelde hij zijn accordeon of zijn leven ervan afhing. Aan zijn voeten lag een omgekeerde hoed, waarin enkele muntstukken glinsterden. Becker
keek naar de muntstukken en kreeg de gewaarwording dat deze
al enige duizenden jaren geleden in de hoed moesten zijn geworpen.

Ja, zei de man. De mensen worden aan hun lot overgelaten, en
daarom moet ik hier op mijn accordeon spelen. Mijn vrouw is
ziek, ze heeft de hele dag verzorging nodig, en iemand zal toch
het geld moeten binnenbrengen.

De ogen van de accordeonist waren vochtig. Becker legde een
bankbiljet in de hoed, maar de man was alweer zo opgegaan in
zijn spel dat hij het niet opmerkte.

Het pad voerde nu door de tuin van het museum. Hij zag de
kolossale stenen vazen en borstbeelden, die alle door het klimaat
waren aangetast. Aan de rand van een vijver stond een meer dan
levensgrote bronzen pelikaan. Becker legde zijn hand op de rug
van het beest en voelde hoe de warmte zich door zijn hele lichaam verspreidde. Hij huiverde. Uit het midden van de vijver
spoot een fontein omhoog. De druppels daalden ruisend neer in
het gras.

In een zijmuur van het museum was een plaquette ingemetseld. In dit gebouw was in de jaren 19..-19.. het kantoor van de staatsveiligheidsdienst gevestigd, stond er te lezen. Becker begaf zich naar de straatzijde en ging naar binnen.

In het museum was het nog warmer dan in de beeldentuin. De suppoosten haalden zwaar adem in hun donkergrijze uniformen. Ze staarden dromerig voor zich uit en draaiden langzaam om hun as, als papieren bootjes in een windstille speelvijver. Het parket kraakte onder hun schoenzolen.

Becker liep langs de vitrines waarin speerpunten, vuistbijlen en half vergane broekriemen lagen uitgestald. Hij drukte enkele knopjes in, waarna op een wandkaart de betreffende archeologische vindplaatsen oplichtten. Soms stond hij minutenlang voor grote, donkere schilderijen waarop bijna niets te zien was.

De zalen werden steeds leger; het leek of zijn voetstappen in iedere volgende zaal luider klonken. Zo kwam hij uiteindelijk in een vleugel waar helemaal niets meer werd tentoongesteld. Op de muren en op de grond waren alleen de met punaises vastgeprikte kaartjes te zien die de naam van de kunstenaar en de titels van de kunstwerken vermeldden.

Op een van de met zwart leer overtrokken bankjes in het midden van de zaal zat een vrouw. Haar rug was naar Becker toegekeerd. Hij liep langs de kale muren tot hij recht tegenover haar stond.

Ze had haar hoofd opgericht en keek hem aan. Ze glimlachte. Becker zag haar bleke gezicht waaruit iedere menselijke kleur leek te zijn verdwenen.

Buiten bleef hij dicht naast haar lopen. Uit de tegenovergestelde richting kwam een zestal soldaten hun tegemoet. Ze schreeuwden luid en trokken de planten uit de bloembakken die de bewoners voor de ramen van hun huizen hadden neergezet. Een grillig spoor van aardkluiten en uiteengerukte planten strekte zich voor hen uit.

De vrouw vertelde dat in de lege museumzaal het werk van haar zoon, een jonge beeldhouwer, tentoongesteld had moeten worden. Zonder opgaaf van redenen was de tentoonstelling keer op keer uitgesteld. Zij zag het als haar plicht het museum dagelijks te bezoeken om naar de uitgestelde tentoonstelling te informeren. Tot dusver hadden de suppoosten alleen de schouders opgehaald, waarbij ze hun blikken veelbetekenend naar het plafond hadden gericht. Daarboven, op de eerste verdieping, moest zich de kamer van de directeur bevinden. Maar de brede marmeren trap die naar de eerste verdieping voerde, was al weken met een ketting afgesloten.

De vrouw was een portiek binnengegaan en opende de deur. Ze ging hem voor over een donkere trap waar het vaag naar parfum rook. Ze kwamen in een ruim vertrek, waarvan de inrichting voornamelijk uit schemerlampen leek te bestaan. De gordijnen waren gesloten.

Ik kan de felheid van het daglicht niet verdragen, zei de vrouw.

Ja, zei Becker. Hij was in de stoel gaan zitten die zij hem had aangewezen en stak een sigaret op.

De vrouw was blijven staan. Nu pas zag hij de diepe rimpels in haar voorhoofd. In het licht van de schemerlampen leek haar bleke gelaatskleur eerder zachtroze.

Voor het licht kan men zich nog afsluiten, zei de vrouw. Maar de geluiden weten overal doorheen te dringen. Ze slaakte een diepe zucht en keek omhoog naar het plafond.

Uit de hoger gelegen etage drongen nu inderdaad de zachte pianoklanken tot hem door. In een eindeloze reeks werd voortdurend hetzelfde motief herhaald. Becker moest denken aan die halflege, slecht verlichte zalen, waar de mensen naar muziekuitvoeringen kwamen luisteren en waar ook hij zich een enkele keer tussen het publiek had bevonden. Ook daar had de muziek zo geklonken, alsof de klanken zich in tegengestelde richting ten opzichte van de tijd bewogen, maar dan zonder enige overtuiging, zonder enige kracht.

Hij doofde zijn sigaret en keek om zich heen. Aan de muren hingen talrijke schilderijen. Het waren allemaal zelfportretten, in felle kleuren geschilderd, de ogen buitensporig vergroot.

De pianomuziek was opgehouden. De vrouw begeleidde hem naar de deur. Zachtjes raakte hij haar aan, daarna stapte hij naar buiten. Na het halfdonkere vertrek leek de stad plotseling gevuld met geluid, maar hoe ver hij ook links en rechts de straat af tuurde, er was niets te zien. Bij een tramhalte stond alleen een vrijwel lege tram. Ofschoon er geen passagiers in- of uitstapten, bleef de tram onbeweeglijk staan, als kon hij niet tot een beslissing geraken zijn route te vervolgen.

Enkele dagen later kwam hij haar tegen in een winkelstraat. Hij was voor een etalage blijven staan en had zonder enige bedoeling naar binnen gekeken. Ze stond voor de toonbank, terwijl de winkelier haar de zojuist gekochte boodschappen aanreikte. Hij wachtte tot ze naar buiten was gekomen en sprak haar aan.

Haar gezicht was nog bleker dan de vorige keer, alsof de bloedsomloop bij de hals was afgesneden. Haar ogen waren nu even groot en rond als op de schilderijen.

Ze liepen een tijdje naast elkaar zonder dat een van beiden iets zei. Langs de trottoirband stond een colonne militaire vrachtwagens geparkeerd. Enkele soldaten leunden tegen de motorkap van hun voertuig en rolden sigaretten, anderen renden achter een voetbal aan en slaakten luide kreten.

Vroeger bekeek ik mezelf altijd in de etalageruiten, zei de

vrouw. Ik merkte dat ik in de etalageruiten voordeliger uitkwam dan in gewone spiegels. Maar nu er steeds minder in de
etalages ligt, is het geen genoegen meer om langs de winkels te
lopen.

Ze waren de straat ingeslagen waar haar woning zich bevond.
Een warme wind blies hen in het gezicht.

Plotseling pakte ze zijn hand.

Het is als een groot zwart beest dat op mijn schouders zit, zei
ze. Kunt u zich dat voorstellen? Een groot zwart beest. Iedere dag
probeer ik het te verdrijven, maar het gaat niet weg.

Becker was blijven staan. Ze liet zijn hand los. Langzaam verwijderde ze zich om ten slotte in het portiek uit het gezicht te
verdwijnen. Hij keek haar na, draaide zich om en liep terug naar
de winkelstraat.

In de daaropvolgende dagen verplaatste hij zijn werkzaamheden naar de dorpen rond de grote stad. Ook hier forceerde hij
eventueel de deuren en schonk hij geen aandacht aan de kreten
van ontzetting der bewoners wanneer hij de laden van zware,
notenhouten dressoirs met zulk een kracht opentrok dat het
serviesgoed rinkelde en de op de kasten geplaatste porseleinen
kandelaars op de vloer aan stukken vielen.

Als het werk gedaan was, dwaalde hij urenlang over de stille
wegen door de velden. De boeren hingen over de hekken van
hun erven en spogen schuimende slierten pruimtabak in het
gras. De wolken hangen laag boven de horizon, zeiden ze. Dat
belooft morgen een mooie dag te worden. Anderen wezen naar
dezelfde wolken en bromden dat er regen op komst was. Een enkeling drukte zijn schoen met de neus in de grond, snoof eens
diep en zei alleen maar: Onweer…

Zo proberen ze waarschijnlijk tegenover ons, stadsbewoners,
hun bestaan op het platteland te rechtvaardigen, dacht Becker.

Door voor te geven dat de natuur hen voor geen enkele verrassing kan plaatsen.

Daarentegen hadden de boeren een bijzonder scherpe neus voor alles wat in hun ogen op het platteland niet thuishoorde. Woorden als 'dichter', 'pottenbakster' en 'beeldhouwer' spraken ze uit alsof het om exotische gewassen ging die in deze grond wel hopeloos moesten verpieteren. Daarbij maalden ze met hun kaken en noemden ongevraagd de namen van alle stadsbewoners die in de loop der tijd de stad waren ontvlucht om in de dorpen een nieuw bestaan op te bouwen.

Bij al die namen was er een die Becker bekend in de oren klonk. De boeren waren maar al te bereid de naam te herhalen en wezen nu ook naar een iets verderop gelegen grote, vrijstaande schuur die gedeeltelijk achter een groepje bomen schuilging.

Niettegenstaande het late uur begaf Becker zich in de aangegeven richting.

De schuur was opgetrokken uit donker geteerd hout dat verscheidene gaten en kieren vertoonde. De meeste ruiten waren gebarsten en bedekt met een dikke laag vuil en spinrag waarin tientallen dode vliegen kleefden.

Op een bankje aan de achterzijde trof hij de beeldhouwer. Deze keek niet op toen Becker naast hem kwam zitten. Zo staarden ze enige tijd zwijgend naar de plek waar het grasveld met het hoog opgeschoten gras in een brede waterplas overging. Daarop haalde Becker de identiteitskaart uit de binnenzak van zijn jas en hield deze voor de beeldhouwer omhoog.

Ze betraden de schuur, die kennelijk als atelierruimte dienstdeed. In een hoek lag een slaapzak op een schuimrubber matras. Aan het hoofdeinde stonden vuile borden en glazen die alle met sigarettenpeuken waren gevuld.

De overgebleven ruimte werd volledig in beslag genomen

door de talrijke beeldhouwwerken, zware roestende platen en massieve blokken ijzer waar diepe scheuren en lijnen doorheen waren getrokken. De meeste lagen op de grond, alleen hier en daar krulde iets omhoog, alsof er een groot gewicht op neerdrukte.

Becker keek naar de beeldhouwer die met gebogen hoofd, als in gedachten verzonken, in het midden van de ruimte was blijven staan en zijn aanwezigheid leek te zijn vergeten. Hij dacht aan de lege museumzaal en stelde vast dat de in deze schuur verzamelde beelden nooit in enig museum tentoongesteld zouden worden.

Ze namen plaats in een kleine roeiboot die aan de kant van het water lag afgemeerd. Met brede slagen roeide de beeldhouwer de plas op. Hij sprak niet veel en als hij al iets zei, klonk zijn stem zo zacht dat Becker hem maar ternauwernood kon verstaan.

Hier zit ik soms urenlang en luister naar de geluiden uit het niets, zei hij. Zo zijn al mijn beelden op deze plas ontstaan. Uit het niets zijn ze gevangen, en in het niets zullen ze ook weer verdwijnen.

Becker leunde ver naar voren, maar de beeldhouwer had het hoofd laten zakken en staarde roerloos naar de bodem van de boot.

De zon ging onder. De boot was vrijwel tot stilstand gekomen en draaide langzaam om zijn as. De roeiriemen dreven nu zinloos op het water.

Zo zaten ze een tijd maar wat en zeiden niets. Becker stak een sigaret op. Er bleef hem weinig anders over dan toe te kijken hoe het hoofd van de beeldhouwer almaar dieper en dieper zakte.

Hij keerde pas laat terug in de stad en ging een restaurant binnen. Het terras voor het restaurant werd uitsluitend bevolkt door een groepje luidruchtige militairen. Ze schreeuwden verwensingen en lieten bierviltjes de gracht in zeilen.

Toen de ober zijn bestelling had gebracht, haalde Becker een foto uit zijn zak en liet die aan de man zien. Hoewel hier binnen alle tafeltjes onbezet waren, keek de ober eerst een paar keer om zich heen en bracht daarna zijn hoofd tot vlak naast Beckers oor. Zo kwam hij van de ober te weten dat de man op de foto inderdaad een paar straten hiervandaan woonde en minstens eenmaal per week het restaurant bezocht.

Becker opende zijn portefeuille en legde een bankbiljet naast zijn bord. In plaats van het biljet onmiddellijk in zijn zak te steken, begon de ober nu opnieuw te fluisteren. Hij vertelde dat bij zijn bovenburen vaak tot heel laat het licht bleef branden. Je hoorde er nooit enig gerucht, maar dat van dat licht was toch niet helemaal in de haak? Hij hield al een poosje een oogje in het zeil. Misschien dat hij over een dag of tien wat meer zou kunnen vertellen.

Toen Becker zich over zijn bord boog, was het bankbiljet verdwenen.

Onderweg naar huis kwam hij door een straat waar hij nog nooit eerder geweest was. De lampen hingen doodstil aan de draden die tussen de huizen waren gespannen. Hun zwakke schijnsel viel op stukken huisraad en gescheurde vuilniszakken die hoog tegen de bomen lagen opgestapeld. Hoewel het een warme avond was, waren de meeste ramen gesloten. Nergens brandde licht.

Van achter een geparkeerde auto dook een jongen op en bedreigde hem met een mes. Becker sloeg het mes uit zijn hand. Daarna draaide hij de arm van de jongen op zijn rug. Hij hoorde hem hijgen en verstevigde zijn greep.

Na enige tijd liet hij hem los, raapte het mes op en gaf de jongen een teken hem te volgen. Ze liepen door een buurt waar de huizen steeds verder uit elkaar stonden. Hoge schuttingen schermden de ertussen gelegen terreinen af. Er waren glasscherven aangebracht, alsof zich daarachter iets van grote waarde bevond dat men tegen indringers diende te beschermen.

De jongen vertelde dat hij, sinds hij uit zijn laatste betrekking was ontslagen, over de straten had gezworven. Soms gebruikte hij het mes in de supermarkten, tegen sluitingstijd, wanneer de meeste caissières al naar huis waren. Zo voorzag hij in zijn eerste levensbehoeften.

Hij had niemand naar wie hij toe kon gaan, zei hij. Zijn ouders waren allebei gestorven en hij was zijn hele leven enig kind gebleven.

Ze kwamen aan de rand van de stad. Voor hun ogen strekte zich het rangeerterrein uit. De goederenwagons gleden geluidloos over de verschillende baanvakken. Aan de overzijde waren de rode lichtjes van de communicatietoren te zien. Vanuit de toren drong een zacht gezoem tot hen door.

De jongen draaide zich naar hem om.

Heeft u een revolver? vroeg hij.

Ach, zei Becker. Hij maakte een gebaar met zijn hand.

Ze waren de brug opgelopen die het rangeerterrein overspande. Een verlichte trein reed onder hen door en verdween in de nacht.

U heeft vast en zeker een revolver, zei de jongen nu. Ze stonden vlak naast elkaar en hingen over de brugleuning. Op zijn blote armen zag Becker verscheidene tatoeages. Hij voelde de warmte die het lichaam van de jongen uitstraalde, en schoof wat verder van hem af.

U zou mij een grote dienst bewijzen als u mij een kogel door het hoofd schoot.

Ja, zei Becker. Hij wilde doorlopen, maar de jongen pakte hem bij zijn arm.

Ik heb het al eens geprobeerd, zei hij zacht, maar ik durfde niet. U moet me helpen.

Becker voelde de vingers van de jongen in zijn arm. Hij keek in de diepte. Donker lagen daar de rails waarover de treinen naar hun verre bestemmingen reden.

Ze liepen die hele verdere nacht. Af en toe bleef de jongen ergens staan, keek om zich heen en schudde dan zijn hoofd. In het eerste ochtendlicht keken ze naar de trams die een voor een de remise verlieten om zich vervolgens in alle richtingen over de stad te verspreiden. Uit de poort van een kazerne marcheerde een troep zingende soldaten naar buiten.

De dag breekt aan, zei de jongen. We moeten voortmaken.

Ze passeerden een kantoorgebouw waarvan de inrit met een rood en wit gestreepte slagboom was afgesloten. Ze kropen onder de slagboom door en daalden af in de ondergrondse parkeergarage. Er stonden geen auto's geparkeerd. Ergens in het donker sijpelde water.

De jongen liep voor hem uit, met stevige passen alsof hij hier de weg kende. Ze kwamen bij een muur waar ze niet verder konden. Beckers oren suisden. Van buiten drong geen enkel geluid in de parkeergarage door.

De jongen was blijven staan en draaide zich om. Becker keek naar zijn armen, naar de plaatsen waar hij de tatoeages vermoedde, maar zijn ogen weigerden zich aan de omringende duisternis aan te passen.

In de namiddag bereikte hij het grote plein. Hij ging het café binnen en bestelde bier. De serveerster kwam aan zijn tafeltje zitten, maar Becker wendde zijn hoofd af.

Hij bestelde nog meer bier. Zwijgend leegde hij glas na glas, maar het bracht hem geen verkoeling.

Buiten had hij de gewaarwording of het plein als een aanrollende golf op hem afkwam. Onwillekeurig sloeg hij zijn handen voor zijn gezicht. Toen hij zijn ogen opende, was het plein weer even leeg als voorheen. Hij merkte dat hij met zijn hoofd tegen een boom leunde. Zijn handen beefden.

Hij sloeg een zijstraat in en kwam langs een hoog en zwart gebouw dat zich over de gehele lengte van het blok uitstrekte. Boven de ingang hing een groot bord waarop verscheidene kleurige vissen stonden afgebeeld. Hij kocht een kaartje en daalde de stenen trap af die naar het aquarium voerde.

Beneden was het nauwelijks koeler dan buiten. Er waren verder geen bezoekers. Becker vouwde zijn handen op zijn rug en liep met rustige passen langs de bakken. Met zijn ogen volgde hij de vissen die met de loomheid en traagheid als van een moeizaam verstrijkende zondagmiddag door het groenverlichte water gleden.

Zie deze oogstrelende vissen, fluisterde hij, terwijl hij zijn gezicht tegen het glas drukte. Deze tropische flaneurs die hier uit alle delen van de wereld zijn samengestroomd om het belangstellende publiek van hun bizarre vormen en kleuren te laten genieten. Laten wij hun nutteloze en overbodige bestaan met uiterste mildheid beoordelen.

Het geluid van voetstappen aan het andere eind van de zaal deed hem opschrikken. Hij zag de geüniformeerde oppasser die langzaam in zijn richting liep. Snel deed hij een stap naar achteren. Hij wachtte tot de man hem was gepasseerd en haastte zich toen naar de uitgang.

Hij zette zich op een bankje naast een prullenbak waar wespen omheen zoemden. Aan zijn voeten hipten enkele mussen rond die ongetwijfeld van hem verwachtten dat hij ze broodkruimels of pinda's zou toestrooien. Hij vroeg zich een ogenblik af of het wel nodig was om in aanwezigheid van enkel vissen een uniform te dragen. Zijn hoofd bonsde. De hitte van de namiddag had zich in zijn kleren genesteld. De kraag van zijn overhemd plakte tegen zijn nek.

Na enige tijd stond hij op en vervolgde zijn weg. Zo kwam hij in de winkelstraat en sloeg de straat in waar de moeder van de beeldhouwer woonde. Een kleine menigte verdrong zich voor het portiek.

Hier heeft een vrouw zich opgehangen, zei een van de omstanders.

Ja, zei Becker. Hij stak een sigaret op en begroef zijn handen in zijn zakken. De mensen hadden zich even naar hem omgedraaid en zetten hun gesprekken nu weer voort.

Bent u de pianist? vroeg hij aan een man in een lange, donkere jas, die net naar buiten was gekomen.

Inderdaad, zei de man. Maar omdat ik nergens meer kan optreden, speel ik alleen nog thuis.

Becker richtte zijn blik omhoog naar de eerste verdieping.

De gordijnen waren wel vaker gedurende langere tijd gesloten, zei de pianist. Vandaar dat er aanvankelijk geen reden tot ongerustheid bestond.

De gordijnen waren nu ver opengetrokken. Over de gelapte ramen lag een heldere glans, zoals dat alleen te zien is bij huizen waar zojuist iemand is gestorven.

Hij wilde zich omdraaien toen hij vaag, als van heel uit de verte, een telefoon meende te horen overgaan. Hij bleef staan en keek weer omhoog. De omstanders waren bezig zich te verspreiden. Spoedig bleef hij alleen op straat achter. Vanuit het huis op de eerste verdieping klonk nu onmiskenbaar het rinkelen van een telefoon.

Het is niets, fluisterde Becker. Men probeert contact op te nemen met iemand die er niet meer is. In een leeg huis rinkelt een telefoon. Er is niets aan te doen.

De avond was gevallen. Een bus van het gemeentelijk vervoer, zonder passagiers, raasde voorbij. De diep over zijn stuur gebogen chauffeur achtte zich op dit late uur kennelijk niet langer gebonden aan de toegestane maximumsnelheid. De hengsels, waaraan de mensen anders bij zulke snelheden nog enig houvast kunnen vinden, zwiepten nu zinloos heen en weer in het vuilgele licht.

Becker sloeg een donkere straat in waarin alleen hele dunne bomen stonden. Dicht bij de hoek was in de muur van een huis, tussen de bakstenen, een kleine plaquette aangebracht. Wind en regen hadden de letters grotendeels uitgewist, alleen het jaartal was nog te lezen. Recht onder de plaquette, op het trottoir, stond een met aarde gevulde bloempot die waarschijnlijk ooit een plant moest hebben bevat.

Becker vroeg zich af wie de bloempot hier had neergezet – ter nagedachtenis aan een gebeurtenis uit een zo ver verleden.

Luid hondengeblaf deed hem opschrikken. Toen hij zich omdraaide zag hij, in een geparkeerde auto, twee reusachtige zwarte honden die kwijlend en grommend tegen de portierraampjes opsprongen. Een van de raampjes stond op een kier en toen Becker, in weerwil van zijn afgrijzen, naderbij kwam, rook hij hun warme en stinkende adem. Kwijl droop langs de binnenkant van het glas naar beneden.

Een paar straten verder passeerde hij een schoolgebouw. De ramen stonden wijd open, de in elkaar gedraaide gordijnen bewogen zachtjes in de wind. Op het plein voor de school lagen tientallen tafels en banken die zo te zien van grote hoogte op het trottoir waren gegooid.

Becker duwde tegen de deur. De bleke streep licht van een straatlantaarn viel in de hal naar binnen. Ook hier heerste een grote ravage. Schriften, boeken en schooltassen lagen verspreid over de vloer, die met een dikke laag modder was bedekt. Op de muren waren obscene teksten en tekeningen te zien.

Voorzichtig, ervoor wakend dat zijn schoenen niet met de modder in aanraking kwamen, deed hij een stap naar voren. Honderden muggen vlogen op en streken langs zijn gezicht. Hij bleef een ogenblik staan, zijn mond stijf gesloten, als om niet te hoeven ademhalen, toen van ergens diep onder de vloer een dof gorgelen tot hem doordrong, alsof het gebouw, na al eerder de inboedel te hebben uitgebraakt, bij zijn binnenkomst opnieuw was begonnen te kokhalzen.

Haastig verliet hij de donkere hal.

Een militaire vrachtwagen reed met gedoofde lichten het plein op en kwam voor hem tot stilstand. Een soldaat draaide het raampje open en vroeg iets wat hij niet kon verstaan. Daarop bracht de soldaat twee vingers naar zijn mond, tuitte zijn lippen en maakte een zuigend geluid. Becker tastte in zijn zakken. Hij hield het pakje eerst voor de neus van de soldaat en strekte zijn arm vervolgens tot in het binnenste van de cabineruimte.

Ze rookten zwijgend. Beckers blik gleed over de vernielde tafels en banken die in het schijnsel van de straatlantaarns lange schaduwen over het schoolplein wierpen. Uit de halfduistere cabine klonk zachte muziek, die zich vermengde met het gelijkmatig pruttelen van de stationair draaiende motor.

Becker groette de soldaten en liep in de richting van een zijstraat. Bij de hoek gekomen draaide hij zich om en zo zag hij de vrachtwagen die, nog altijd met gedoofde lichten, langzaam om het plein heen reed.

Nu bevond hij zich weer in de winkelstraat. Van de meeste winkels waren de rolluiken neergelaten. In een van de weinige verlichte etalages stond een tiental herenschoenen, op grote afstand van elkaar, als had de winkelier gehoopt dat de etalage zo nog enigszins gevuld zou lijken.

Becker drukte zijn gezicht tegen de ruit en keek naar de schoenen die ronde neuzen en dikke rubberzolen hadden. Ze hadden allemaal dezelfde kleur, alleen de maten verschilden.

Aan de overkant van de straat klonk een schrille vrouwenstem. De vrouw zwaaide met een tas en schreeuwde tegen een man in een zwarte regenjas. De man boog het hoofd, waarop de vrouw hem in het gezicht sloeg. Daarna verwijderden ze zich, innig gearmd, en verdwenen om de hoek van de straat uit het gezicht.

Zonder geluid te maken besteeg hij de trap die naar zijn kamer voerde. De sleutel kraakte in het slot. De deur ging moeizaam open, alsof er een grote hond achter lag.

Hij liep naar het raam en keek naar buiten. Aan de overkant stond een soldaat in een portiek te roken. Hij zag het gloeiende puntje van de sigaret zo nu en dan fel oplichten.

Het was na middernacht. De trams trokken in een lange stoet voorbij, op weg naar de remise. Het licht uit de lege wagens gleed in brede banen over het plafond.

Wat heeft het voor zin om dit alles te zien, dacht Becker. Wat heeft het voor zin, wanneer de trams ook zonder nachtelijke getuige hun weg naar de remise wel zullen weten te vinden?

Uitgeput liet hij zich op het bed vallen. Hij had geen slaap maar voelde hoe een loodzware verdoving hem met grote kracht tegen de matras drukte.

Met een schok werd hij wakker. Maanlicht viel in de kamer. Hij keek naar het bleke hemellichaam dat doodstil aan de nachtelijke hemel stond. Door het golvende glas van de ruit leek de maan op een lekke, aan alle kanten ingedeukte voetbal in een inktzwarte plas.

Hij sliep weer in en werd pas laat in de middag gewekt door de telefoon. Het was de huishoudster van zijn moeder. Met zachte stem deelde ze hem mee dat zijn moeder, die al meer dan een halfjaar bedlegerig was, die middag was gestorven.

Een taxi bracht Becker naar de woning in de buitenwijk. Het viel hem op dat zijn moeders huishoudster, die anders altijd in gewone kleren liep, nu een zwarte jurk met een wit schortje aanhad. Ze liet hem in de slaapkamer waar zijn moeder in een peignoir op het bed lag. Op het nachtkastje naast het bed stond een ingelijste foto van hem, Becker, in het uniform van dienstplichtig militair. Hij boog zich vooroiver en bekeek de foto wat nauwkeuriger. Destijds viel het haar nog in stevige lokken over zijn voorhoofd, alleen als je goed keek waren er hier en daar wat dunne plekken te zien.

Zachtjes sloop hij de gang op. De huishoudster stond in de keuken koffie te zetten en smeerde boterhammen. Hij sloot zich op in het toilet en keek in de spiegel. Zijn schedel glansde en er stonden overal kleine druppeltjes op.

De huishoudster zei dat het warme weer van de afgelopen dagen het aftakelingsproces nog had versneld. Ze schonk de koffie in en zette het bord met de in keurige vierkantjes gesneden boterhammen voor hem neer. Ze was al begonnen met het inpakken van het glaswerk en het serviesgoed. Op de grond stonden kartonnen dozen, en ze wikkelde ieder voorwerp zorgvuldig in krantenpapier en deed dit vervolgens in een doos.

Zo wordt uiteindelijk alles in krantenpapier gepakt en opgeborgen, dacht Becker.

Hij keek om zich heen en had het gevoel dat hij zich niet in het huis van zijn moeder maar in een wachtkamer bevond, en dat hij elk moment kon worden binnengeroepen om van een zeurende kiespijn te worden verlost. In aansluiting op dit gevoel bladerde hij gedachteloos een paar tijdschriften door en keek nu ook voortdurend op zijn horloge.

Na enige tijd stond hij op en liep naar het raam. Het plein waaraan de woning van zijn moeder lag, had hem met zijn hoge gelijkvormige huizen en symmetrische aanleg altijd aan de binnenplaats van een kazerne doen denken. In het licht van de straatlantaarns was te zien hoe een man zich als een willoze speelbal door zijn twee aangelijnde honden in een grillige choreografie over het trottoir liet sleuren.

Het was nu helemaal donker, maar in de woning leek het alleen nog maar warmer te worden.

Terwijl de huishoudster onverstoorbaar doorging met het inpakken van de glazen en schalen, trok Becker de laatjes van een secretaire open en neusde tussen de papieren, paperclips en elastiekjes. In een hoek van de kamer stond een ladekastje dat van onder tot boven met sieraden was gevuld: zowel schitterende gouden oorbellen als volstrekt waardeloze plastic halskettingen en armbanden. Hij wierp nog een blik in een kast met glaswerk maar zag ook hier niets wat hem blijvend belang zou kunnen inboezemen.

Ten slotte liep hij terug naar de slaapkamer, pakte de foto van het nachtkastje en stak deze in de binnenzak van zijn jas.

De mannen in wier gezelschap Becker enkele uren later de drie steile trappen beklom, waren dezelfde twee van de vorige week. Terwijl ze wachtten tot er opengedaan zou worden, boog een van hen zich giechelend over het kinderfietsje en bootste met zijn lippen het geluid van een zware motorfiets na.

De vrouw liet hen binnen. Uit de stoel achter de schrijftafel kwam een lange, magere man overeind. Becker liep op de schrijftafel toe, tilde de schrijfmachine een eindje op en griste de papieren onder het vloeiblad vandaan.

De man wisselde een blik met de vrouw, die in de deuropening was blijven staan. Daarop boog hij het hoofd en liet zich zonder een woord te zeggen tussen de twee bruinleren jekkertjes in naar buiten brengen.

Becker staarde een ogenblik naar de grond. De blokken waren opgeruimd en lagen in keurige stapeltjes in een hoek. Beneden klonk gelach en er waren geluiden te horen alsof er iemand van een trap viel. Daarna werd het stil.

Hij zag het jongetje pas toen het bijna vlak voor hem stond. Hij had een pyjama aan en wreef met één hand in zijn ogen, die nog half dichtzaten van de slaap. Voordat hij precies wist wat hij deed, had hij het jongetje onder zijn armen beetgepakt, tilde het hoog in de lucht en zwaaide het zo in het rond. Het jongetje kraaide van plezier en trommelde met zijn vuistjes op het grote glimmende hoofd dat in de diepte met hem meedraaide. Becker bleef hem door de lucht zwaaien tot hij bijna geen adem meer had, zette hem toen weer op de grond en daalde hijgend de trappen af.

Buiten richtte hij zijn blik nog eenmaal omhoog naar het verlichte raam op de bovenste verdieping. Hij keek naar het raam en luisterde scherp, maar het bonzen van zijn hart was het enige geluid dat de stilte in de lege straat verstoorde.

DE WEG NAAR DE KUST

Het was de dag voor het begin van de schoolreis. De leraar sloot de gordijnen en schakelde de projector in. Samen met hun klasgenoten keken Michael en Erik naar de flakkerende beelden van de grillige kustvormen en de op de stranden uitrollende golven.

Vervolgens vertoonde de leraar een door hemzelf vervaardigde film waarmee hij, volgens zijn zeggen, op een festival voor amateurfilms de vierde prijs had gewonnen. In deze film was een aantal schaatsers op een ijsbaan te zien. Bij de film werden geluiden van raceauto's afgespeeld, waarschijnlijk om zo een grappig effect te bereiken.

Zwijgend keken de leerlingen naar het scherm, alleen de leraar bracht zo nu en dan snuivende geluiden voort.

Er is toch een zekere durf voor nodig om zoiets te vertonen, fluisterde Michael, die zich naar zijn vriend toe had gebogen.

Ja, zei Erik. Na afloop van de les haastten ze zich naar het schoolplein en staken de in de klas gerolde sigaretten op.

De volgende dag reisden ze per trein naar het vertrekpunt van de schoolreis. Op een verlaten stationnetje midden in een vlak en vrijwel boomloos landschap werden de fietsen en kampeerbenodigdheden uitgeladen.

Die eerste avond sloegen ze het kamp op naast een uitgestrekt bungalowpark. Michael pakte zijn dolk en stak deze voor de ingang van hun tent in de grond.

De dolk zal ons tegen alle kwaad beschermen, zei hij.

Bij het aanbreken van de dag trokken ze weer verder. Hoewel ze regelmatig van richting veranderden, leek het of de wind hen altijd recht in het gezicht blies. Al na enkele uren klaagden verscheidene leerlingen over dorst.

In de oorlog legden wij nog veel grotere afstanden af zonder dat wij iets te eten of te drinken hadden, zei de leraar. Zuchtend stapten ze weer op hun fietsen.

Halverwege de middag bezichtigden ze de waterwerken. Op verzoek van de leraar stelde de beheerder het gemaal in werking. Boven het dreunen van de turbines uit was vaag het gebrul van de leraar hoorbaar, die met brede armgebaren het functioneren van het gemaal toelichtte.

Later brachten ze een bezoek aan het kasteel van de keurvorst. Alvorens zijn verhaal te vervolgen, sloot de gids eerst ieder vertrek achter de groep af, zodat er geen weg terug mogelijk was.

Ze hoorden de verschillende jaartallen aan, wierpen een blik achter het verscholen paneel waar de vrouw van de keurvorst destijds haar geheime correspondentie met de kardinaal had verborgen en liepen door de onderaardse gewelven waar de ter dood veroordeelden op de voltrekking van hun vonnis wachtten.

Na afloop van de rondleiding zagen Michael en Erik hoe de leraar van onder zijn overhemd een met een koordje om zijn nek bevestigde portefeuille tevoorschijn trok en de gids een bankbiljet toestopte.

Die avond werd de kookwedstrijd gehouden.

Een voor een brachten de leerlingen de resultaten van hun inspanningen naar de tent van de leraar, die alle gerechten uitvoerig proefde.

Het liep al tegen middernacht toen Michael zijn opwachting bij de tent maakte. De leraar lag achterover op zijn slaapzak en zong luid mee met de muziek die uit een transistorradio kwam. Hij pakte het pannetje aan en begon onmiddellijk te eten. Aan zijn voeten lag een heupflacon die met een gele vloeistof was gevuld.

Toen Michael bij hun eigen tent terugkeerde, haalde hij de heupflacon uit zijn zak.

Wat is dat? vroeg Erik.

Een drank die ons nieuwe kracht zal geven, zei Michael.

De volgende ochtend werden de prijswinnaars bekendgemaakt. Michael en Erik kregen een eervolle vermelding omdat zij de leraar nog zo laat op de avond hun gerecht waren komen brengen.

Het landschap veranderde nauwelijks, alleen de wind blies harder dan de voorgaande dagen. Michael en Erik raakten steeds verder achterop. Bij het naderen van een brug minderden ze vaart en nadat het grootste deel van de groep over de brug was verdwenen, sloegen ze rechts af een weg in die langs de rivier voerde.

Een uur lang reden ze stevig door, legden daarop hun fietsen in de berm en daalden af naar het water. Ze vlijden zich neer in het gras en vouwden hun handen onder hun hoofd. Michael had de heupflacon meegenomen.

Op een leerzame reis, zei hij. Hij hield de heupflacon omhoog en nam een flinke slok.

Ja, zei Erik. Voorzichtig dronk hij van de gele vloeistof, die hem terstond verwarmde.

Ze hadden er amper een kwartier gelegen toen in de verte over de weg een fietser naderde. Ze richtten zich op hun ellebogen op en zagen de leraar van zijn fiets stappen en op hen toe lopen. Hij was zo buiten adem dat hij de eerste minuut geen woord kon uitbrengen.

Jullie zijn mij een verklaring schuldig, bracht hij ten slotte hijgend uit, maar mag ik jullie nu eerst verzoeken om rustig achter mij aan te rijden.

Ze sjokten terug naar de weg en raapten de fietsen op. De leraar zat al in het zadel.

Kom jongens, zei hij. We hebben heel wat tijd in te halen.

Michael was voor hem gaan staan. Hij had de dolk uit zijn bagage gepakt en stak de leraar ermee in de borst. Met een harde slag viel de fiets terug op het wegdek.

Samen sleepten ze de leraar naar de oever. Daarop haalde Michael de fiets, waadde tot aan zijn knieën het water in en duwde hem van zich af.

Ze stonden op de weg en keken naar beneden. Zowel van de fiets als van de leraar was van hieraf geen spoor meer te zien. Michael veegde de dolk af aan het gras en borg hem weer in zijn bagage.

Wacht even, zei hij.

Andermaal liep hij naar de rivier en kwam terug met de portefeuille, die hij aan het koordje in het rond zwaaide. Hij knoopte zijn hemd open en hing de portefeuille om zijn nek.

We gaan, zei hij.

Zonder nog achterom te zien zetten ze de fietsen in beweging.

Die nacht sliepen ze in een parkeergarage onder een flatgebouw. De volgende ochtend werden ze gewekt door het geluid van een startende auto. Ze rolden de slaapzakken op en liepen met de fietsen aan de hand naar buiten.

Het was een stralende dag. In een rustig tempo reden ze door het stadje. Op het plein voor de kathedraal werden de marktkramen opgebouwd. Keurige rijen schoolkinderen staken, geflankeerd door de onderwijzeres, de straat over. Winkeliers droegen hun waren naar buiten en stalden ze voor de winkels uit. Zo belandden Michael en Erik ten slotte op de buitenweg.

Ze kozen hun route steeds zo dat ze de wind altijd in de rug hadden. Bij het eerstvolgende dorp hielden ze halt en namen plaats op een terras.

Michael haalde de portefeuille tevoorschijn en telde het geld.

Hier kunnen we wel even mee voort, zei hij en knipoogde naar Erik.

Erik had zijn tanden in de sandwich gezet en knikte alleen maar. Ze bestelden nog meer sandwiches en ook nog twee grote koppen koffie.

Moeten jullie nog ver? vroeg de caféhouder toen hij de bestellingen op het tafeltje had neergezet.

Michael noemde de naam van een zeer zuidelijk gelegen kustplaats waar hij ooit met zijn ouders op vakantie was geweest.

Dan zullen jullie je geld nog hard nodig hebben, zei de man. Beschouw deze tweede ronde maar als een traktatie.

Ze bedankten de caféhouder, die uitbundig naar hen zwaaide toen ze ten slotte weer op hun fietsen stapten.

Het terrein werd heuvelachtiger. Hijgend stonden ze op de pedalen en regelmatig moesten ze afstappen om te voet de hellingen te beklimmen. De wind was nu helemaal gaan liggen. Wit weerkaatste het zonlicht op het wegdek.

Tijdens een rustpauze pakten ze alle bagage uit en verdeelden deze in twee stapels.

We houden alleen het grondzeil, zei Michael. Bij dit weer kunnen we onder de blote hemel slapen, en als het regent kunnen we ons met de regenjassen toedekken.

Ze stonden op een brug en wierpen de overtollige bagagestukken een voor een naar beneden. Als laatste verdween de tent in de diepte. De zware zak danste een paar keer op en neer alvorens voorgoed onder het wateroppervlak te verdwijnen.

Aanvankelijk bracht de vermindering van gewicht enige verlichting, maar de hellingen werden steeds langer en steiler.

Tijdens een afdaling kwam Erik in een bocht ten val, waarbij hij zich aan het steengruis verwondde.

Zo gaat het niet langer, zei Michael.

Ze maakten een nieuwe, nog strengere selectie van de bagage. Daarna verborgen ze de fietsen in het kreupelhout en posteerden zich in de berm van de weg.

Er kwamen niet veel auto's voorbij. Twee politieagenten in een Land Rover staken bij wijze van groet hun duimen omhoog. Een boer op een bromfiets gebaarde lachend dat hij te weinig plaats had om hun beiden een lift te geven.

Na enkele uren stopte er een grote auto. Het glas van de raampjes was zo donker dat de bestuurder bijna niet te zien was.

Michael stapte met de bagage achterin. Erik was naast de bestuurder gaan zitten. Uit een cassetterecorder klonk luide muziek. De bovenzijde van het dashboard lag bezaaid met cassettes en lege sigarettenpakjes.

Ik neem altijd alleen maar jongens mee, zei de man na enige tijd. Meisjes zijn veel minder gezellig. Jongens begrijpen een hoop dingen een stuk beter.

Hij bood hun sigaretten aan en vertelde dat hij een keer een jongen in zijn auto had gehad die hem zonder omwegen een flink geldbedrag had gevraagd, waarna deze de man van alles had toegestaan wat andere jongens gewoon voor niets deden.

Wat is jullie mening daar nou over? vroeg hij terwijl hij Michael in zijn achteruitkijkspiegeltje aankeek. Hij had zijn hand op Eriks dijbeen gelegd.

U kunt ons er beter hier uitzetten, zei Michael.

De man had de portierraampjes opengedraaid en floot mee met de muziek. Moeiteloos stuurde hij de auto met één hand door de bochten en keek af en toe grijnzend in zijn spiegeltje naar Michael die naar iets in zijn bagage zocht.

Jullie zitten nog maar net, lachte de man. We maken er een spannende tocht van.

Ze zaten op een grote platte steen aan de oever van een beek. Een voor een stopte Michael de cassettes in de recorder, luisterde even en gooide ze dan iedere keer met een forse zwaai in het snelstromende water.

Wat een troep, zei hij. Dat iemand met zo'n walgelijke smaak zo'n grote auto mag besturen! Ja, zei Erik. Aan de kant van het water bouwde hij van kleine steentjes een dam, zodat daarachter een soort stuwmeer ontstond.

Ten slotte stond Michael op en gooide ook de cassetterecorder in de beek.

We moeten verder, zei hij.

Hij keek naar zijn vriend, die nog altijd met de steentjes in de weer was. Het water reikte inmiddels zo hoog dat het alweer bijna over de dam heen stroomde.

Ze stonden voor de etalage van een rijwielhandel en keken naar de glanzende bromfietsen. Michael drukte zijn gezicht tegen de ruit en las hardop de prijzen die op de kaartjes stonden vermeld. Hij klopte op de verdikking onder zijn hemd waar zich de portefeuille bevond.

Als we ze kopen, houden we bijna niets meer over, zei hij.

De straat was uitgestorven. Op het dorpsplein sloeg een klok drie uur. In de winkel waren geen klanten te zien.

We kunnen natuurlijk ook alleen een proefrit maken, zei Michael. Hij gaf Erik een knipoog.

Een proefrit, zei Erik en keek van Michael naar de bromfietsen. Op zijn gezicht verscheen een brede grijns.

Nog één keer keken ze links en rechts de straat af en betraden toen de winkel. Bij het openen van de deur was er een luide bel te horen.

Aan het eind van de middag reden ze het kampeerterrein op. Ze spreidden het grondzeil en de slaapzakken uit en lieten hun hoofden op de overgebleven bagage rusten.

Een gebruinde man in een wit zwembroekje speelde badminton met twee meisjes. Telkens wanneer de gebruinde man een slag miste of het shuttletje door zijn toedoen in de bomen belandde, klapte Michael in zijn handen, maar de spelers schonken geen aandacht aan hem.

Ze liepen het kampeerterrein rond en kwamen bij een klein zwembad. Niettegenstaande het weinig uitnodigende water met de daarin ronddrijvende waterplanten en boomtakken ontdeden ze zich snel van hun kleren.

Na verloop van tijd werd het steeds voller in het zwembad. Michael en Erik maakten er een sport van om zo dicht mogelijk naast de overige baders in het water te duiken. Het duurde even voordat het tot hen doordrong dat ze door louter zwakzinnigen waren omringd. De zwakzinnigen brachten onverstaanbare geluiden voort, keken de beide jongens met grote ogen aan en probeerden hen aan hun benen onder water te trekken.

Wanhopig zochten ze in het gekrioel naar de begeleiders, maar die waren niet van hun pupillen te onderscheiden. Hijgend bereikten ze de kant en trokken hun kleren pas aan toen ze zich op veilige afstand van het zwembad waanden.

Ze lieten de slaapzakken en de bagage op het kampeerterrein achter en reden de heuvels in. Een warme wind blies hen in het gezicht. Hoog boven een brede rivier verhief zich een ruïne. Ze bestegen het pad dat naar de ruïne voerde, liepen tussen de zwarte muren door en keken vanaf de toren naar beneden.

De avond was gevallen. Aan de oever van de rivier schitterden de lichtjes van het restaurant. Van hieraf waren de mensen te zien die buiten op het terras zaten te eten.

Ik heb honger, zei Erik.

Langdurig bestudeerden ze de spijskaart en bestelden het duurste en uitvoerigste menu dat ze konden vinden.

De wijnkaart, zei Michael nadat de ober hun bestellingen had opgenomen.

Een voor een verschenen de gerechten op de wit gedekte tafel. Rondom strekten zich de donkere heuvels uit. Hier en daar waren de verlichte ramen van de boerderijen te zien. Ze keken omhoog naar de ruïne, waarvan nu alleen nog de zwarte contouren te onderscheiden waren. Ergens in de diepte klonk het ruisen van de rivier over de stenen.

Je weet dat ik altijd van je gehouden heb, zei een vrouw aan het tafeltje naast het hunne tegen een man in een wit overhemd. Het moet nu alleen afgelopen zijn.

Je hebt me alleen maar gebruikt, zei de man. Je hebt me gebruikt, en nu ik niet langer in je plannen pas, laat je me op deze manier vallen.

Michael hief zijn glas en lachte naar Erik, die met een gelukzalige glimlach op zijn gezicht in zijn sorbet roerde.

Het was al laat op de avond toen ze op het kampeerterrein terugkeerden. In het gebouwtje naast het washok brandde licht. Door de geopende deur was luid gelach en geschreeuw te horen.

Binnen waren een pingpongtafel en een tafelvoetbalspel opgesteld. Twee jongens in zwembroeken speelden tafeltennis. Aan het tafelvoetbal stond de gebruinde man met de twee meisjes.

Eerst speelde de gebruinde man met een van de meisjes tegen

Michael en Erik. De man speelde zo snel dat ze het balletje amper zagen voordat het met een luide knal in het doelpoortje verdween. Herhaaldelijk duwde de man het meisje opzij en nam ook haar speelhelft voor zijn rekening.

Laat maar gaan, riep hij. Ik pak hem wel.

Ze verloren kansloos. Bij het volgende spel nam de man het in zijn eentje op tegen Michael, Erik en een van de twee meisjes, met hetzelfde vernietigende resultaat. Hij stelde voor dat Michael aan zijn kant zou komen staan, maar deze weigerde om aan de zijde van de gebruinde man te spelen.

Zo stond de man alleen tegenover hen vieren. Nog altijd leken de balletjes zich sneller dan het geluid over het speelveld te bewegen, om zonder uitzondering weer in de verkeerde doelpoort te belanden.

Jij rolt het balletje steeds naar jou toe, zei een van de meisjes kwaad toen de gebruinde man de bal opnieuw in het spel bracht.

Jullie durven gewoon niet toe te geven wie hier de topspeler is, meende deze.

Om zijn lippen speelde een triomfantelijke grijns. Reactievermogen, zei hij. Reactievermogen, daar gaat het om!

Uren later liepen Michael en Erik met de twee meisjes naar buiten. Het was een heldere nacht. Maanlicht weerkaatste op de tanks van de bromfietsen, die een eindje verderop tussen de bomen stonden.

Ze zaten aan de rand van het zwembad en rookten sigaretten. In het donker kwaakten kikkers. Een van de meisjes leunde met haar hoofd op Michaels schouder.

Ik ben moe, zei Erik.

Kort daarop zagen ze de gebruinde man langs de rand van het zwembad lopen en zoekend in het rond kijken. Toen hij hen in de gaten kreeg, kwam hij bij hen zitten en stak een sigaret op.

Kan ik je even spreken, Isabel, zei hij tegen het meisje dat tegen Michael aanleunde.

Ga je gang, zei ze.

De gebruinde man trok driftig aan zijn sigaret.

Niet hier, siste hij tussen zijn tanden.

Hij stond op en schopte een paar steentjes in het water. Ga je mee, Isabel? vroeg hij.

Het meisje maakte geen aanstalten om in beweging te komen.

Ik zit hier goed, zei ze langzaam.

Plotseling greep de man Michael bij zijn hemd en trok hem ruw overeind. Er ontstond een worsteling, waarbij het ernaar uitzag dat de man hem in het zwembad zou duwen. Even wist Michael zich uit zijn greep te bevrijden.

Niet doen, Michael! riep Erik. Niet doen!

De gebruinde man deed een paar stappen achteruit. De dolk flikkerde op in de nacht. Michael was blijven staan en liet zijn armen langs zijn lichaam omlaag hangen.

Hier zullen jullie meer van horen, hijgde de man.

Met een ruk draaide hij zich om en verdween met grote passen in de duisternis.

Na enige dagen bereikten Michael en Erik de kustplaats. Michael wees zijn vriend het niet ver van de zee gelegen huisje waar hij met zijn ouders de vakantie had doorgebracht.

Hier op het terras speelde ik altijd met mijn broertje, zei hij. En daar beneden haalden we melk en eieren.

Ze dronken bier in een café aan de boulevard. Jongens en meisjes bogen zich over de kleurige speelautomaten en probeerden zich voornamelijk met gebaren boven het lawaai uit verstaanbaar te maken. Hoog in een hoek van het café was een televisietoestel bevestigd waarop beelden van autoraces te zien waren. Harde muziek vulde de helverlichte ruimte.

Een man in een zwart jack kwam tegenover hen zitten. Geld verdienen? vroeg hij. Werk zoeken? Ze schudden van nee. De man keek hen van over zijn glas grijnzend aan. Niks aan, zei hij. Heel makkelijk geld verdienen.

Op het televisiescherm werd een dode man met een wit laken bedekt. Naast zijn hoofd lag een donkere plas bloed. Blauwe zwaailichten van politieauto's flitsten door de nachtelijke beelden.

Toen ze het café verlieten, waren de bromfietsen spoorloos verdwenen. Ze keken links en rechts de boulevard af, maar zo ver het oog reikte waren er alleen maar eindeloze massa's mensen te zien die druk pratend en gebarend onder de palmen op en neer liepen.

Met de handen in de zakken slenterden ze door het stadje. Op de straathoeken en voor de terrassen zaten jongens op hun scooters. Grote schijnwerpers belichtten de eeuwenoude vestingwallen.

Om middernacht liepen ze nog altijd doelloos voort. Op een donkere rotonde werden ze aangeklampt door twee jongens met rugzakken. De jongens vertelden dat onbekenden de afgelopen nacht een Arabier hadden doodgestoken. De Arabieren zonnen nu op wraak en waren vastbesloten de moord op hun landgenoot met gelijke munt terug te betalen. Zo hadden de jongens al herhaalde malen een auto voorbij zien komen waarvan de inzittenden, waarschijnlijk Arabieren, een dreigende houding hadden aangenomen.

We kunnen beter met zijn vieren blijven, zeiden ze, terwijl ze gejaagd om zich heen keken.

Een tijdlang liepen ze door de vrijwel uitgestorven buitenwijken. Zware vrachtwagens denderden door de schaars verlichte straten. Bij een kruispunt bleef een van de jongens plotseling staan.

Dat zijn ze, fluisterde hij.

Michael en Erik keken naar de witte auto van de 'Arabieren' die bij een stoplicht stond en nu met veel gegier van banden optrok. Kleine steentjes spatten over het wegdek.

Uiteindelijk vonden ze tussen de flatgebouwen een geschikte open plek waar ze de slaapzakken uitspreidden. Ze gingen met hun hoofden naar elkaar toe liggen, aangezien dit volgens de jongens met de rugzakken de beste bescherming tegen een eventuele nachtelijke aanval bood. Een van de jongens haalde een fles wijn tevoorschijn, zette deze aan zijn mond en gaf hem toen door aan de anderen.

Met moeite plantte Michael de dolk in de harde grond.

De volgende ochtend werden ze door een luide kreet gewekt. Voor hen stond een lange Arabier in een geruit colbert.

Babour, riep de man.

Michael wreef zijn ogen uit en keek om zich heen. Van de jongens met de rugzakken was geen spoor te bekennen. Ook de dolk was verdwenen.

Babour, zei de man nogmaals.

Wat zegt hij? vroeg Erik.

Geen idee, antwoordde Michael.

Hij voelde onder zijn overhemd.

Godverdomme, zei hij toonloos.

Erik, die zich op zijn ellebogen had opgericht, liet zijn hoofd hangen en staarde naar de steentjes in de donkerrode grond.

Babour, zei de Arabier en wees in de verte waar alleen de flatgebouwen te zien waren.

Het is heel eenvoudig, zei de man in het zwarte jack.

Hij had zijn platte koffertje op het tafeltje neergezet en liet de horloges tussen zijn vingers doorglijden.

Deze horloges bijna niets waard, vervolgde hij, maar zien net zo uit als echt Zwitsers horloge. Jullie gaan naar toeristen bij grote hotels en uit de touringbussen. Jullie hun vertellen alle geld gestolen. Kunnen zij jou alsjeblieft helpen door jouw horloge te kopen? Snappen jullie? Heel eenvoudig. Altijd succes.

De speelautomaten brachten rinkelende geluiden voort. De muziek baande zich dreunend een weg door de dichte sigarettenrook. Over het hoofd van de man met het zwarte jack heen keek Michael naar het televisietoestel. Daarop was nu plotseling zijn eigen portret verschenen, naast dat van Erik. De twee portretten bleven geruime tijd in beeld, maar het geluid was onmogelijk te verstaan.

Snel keek Michael het café rond maar niemand van de aanwezige bezoekers scheen enige aandacht aan het televisietoestel te besteden. Hij wierp een blik opzij op Erik, die gefascineerd naar het beeldscherm staarde.

Laten we gaan, zei hij zacht.

Vanavond jullie brengen hier de geld, zei de man, en dan wij verdelen. Goed verdienen, snappen jullie?

Ze liepen over de boulevard en hingen wat rond voor de ingangen van de grote hotels. Michael liep op een man in een geruite broek toe, stak zijn verhaal af en verkocht een horloge voor het vierdubbele van de prijs die het waard was.

Dat begint goed, zei hij.

De rest van de middag slaagden ze er echter niet in om ook nog maar één horloge te verkopen.

De toeristen namen hen misprijzend op, deden alsof ze hen niet verstonden, of klauterden zonder op of om te kijken in de gereedstaande autobussen.

Ze vonden een caféhouder bereid om hun in ruil voor een

horloge enige broodjes en twee koppen warme chocolade te serveren. Voor de terrassen en bij de ijscokarren stonden lachende mensen. Winkelende vrouwen met kinderwagens wierpen hun muntstukken in de geopende vioolkisten van de straatmuzikanten.

Die avond keerden ze niet terug naar het café.

Ze zaten op het strand en keken naar de zon die vlak boven de golven hing. Voor hen uitgespreid in het zand lagen de horloges, die alle dezelfde tijd aangaven.

Hier begint de zee, zei Michael. Hier kunnen we niet verder.

Ja, zei Erik.

Bij het invallen van de duisternis zaten ze er nog steeds, zonder in beweging te komen. Samen keken ze naar de uitrollende golven die uit de donkere nacht kwamen, om daar vrijwel geruisloos weer in terug te keren.

DE BEWONDERING

EEN HANDLEIDING

Eerste ontmoeting

Het was in april 19.. Ik zat in café Luxor op het drukste plein van onze stad. We waren met zijn vieren. Edward Conrad, de bekende dichter, Stephan Arthuro, Michel Audran en ik. We wachtten op David Orsini, over wie mij al veel was verteld.

Daar kwam Orsini het café binnen. Hij ging aan ons tafeltje zitten en knikte ons gezelschap minzaam toe.

Terwijl ik naar zijn fijn geplooide gezicht keek, kon ik mij onmogelijk voorstellen dat hij, zoals Audran beweerde, weleens 'in bijvoorbeeld een grijs kostuum de tango danste, waarbij hij bovendien,' nog steeds volgens Audran, 'zichzelf met ritmisch handgeklap begeleidde'.

Het was al laat toen wij het café verlieten. Buiten viel een dunne regen. Ik liep met Orsini op tot de hoek van de straat.

Kom morgen om drie uur naar de bibliotheek, zei hij tegen me. Daarop verdween hij in de duisternis.

De dood van zijn moeder

Op een avond nam hij me mee naar een huis in een van de buitenwijken, waar zijn moeder op sterven lag. Deze buurt, die in de oorlog door een bombardement was getroffen, staat mij nog altijd helder voor de geest. Na de oorlog had men de huizen zo goed en zo kwaad als het ging in de oude stijl herbouwd, maar in die tijd was alles nog zo nieuw en vers dat ik mij er slecht op mijn gemak voelde, als werd ik omringd door misplaatste decorstukken uit een of ander naamloos drama.

Zijn ouders bewoonden een ruime etage op de derde verdieping. Naast elkaar stonden we in de donkere sterfkamer. Ik vertelde hem over mijn eigen moeder, die enkele jaren geleden op soortgelijke wijze aan haar eind was gekomen, maar Orsini legde mij met een handgebaar het zwijgen op.

Luister, zei hij zacht. Haar ademhaling wordt onregelmatig. Het einde nadert.

Een kwartier later stonden we in de keuken. Orsini had de ijskast geopend.

Geen whisky, zei hij.

Na de dood van zijn moeder zagen wij elkaar enkele weken niet, tot er op een regenachtige avond plotseling op mijn deur geklopt werd. Het was Orsini. Hij liet zich in de enige gemakkelijke stoel vallen die mijn kamertje rijk was en slaakte een diepe zucht.

Ik meende er goed aan te doen hem niet meer aan het overlijden van zijn moeder te herinneren, en zo dronken we tot in de ochtenduren en spraken over andere dingen.

De eenling

Ik bewoonde in die tijd een vochtig huurkamertje in het derde district. Mijn hospita mocht Orsini niet. Ze vreesde zijn doordringende blikken en zag in hem slechts een gevaarlijke duivel, die mij ongetwijfeld op het slechte pad zou brengen.

Die meneer Orsini, zei ze altijd. *Die meneer Orsini* was gisteren weer aan de deur. Ik heb hem gezegd dat ik niet wist wanneer u terug zou komen.

Op een middag kwam hij mijn kamertje binnenstormen. Het is een prachtige dag, zei hij. Laten we naar het park gaan.

In het park keken we naar een vuurspuwer, die met ontbloot bovenlijf in het midden van een grote kring mensen stond.

Zo zijn de mensen, zei Orsini. Met open mond verdringen ze zich rond de eenling en verbazen zich over zijn kunsten.

Ik wist op dat moment zeker dat hij langs een omweg op zichzelf doelde, maar durfde hem er destijds niet naar te vragen.

De vrouwen

De vrouw is voor mij als een vuur in de nacht, zei Orsini eens. Onweerstaanbaar wordt de man erdoor aangetrokken, maar als hij te dicht in de buurt komt, kan hij zich lelijk branden.

We zaten aan ons vaste tafeltje in café Luxor. Ik dacht aan Claudia, het zangeresje uit de vermaarde nachtclub La Luna, met wie Orsini in die tijd een verhouding had. Op een avond, toen Orsini zich in een aangrenzend vertrek aan het omkleden was, had zij mij in vertrouwen genomen.

David heeft het veel over u, zei ze. Hij is erg op u gesteld. Soms zinkt hij weg in van die stemmingen, dan heb ik het gevoel of er hele continenten tussen ons in liggen. Misschien kunt u eens met hem praten.

Na de zelfmoord van Claudia had hij een halfjaar omgang met Babette, het barmeisje van Club 45. In die periode zag ik Orsini steeds minder.

Op een stralende herfstdag kwamen we elkaar bij toeval tegen op de promenade.

Die vrouw zuigt mij leeg, zei hij grimmig. Er lag een verbeten trek om zijn mond, die ik nog niet eerder bij hem had gezien. Na die keer werd er nooit meer over Babette gesproken, en Orsini's geregelde bezoeken aan mijn huurkamertje namen opnieuw een aanvang.

De kleurrijke figuur

Bij een van die gelegenheden – we hadden allebei nogal stevig gedronken – bekende ik Orsini dat ik me hem voor onze eerste ontmoeting als een veel schilderachtiger, een veel kleurrijker figuur had voorgesteld. Orsini keek geruime tijd peinzend voor zich uit.

De kleurrijke figuur, zei hij toen, is de gevangene van zijn eigen schilderachtige natuur. In feite zijn zijn gedragingen net zo voorspelbaar als die van de, in de ogen van de mensen, al even kleurrijke bankrover, wiens met draaiende motor gereedstaande vluchtauto naderhand toch ook steevast bij de verlaten steengroeve wordt aangetroffen. Gelijk de hoogwaardigheidsbekleder uit het verre moederland te midden van de inheemse dansers voert hij zijn verplichte danspassen uit. Uiteindelijk gaat de kleurrijke figuur te gronde aan de sleur van zijn kleurrijke creatie. Ik ben dan ook blij dat ik niet aan deze omschrijving beantwoord.

Na deze woorden van Orsini, die uit het diepst van zijn hart leken te komen, deden wij er enige tijd het zwijgen toe.

Ik dacht aan hetgeen hij destijds over de vuurspuwer in het park had gezegd, en ik besefte dat ook Orsini een gevangene was, een gevangene van iets wat niet direct met woorden was te benoemen maar dat hem daarom misschien wel des te heviger kwelde en achteraf gezien, althans voor mij, zijn gedragingen in later jaren grotendeels verklaarde.

Leerling en meester

Orsini was niet mijn leermeester in de gebruikelijke betekenis van het woord. Weliswaar probeerde ik hem tot in de kleinste gebaartjes te imiteren, maar dat is immers niet ongewoon voor iemand die nog jong en onervaren is en zijn persoonlijkheid maar al te graag naar een indrukwekkend voorbeeld wil modelleren.

Hij maakte er een gewoonte van om mij hiermee in het openbaar te plagen, ook als mijn vrienden erbij waren. Op een keer verdroeg ik dit niet langer en barstte in tranen uit.

Ach mijn beste, zei Orsini zichtbaar geschrokken, ik wist niet dat je zo lichtgeraakt was! Vanaf die dag was het afgelopen met zijn plagerijen.

Hangpartij

Toen zijn vader stierf, verbleef ik in het buitenland.

De relatie van Orsini met zijn vader werd voornamelijk in stand gehouden door hun wekelijkse schaakpartijen. Elke zondag kwamen ze bijeen en werden de schaakstukken op het bord neergezet. Na mijn terugkomst vertelde hij me dat ze de laatste partij, die ze samen hadden gespeeld, door tijdnood hadden moeten afbreken. Ze hadden de positie van de stukken genoteerd, met de bedoeling de partij de eerstvolgende zondag voort te zetten. Enkele dagen later was zijn vader onverwachts gestorven.

Nooit eerder, zo verzekerde Orsini mij met nadruk, was het voorgekomen dat hij met zijn vader een zogenaamde hangpartij had gespeeld.

Verwijdering

In de latere jaren maakte Orsini op mij een steeds verbitterder indruk. Ik had het gevoel dat onze vriendschap eronder leed: er groeide een aanvankelijk nauwelijks merkbare verwijdering tussen ons.

Hij huurde in die tijd een kamer in een pension in het havenkwartier en vertoonde zich nog maar zelden in de stad.

Soms hangt mijn jas dagenlang over de leuning van een stoel, zei hij, als een hond die erop wacht tot hij wordt uitgelaten.

Op een dag – het was kort voor het uitbreken van de volgende oorlog – kwam het tot een uitbarsting. Samen hadden we een gemeenschappelijke kennis, die als zovelen van mijn leeftijdgenoten onder de wapenen was geroepen, naar de trein gebracht. Ook ik verwachtte iedere dag de vertrouwde bruine vensterenvelop van het ministerie van Defensie in mijn bus te horen vallen, maar in die spannende dagen was ik de gelukkige thuisblijver, die een voor een van zijn beste vrienden afscheid nam.

Op het station, waar de volgepakte treinen af en aan reden, keken wij naar de zich langzaam over het perron verwijderende kennis. Moeders wuifden naar hun in nieuwe uniformen gestoken zonen, die grijnzend uit de treinraampjes hingen om kort daarop met onbekende bestemming te vertrekken.

Zie deze mensen toch eens, zei Orsini met ingehouden woede

in zijn stem. Zie hoe ze staan te dringen om zich op de stroom van de waanzin te laten meesleuren. Zonder pardon zullen ze straks door diezelfde stroom weer worden uitgekotst, om bedrogen en ontgoocheld achter te blijven, als overtollige haarplukken in de afvoerput van de geschiedenis.

Ik keek even opzij. Zijn ogen hadden zich tot kleine spleetjes vernauwd.

Een krachtige staat moet de mensen tegen zichzelf in bescherming nemen, vervolgde hij, opdat zij niet in hun eigen waanvoorstellingen verstrikt raken en hopeloos verdwalen!

Ik werd kwaad en zei dat het juist deze door hem zo geprezen staat was die zijn onderdanen keer op keer in het onheil stortte. Ik verweet hem dat zijn minachting voor de mensen niet wezenlijk verschilde van het cynisme dat onze zogenaamde moderne staten tentoonspreidden.

Er viel een lange stilte. Ik had er onmiddellijk spijt van dat ik zo tegen hem was uitgevaren en kreeg zelfs medelijden met hem.

Ach, ook ik ben waarschijnlijk een waardeloos en overtollig mens, verzuchtte Orsini na enige tijd, maar het is nog te vroeg om er een eind aan te maken. Er is nog zoveel te doen.

Ik was inmiddels getrouwd met Barbara. Orsini kwam regelmatig bij ons eten, maar het werd nooit meer helemaal als voorheen. Er vielen stiltes tussen ons, die niet meer met een half woord of een schertsende opmerking konden worden overbrugd.

Hoewel Barbara en hij erg op elkaar gesteld waren, voelde ik dat Orsini mij eenvoudig niet met iemand anders wenste te delen. Ik was mijn eigen weg gegaan. Door mijn huwelijk met Barbara had ik hem verraden: dat was het onuitgesproken verwijt dat ik in zijn ogen las, iedere keer wanneer hij mij over onze overvloedig gedekte eettafel langdurig aanstaarde.

Het kwam nooit tot een openlijke breuk. We bleven elkaar

sporadisch opzoeken, spraken af in café Luxor of wandelden door het havenkwartier, maar in onze gesprekken, waarin we van de ene zin naar de andere sprongen zonder in de diepte te durven kijken, teerden we meer en meer op herinneringen, herinneringen aan een tijd die voorgoed tot het verleden behoorde.

Afscheid

Orsini had zijn vertrek naar het buitenland ruim van tevoren aangekondigd. Toch kwam het voor mij als een schok toen hij me op een dag vroeg om de volgende middag afscheid van hem te komen nemen.

Ik trof hem aan te midden van her en der verspreid staande koffers en volgepakte kartonnen dozen. Ik moest lachen omdat ik Orsini eigenlijk altijd als een man zonder enige bezittingen had gezien.

We brachten de middag door in een bijzonder ontspannen en plezierige sfeer. Bij het invallen van de schemering zaten we op het balkon van zijn pensionkamertje en keken naar de schepen die – het was de tijd van de algehele verduistering – donker en geluidloos naar de havenmond gleden.

Bij die gelegenheid deed hij me een beeldje cadeau, een bronzen neushoorn, waarover ik mij herhaaldelijk bewonderend had uitgelaten. De neushoorn staat nog altijd op mijn schoorsteenmantel. Terwijl ik daar zo in de duisternis op zijn balkon zat, met dat koude en zware beeldje wat onbeholpen in mijn handen, kon ik mijn ontroering maar met moeite verbergen. Dit geschenk kon immers niets anders betekenen dan dat Orsini's vertrek voorgoed was.

Pas veel later hoorde ik van zijn dubieuze praktijken in het buitenland, en zijn uiteindelijke aansluiting bij onze vijand. Ik herinner me een uitspraak van hem, jaren tevoren op het terras van Luxor. 'Men moet zich aanpassen aan de tijd waarin men leeft, ook wanneer dat een donkere en gewelddadige tijd is.'

Ondanks de schokkende en elkaar vaak tegensprekende berichten die mij in die jaren over het doen en laten van Orsini bereikten, zal hij altijd in mijn gedachten blijven als de man die in een voor mijn verdere leven zo bepalende tijd een lichtend voorbeeld was.

Op een koude septembermorgen ontving ik het bericht van zijn dood. Ik staarde geruime tijd uit het raam. Mijn zoontje Arthur was toen tien.

Wie was David Orsini? vroeg hij.

Ik wist niet onmiddellijk wat hem te antwoorden. Mijn beste vriend, zei ik toen.

Ik dacht aan wat Orsini die avond voor zijn vertrek op het balkon tegen mij had gezegd: 'De mensen sterven, het wordt alleen maar leger om ons heen. Alleen op hem die zijn medemensen goed gekend heeft, krijgt de uiteindelijke eenzaamheid geen vat.'

BETREFT: MIJN BOVENBUURMAN

Mijne heren,

Hierbij wilde ik graag het volgende onder Uw aandacht brengen. Het gaat namelijk om mijn bovenbuurman.

Van nature ben ik geen argwanend mens. Mijn devies is dat eenieder zijn leven naar eigen inzicht moet kunnen indelen, zolang men daarbij de belangen van de gemeenschap waar men deel van uitmaakt, niet uit het oog verliest. Ook is het mijn vaste overtuiging dat men er het beste aan doet om eventuele onrechtmatigheden zo snel mogelijk aan de autoriteiten te melden, opdat deze passende maatregelen kunnen treffen. Boven mijn hoofd spelen zich dingen af die, mijns inziens, een nadere bestudering verlangen. Vandaar dat ik mij langs deze weg tot U richt.

Ik bewoon een eenvoudig souterrain in een rustige buurt. Aan de achterzijde bevindt zich een kleine tuin. Ik kom er zelden, aangezien mijn bovenbuurman dan vanuit zijn serre een onbelemmerd uitzicht op mij heeft.

Op een keer, toen ik de emmer in het schuurtje terugzette, hoorde ik aan het ritselen van zijn krant dat hij mij gadesloeg. Vanuit mijn ooghoeken zag ik hem voor het geopende serreraam zitten. In zijn hand hield hij iets wat op een glas leek, waarschijnlijk wijn. Niemand schijnt zoveel tijd te hebben als hij om onbekommerd wijn te drinken.

Hij wachtte erop dat ik iets zou zeggen, om mij dan met een neerbuigende of spottende opmerking te kunnen kleineren. Maar omdat ik bleef zwijgen, stelde ik hem daartoe niet in de gelegenheid. Zonder hem ook maar een blik waardig te keuren bereikte ik de tuindeuren.

Afgelopen zomer heb ik er tegels laten leggen, die behoeven immers nauwelijks verzorging, in tegenstelling tot bloemen en planten.

Aan de straatzijde zijn de ramen op zodanige hoogte aangebracht dat ik van de mensen die voorbijkomen alleen de benen kan zien. Er rijden weinig auto's. Soms zijn er jongens aan het voetballen, waarbij ze nooit zullen aarzelen de bal met opzet tegen de ruiten te schieten.

Enkele maanden geleden heb ik een keer hun bal afgepakt. Binnen een halfuur waren ze alweer terug met een nieuwe bal. Geld hebben ze blijkbaar genoeg. Sedertdien trappen ze hem zo hard dat het glas rinkelt in de sponningen maar net niet breekt.

Ik zal nu eerst mijn bedenkingen en opvattingen aangaande mijn bovenbuurman nader toelichten. Als U alles hebt gehoord en begrepen, zult U immers niet anders kunnen doen dan mij gelijk geven. Ik laat het dan verder geheel aan Uw beoordeling en kundigheid over op welke wijze U denkt in te grijpen.

Zo klopte hij vorige week bijvoorbeeld plotseling op mijn deur. Ik doe nooit open alvorens door een spleet van het rolgordijn te kijken wie er aanklopt. Hoewel ik alleen zijn benen kon zien, wist ik door de manier waarop ze brutaal en zelfverzekerd uit elkaar waren geplaatst, dat hij het was. Hij had een envelop in zijn hand.

'Dit is geloof ik voor u,' zei hij, nadat ik de deur op een kier had geopend.

Ik herkende de opdruk van mijn ziekte-uitkering. Ik bloosde. Op de een of andere manier kon ik het niet verdragen deze man met mijn envelop in zijn handen te zien staan.

'Alstublieft,' zei hij. 'Deze werd per ongeluk in mijn bus gegooid.'

Hij reikte mij de envelop aan. Zijn ietwat triomfantelijke grijns beviel mij in het geheel niet. Het leek wel of hij me met zijn blik om nadere uitleg vroeg omtrent de aard van mijn ziekte, hoewel dat iemands eigen zaken zijn en men, naar mijn mening, aan niemand ook maar enige uitleg verschuldigd is.

Zwijgend nam ik de envelop in ontvangst en gooide de deur voor zijn neus dicht.

Dat ik niet kan werken valt geheel buiten mijn schuld, in tegenstelling tot vele anderen die dat maar al te goed kunnen en zich desalniettemin door de staat laten onderhouden. Daarom zal ik U binnen dit bestek ook niet met de diverse symptomen lastigvallen, en er hierbij mee volstaan dat een en ander mij verhindert er gedurende een langere periode een vaste dienstbetrekking op na te houden.

Meestal begint het vanuit de maag. Een licht suizen in de oren is de eerste aankondiging. Ik moet dan altijd gaan staan. Het komt tot rust als ik rechtop sta. Eerst dacht ik dat het mijn hart was. Ik legde een hand op mijn borst en luisterde gespannen naar het regelmatige kloppen, dat mij dan steevast te luid en te snel in de oren klonk. Ik wist zeker dat het ieder ogenblik kon blijven stilstaan, een gedachte die mij zozeer beangstigde dat het hart alleen nog maar luider begon te bonzen.

Nu weet ik dat het de maag is. Deze verdraagt geen grote hoeveelheden voedsel ineens. Vandaar dat ik 's ochtends met mate begin en dit dan in de loop van de dag geleidelijk opbouw. Wanneer ik af en toe heen en weer loop, komt het meestal tot bedaren.

Het overvalt mij vooral in afgesloten ruimtes. In de bioscoop zit ik naast het gangpad, zodat ik snel naar buiten kan. Als ik met de bus rijd, sta ik bij de uitgang en tel de haltes af. Hoe vaak is het mij al niet overkomen dat ik net een kaartje had gekocht, en mij bij de eerstvolgende halte alweer gedwongen zag om uit te stappen. De buschauffeurs nemen de bochten met veel te hoge snelheid, zodat de mensen van achteren tegen je op beginnen te duwen en je geen kant meer uit kunt.

Dientengevolge zou ik mij ook nooit in een kantoor, of in enig ander dienstverband, geheel en al op mijn gemak kunnen voelen. Anderen storen zich er maar al te licht aan wanneer iemand voortdurend opstaat en zwaar ademend zou beginnen te ijsberen.

Niet zo lang geleden liep ik, zonder het aanvankelijk te merken, plotseling vlak achter hem. Het was midden in een drukke winkelstraat. Mijn indruk is dat hij weinig uitvoert, vandaar dat hij midden op de dag op straat loopt om kranten te kopen, of gewoon omdat hij niets beters te doen heeft. Ik versnelde mijn pas en haalde hem in.

'Klaploper!' siste ik in het voorbijgaan. Het was eruit voor ik er erg in had. Hij schrok op, alsof ik een brandende sigaret in zijn nek had uitgedrukt. Ik wist meteen dat ik beter mijn mond had kunnen houden. Zoiets is eruit voor men er erg in heeft.

Hij herstelde zich razendsnel, draaide zich om en nam mij met een onbeschaamde blik van hoofd tot voeten op. 'U had het tegen mij?'

Zijn ogen waren ergens in de buurt van mijn kruis tot stilstand gekomen. Ik draag ouderwetse pantalons, die nogal ruim vallen, maar dat was het geval niet. Die ochtend had ik koffie gemorst. De vlek had ik zo goed en zo kwaad met warm water weggewassen, maar het toonde nog steeds. Ik had mijn kleding eerst moeten verschonen alvorens hem zo onbesuisd aan te spreken. Nu was alles verloren.

Hij keek mij recht aan, maar ik ontweek zijn blik. Ik verlies het altijd als ik iemand lang moet aankijken, daarom begin ik er bij voorbaat niet aan.

'Het is niet belangrijk,' mompelde ik en ik wilde doorlopen, maar hij pakte me bij de arm en bleef me grijnzend aankijken.

Hoe ik destijds heb kunnen toelaten dat hij mij aanraakte, is me nog altijd een raadsel. Ik houd er niet van als mensen mij aanraken. Ik kan het zelfs niet aanzien wanneer andere mensen zich zo in het openbaar gedragen, of aan hun genegenheid voor elkaar ten overstaan van allerlei omstanders uitdrukking menen te moeten geven. Ik vind dat eenieder geheel vrij is te doen wat hem goeddunkt, zolang men daarbij rekening houdt met de gevoelens van zijn medemensen.

'U kunt mij beter loslaten, meneer,' zei ik daarom op zo kalm mogelijke toon.

Nu liet hij inderdaad mijn arm los. Een ogenblik stonden wij nog tegenover elkaar, zonder dat een van beiden iets zei. Daarop stak hij hoofdschuddend de straat over en verdween tussen de winkelende mensen uit het gezicht.

Het is niet goed wat hij zich allemaal aanmatigt. Men moet zijn eigen grenzen kennen. Ook ben ik niet de enige die zich daaraan stoort, maar de mensen zijn vaak te bang om er iets van te zeggen.

Zo hoor ik hem soms tot diep in de nacht in de weer op zijn schrijfmachine. Wat moeten dat wel voor belangrijke gedachten zijn die hij aan het papier toevertrouwt, dat hij daar zijn nachtrust voor opoffert? Naar de geluiden te oordelen is hij overdag nauwelijks tot enige activiteit te porren, maar als ik 's avonds laat het vuilnis bij de boom zet, zie ik bij hem boven nog steeds het licht branden. In de zomer heeft hij het raam open en dan is het tikken tot in de straat te horen.

Tegenover mij woont een vrouw die weduwe is. Een enkele keer maken wij een praatje. Ze is niet jong meer, maar je kan zien dat ze vroeger heel mooi moet zijn geweest.

Op een avond kwamen wij elkaar voor mijn deur tegen. Zonder enige bedoeling maakte ik een opmerking over het geopende raam en de ratelende schrijfmachine, terwijl ik mijn blik veelbetekenend naar boven richtte.

Ze zei niets, maar knikte alleen maar. Ik weet zeker dat ze mij begreep. Het is heel prettig iemand te hebben die je begrijpt, in een tijd waarin de mensen elkaar amper groeten en uitsluitend aandacht voor hun eigen wel en wee lijken te kunnen opbrengen. Ik wilde haar uitnodigen met mij mee naar binnen te gaan en iets met mij te drinken, maar omdat ik bang was dat zij het verkeerd zou kunnen uitleggen, hield ik mijn mond. Het is zonneklaar dat het de mensen hoog zit. Ze willen zich er alleen niet mee bemoeien, ze zijn bang dat ze zich van alles op de hals halen. Toch moet iemand er iets van zeggen, anders blijft alles immers bij het oude.

's Nachts, als ik allang in bed lig, hoor ik hem boven mijn hoofd op en neer lopen. Af en toe staat hij stil, hij denkt zeker na. Kort daarop is dan weer het geluid van de schrijfmachine te horen. Datgene wat hij schrijft kan het daglicht blijkbaar niet verdragen. Mijn opvatting is dat alleen mensen die iets te verbergen hebben zichzelf uit de slaap houden met gedachten waarvan niemand ooit beter geworden is.

Zelf word ik nooit door slapeloosheid geplaagd, aangezien ik daar al als kind een remedie tegen gevonden heb. Ik lag in bed en luisterde naar de gedempte stemmen van mijn ouders in de aangrenzende kamer. Buiten was geen geluid te horen, we woonden aan een binnenplaats. Door het geopende raam vlogen dikke bromvliegen naar binnen en botsten tegen het plafond. Hoewel mijn ouders al jaren geleden zijn gestorven, en de herinneringen aan mijn jeugd zodoende door geen enkele onafhankelijke instantie meer bevestigd kunnen worden, weet ik zeker dat ik toen gelukkig moet zijn geweest.

Op zulke avonden sloeg ik de dekens van me af en stelde me voor dat ik in een rijtuig door de stromende regen reed, op zoek naar een plek om te overnachten. Na lange tijd hield ik halt bij een klein hotel. De hotelhouder bladerde eindeloos in het gastenboek en schudde voortdurend het hoofd. Met een olielamp in de hand ging hij me voor naar boven, en wees me een plaatsje toe in een bed dat al overvol met mensen was. Er was bijna geen ruimte voor één persoon om zich uit te strekken. Ik rolde in mijn eigen bed tot vlak tegen de muur en trok de dekens weer over me heen – en de dankbaarheid voor deze onverwachte warmte en geborgenheid was zo groot dat ik vrijwel terstond in slaap viel.

Hij heeft geen naambordje op zijn deur. Ook zijn zijn naam en adres nergens in het telefoonboek te vinden, wat op zijn minst merkwaardig is. Hij zal daar vast en zeker zijn redenen voor hebben, maar het is niet aan mij om daarnaar te informeren, hoewel dit, als ik goed ben ingelicht, zeker binnen Uw bevoegdheid moet vallen.

Iedere donderdag krijgt hij bezoek van zijn zoon. Ik heb hem hier weleens voor de deur ontmoet. Op het eerste gezicht lijkt het geen onaardige jongen. Hij groet mij altijd beleefd, één keer heeft hij zelfs aangeboden het vuilnis voor mij naar de boom te dragen, maar dat aanbod heb ik natuurlijk afgeslagen.

Ze spelen schaak, iedere donderdag. Als je naar de overkant van de straat loopt, kun je ze zien zitten. Met het hoofd in de handen zitten ze met ingespannen aandacht over het schaakbord gebogen.

Ik heb mij vaak afgevraagd wat voor mensen het zich kunnen permitteren om zich de hele donderdag (een werkdag) aan het schaakspel te wijden. Pas tegen de avond gaan ze naar buiten, waarschijnlijk om ergens iets te eten. Hoewel ook zijn huis, naar ik mag aannemen, met een keuken is toegerust, vertrouwt hij zijn eigen kookkunst blijkbaar onvoldoende om zijn zoon een maaltijd voor te durven zetten.

Wanneer U het onderzoek instelt, kunt U, zoals U begrijpt, waarschijnlijk het beste op donderdag komen. Ongetwijfeld zal de zoon een massa onbeantwoorde vragen kunnen ophelderen, of op zijn minst van zijn kant kunnen belichten.

Aan het eind van de straat, op de hoek, is een lagere school gevestigd. Ik kom er elke middag langs. De kinderen schreeuwen en maken op alle mogelijke manieren te veel lawaai. Ik heb medelijden met de moeders die op het lage muurtje voor het schoolplein met elkaar zitten te praten. Vast en zeker scheppen ze tegen elkaar op over hun kinderen, die hen op hetzelfde ogenblik met hun schooltassen tegen de benen slaan en luidkeels om geld zeuren om snoep of stripboeken van te kopen.

Vroeger stond ik er nog weleens bij stil hoe prettig het had kunnen zijn om zelf een zoon, of een dochter, te hebben gehad die mij op zondag uit een boek voor zou lezen, of samen met mij een lange wandeling zou willen maken, waarbij ik mijn hart eens goed zou kunnen luchten. Maar als ik dan naar deze dreinende kinderen op het schoolplein kijk, weet ik dat ik de juiste keuze heb gedaan – dat anders de beste jaren van mijn leven aan nutteloze zaken verloren zouden zijn gegaan.

Een paar dagen geleden ben ik hem een keer min of meer toevallig gevolgd op zijn dagelijkse ronde langs de winkels. In de supermarkt duwt hij zijn karretje voort alsof hij met een open sportauto over de boulevard van een of andere zuidelijke badplaats rijdt. Zwierig ontwijkt hij de overige klanten, werpt de diverse artikelen met overdreven gebaren in het karretje en schijnt over het algemeen bijzonder met zichzelf ingenomen over de nonchalante wijze waarop hij dit allemaal klaarspeelt.

De meisjes van de kassa spreekt hij stuk voor stuk aan alsof hij ze al jaren kent. Hij maakt grapjes, terwijl zij het bedrag op de kassa aanslaan en de boodschappen op de lopende band plaatsen. Ik vraag mij altijd af wat hij met dit gedrag precies probeert te verhullen, opdat er door de winkeliers geen nadere vragen gesteld worden. Zij laten zich maar al te makkelijk zand in de ogen strooien. Bij zoveel jovialiteit is, naar mijn mening, een gepast wantrouwen immers op zijn plaats.

Zelf stel ik mij altijd zo bescheiden mogelijk op, en probeer het directe contact met de winkeliers zoveel mogelijk te vermijden. Meestal vraag ik van een artikel hoeveel men moet afwegen voor twee personen, omdat het tenslotte hun zaak niet is of ik mijn huishouding met iemand deel dan wel alleen woon. Dat ik alleen ben is niet mijn schuld, en in zekere zin mijn eigen keuze.

Het maakt trouwens weinig uit. Hoezeer je je leven ook zou veranderen, de meeste winkeliers zullen je altijd met dezelfde meewarige blik blijven opnemen. Het is alsof ze dwars door je heen kijken wanneer je naar het benodigde gewicht van de andijvie voor twee personen vraagt. Ze zetten de gekochte levensmiddelen voor je op de toonbank alsof je er helemaal niet staat en je ze ook nog dankbaar zou moeten zijn dat ze je iets uit hun rijk voorziene winkels willen verkopen.

Je zou op een zeker moment kunnen besluiten je leven volledig anders in te richten, het zijn in de eerste plaats deze winkeliers die je ertoe zullen dwingen om altijd hetzelfde gezicht te blijven trekken. Keer op keer behandelen ze je weer met die neerbuigendheid waaraan ze nou eenmaal gewend zijn, en waar je je nooit meer aan zult kunnen onttrekken, ook al zou je nog zo je best doen om hen van je stemmingen deelgenoot te maken.

Soms ontvangt hij bezoek van vrouwen. Op een keer hoorde ik ze hier voor de deur. Ik keek door de spleet van het rolgordijn zonder dat ze mij konden zien. Het waren er maar liefst twee. Ze hingen aan zijn schouders en lachten om zijn grapjes, terwijl hij, waarschijnlijk met een paar glazen te veel op, langdurig met zijn sleutel in het sleutelgat stond te morrelen.

Tot diep in de nacht heb ik dat allemaal boven mijn hoofd moeten aanhoren. Ik ben opgestaan, heb de wc doorgetrokken en hard met de deuren geslagen, maar het leek wel of zij de spot met mij dreven. Hun gelach klonk steeds luider en onbeschaamder, alsof de wetenschap dat er iemand met hen meeluisterde hun plezier alleen maar vergrootte.

Bij een andere gelegenheid hoorde ik een schelle vrouwenstem, gevolgd door glasgerinkel. Het schreeuwen hield geruime tijd aan, terwijl er heen en weer gelopen werd. Blijkbaar laten niet al die vrouwen zich even makkelijk door zijn charmes inpalmen. Kort daarop was dan ook het dichtslaan van de buitendeur te horen.

Urenlang heeft hij daarna piano zitten spelen, als hoopte hij langs deze weg zijn nederlaag van zich af te kunnen zetten. De volgende ochtend trof ik de glasscherven in de tuin aan. Ik heb er niets van gezegd, maar ben wel extra lang met stoffer en blik in de weer geweest om alles op te ruimen.

Op sommige dagen maak ik lange wandelingen door de stad. In de haven kijk ik naar de kranen die achter de hoge schutting van de sloperij de autowrakken in hun grijpers vermorzelen, en naar de goederenwagons die, als door een onzichtbare hand bestuurd, over de rails naar de loodsen rollen. Meeuwen vechten om het hun toegeworpen brood, hoe groter het stuk hoe verbetener hun strijd.

Bij de aanblik van de zeeschepen die aan de kade voor anker

liggen om geladen te worden, moet ik vaak aan de verre landen denken die ik nooit zal bezoeken. Vroeger heb ik willen reizen, maar nu ik daar alle tijd voor zou hebben, ontbreekt mij ten enenmale de kracht en de gezondheid.

Ik denk aan het terras, ergens in een ander land. Daar drink ik iedere ochtend mijn koffie en lees de krant. Matrozen lopen zingend over de boulevard en slaan stoere taal uit. Een straathond snuffelt aan mijn hand, en in plaats van hem weg te jagen, aai ik hem over zijn kop. Een paar tafeltjes van mij verwijderd heeft een mooie vrouw al enige tijd naar mij zitten kijken. Ik wenk de ober en fluister hem iets toe. Als hij het glas voor haar neerzet, richt zij even haar hoofd op en kijkt mij aan. Op haar gezicht verschijnt een glimlach. Dan slaat zij de ogen neer.

Later gaan we naar mijn hotelkamer en drinken wat op het balkon dat over de haven uitziet. De schepen glijden naar de havenmond en het geluid uit de scheepshoorns weerkaatst tegen de lage witte huizen aan de overzijde. Ik buig me naar haar over en fluister iets in haar oor. Zij moet lachen, waarbij zij uit haar glas op haar jurk morst.

Ik vertel haar over mijn leven. Zij luistert aandachtig en knikt alleen af en toe even. Ook zonder woorden geeft ze mij te verstaan dat ze mij begrijpt.

Wanneer de zon al begint te dalen, leunen wij over de balustrade en kijken naar de golven die zachtjes tegen de kadewand klotsen. Ik pas ervoor haar niet aan te raken, om onze verstandhouding niet te verstoren. Echte vrouwen voelen dat heel goed aan en weten het ook te waarderen. Achter ons, in de donkere hotelkamer, duurt de warmte van de avond nog voort. Druppels uit de kraan, die nooit goed wil sluiten, vallen een voor een in de wasbak.

Pas laat in de avond keer ik terug naar mijn souterrain. Bij mijn bovenbuurman brandt zoals altijd het licht. De bloemen, die ik in een opwelling heb gekocht om mezelf een plezier te doen, hangen slap naar beneden in hun vaas. Om de een of andere reden valt het me dagenlang niet op dat ze verwelkt zijn, en kom ik er nooit toe ze bijtijds weg te gooien.

Ik probeer de krant te lezen, maar het ijsberen boven mijn hoofd verhindert mij het gelezene in mij op te nemen.

Ik loop door het huis en doe alle lichten aan. Ik blijf staan voor de glazen tuindeuren en kijk naar buiten. Ik zou naar bed kunnen gaan maar de gedachte aan mijn slaapkamer boezemt mij angst in. Zo leun ik met mijn voorhoofd tegen de koude ruit en luister naar het suizen in mijn oren. Boven is het tikken van de schrijfmachine weer begonnen. Heel even maar, dan wordt het stil.

De dag breekt aan. Ik heb de hele nacht aan deze brief geschreven. Buiten hoor ik de eerste trams. Ik open de rolgordijnen en kijk naar de geparkeerde auto's in het nog nevelige ochtendlicht. Straks zal ik naar buiten gaan om de brief op de post te doen.

Ik hoop U hierbij voldoende informatie te hebben verschaft. Dat mijn bovenbuurman dingen doet die hij zelf liever in het verborgene houdt, zal U inmiddels duidelijk zijn. Ik meen er goed aan te hebben gedaan een en ander onder Uw aandacht te brengen, opdat er geen ergere dingen gebeuren zonder dat U daar weet van zou hebben gehad. Een grondig onderzoek lijkt mij, na het voorafgaande, zeker op zijn plaats. Ik houd er niet van om mij met de zaken van mijn medeburgers te bemoeien, maar op gezette tijden dient men de belangen van de gemeenschap als geheel af te wegen tegen die van de enkeling. Mijn opvatting is dat eenieder wijs genoeg is om zijn vrijheid tot aan zijn eigen grenzen te benutten. Het zijn de anderen die de plicht hebben hem hierbij niet te laten ontsporen.

Hopende dat U hiermee naar tevredenheid bent ingelicht, teken ik met de meeste hoogachting,

een staatsburger.

MAN IN HET GRAS

Je komt hem weleens tegen op die uiterst lome foto's in vakan-tiebrochures: uitgestrekt op een ligstoel naast het 'verwarmde zwembad' of op die 'schaduwrijke camping' nipt hij schalks van een longdrink of lepelt bedachtzaam een bontgekleurde ijsco uit een diabolovormig schaaltje. Gehuld in een wit badstoffen zwembroekje, dat oogverblindend afsteekt tegen zijn sterk ge-bruinde huid, speelt hij een partijtje volleybal of badminton. Zijn tegenspeelsters – ja, tegenspeelsters zijn er altijd wel te vin-den – giechelen bijna voortdurend, worden gestoken door een bij, of slaken gilletjes wanneer zij het shuttletje andermaal in on-bereikbaar hoge boomtakken doen belanden. Hij, op zijn beurt, weet zelfs de onmogelijkste slagen met het grootste gemak te pa-reren. Soepel springt hij over strakgespannen scheerlijnen, doet een knieval in een perkje brandnetels en komt, op blote voeten, in een wolk van stof tot stilstand op het schelpenpaadje. Een-maal laat hij zich ruggelings in het hoge gras vallen en blijft doodstil liggen. Wanneer hun schelle kreetjes hem kennelijk niet tot hervatting van het spel kunnen verleiden, komen de meisjes aarzelend naderbij. Sterke gebruinde armen omklem-men hun slanke polsen, en voor ze het weten liggen ze al naast hem in het gras. Na een korte stoeipartij richt hij zich op zijn ellebogen op, fluistert iets in hun oren en drukt er een vluchtig kusje achteraan.

Spatten de druppels met opzet zo hoog op wanneer hij zich met een sierlijke boog te water begeeft? Aan de kant staan weer andere meisjes die hun adem inhouden als hij na een volle minuut nog altijd niet aan de oppervlakte is verschenen. Dan worden zij van achteren vastgegrepen door een druipende gestalte. Nadat hij ze een voor een het water heeft ingeduwd, laat hij nog eens zien hoe je die kleine platte steentjes helemaal tot aan de overkant kunt laten ketsen.

De onder het rijden zo nonchalant uit het portierraampje van zijn automobiel hangende arm is dezelfde die in de avonduren losjes om die blote meisjesschouders geslagen ligt. De andere, de sturende arm, dirigeert ditmaal het botsautootje met grote behendigheid tussen de voertuigen van de overige vermaakzoekers door, om het alleen op het juiste moment, liefst van achteren, met volle vaart tegen dat klemgereden oudere echtpaar op te laten denderen.

Zijn vrouw – jazeker, hij is getrouwd en heeft twee kleine kinderen – zijn vrouw waagt zich zelden buiten de onmiddellijke omgeving van de tent. Niet alleen omdat zij altijd hoofdpijn heeft, maar in de eerste plaats omdat haar huid het zonlicht niet verdraagt. Vandaar ook dat wat 'malle' hoedje van wit katoen waaraan je haar reeds van verre kunt herkennen.

Met lede ogen kijkt zij toe hoe hij, haar man, traag kauwend en met zijn blik strak op de horizon gericht, de stoofpotschotels die zij hem iedere avond tegen beter weten in weer voorzet naar binnen werkt. Zij beseft maar al te goed dat het dierlijke gegrom waarmee hij, veel vaker dan strikt noodzakelijk is, de beide kinderen (drie en vijf jaar oud) tot de orde roept, in feite háár betreft. Behalve dat de jongste van hem altijd met een tuigje om moet lopen, doet hij ook verder geen enkele poging om te verhullen dat hij bij nader inzien toch liever een hond had gehad. Telkens wanneer het kereltje de grens van zijn dresseer-arena dreigt te overschrijden, wordt het onmiddellijk weer in het gareel gefloten.

Op het klaptafeltje ligt, naast zijn bord en met de rug naar boven gekeerd, een opengeslagen detective. Straks zal hij deze met een zucht ter hand nemen en alleen nog maar af en toe zijn wenkbrauwen optrekken wanneer zij bij het afruimen een stuk bestek wat al te luidruchtig op de borden laat kletteren.

Heeft hij nog plannen om uit te gaan vanavond (naar de kermis, de dancing, het volleybalveld)? Een ogenblik verkeert zij in de veronderstelling dat hij helemaal geen antwoord zal geven. Dan laat hij het boek langzaam zakken en kijkt haar aan. In het felle licht van de suizende gaslamp kleurt zijn huid bijna zichtbaar enkele schakeringen donkerder. Hij rekt zich geeuwend uit.

'Ik ben moe,' zegt hij zacht.

Hij is achter haar komen staan. Zij voelt zijn hand over haar schouder haar bloesje in glijden. Zijn lippen kriebelen in haar nek.

'Heel erg moe,' fluistert hij. 'Laten we vanavond maar eens een keertje gezellig vroeg naar bed gaan…'

DROGE SANDRA

Geachte Dames en Heren,

Met ons toch zeer prettig verlopen gesprek van woensdag jl. nog vers in gedachten trof het mij als buitengewoon onaangenaam om – nota bene uit de krant! – te moeten vernemen dat u voor het vervullen van de betrekking uw keuze uiteindelijk op een ander dan ondergetekende heeft laten vallen, te weten mevrouw (*drs...* ha!) S.B.M. Vosmaer, in kleine kring beter bekend als 'Droge Sandra' (over de achtergrond van deze bijnaam later meer).

Achteraf gezien had ik u misschien meer over mijn leven moeten vertellen. Ik verkeerde in de veronderstelling dat dat voor het verkrijgen van deze functie niet nodig was. Zo zie je maar hoe je je in die dingen kunt vergissen. Tijdens ons gesprek keek ik af en toe naar buiten, door het raam dat zich achter u bevond. Op een boomtak zat een duif met een manke poot die de grootste moeite had om zijn evenwicht te bewaren. Ik hou helemaal niet van duiven – mank of niet, het lukt mij nooit om ook maar het geringste medegevoel voor deze vogels op te brengen. Maar terwijl u mij doorzaagde over mijn ervaring, mijn achtergrond, en mijn opvattingen aangaande de invulling van de betrekking, keek ik desalniettemin af en toe naar de op de boomtak balancerende duif.

Nu moet u niet gelijk denken: Daar bedoelt hij iets mee, hij kent een bepaalde symbolische waarde toe aan een manke vogel om zichzelf langs die omweg ten opzichte van onszelf op een hoger plan te stellen. Verre van dat, het ging mij er eerder om dat u zich geen van allen *bewust* was van de aanwezigheid van de duif achter uw hoofden – dezelfde hoofden waaruit steeds weer nieuwe vragen betreffende mijn geschiktheid voor de vacature werden gedestilleerd.

Ik vraag mij nu plotseling af of de duif er ook nog zal hebben gezeten tijdens uw gesprek met Droge Sandra ('drs.' Vosmaer). En of zij de duif ook heeft opgemerkt. Ik zou er werkelijk een fortuin voor over hebben gehad om bij dat onderhoud aanwezig te mogen zijn geweest. Strooit zij nog altijd te pas en te onpas buitenlandse woorden (*gewichtige* buitenlandse woorden, bedoel ik) door haar conversatie? En smakt zij daarbij nog steeds met haar lippen, alsof zij voor het eerst een exotisch gerecht proeft uit een of andere verre en exotische keuken? Ik kon mij bij dat gesmak nooit aan de indruk onttrekken dat de buitenlandse woorden ertegen in verzet kwamen om door haar in de mond te worden genomen. *Selffulfilling prophecy*, zei zij bijvoorbeeld, en dan was het elke keer weer een gesmak en gespetter van belang, het leek wel of voor zoveel f's en s'en ineens het vocht in haar eigen waterhuishouding gewoonweg niet toereikend was. Aan S.B.M. Vosmaer is ook werkelijk alles te droog. Het lot heeft haar in een lichaam gehuisvest dat zichzelf voortdurend moet irrigeren. (Soms moet de waterhuishouding *van buitenaf* worden bijgetankt, ik kan uit eigen ervaring zeggen dat zij er wel pap van lust, hoewel ze je ook weer even hard laat vallen, zodra zij eenmaal een nieuwe bron heeft aangeboord.)

Al met al heeft het mij bijzonder verbaasd dat u uiteindelijk

aan Droge Sandra de voorkeur heeft gegeven boven ondergetekende. Heeft u haar weleens een appeltje zien eten? Ik weet niet
hoe laat het gesprek plaatsvond, maar stipt om elf uur eet zij altijd
een appel. Eerst trekt zij de mouw van haar rechterarm helemaal
over haar rechterhand, en dan poetst zij de appel op tot hij glimt.
Het poetsen begint meestal om tien voor elf, het eigenlijke eten
om elf uur. Het is moeilijk om te beschrijven wat er precies gebeurt wanneer zij de vrucht uiteindelijk in haar mond steekt – je
moet het met eigen ogen gezien hebben, elke beschrijving schiet
hier tekort. Zelf kon ik mijn blik er nooit van afhouden. Om tien
voor halftwaalf bereiken haar tanden het klokhuis – het wit van
het vruchtvlees is dan al helemaal bruin verkleurd – en daarna
draait zij het uitvoerig rond tussen haar vingers voordat zij aan
het klokhuis zelf begint. Op onze afdeling werd het altijd doodstil wanneer de pitten en de steel door het gebit van mevrouw
Vosmaer vermalen werden. Van de hele appel komt er uiteindelijk *niets* in de prullenbak terecht, zij kan geen dingen weggooien,
het moet altijd *in zijn geheel* haar lichaam in, het moet op de een
of andere manier worden *bewaard*... – voor wat en voor wie, daar
zou u Sandra te zijner tijd nog eens naar kunnen vragen, maar ik
ben bang dat zij daarop het antwoord schuldig moet blijven.

'*An apple a day keeps the doctor away,*' zei zij altijd, en waarom
ook dat weer uitgerekend in het Engels moest, terwijl het volgens mij in het Nederlands niets aan kracht verliest, je zou hooguit kunnen aanmerken dat het dan niet rijmt, maar nogmaals,
daar zoudt u mevrouw Vosmaer persoonlijk op moeten aan-
spreken.

Zo slaat zij dus wel allerlei overbodigs in haar eigen lichaam
op, maar om iets in haar hoofd te bewaren, daar heeft zij nou
juist de grootste moeite mee, terwijl dat laatste voor het naar behoren uitoefenen van deze betrekking geen overbodige luxe is,
naar mijn mening.

Ik denk niet dat het tijdens het gesprek ter sprake is gekomen, maar misschien kunt u haar op een onbewaakt ogenblik naar *The Sound of Music* vragen, dat is haar favoriete film, al komt zij daar natuurlijk niet graag openlijk voor uit. Wat ik bedoel te zeggen is dat zij die film al vaker heeft gezien dan goed voor haar is (wat wel goed voor haar is, daarover later meer), maar dat zij u nog altijd niet zal kunnen vertellen hoeveel weeskinderen Julie Andrews nu precies onder haar hoede heeft. Het is maar een voorbeeld, maar als *The Sound of Music* deel uitmaakt van iemands algemene ontwikkeling, dan moeten binnen die algemene ontwikkeling toch op zijn minst de feiten te controleren zijn. En het is juist op dit soort punten waar bij Droge Sandra de grootste gaten vallen.

Hoe groot zullen die gaten wel niet zijn op andere – voor de betrekking onmisbare – vlakken? vraag je je toch met angst in het hart af.

Om kort te zijn heb ik er dus zo mijn twijfels over of u wel zit te wachten op iemand die wel heel goed raad weet met een appel (zij het binnen het tijdsbestek van een halfuur), maar die het desalniettemin bij de 'belangrijke' zaken van het hoofd laat afweten.

In haar boekenkast staat driekwart van de schrijvers *op zijn kop*. Wanneer ik daar weleens iets over zei, werd ik getrakteerd op een gezicht dat je zelfs je ergste vijand niet toewenst. Je leest ze toch ook niet op hun kop, probeerde ik dan nog, maar met humor moet je bij haar niet aankomen. Dat laatste was iets wat me juist in haar aantrok, terwijl het me tegelijkertijd ook afstootte – zoals men weet, een goede basis voor een hevige, zij het altijd kortstondige relatie.

Bij ons is het heel onschuldig begonnen, op het kinderlijke af eigenlijk. Ik was nog bezig om een aantal belangrijke stukken op te bergen, en ik merkte dat Sandra langer stond te dralen dan strikt genomen noodzakelijk was. Bij de deur raakten wij elkaar aan, en van het een kwam het ander, zoals dat heet. Het was mij al eerder opgevallen hoe zij soms diepe zuchten slaakte in mijn aanwezigheid en dat zij mij soms over onze tegen elkaar aan geplaatste bureaus nogal lang aankeek. Ik deed dan altijd of ik niets merkte, maar ondertussen wachtte ik alleen maar op een geschikte gelegenheid. Die gelegenheid deed zich dus voor op die bewuste namiddag. Toen ik haar naar mij toetrok en mijn tong over haar tanden liet spelen en tot ver achter in haar mond liet doordringen, probeerde ik niet aan al de voorafgaande appels te denken en wat er ten slotte met ze was gebeurd. Ik kan me niet meer herinneren of haar bijnaam toen al bestond, of dat die pas naderhand een eigen leven is gaan leiden, maar ook toen al voelde ik de gretigheid waarmee zij de dingen die *van buitenaf* kwamen in zich opzoog, alsof zij jaren van onthouding – jaren van *droogstaan* – had in te lopen.

Pas de volgende ochtend merkte ik voor het eerst die wonderlijke geur op – iets tussen apotheek en sportclubkleedkamer in – en ook zag ik in het volle daglicht plotseling dat schilferachtige van haar huid, alsof de droogte *van binnenuit* kwam. Vanaf die ochtend duurde onze verhouding alleen nog maar voort, tegen beter weten in zou je kunnen zeggen: je kunt een woestijn op alle mogelijke manieren blijven bevloeien, maar uiteindelijk heeft een woestijn het uit eigen vrije wil toch verkozen om woestijn te zijn – en om woestijn te blijven.

Sandra kroop helemaal in je, ik weet niet hoe ik het anders moet formuleren – maar ergens tussen haar onderlip en haar kin bevond zich een soort windstiltegebied waar de zon nooit kwam, om het zo maar eens te zeggen.

Op een ochtend – het was tien voor halftwaalf om precies te zijn – keken we samen in bed naar de video van *The Sound of Music*. Ik hoorde het gekraak van de pitten en het klokhuis in

Sandra's mond, terwijl Julie Andrews met de weeskinderen over de alpenweiden danste, en ik wist dat een en ander zijn langste tijd had gehad.

Er is een aantal maanden verstreken sinds ik Sandra de wacht heb aangezegd (zij huilde niet moet ik er, misschien nog ten overvloede, bij zeggen, ook haar snikken welden op uit droogte), en de dag dat ik in de krant moest lezen dat aan haar de voorkeur was gegeven voor de invulling van deze betrekking boven ondergetekende.

In zekere zin zou mij niets anders resten dan mij bij uw beslissing neer te leggen. Desalniettemin geloof ik dat een en ander alsnog kan worden rechtgezet. Over het eten van appels, over de manier waarop de appels worden gegeten, moet ik zeggen, en ook over het aantal weeskinderen in een filmdraak kunnen de meningen verschillen – de een zijn ergernis is die van de ander niet – maar u zou drs. Vosmaer eens de volgende vraag moeten voorleggen. U zou kortom niet moeten wachten tot het elf uur, en dus te laat is, wanneer zij het appeltje van die dag uit haar tas tevoorschijn haalt.

Beste mevrouw Vosmaer, zoudt u kunnen zeggen, beste mevrouw Vosmaer – lieve Sandra, zo u wilt – lieve Sandra, wat zeggen de beginregels van het volgende liedje je?

Op het plein in het donker
staat een man waarop ik
altijd heb gewacht

Hij is mijn leven
Mijn alles
Mijn liefde
die ik kus
in de lange nacht
die leven heet

Ten overvloede moet ik hier misschien nog aan toevoegen dat de oorspronkelijke tekst in het Engels is gesteld. Ik zong dit lied soms onder de douche, maar dan in vertaling. Meer hoef ik hier niet te zeggen.

Ik ben buitengewoon benieuwd naar Sandra's reactie – en ook naar de uwe uiteraard.

Wanneer u aan de reactie van drs. Vosmaer op de hierboven staande strofen bepaalde conclusies verbindt aangaande haar algemene evenwichtigheid en haar geschiktheid voor de inmiddels, misschien overhaast, vergeven betrekking, dan hoor ik graag van u.

In alle bescheidenheid telt mijn eigen ervaring in dit kader wellicht niet mee. Het gaat mij alleen om de ongeschiktheid en de onervarenheid van de anderen.

Voor een nieuw gesprek blijf ik uiteraard volledig tot uw beschikking.

In afwachting van uw antwoord verblijf ik,

uw toegenegen ondergetekende.

HARD GRAS

KICK OFF 2

Mijn eerste wk-herinnering is vrij wazig, en in zwart-wit, zoals de meeste herinneringen van lang geleden. Het was 1966. Ik was twaalf jaar oud en verbleef met mijn ouders in een hotel aan de Bretonse kust. Op een flakkerende zwart-wittelevisie in de eetzaal van het hotel was de finale van het wereldkampioenschap tussen Engeland en Duitsland aan de gang. Mijn vader was natuurlijk voor Engeland, en ik natuurlijk ook. Waarschijnlijk was mijn moeder ook wel voor Engeland, maar op de een of andere manier komt zij in mijn eerste wk-herinnering niet voor. Ik denk dat zij tijdens de finale in het schilderachtige haventje langs de vissersboten slenterde. Ook in 1966 waren wk-finales al meer iets voor mannen – voor vaders en voor zonen – dan voor moeders.

Zelfs de Franse obers deden alsof ze voor Engeland waren, hoewel Franse obers toch bekendstonden om hun onverholen afkeer van Engelse hotelgasten. Maar het was in 1966, net als nu, gewoonweg ondenkbaar om voor *Duitsland* te zijn. De enigen die niet achter Engeland stonden waren de in ruime mate in het hotel aanwezige Duitsers. Maar ze hielden zich gedurende de hele wedstrijd wel opvallend stil. In 1966 hielden Duitsers in Franse hotels zich nog een stuk stiller dan nu – zelfs tijdens een wk-finale. Toen Engeland ten slotte had gewonnen, werden ze zelfs zo stil, dat wij ze de rest van de vakantie helemaal niet meer hebben gehoord. Het was een stilte die tot 1974 zou duren.

De jaren van het mooiste Nederlandse voetbal (1970-1978) waren voor mij een soort duistere middeleeuwen, waarin ik in het diepste geheim de verrichtingen van Ajax en het Nederlandse elftal bleef volgen. Ik voelde mij als een Oost-Duitse modelarbeider die stiekem naar de uitzendingen op het *Westliche Fernsehen* keek. Ik had veel vrienden, en ook vriendinnen, maar geen voetbalvrienden. Voetbal was in die tijd gewoon een beetje stom. Alle sporten waren behoorlijk stom in de kringen waarin ik me destijds bewoog.

Zelf was ik ook al niet bijster goed in sport, maar dat paste naadloos in de tijdgeest. Op gymnastiek vertoonde ik me zelden. Het enige wat ik goed kon was een bal heel hard, heel ver weggooien, en daarbij ook nog goed richten. Menige ijsbal heeft in de winter, met de precisie van een kruisraket, de oogbol van het argeloze slachtoffer op tachtig meter afstand weten te vinden. Vanwege deze specialiteit stond ik tijdens honkbal altijd helemaal achter – en helemaal alleen – in het veld, om die twee ballen die in anderhalf uur tijd mijn kant op kwamen in een rechte lijn naar de thuisplaat terug te werpen.

In mijn lagereschooltijd werden er een keer een soort landelijke Olympische Spelen tussen alle lagere montessorischolen gehouden. Het onderdeel 'kogelstoten' bestond uit het zo ver mogelijk wegwerpen van een honkbal, en zo sleepte ik voor onze school olympisch goud in de wacht. Dat was mijn enige sportieve prestatie die in de boeken kon worden bijgeschreven – hoewel ik me soms, in momenten van vertwijfeling, nog weleens afvraag of deze tak van sport ooit wel echt bestaan heeft.

Sport, dat was kortom iets voor jongens die toch al in de verkeerde kleren rondliepen, die van hun ouders hun haar niet mochten laten groeien, of erger nog, er geheel uit eigen vrije wil met een hoofd als een dienstplichtige bijliepen. Die jongens waren ook altijd toevalligerwijs voorstanders van de Amerikanen en van het imperialisme, in plaats van voor de Vietcong, zoals wij. In het openbaar babbelde ik laf mee over de teksten van Bob Dylan, maar mijn echte helden uit die tijd – Cruijff, Neeskens, Keizer – kon ik met niemand delen. Ik weet zelfs zeker dat de bodem voor mijn latere afkeer van Bob Dylan (en zijn teksten) in die verschrikkelijke periode moet zijn gelegd.

Mijn coming-out vond pas aan het eind van de jaren zeventig plaats. Pas toen durfde ik de wereld recht in het gezicht te kijken en eindelijk hardop te zeggen: 'Ja, ik houd van voetbal! En wat dan nog?' Sindsdien heeft alles wat maar naar de stem (of de teksten) van Bob Dylan klinkt op mij dezelfde uitwerking als de woorden 'Internationale solidariteit met de derde wereld' op de al eerder genoemde modelarbeider uit het voormalig Oostblok.

Zo zag ik Ajax in zijn eerste Europacupfinale ten onder gaan tegen het veel te sterke AC Milan: alleen. Het jaar daarop zag ik hoe voor het eerst een Nederlandse ploeg een Europacup veroverde: Feyenoord, in de verlenging tegen Celtic: alleen. De drie achtereenvolgende Europacups van Ajax: ook alleen.

Niet helemaal alleen overigens. Mijn moeder keek af en toe 'voor de gezelligheid' met mij mee. Wij waren het er in elk geval over eens dat de doelman van AC Milan, Cudiccini, bijgenaamd De Zwarte Spin, niet echt een mens was. Alle Italianen en Spanjaarden waren niet helemaal echte mensen. Ze speelden smerig en vloerden onze jongens met vuile trucjes en 'Zuid-Europees theater'. De charges van Laseroms, Israël, Van Hanegem en Suurbier waren daarentegen allemaal 'uitgelokt', daar bestond geen enkele twijfel over.

Het dieptepunt van mijn voetbaleenzaamheid werd bereikt tijdens de wk-finale Nederland-Duitsland van 1974. Ik had zelf geen televisie. Ik geloof dat ook het bezit van een televisie in die tijd een beetje stom was. Dus belde ik een vriendin (die niet van voetbal hield), of ik bij haar mocht kijken. De vriendin reageerde alsof ik haar had voorgesteld een bokje op haar balkon te komen slachten. Zelf zat zij gedurende die hele gruwelijke wedstrijd demonstratief in de tuin ('Ik wist helemaal niet dat jij van dat stomme voetbal hield...'), en het spreekt voor zich dat ik ook na afloop mijn diepe ellende niet met haar kon delen.

Een paar dagen later stond ik op het Leidseplein om het Nederlands elftal toe te juichen voor het behalen van de tweede plaats. Er waren een hoop mensen op de been, maar ik zag niemand die ik kende – en dat was in die tijd al met al misschien ook maar het beste.

Ik heb zelfs een tijdje alles in het werk gesteld om het voetbal uit mijn hoofd te zetten. Tijdens het WK van 1978 probeerde ik mezelf voor te houden dat voetbal helemaal niet bestond: zover was het dus inmiddels met mij gekomen. Sinds die tijd begrijp ik ook beter hoe dictaturen als Noord-Korea en het vroegere Albanië werken, waarom mensen bij de Bhagwan- of Moonsekte altijd zo akelig glimlachen en tranen vergieten bij de dood van hun leider. Ik wilde mij, dwars tegen mijn ware gevoelens in, aanpassen aan mijn omgeving c.q. aan mijn vriendenkring. Als zij gezond waren, dan was ik waarschijnlijk ziek. Maar gelukkig bleek mijn ziekte uiteindelijk ongeneeslijk.

Mijn ontkenning van het WK van '78 hield maar een paar dagen stand. Als de onverbeterlijke rukker die tegen beter weten in met zijn handen boven de lakens probeert te slapen, als de gezworen alcoholist die in een rechte lijn en met gebogen hoofd van de supermarkt naar huis probeert te lopen, zonder bij het passeren van het buurtcafé naar binnen te kijken, deed ik net of ik de wedstrijden, die uit de televisies van de boven- en onderburen schalden, niet hoorde. Zelf had ik nog steeds geen televisie, maar ik kan me niet meer herinneren of dat in 1978 nog altijd stom was, of dat ik er gewoon geen geld voor had. Hoe dan ook, na drie dagen hield ik het niet meer uit en ging de straat op, om overal, waar dan ook, ergens, het maakte niet uit met wie, iedereen die mij er gedurende tweemaal drie kwartier wel bij kon hebben, *alles* te zien – tot aan het schot van Rensenbrink tegen de paal bij de 1-1 stand in de finale tegen Argentinië, en ten slotte ook de, tot op de dag van vandaag nog maar half verdrongen, verlenging die daarna kwam.

In de jaren daaropvolgend ging het met mijn openlijke liefde voor het voetbal alleen nog maar bergopwaarts. In het midden van de jaren tachtig verhuisde ik naar het mekka van het Zuid-Europese voetbal, Barcelona. Daar maakte ik de komst van Cruijff mee, en later die van Koeman, Laudrup en Stoitsjkov. In Barcelona waren al mijn vrienden *socios* van de club: socio zijn van FC Barcelona is erfelijk. Mijn Spaanse zwager heeft zijn zoontje al op tweejarige leeftijd als lid van de club ingeschreven. Bij hun thuis in de boekenkast staat een ingelijste foto van vader en zoon, poserend naast de vicepresident, Nicolas Casaus.

De eerste wedstrijd die ik in het Camp Nou-stadion meemaakte ging tegen Español, een 'Spaanse' club uit dezelfde stad, in tegenstelling tot het Catalaanse Barça, en daarom dus volstrekt verderfelijk.

Toen de spelers van Español het veld opkwamen, werd in het vak boven ons door een paar duizend man een spreekkoor aangeheven: '*Hijos de puta! Hijos de puta!*' Dat betekende 'hoerenzonen', en het spreekkoor zou gedurende de hele tweemaal drie kwartier van de wedstrijd niet in kracht afnemen. In ons vak werden er hoofdzakelijk verwensingen aan het adres van de eigen spelers het veld in geslingerd. We aten grote, vette worsten (*butifarras*) en dronken liters bier uit plastic bekers. Ik wist dat ik hier nog vaak terug zou komen.

Met mijn inmiddels vijfjarige neefje en mijn zwager speelde ik vaak partijtjes (wie het eerst vijf doelpunten maakte) in de lange gang van hun huis. Ik was dan wel niet goed in sport, maar tegen een vijfjarige schoot ik ze er achter elkaar in. Toch speelde ik altijd nog een stuk minder gemotiveerd dan mijn zwager. Toen zijn zoontje een scoringskans voor open doel kreeg, haalde hij hem met een harde tackle onderuit. De dreigende huilbui wist ik in de kiem te smoren met een rode kaart voor zijn vader. Drie dagen later trok mijn neefje nog altijd met zijn been. Wanneer vrienden en familie naar de oorzaak informeerden, antwoordde mijn zwager steevast: 'Ik had geen keus. Als hij was doorgebroken was het een goal geweest.'

Na de gewonnen voorrondewedstrijd Nederland-Engeland voor het wk van 1994 bleek ik met Ronald Koeman in hetzelfde vliegtuig naar Barcelona te zitten. Hij liep tussen de taxfreewinkels op Schiphol, op de voet gevolgd door Annet van Trigt, een camera- en een geluidsman. Toen de camera even niet draaide, raapte ik al mijn moed bij elkaar en liep op Koeman toe. Ik kon me niet herinneren ooit eerder een handtekening aan iemand te hebben gevraagd.

'Het is voor mijn kleine neefje,' mompelde ik. 'Die is al sinds zijn tweede jaar socio van Barcelona.'

Zonder echt op te kijken, krabbelde Koeman zijn handtekening op het papiertje.

'En nog gefeliciteerd met gisteravond,' zei ik.

'Dank je wel,' zei Koeman.

De handtekening staat inmiddels, ook ingelijst, naast de foto van Nicolas Casaus in de boekenkast.

Een paar jaar geleden – ik woonde inmiddels weer in Amsterdam – kocht ik een computerspel dat Kick Off 2 heette.

Kick Off 2, zo las ik op de verpakking, was de verbeterde versie van Kick Off, dat tot spel van het jaar was uitgeroepen. Ik sloot het spel aan op de kleurentelevisie. Op een gifgroene grasmat renden twee elftallen rond, vanuit helikopterperspectief gezien. Alles was mogelijk met Kick Off 2: je kon zelf de kleur van de shirtjes bepalen (Ajax, Barcelona, Oranje etc.), er konden vriendschappelijke wedstrijden en hele landskampioenschappen worden gespeeld, spelers kregen gele en rode kaarten, raakten geblesseerd en werden gewisseld, je kon uit twintig verschillende spelsystemen kiezen, uit een droog en uit een nat veld, al dan niet met zijwind, en bij een overtreding in het strafschopgebied klonk er een snerpende scheidsrechtersfluit en joelde een onzichtbaar publiek een oorverdovend, elektronisch 'Boeeeeee!'...

Het kostte een paar dagen om het spel onder de knie te krijgen, maar daarna was mijn opmars door de vijf verschillende niveaus, met toenemende moeilijkheidsgraad, niet meer te stuiten. Als het met mijn werk niet zo wilde vlotten, speelde ik even snel een paar wedstrijden tussendoor, om pas uren later uit een doffe verdwazing te ontwaken, waarna er van werken meestal niet zoveel meer kwam. 's Nachts renden de spelers van Kick Off 2 door mijn dromen. Het moment waarop het met mijn werk niet meer zo wilde vlotten, viel elke dag vroeger.

Vrienden aan wie ik het spel liet zien waren onmiddellijk verslingerd. Ik had inmiddels bijna alleen nog maar 'voetbalvrienden', en het kostte me geen enkele moeite om tegenstanders te vinden. Er deed zich alleen wel een ander probleem voor: ik had al twee weken voorsprong opgebouwd, ongeveer negentig uur, in gespeelde oefenpartijtjes. Dat bleek een achterstand die door niemand meer viel in te lopen, en na een tiental monsterzeges haakten mijn voetbalvrienden dan ook een voor een af.

Zo stond ik er dus opnieuw alleen voor. Op eenzame hoogte

weliswaar – ook van het hoogste spelniveau kon ik vrij eenvoudig winnen – maar toch vooral… eenzaam.

Toen kwam José Miguel uit Barcelona een week bij ons logeren. Er zijn, helaas, nog altijd vele Nederlanders die niets om voetbal geven, maar een Spanjaard die niet driekwart van de dagelijks beschikbare gespreksstof aan voetbal opsoupeert, ben ik tot op de dag van vandaag nog niet tegengekomen.

Ik wachtte op een geschikt moment. En dat moment kwam al op de eerste avond, na het eten, bij de tweede koffie met Spaanse cognac.

'Ik heb overigens een computerspel gekocht,' plaatste ik zo achteloos mogelijk. 'Een voetbalspel…'

José Miguel reageerde aanvankelijk nog met een zekere scepsis, maar toen ik de elftallen op het scherm liet verschijnen – de shirtjes in de kleuren van Barcelona en die van Ajax – kwam er een wazige glans in zijn ogen die ik onmiddellijk herkende, ook al kon ik hem onmogelijk eerder hebben gezien: zo, *precies zo*, moest ik zelf hebben gekeken toen ik voor het eerst Kick Off 2 had ingeschakeld. Ik besefte plotseling wat ik aanrichtte. Maar er was geen weg terug. Ik voelde mij een heroïnedealer die op het schoolplein een dertienjarig meisje haar eerste gratis shotje aanbiedt.

De eerste wedstrijd eindigde in een 12-0 overwinning voor Ajax. Bij de laatste, om halfvier de volgende ochtend, kwamen Ajax en ik niet verder dan 7-0. De fles cognac was leeg. José Miguel had niet één keer gescoord, want dat is een van de weinige principes die ik altijd hoog ben blijven houden: nooit iemand laten winnen. Laten winnen is immers vernederender dan verliezen met een monsterscore. Wat niet wegnam dat de eindeloze reeks overwinningen mij behoorlijk had opgebroken. Ware het niet dat José Miguel na elke verloren wedstrijd op een revanche had aangedrongen, zou ik nooit zes uur achter elkaar hebben doorgespeeld, loog ik mijzelf voor.

Ik wist wat José Miguel voor zich zou zien wanneer hij die nacht zijn ogen sloot, en waar hij waarschijnlijk ook over zou dromen. Over hetzelfde als ik, namelijk: een rechthoekig veld van een onnatuurlijke, op het netvlies nasmeulende kleur groen, en een onafzienbare reeks gemiste kansen, onterechte gele kaarten en bloedstollende situaties in het strafschopgebied.

De volgende ochtend om tien uur trof ik hem voor het televisiescherm.

'Even een beetje oefenen,' zei hij zonder op te kijken. 'Vanavond maak ik je in.'

We gingen ook nog weleens de deur uit gedurende die week, maar voordat we de deur uitgingen, of ertussendoor, en vooral erna, was er altijd wel een leeg moment voor 'even snel een partijtje' te vinden.

José Miguel leerde snel. Tegen het eind van de week moest ik alle zeilen bijzetten om, na twintig wedstrijden achter elkaar en om halfvijf 's ochtends, nog een schamele 2-0 overwinning op het scorebord te zetten. Toch had Barcelona nog altijd niet gescoord. José Miguel creëerde ontelbare kansen voorin, wist er soms zelfs meer hoekschoppen uit te slepen dan Ajax en ik, en dwong mijn keeper tot onmogelijke reddingen, maar zijn team slaagde er niet in 'om het geluk af te dwingen', zoals dat heet.

De laatste avond voor zijn vertrek zouden we de 'finale' spelen. Alle voorafgaande wedstrijden van de afgelopen week telden niet meer mee. Wie de finale won was in één klap 'wereldkampioen'. Ik stelde de computer in op twee keer een halfuur en schroefde de dop van een nieuwe fles cognac.

Vlak voor het eind van de eerste helft scoorde Ajax. Met die

1-0 stand gingen wij ook de rust in: een rust die wij overigens nooit langer dan dertig seconden lieten duren. Er was wel het een en ander veranderd in die week. Het kostte mij de grootste moeite om het 4-4-3 systeem en het hoge tempo van Barcelona bij te benen. Bijna voortdurend stond ik met mijn rug tegen de muur. José Miguel 'domineerde' de wedstrijd, en mijn eigen goal was in alle eerlijkheid niet meer dan een toevalstreffer geweest. Met gemengde gevoelens zag ik dan ook de tweede helft tegemoet.

Na de rust hetzelfde beeld: een groot overwicht van Barcelona, dat ook 'een mooiere partij voetbal' neerzette, misschien wel simpelweg omdat er 'meer voetbal in de ploeg zat', ik weet in elk geval niet waar het aan lag dat het elftal er desalniettemin maar niet in slaagde om het veldoverwicht in harde cijfers om te zetten. Zelf zat ik er trouwens tegen het eind van die tweede helft volledig doorheen, dus ook daar kon het niet aan liggen.

Er resteerden nog vijf minuten tot het eindsignaal. Langzaam tikte de klok de seconden weg... – en toen nam ik die ene fatale beslissing, die mij zou leren dat ik een week lang juist had gehandeld door mijn tegenstander zonder genade alle hoeken van het veld te laten zien, en dat, wanneer je de keus hebt tussen Spaanse Trots en Gekrenkte Spaanse Trots, je altijd zonder te aarzelen voor de eerste mogelijkheid moet kiezen.

Een van Barcelona's spitsen (Romário? Stoitsjkov? Bakero?) was doorgebroken en had een redelijke scoringskans. Ik had de bal waarschijnlijk nog gemakkelijk kunnen *ausputzen*, maar plotseling, in die laatste, zenuwslopende slotseconden, kreeg mijn gevoel de overhand boven mijn verstand.

Kun je het met goed fatsoen wel maken, zo fluisterde een stem mij in waar ik nooit naar had moeten luisteren, kun je het later tegenover jezelf verantwoorden wanneer je José Miguel morgenochtend met lege handen op het vliegtuig zet zonder dat hij ook maar één enkel tegendoelpunt heeft gescoord?

Het antwoord werd gegeven door een van mijn verdedigers: met een keiharde tackle haalde hij de doorgebroken spits onderuit. Er was geen vergissing mogelijk. Zulke klinkklare penalty's zie je op het echte voetbalveld zelden.

Zo werd het dus toch nog op het nippertje 1-1. Ook de verlenging van tweemaal een kwartier bracht geen verandering in de eindstand. En omdat het nemen van een beslissende serie strafschoppen niet in het computerprogramma was opgenomen (misschien een idee voor Kick Off 3?) werd het de eerste onbesliste finale van een wereldkampioenschap voetbal uit de geschiedenis.

José Miguel leek niet echt blij met het behaalde gelijkspel en zijn enige doelpunt in één week. De volgende ochtend op Schiphol was hij stiller dan normaal. Bij de paspoortcontrole draaide hij zich nog één keer om en keek mij strak aan. 'Jij hebt mij die penalty cadeau gegeven, hè?' zei hij verbitterd. 'Je had me zelfs bijna laten winnen. Maar ik ben blij dat je dat tenminste niet gelukt is.'

Ik probeerde nog te ontkennen, maar het had weinig zin. We wisten allebei maar al te goed hoe de zaken ervoor stonden. Wat ik had gedaan was erger dan die speler van die Franse club, waarvan de naam me nu even niet te binnen wil schieten, die tegen een forse omkoopsom niet helemaal met volle inzet speelde, waardoor Olympique Marseille het landskampioenschap veilig kon stellen. Olympique Marseille moest de Europacup inleveren en werd naderhand gedegradeerd. Ik bleef op Schiphol achter met het gevoel dat geen straf hoog genoeg was voor wat ik had gedaan.

Toen hij de paspoortcontrole al gepasseerd was, begon José Miguel plotseling hard te lachen. 'Volgende keer maak ik je af!'

schreeuwde hij me toe en zwaaide. Het was niet letterlijk wat hij zei. Hij bediende zich van een Spaanse uitdrukking, die moeilijk in het Nederlands is om te zetten, maar die vrij vertaald zoiets betekent als: 'Volgende keer trek ik de ballen onder het lichaam vandaan dat die hoer van een moeder van je ongelukkigerwijs gebaard heeft!'

Er zijn veel van dat soort veel te lange uitdrukkingen in het Spaans die eigenlijk geen Nederlands equivalent hebben. In het Camp Nou-stadion in Barcelona had ik er tientallen gehoord, in evenzovele varianten, alle gericht aan het adres van de spelers van de tegenpartij.

Ik zwaaide naar José Miguel. Ik hoopte dat hij snel terug zou komen, of beter gezegd, iets in mijzelf hoopte dat hij snel terug zou komen. Iets anders wist dat het nog een hele tijd zou kunnen duren, en dat dat voor ons allebei waarschijnlijk het beste zou zijn.

Niet lang daarna heb ik de diskette van Kick Off 2 opgeborgen op een plaats waar ik hem nooit meer terug zou kunnen vinden. Het was een korte plechtigheid: ik legde het schijfje in een doos, of in een la, of onder een stapel papieren en sprak de woorden: 'Hier leg je het neer, maar vanaf vandaag weet je niet meer waar het ligt.'

Het was een soort besluit als van een zware roker (of alcoholist) die zijn laatste pakje sigaretten verfrommelt (of de nog half-volle wodkafles in de gootsteen leeggiet). Zowel de roker als de alcoholist weet dat alleen radicaal stoppen de enige mogelijke oplossing is: één trekje, één slok, en hij is opnieuw verkocht. Ik wist dat ook mijn besluit het enig juiste besluit was.

Wat is precies wk-koorts? Een vriend van mij, die in 1974 ook al een vriend was, maar beslist geen voetbalvriend, nodigde ons bij hem thuis te eten uit op de avond van Saoedi-Arabië-Marokko en Nederland-België. Lang vervlogen nachtmerriescenario's uit de Voetbalonderduikperiode van 1970-1978 staken opeens weer de kop op.

'Zeg, maar even iets heel anders,' informeerde ik voorzichtig door de telefoon. 'Jij houdt toch niet echt van voetbal?'

'Tot nu toe heb ik alle wedstrijden gezien,' zei hij. 'Dus ik zou me daarover maar geen zorgen maken.'

En toen ontvouwde hij een theorie over de wk-koorts (ook wel het 'wk-gevoel' genoemd), die een heel nieuw licht wierp op het merkwaardige feit dat vandaag de dag de voetbalvrienden in mijn vriendenkring ruimschoots in de meerderheid zijn.

Herinnerde ik me dat televisieprogramma nog, *Een schitterend ongeluk*, van Wim Kayzer? vroeg hij. Een van de geïnterviewde wetenschappers was de Engelsman Rupert Sheldrake. Volgens Sheldrake hadden mensen die het kruiswoordraadsel uit de ochtendkrant 's avonds oplosten daar minder moeite mee, omdat het 's ochtends al door honderdduizenden anderen was opgelost. De oplossing van het kruiswoordraadsel hing dus als het ware 'meer in de lucht'.

Sheldrake had verder een verhaal over koolmezen in Zuid-Engeland die de doppen van de door de melkboer op de stoep achtergelaten melkflessen wisten te lichten. Een paar weken later hadden de koolmezen in het noorden van Schotland de truc met de melkdoppen ook door. Die hadden zij dus 'geleerd' van hun slimme collega's uit het zuiden, zonder dat er ooit één koolmees helemaal naar het noorden was gevlogen om het ze voor te doen.

'Naar het wereldkampioenschap kijken honderden miljoenen mensen,' zo vatte deze vriend en ex-voetbalhater Sheldrake samen. 'Het gaat er dus niet om of je *wilt* kijken. Zo'n keuze is er helemaal niet. Je *weet* dat je *moet* kijken.'

Kort voor het WK van 1990 kocht ik de grootste kleurentelevisie die er op dat moment in de handel verkrijgbaar was – evenals voetbal is ook een televisie in de jaren negentig al lang niet stom meer. Op mijn voetbalvrienden had deze beeldbuis dezelfde uitwerking als het kampvuur van de discipelen op de verkleumde Heilige Jodocus toen hij in 35 na Christus de Tempelberg af strompelde. 'Misschien kunnen we vanavond het beste bij jou kijken, Herman. Als je met veel mensen bent, heb je bij jou toch een beter beeld.'

In de aanloop naar een wereldkampioenschap zit de ware voetballiefhebber 'gebeiteld'. Zeker voor iemand als ik, die de grootste moeite heeft om zijn dag, laat staan een jaar in te delen, is een aanstaand WK de uitkomst. Van 17 juni tot 17 juli hoefde er niet over verre reizen of tijdrovende projecten te worden gefantaseerd. En de dagindeling was nog simpeler: die werd volledig ondergeschikt gemaakt aan het wedstrijdschema.

'Ga je nou echt naar alle wedstrijden kijken?' vroeg mijn Spaanse vriendin, die niet echt van voetbal houdt, maar desalniettemin tot twee keer toe zichtbaar verbleekte bij de twee onverdiende doelpunten van Italië tegen haar geboorteland.

'Nou, er wordt ook een aantal wedstrijden om halftwee 's nachts gespeeld,' huichelde ik, terwijl ik het uit de krant geknipte wedstrijdschema met punaises boven de televisie vastprikte. 'Dat is dus wel een beetje erg laat.'

In werkelijkheid stond mijn nachtindeling al net zo vast als mijn dagindeling: in de dagen na een nachtwedstrijd had ik al mijn verplichtingen naar het middaguur verschoven.

Zo waren wij in ons gezin dus zowel voor Nederland als voor Spanje (en later ook nog een klein beetje voor Brazilië, vanwege Romário of zo). Maar in stilte bad ik dat het nooit op een finale Nederland-Spanje zou uitdraaien. Ook al houden vriendinnen, zoals bekend, over het algemeen niet van voetbal, ik hechtte toch meer waarde aan de theorie van Sheldrake.

Na afloop van de finale ging ik nog even met een groepje vrienden naar de Leidsedwarsstraat, waar een duizendtal Brazilianen met trommels en vlaggen, dwars tegen de windrichting in, de sfeer van de Copacabana probeerden op te roepen. De clichés onder de stijfjes toekijkende Nederlanders waren niet van de lucht: 'Die Brazilianen kunnen toch veel beter feestvieren dan wij,' 'Je gunt het zo'n land toch ook meer, ze hebben daar al ellende genoeg,' 'Ik zou weleens willen zien hoe het er nu in Rio de Janeiro aan toegaat.'

Terwijl ik lafjes meewiegde op het ritme van de Braziliaanse trommels en een oogverblindende tangakoningin een groengele bloemenkrans om mijn nek legde, gebeurde er wat ik al maanden van tevoren had zien aankomen. Dit was het, dacht ik. Het is nu echt afgelopen. Voorbij. Het Zwarte Gat. De Grote Zwarte Gapende Leegte – en wat nu…?

Weg waren mijn dagindeling, mijn zekerheden, mijn hoop en verwachtingen. Hoe zag de dag van morgen eruit? Ik durfde er niet aan te denken.

En het was daar, en op dat moment, in de winderige Leidsedwarsstraat tussen de feestvierende Brazilianen, dat het wonder gebeurde. Het was inderdaad niet minder dan een wonder, want naar een paspoort, rijbewijs of die ene onmisbare verzekeringspolis kan ik soms een halve dag zoeken. Het beeld, dat als niet minder dan De Voorlopige Oplossing Van Alles voor mijn ogen danste, had de helderheid van een visioen. Maar een visioen was het zeker niet. Het was absolute zekerheid.

In die doos onder het bed, tussen die nooit meer gedraaide grammofoonplaten, boven op de map met nooit meer in te kijken krantenknipsels. Daar, en nergens anders, daar lag hij: de diskette van Kick Off 2.

Met een glimlach op de lippen liep ik richting Leidseplein.

Het geluid van de Braziliaanse trommels stierf langzaam weg, maar een nieuwe toekomst, een nieuwe dagindeling, gloorde aan de horizon.

Tot in de kleinste details zag ik voor mij hoe ik de diskette uit zijn schuilplaats op zou diepen, hoe ik de computer op het kleurenscherm aan zou sluiten, hoe ik de elftallen voorlopig in zes poules in zou delen, en daarna door zou stoten naar de achtste, kwart- en halve finales…

Maar wie, o wie…? – wie wil er met mij spelen?

NOG ÉÉN SPAATJE VOOR HRISTO

Montgat is een kleine, onopvallende badplaats op een paar kilometer ten noorden van Barcelona. Vanaf het perron van het station daal je een trapje van vijf treden af en sta je op het strand – maar ook hartje zomer zul je er nauwelijks badgasten aantreffen.

Er zijn geen hotels of restaurants in Montgat. Er is welgeteld één strandtent, een zogenaamde *chiringuito*. De lange tafels en zitbanken zijn er van steen.

Er is eigenlijk niets aantrekkelijks aan deze badplaats. Hij ligt aan zee, en hij heeft een strand, maar dat lijkt Montgat allemaal niet zo erg veel te kunnen schelen. Barcelonese strandliefhebbers trekken meestal naar het ten zuiden van de hoofdstad gelegen mondaine Sitges, de buitenlanders vind je pas in groten getale in Lloret en Tossa de Mar. Eigenlijk ligt Montgat gewoon *te dicht bij* Barcelona. Het is niet meer dan een witte plek op de kaart, een gat in de tijd. Het voldoet aan een bepaalde behoefte, ook al weet het zelf niet goed welke. Montgat is het soort badplaats dat hooguit pas in een volgend leven gelukkig wordt, maar in elk geval niet meer tijdens onze jaartelling.

In de tijd waarin dit verhaal zich afspeelt, was ik er vaak aan een van de stenen tafels van de chiringuito te vinden. Ik hield mijzelf voor dat ik in Montgat over bepaalde dingen helderder kon nadenken. Wat die 'bepaalde dingen' waren, is echter nooit helemaal duidelijk geworden.

In de tijd waarin dit verhaal zich afspeelt, zat ik zelf ook in een soort gat in de tijd, op een soort witte plek in mijn leven – en juist daarom pasten Montgat en ik zo goed bij elkaar.

Zelf ben ik nooit een echte strandliefhebber geweest. Ik zit zelden *op het strand,* wel *aan het strand,* of beter gezegd: op een plaats waar ik het strand tussen mijzelf en de zee in heb. Aan een tafeltje in een chiringuito bijvoorbeeld, vanwaar ik het hele tafereel van lucht, zee en zand *in één keer* kon overzien.

De blauwe lucht, de blauwe zee, het felle licht en het witte strand hadden een hoog Peter Stuyvesant- en Bacardi Rumgehalte – maar in Montgat moest je de rest er zelf bij denken.

Verder is een van de voordelen van Spanje (en dus ook van Montgat) dat niemand vreemd opkijkt wanneer je om tien uur 's ochtends achter je eerste pilsje zit, en om halftwaalf achter je eerste whisky met ijs. Soms maakte ik een praatje met Juan, de eigenaar van de chiringuito. Het zonlicht viel in precies de juiste hoek schuin in mijn glas, het zachte rommelen van de branding en het tinkelen van de ijsblokjes in mijn whisky waren de enige geluiden die nog enige diepgang aan het uitzicht verleenden.

Ik keek naar de zee, en ik wachtte tot de 'bepaalde dingen' in een veel helderder, bijna oogverblindend, nieuw licht zouden komen te staan. Soms, een doodenkele keer, kwam er ook inderdaad zo'n helder moment. Meestal gebeurde dat wanneer het zonlicht, het uitzicht en de drank in mijn hoofd in een perfecte samenhang waren, maar het duurde altijd maar heel kort. Bovendien was het licht, dat plotseling met onontkoombare helderheid over 'de dingen' scheen, zo fel dat ik niet zo snel wist waar ik het op moest richten – en wanneer ik dat felle licht uit-

eindelijk een beetje in mijn greep kreeg, was het moment meestal alweer voorbij. De dingen zakten onherroepelijk terug in het
donker, en misschien was dat achteraf gezien ook maar het beste.

Op een middag bleef Juan wat langer aan mijn tafeltje staan dan
gewoonlijk. Wel schonk hij – ook zoals gewoonlijk – mijn glas
whisky tot aan de rand toe vol.

'Heb je zin om volgende week maandag ook te komen?' vroeg
hij. 'Dan komt Neeskens een paar dagen naar Barcelona en geeft
Cruijff een feestje.'

'Waar?' vroeg ik.

'Hier,' zei Juan, en wees met brede armgebaren naar de stenen
tafels en banken van zijn chiringuito. 'Veel eten, drank, paarden
en mooie vrouwen...'

Het eten en de drank en de mooie vrouwen behoefden geen
nadere uitleg – maar de paarden? Ik keek Juan vragend aan.

'Daar houden ze wedstrijden mee op het strand,' zei deze.
'Een jaar geleden ook. *Mucho ambiente, muchas chicas gua-
pas...*'

Ik keek om me heen en probeerde me voor te stellen waarom Johan Cruijff voor zijn feestje met Johan Neeskens zijn
oog uitgerekend op Montgat had laten vallen. Ook vroeg ik
me af of Montgat nog wel Montgat zou zijn met veel eten en
drank en paarden en mooie vrouwen – of ik nadien ooit nog
wel aan deze zelfde stenen tafel zou kunnen zitten en *mijn*
Montgat los zou kunnen zien van het Montgat van Neeskens
en Cruijff.

Maar het waren de laatste twee bestanddelen van het feest
(paarden en vrouwen, en vooral ook in die volgorde), die mijn
nieuwsgierigheid hadden gewekt, en ik beloofde Juan dat hij de
komende maandag op mijn aanwezigheid kon rekenen.

Misschien zouden de 'bepaalde dingen' wel nooit meer helemaal helder worden, zo hield ik mijzelf voor. Wie zich in een gat in de tijd bevindt, zit niet echt op feestjes te wachten, maar heeft er aan de andere kant ook weinig te verliezen.

De volgende maandag was Juans chiringuito versierd met ontelbare kleurige lichtjes, een orkestje speelde een soort Gypsy Kings-achtige acid house, op het strand renden inderdaad paarden en tussen het publiek bevonden zich meer mooie vrouwen dan ik ooit in een dergelijke dichte concentratie bij elkaar had gezien.

Op het strand was een net gespannen, en daar speelde een groepje Barcelonaspelers, onder wie Bakero, Beguristain, Amor en Laudrup, onder leiding van Romário voetvolleybal. Cruijff en Neeskens hadden hun armen om elkaars schouders geslagen en zongen, dwars tegen de windrichting van het orkestje in, een lied waarin alleen de steeds terugkerende woorden 'nooit meer Betondorp' te herkennen waren. Zubizarreta probeerde een gin-tonic op zijn voorhoofd te laten balanceren, wat hem pas na vijftien glazen lukte, en Ronald Koeman sleepte de hoofdprijs in de wacht bij het melkflessenschieten.

Aan de bar zat Hristo Stoitsjkov achter een glaasje spa. Soms bevind je je in een gat in de tijd, en dan ontmoet je plotseling iemand die dat gat tijdelijk vult. Pas achteraf besef je dat het ene gat alleen maar tijdelijk plaats heeft gemaakt voor een ander, misschien nog wel veel groter gat. Achteraf besef je dat je het ene gat niet met het andere kunt dichten, maar misschien is dat ook wel kenmerkend voor elk gat in de tijd: dat het altijd *pas achteraf* in zijn volle omvang zichtbaar wordt.

Stoitsjkov was in gesprek met twee Spaanse vrouwen, hoewel 'gesprek' niet helemaal het goedgekozen woord was. De vrouwen hingen, zoals dat heet, aan zijn lippen, maar over Stoitsjkovs lippen kwam niet veel vermeldenswaardigs. Eigenlijk zei hij helemaal niets, en gaf hij alleen met korte hoofdknikjes en gegromde ja's en nee's te kennen dat hij inderdaad nog in leven was. Na verloop van tijd vertrokken de vrouwen en boog Stoitsjkov zich zuchtend over zijn glaasje spa.

'Waar moet je in godsnaam met vrouwen over praten,' zei hij tot niemand in het bijzonder – en omdat ik op dat moment net aan de bar stond om mijn zevende of achtste whisky van de avond bij Juan te bestellen, en er verder niemand in de buurt was die zijn verzuchting had kunnen horen, werd ik die niemand in het bijzonder.

Ik dronk in die tijd al te veel, zij het altijd nog veel minder dan tegenwoordig. Wie te veel drinkt, flapt er, zoals bekend, van alles en nog wat te pas en te onpas uit.

'Ik weet waar je met vrouwen over moet praten,' zei ik voor ik er erg in had.

Daar is het toen ook allemaal mee begonnen: met dat ik wist waar je met vrouwen over moest praten, en dat Stoitsjkov daar werkelijk geen flauw benul van had.

Met dat laatste is het ten slotte ook weer geëindigd.

Vanaf die dag opereerden we regelmatig samen. We begonnen meestal om een uur of negen in bar La Cabaña, op de hoek van de Calle Bailén en de Calle Mallorca. La Cabaña heeft geen menukaart. De gerechten staan op de bar, en je hoeft ze alleen maar aan te wijzen. Stoitsjkov ging bijna altijd voor de *estofado de ternera*, terwijl ik het doorgaans bij de *lomo con pimiento, patatas y huevo frito* hield.

In Barcelona begint het nachtleven pas na één uur 's nachts. Voordat ik bij La Cabaña arriveerde, had ik al bij diverse bars stevig 'ingedronken'. Voor mij ging het 'indrinken' tijdens de maaltijd gewoon door. Het enige waar ik naar streefde, was een stevige bodem in de maag voor de nacht die voor ons lag. Stoitsjkov beperkte zich doorgaans tot *agua con gas*.

Onder het eten werd er weinig gesproken. Stoitsjkovs kaken vermaalden de estofado. Af en toe nam hij een slok van zijn mineraalwater.

'Ik moet donkere vrouwen hebben,' zei hij aan het begin van een van onze eerste strooptochten tegen mij. 'Blonde vrouwen maken me gek. Blonde vrouwen kletsen maar door. Een echte vrouw is donker. Een donkere vrouw weet wat een man wil.'

Na het diner in La Cabaña namen we nog een afzakker in Network, waar elk tafeltje met een televisiescherm was toegerust waarop de allerlaatste videoclips werden vertoond. Of we gingen direct door naar Nick Havanna. De toiletten van Nick Havanna waren van glanzend aluminium. Je piste er tegen een muur van aluminium waarlangs het water in brede banen naar beneden stroomde.

De fase van het oogcontact sloeg Stoitsjkov meestal in één keer over. Wanneer we ergens binnenkwamen, in de Velvet bijvoorbeeld, of in El Otro, waar de vijftien soorten wodka in een grote glazen vrieskast stonden ingevroren, nam hij de aanwezigen in één oogopslag in zich op.

'Die twee aan de bar,' gromde hij. Ik ging dan even naar het toilet, en als ik terugkwam, was het contact meestal al gelegd. Mijn taak bestond vervolgens hierin dat ik de vrouwen zo lang mogelijk aan de praat hield, terwijl Stoitsjkov zwijgend toekeek, en alleen af en toe instemmend knikte. Zolang ik aan het woord was, viel het niet op dat hij niets zei.

Na een kwartier had Stoitsjkov zijn keuze gemaakt. 'Volgens mij wil die vrouw met jou naar bed,' fluisterde hij dan in mijn oor – en dan wist ik dat hijzelf meer voor de andere ging.

Zo vond ik mijzelf regelmatig terug in een taxi onderweg naar een flat ergens ten noorden van het Parc Guëll, in gezelschap van een vrouw die nooit meer dan Stoitsjkovs tweede keuze zou zijn geweest. Naar de flat van die muzieklerares bijvoorbeeld, die Cristina of Conchita heette, en die een harp, een piano en een gitaar in de woonkamer had staan. In de taxi had ik me al afgevraagd wat ik precies met Cristina moest – of ik ook met haar mee zou zijn gegaan wanneer zij niet net een fractie minder donker was geweest dan haar vriendin, met wie Stoitsjkov nu ongetwijfeld op datzelfde moment ook in een taxi zat; of een en ander wel mijn eigen keuze was, en niet de tweede keus van een voetballer die niet wist waarover hij met vrouwen praten moest.

Als het in de Velvet of El Otro niet lukte, gingen we door naar de Ars, de Bikini, Otto Zutz of Distrito Distinto. Maar ook in Zeleste, El Universal, Rosebud of El Particular zorgde Stoitsjkov voor de aanspraak, en nam ik het verdere verloop van de conversatie op mijn schouders. Er kwamen ook wel mooie vrouwen in Africa Monumental, Apocalypse, Chic Gallery, Enfants, KGB, Fibra Optica, La Boite Mas i Mas, Satanassa, Talaia Dreams, Trauma, Up and Down en Humedad Relativa, maar als we eenmaal daar waren aangeland, liep de nacht meestal al op zijn einde – wat doorgaans betekende dat we zonder gezelschap naar huis terugkeerden. Voor Stoitsjkov betekende het vaak zelfs dat hij zonder nachtrust door moest naar de eerste training van negen uur 's ochtends.

Soms probeerde ik in die vroege uren, ergens tussen de nacht en de dag in, de 'bepaalde dingen' ter sprake te brengen die mij in die periode bleven achtervolgen. Maar Stoitsjkov had daar altijd weinig oren naar. Hij mopperde hooguit over het hoge gehalte blondines die onze nachtelijke strooptocht hadden bevolkt.

Zelf voelde ik mij in die ochtenduren als een zwemmer die, na een zee van drank te hebben overgezwommen, eindelijk weer vaste grond onder de voeten krijgt. Ook dit probeerde ik soms aan Stoitsjkov duidelijk te maken – met zo weinig mogelijk woorden uiteraard, maar zelfs weinig woorden waren voor Stoitsjkov er altijd nog een paar te veel.

Wanneer om halfacht 's ochtends in het laatste nachtcafé de barkrukken omgekeerd op de bar werden gezet, bestelde ik nog een laatste mineraalwater voor hem, waarna ieder zijns weegs ging.

Achteraf gezien denk ik dat het vooral mis is gegaan in die nacht dat we samen door de Calle San Ramon liepen. In de Calle San Ramon werken voornamelijk hoeren uit het Caribisch gebied, die niet zoveel kaas gegeten hebben van wie er wel of niet als spits van de FC Barcelona speelt. In plaats van naar Stoitsjkov te fluiten, riepen de hoeren eerder naar mij. *'Blondi, blondi... fockie, fockie?'*

Er verscheen een grimmige trek om Stoitsjkovs mond. 'Wat vinden die wijven zo leuk aan jou dat ze niet naar mij fluiten?' siste hij. 'Alleen omdat je blond bent?'

We waren weleens naar Sitges gegaan, waar Romário op een hotelkamer woonde. Een enkele keer hadden we voetvolleybal op het strand gespeeld – en een paar dagen na het incident in de Calle San Ramon hoorde ik dat Stoitsjkov opeens heel erg dikke maatjes met Romário was geworden.

Volgens mij had Romário beduidend minder aan de vrouwen te vertellen dan ik. Objectief gezien was het natuurlijk wel een soort mooie jongen, maar ik heb nooit begrepen waarom Stoitsjkov zo van de ene dag op de andere voor dat verwende Braziliaanse ettertje koos, terwijl hij aan mij, wat conversatie met de vrouwen betreft, natuurlijk veel meer had.

Soms hoorde ik via via dat Stoitsjkov tot in de kleine uurtjes met Romário aan de bar van Distrito Distinto of Up and Down had gehangen, en dan deed ik natuurlijk wel of het me helemaal niet raakte, maar ondertussen zat het me allemaal niet echt lekker.

Nog weer veel later werd Stoitsjkov aan Parma verkocht. In die periode zat ik weer vaak in de chiringuito in Montgat. De 'bepaalde dingen' naderden inmiddels hun oplossing – maar de rest van het strand en de zee en het felle licht moest ik er opeens wel heel erg bij denken.

Op een avond, na terugkeer uit Montgat, draaide ik zijn nummer in Parma.

'Hristo…'

Ik had eigenlijk niet verwacht dat hij meteen zelf zou opnemen – en daarom vergat ik hem ook de dingen te zeggen die ik eigenlijk tegen hem had willen zeggen. Ik vertelde hem dat het inmiddels beter met mij ging, dat ik weliswaar nog steeds veel dronk, maar dat de oplossing nu heel dichtbij was – dat ik de tijd had gehad om over alles na te denken, en dat ik het daarom inmiddels niet meer erg vond van hem en Romário.

Het bleef lang stil aan de andere kant van de lijn.

En toen vroeg ik hem plotseling *out of the blue* of hij inmiddels al wist hoe je een mineraalwater *con gas* in het Italiaans moest bestellen. Ik hoorde Stoitsjkovs klaterende lach in het verre Parma, en even voelde ik de aanvechting in me opkomen om nu ook maar in één moeite door over de vrouwen te beginnen, om hem te vragen of hij in Parma al iemand had gevonden om het woord voor hem te doen nadat het eerste contact was gelegd.

Maar iets in mijzelf zei mij dat het daarvoor niet het juiste moment was – dat ik beter nog even kon wachten tot een volgende keer.

Achteraf gezien weet ik inmiddels dat ook in die periode het gat in de tijd nog altijd niet helemaal gedicht was. Ik heb nooit echt van stranden gehouden, en ik heb ook nooit goed kunnen voetballen – maar ik heb wel altijd heel gemakkelijk met vrouwen kunnen praten. Ergens tussen het strand en het voetballen in ligt een soort waarheid die ik ook vandaag de dag nog altijd niet goed onder woorden kan brengen.

Achteraf gezien vraag ik me nog weleens af of ik Hristo Stoitsjkov nodig heb gehad om tot dat inzicht te komen, of dat het eerder andersom was.

GÉRMAN & LA NARANJA MECÁNICA

Thon neemt de hoekschop. Van Breukelen vangt en gooit de bal snel voor de voeten van Van Tiggelen. Het is 1988. Wij kijken naar de halve finale Nederland-Duitsland.

Door de openstaande balkondeuren klinken de bekende straatgeluiden van een Barcelonese zomeravond: de auto's die ook op dit uur vier verdiepingen lager drie rijen dik voorbijrazen door de Calle Roger de Flor; zo nu en dan een optrekkende scooter of Yamaha 250cc die de warme en klamme lucht doormidden scheurt; verder het gewone geroep en geschreeuw van menselijke stemmen die boven dit alles uit moeten zien te komen.

Ik denk aan mijn eigen straat in Amsterdam, of beter gezegd: aan mijn *laatste* straat, de laatste straat voordat ik hier twee jaar geleden ben komen wonen. Die straat zal ongetwijfeld *uitgestorven* zijn; net zo uitgestorven als alle straten in Amsterdam – in Nederland – om deze tijd, wedstrijd of geen wedstrijd.

Sinds Spanje zelf zoals altijd in de groepsfase is uitgeschakeld, is de belangstelling voor het toernooi verflauwd. Voor zover die belangstelling ooit aanwezig is geweest. Het Spaanse elftal *leeft* zogezegd niet in Barcelona – in Catalunya. Alleen al het bijvoeglijk naamwoord – *Spaanse*! – spreekt voor zich. Ik weet inmiddels genoeg. Ik heb al wedstrijden meegemaakt waarbij Real Madrid op duizend kilometer afstand met ruime cijfers werd afgedroogd en er bij elk doelpunt tegen de gehate club uit de hoofdstad in Barcelona honderden vuurpijlen en tot diep in de borstkas doorresonerende knallen werden afgestoken. *This is not Spain*, staat er een paar blokken verderop op een blinde muur gekalkt: dat de domme toerist die denkt dat hij ook op castagnetten, sangría, flamenco en stierengevechten vergast zal worden, het maar weet.

'*Quieres otra cerveza?*' vraagt A. in mijn oor.

'Ssst,' zeg ik, omdat op dat moment Adri van Tiggelen een voorzet richting Van Basten geeft.

A. houdt niet echt van voetbal. Toch zitten wij naast elkaar op de oude, witleren bank die nog in haar ouderlijk huis in Mérida (Extremadura – voorbij Madrid rechts aanhouden) heeft gestaan. Het hout van de bank wordt bewoond door honderden houtwormen van het venijniger soort. Behalve venijnig zijn ze vooral dom: regelmatig vergissen ze zich en denken dat mensen ook van hout zijn. Het voelt als een tetanusinjectie, en het geeft bulten van een centimeter doorsnee die wekenlang blijven jeuken en nabloeden.

Eigenlijk zouden wij de bank en de twee bijbehorende witleren stoelen bij het vuil moeten zetten, het vuil dat hier anders dan in Nederland niet om de drie of vier weken maar elke dag wordt opgehaald, maar natuurlijk doen we dat niet. Omdat het de bank en de stoelen van A.'s ouders zijn. Uit haar ouderlijk huis. Omdat ze er ook al stonden toen er nog geen houtwormen in zaten en A. nog zo klein was dat ze zich eronder kon verstoppen.

A. houdt niet echt van voetbal, zoals ik niet echt van Joan Manuel Serrat houdt. Joan Manuel Serrat zingt liedjes met gevoelige teksten. Volgens A. is het *pure poëzie* – maar poëzie is het natuurlijk niet, anders was Serrat wel dichter geworden in plaats van zijn teksten met zoetgevooisde melodieën te omkleden zodat de middelmatige Toon Hermans-achtige inhoud minder opvalt. Het was vijf uur 's ochtends en het werd al licht toen wij ruim twee jaar geleden voor de eerste keer samen dit huis binnenstommelden. Het zal rond een uur of zeven zijn geweest toen A. een grammofoonplaat van Serrat opzette en mij op het hart drukte vooral op de teksten te letten. Die ik destijds nog niet verstond, waarna zij ze voor mij vertaalde.

Het was kortom niet het meest geschikte moment om te zeggen dat noch de stem van Joan Manuel Serrat noch zijn teksten aan mij besteed waren – en ook later heeft zo'n moment zich nooit meer echt voorgedaan. Met als resultaat dat Serrat hier nog regelmatig op staat zonder dat ik van ergernis mijn hoofd schud.

Een innerlijk hoofdschudden is het hooguit, een hoofdschudden dat onze eerste ochtend in dit huis niet alsnog, met terugwerkende kracht, kapot wil maken.

Van Basten loopt zich voor de zoveelste keer vrij van Kohler. Zal Kohler zich laten verleiden tot een ingreep? We staan nog altijd met 1-0 achter. Het is nog te vroeg, maar het zal toch niet zo zijn dat de geschiedenis zich zal herhalen? vraag ik me af. Vage zwart-witbeelden van de meidagen van 1940 vermengen zich in mijn hoofd met andere zwart-witbeelden die je onmiddellijk in 1974 weet te plaatsen.

'Neem voor mij ook nog maar een biertje mee,' roep ik naar A. die al de gang in verdwenen is. De gang is lang. Tot de keuken en de ijskast is het meer dan een halve minuut lopen. We eten meestal hier, in de kamer aan de straatkant, je moet zorgen dat je in één keer alles bij je hebt en niet nog een keer terug moet voor het zout.

Ruim twee jaar geleden had ik met A. op een terras afgesproken. Mijn Spaanse woordenschat telde destijds nog geen honderd woorden. Toch raakten wij op dat terras aan de praat en konden er niet meer mee ophouden. We waren om twee uur 's middags begonnen en om negen uur 's avonds zaten we er nog steeds.

Een beperkte woordenschat heeft zowel voordelen als nadelen. Alles is nog charmant en nieuw, en haperend en houterig, en lief en beperkt. Maar toen A. vroeg naar mijn huiselijke situatie antwoordde ik naar waarheid dat ik hier een verdieping had gehuurd met 'een vriend'.

Alleen zei ik dat niet. Ik zei dat ik met *mijn vriend* (*mi amigo*) een verdieping bewoonde. *Mijn vriend* betekent in het Spaans vrijwel hetzelfde als in het Nederlands.

'Zo leuk zitten kletsen,' had A. diezelfde avond nog tegen haar huisgenoten gezegd. 'Maar zoals zo vaak met mannen die leuk zijn weer een homo.'

Een week later waren we samen uit eten gegaan. En daarna eerst naar bar El Peligro en vervolgens naar danszaal Los Cibeles. In Los Cibeles hadden wij elkaar voor het eerst gekust. Om vijf uur 's ochtends kwamen we aan in haar huis. Om zeven uur zette A. Joan Manuel Serrat op.

'Hij is in elk geval bi,' vertelde ze de volgende middag aan de huisgenoten aan wie ik later die dag werd voorgesteld.

Nog een paar dagen later belde zij haar ouders.

'Wat doet hij?' vroeg haar moeder.

A. vertelde het haar.

'Ah! Een bohemien!' riep haar moeder uit.

Nog weer een paar weken later gingen wij bij haar ouders op bezoek. Die woonden ergens hoog in de Pyreneeën. De weg was lang en kronkelig, en hij bleef maar stijgen. Ik voelde een licht kloppende hoofdpijn, die met elke haarspeldbocht heviger werd. Er is een film die *Guess Who's Coming to Dinner* heet. In die film heeft een meisje een nieuwe vriend die zij aan haar ouders komt voorstellen. De vriend is zwart en wordt gespeeld door Sidney Poitier. De film gaat over het slechten van rassenvooroordelen, maar is in wezen vooral een racistische film. De neger is namelijk een *aangepaste* neger in driedelig pak die het in intellectueel opzicht met gemak van zijn aanstaande schoonouders kan winnen.

Zo keek A.'s moeder in elk geval naar mij toen zij de deur voor ons opendeed. Wanneer Sidney Poitier in eigen persoon in de deuropening voor haar neus had gestaan zou zij niet anders hebben gekeken.

'*Gérman*,' zei ze, terwijl ze mijn hand vastpakte en hem toen snel weer losliet. *Gérman*... – Spanjaarden spreken de h niet uit en maken er een g van. Zo had je ook *Gitler, Gaile Selassie* en *Ernest Gemingway*.

Haar vader vroeg me iets wat ik niet verstond.

'Hij verstaat me niet,' verstond ik dat hij vervolgens tegen zijn vrouw zei. En toen zijn vrouw daarop haar schouders ophaalde, zei hij: 'Wat sta je daar nou, vrouw? Geef die arme jongen godverdomme een glas wijn!'

Later die dag zaten wij, net als in *Guess Who's Coming to Dinner?*, aan een gedekte tafel. Door de knallende koppijn deed ik weinig anders dan zo schaapachtig mogelijk naar mijn aanstaande schoonouders grijnzen. Mijn Spaans was zoals gezegd beperkt. Ik kon in elk geval niet *mezelf zijn* in het Spaans. Mezelf zijn was: leuk, charmant, ad rem, geestig, intimiderend, dominant, vervelend, arrogant, verlegen... Ik was daar die eerste avond aan tafel – ik weet ook niet hoe ik het anders moet formuleren – vooral een *buitenlander*.

Een buitenlander die hier niet thuishoorde. Een buitenlander van wie je je terecht afvroeg wat hij hier in godsnaam kwam

doen. Een buitenlander die misschien beter weer zo snel mogelijk kon oprotten naar zijn eigen land – in plaats van hier onder
onze dochters te komen jagen.

Die nacht sliepen we in aparte kamers. A. in haar vroegere
meisjeskamer, en ik in een smal logeerkamertje met een strijk-
plank en een wasmand. Ik kon de slaap maar moeilijk vatten. Ik
dacht aan Sidney Poitier en aan andere racistische speelfilms
met een *happy end*. Ik dacht aan de blikken die A.'s ouders mij
aan tafel hadden toegeworpen, aan de diepe zuchten die zij hadden geslaakt.

Waarom heeft onze dochter niet gewoon een Spanjaard kunnen krijgen? zeiden die blikken en zuchten. Is zij soms niet goed
genoeg voor een Spanjaard? Wat ziet zij in deze *Gérman*?

Een paar weken na ons bezoek hoorde ik A. aan de telefoon in
gesprek met haar moeder.

'Wat bedoel je precies met "wel heel erg een buitenlander"?'
vroeg A. op verontwaardigde toon en verbrak kort daarop de
verbinding.

Was ik maar weer gewoon een *bohemien*, dacht ik bij mezelf.
Met een bohemien viel misschien nog wel te leven.

Kohler probeert de bal te spelen, maar raakt de enkel van
Marco van Basten.

Mijn hart begint sneller te kloppen. Ik neem een slok van de
Estrella die A. helemaal uit de ijskast in de keuken is gaan halen.

Na de snelle uitschakeling van Spanje heeft A.'s vader zijn
aandacht naar *Nederland* verlegd. Het enige land waar hij nog
'wat mee heeft'. Tegen wil en dank, maar toch… A.'s moeder
kijkt met hem mee.

'Gérman, mijn vader aan de telefoon,' riep A. een kleine week
geleden vanuit de gang waar de telefoon aan de muur hangt.

'Ja,' riep ik terug, en bladerde verder in *El Mundo Deportivo*.

Maar liefst twaalf pagina's had de dagelijks verschijnende sportkrant ingeruimd voor het wonder van het Nederlands elftal na de verpletterende overwinning op Engeland. Er viel voor het eerst een nieuwe bijnaam voor het Nederlandse voetbal: *la Naranja Mecánica*, wat de Spaanse vertaling was van *A Clockwork Orange* van Stanley Kubrick. In Spanje worden filmtitels wel vaker raar vertaald. Zo heet *The Sound of Music* hier gewoon *Sonrisas y lagrimas*, wat 'glimlachen en tranen' betekent.

Maar *una naranja* is een sinaasappel, en *naranja* als bijvoeglijk naamwoord betekent 'oranje'. *Mecánica* zal ik hier niet vertalen. De bijnaam betekende zoiets als de 'oranje machine', maar dan met de meerwaarde dat het ook nog eens de titel van een film van Stanley Kubrick was.

'Gérman! Gérman! Waar blijf je nou. Hij wil *jou* spreken!'

Met licht knikkende knieën stond ik even later met de hoorn aan mijn oor in onze gang. Het was in de afgelopen twee jaar de allereerste keer dat A.'s vader mij aan de telefoon had gevraagd.

'Godverdomme, wat waren jullie goed!' klonk de met drie pakjes Ducados per dag doorrookte stem van mijn aanstaande schoonvader. 'Die Engelsen wisten van voren niet meer waar hun kloten van achteren zaten.'

Mijn Spaanse woordenschat was in die twee jaar gegroeid. Toch wist ik niet zeker of hij echt 'kloten' had gezegd, of gewoon het iets mildere 'ballen' bedoelde.

Maar er was iets anders wat al mijn aandacht opeiste. A.'s vader had 'jullie' gezegd. *Wat waren* jullie *goed! (godverdomme!)*.

Ik haalde diep adem.

'Tegen de Ieren zullen *wij* ze godverdomme hun kloten in het net laten zoeken!' zei ik; het klonk best vloeiend en overtuigend, vond ik zelf: het klonk als een aanstaande schoonzoon die zelf ook Ducados rookt, *carajillos* drinkt en als het nodig is op de grond spuwt.

Het bleef even stil aan de andere kant van de lijn. Toen hoorde ik een lach: het klonk aanvankelijk niet als een lach, eerder als de koude start van een bestelwagen die de hele nacht op een natte parkeerplaats heeft gestaan.

'Ik hoop dat jullie *Naranja Mecánica* die Ierse homo's helemaal lek schopt, Gérman!' zei A.'s vader en verbrak de verbinding.

Marco van Basten struikelt, gaat liggen en staat weer op. Nee, hij wordt *onderuitgehaald*! Het is de Spaanse commentator die zegt dat Van Basten is gaan liggen. Zich heeft 'laten vallen'. Er is geen Spaans woord voor *Schwalbe*. De *Schwalbe* komt – hoe kan het ook anders? – uit *Duitsland*.

Als ik eerlijk ben, weet ik dat de Spaanse commentator gelijk heeft.

Marco van Basten is wel erg gemakkelijk gaan liggen. Gestruikeld.

Dan denk ik aan mijn aanstaande schoonvader die op ditzelfde moment hoog in de Pyreneeën bij deze zelfde beelden zit te vloeken in een kamer die blauw staat van de Ducadosrook.

Ik ben wel erg gemakkelijk gaan liggen, denk ik.

Maar dan wijst de scheidsrechter naar de stip. Dan neemt Ronald Koeman zijn aanloop. Dan gaat de bal erin. Dan staat het 1-1.

Ik klok mijn Estrella in één keer achterover. Daarna durf ik voor het eerst aan het tot dusverre ondenkbare te denken.

Ik denk dat we kunnen winnen.

Hoeveel minuten nog? Ik kijk naar de telefoon die straks na het laatste fluitsignaal zal rinkelen. Ik stel me voor hoe ik de hoorn zal opnemen en 'Met Gérman' zal zeggen. Mijn aanstaande schoonvader zal mij/ons/jullie/wij/*la Naranja Mecánica* feliciteren met de overwinning.

Ik kijk naar A. In haar ogen heeft zij dezelfde blik als die van alle vrouwen die naar voetbalwedstrijden kijken. In gedachten doe ik haar een belofte. In gedachten beloof ik haar om, als we winnen, te vragen of zij de grammofoonplaat van Joan Manuel Serrat op wil zetten. Het nummer van die eerste ochtend.

In gedachten beloof ik haar voor het eerst naar de tekst te luisteren.

Als we winnen staan we in de finale. Als we de finale winnen... – hier stokken mijn gedachten. Het is de duivel verzoeken om het ondenkbare te ver door te denken.

Ik zie mijn aanstaande schoonvader. Als het ondenkbare werkelijkheid wordt, staat hij met een Ducados tussen zijn vingers bij de bakker in zijn bergdorp in de Pyreneeën.

'De finale nog gezien?' vraagt hij zo achteloos mogelijk, maar de grijns op zijn gezicht verraadt eigenlijk al alles.

'Mijn dochter heeft sinds kort iets met een Hollander,' zegt hij.

Met *zo'n* Hollander, zal hij waarschijnlijk zeggen.

'Gérman, heet hij,' zegt hij. 'Als ik zo naar die twee kijk, zou het me niet verbazen als ze binnenkort gaan trouwen.'

Un Holandés.

La Naranja Mecánica.

In *Guess Who's Coming to Dinner* zit een scène waarin Sidney Poitier door zijn aanstaande schoonouders naar een zwarte honkballer wordt gevraagd – naar *sport*. Waar negers toch zo goed in zijn? Sidney Poitier antwoordt dat hij vooral van klassieke muziek houdt. Een racistische film.

'*Quieres otra?*' vraagt A. en wijst op mijn lege flesje Estrella.

'Nee, wacht, ik ga wel,' zeg ik snel. 'Wil jij ook?'

Even later loop ik door de lange gang. Ik luister scherp. Aan het wegstervende gejuich en de stem van de Spaanse commentator hoor ik wanneer ik weer terug moet. Het zou niet de eerste keer zijn dat ik een doelpunt heb afgedwongen door naar de wc te gaan of ergens, in een andere keuken, chips te gaan halen.

Een buitenlander zal ik altijd blijven. Maar als we winnen ben ik de beste buitenlander die je je als aanstaande schoonvader zou kunnen wensen.

TINKERBELL

Die ochtend was de voetbalvrouw al vroeg opgestaan.

Nou ja, vroeg – voor haar doen vroeg: de klok wees tien over elf aan.

Nu keek ze naar haar eigen hoofd in de spiegel. Het was een blond hoofd, en niet al te snugger. Er is de laatste jaren een tendens gaande waarin zowel voetballers als voetbalvrouwen steeds intelligenter worden. Sommige voetballers maken zelfs hun middelbare school af of lezen één boek van Robert Ludlum; voetbalvrouwen werken eerst drie maanden in een nagelstudio alvorens ze met een voetballer trouwen.

Maar de onderhavige voetbalvrouw was er nog eentje van de oude stempel zoals je ze vandaag de dag nog maar zelden in levenden lijve tegenkomt op straat. In de eerste plaats was er dat hoofd. Het was een hoofd met een hoog Efteling-gehalte, zoals dat in de voetbalwereld heette. Een hoofd van papier-maché: te droog, te bruin, te glanzend, te strak, te gerimpeld – een hoofd dat ergens in een Chinese speelgoedfabriek op een willekeurige opgepimpte vrouwenromp leek te zijn geschroefd.

De voetbalvrouw zag het zelf ook terwijl ze in de spiegel keek – en ze kreunde zachtjes. 'O, Tinkerbell,' zuchtte ze. 'Hoe heeft het zo ver met ons kunnen komen?'

Tinkerbell was de zes maanden oude chihuahua die haar man, de voetballer, voor haar had gekocht na een nachtje uit de klauwen gelopen stappen. In plaats van bloemen. Om zes uur 's ochtends was hij thuisgekomen in een wolk van drank en parfum. Op de kraag van zijn overhemd zaten strepen roze lipstick.

'Dit is niet wat je denkt dat het is,' had hij nog gemompeld alvorens hij zich met zijn hoofd voorover op de mohairen sofa had laten vallen en het bewustzijn had verloren.

De voetbalvrouw had aan zijn jasje getrokken en een paar dingen geroepen ('Ben je weer bij die hoer geweest, smeerlap?', 'Ik ga vandaag nog terug naar mijn moeder!' en 'Je ziet zelf maar wie die scrambled eggs Benedict voortaan voor je klaarmaakt! Ik durf te wedden dat die hoer nog geen kop koffie kan zetten!'), maar ze kreeg niet de indruk dat hij haar nog kon horen.

Twee dagen later was hij met de chihuahua aan komen zetten. 'Kun je me vergeven, moppie?' zei hij, terwijl hij het witte hondje voor haar omhooghield. Om het nekje was een rode strik bevestigd, als was het een doos bonbons.

'O, wat een schatje!' had ze ondanks zichzelf uitgeroepen. 'O, moet je dat snuitje zien!'

Daarna hadden ze het goedgemaakt. Op dezelfde mohairen sofa waarop hij nog maar zo kort geleden zijn stinkende roes had liggen uitslapen. Toen ze zijn broekriem had losgetrokken en hem in haar mond had genomen was de chihuahua begonnen te blaffen, en was daar pas mee opgehouden nadat zij het met een tissue van haar wangen en wimpers had afgeveegd.

Nu toetste zij op de sneltoets zijn mobiele nummer.

Er heerste een schemerige duisternis in de parkeergarage op het vip-dek van het stadion, waar op dat uur van de dag maar weinig auto's stonden. Een van die weinige auto's was een zwarte suv met zonwerende portierruiten, die pal naast de toiletten bij uit-gang Noord stond geparkeerd.

'Godverdomme,' zei de voetballer toen hij de naam op het display van zijn mobieltje las. Zijn broek bevond zich op zijn enkels. Een vrouw met een landelijk bekend gezicht lag met haar hoofd in zijn schoot. Haar haar spreidde zich als een waaier uit over zijn ontblote bovenbenen. 'Ik moet dit even aannemen, lie-fie,' zei de voetballer tegen de vrouw.

Een paar dagen geleden had de nieuwbakken voorzitter van de club het programma voor de komende tournee door Brazilië bekendgemaakt. 'En dan hebben wij nog een hele speciale ver-rassing voor jullie allemaal,' had hij tot slot gezegd. 'Bij wijze van uitzondering mogen jullie dit keer je vrouwen of vriendinnen meenemen!'

In de daaropvolgende stilte kon je tweeëntwintig spelden ho-ren vallen. Toen was de aanvoerder van het elftal opgestaan en had het woord genomen. 'Voorzitter,' zei hij. 'Ik denk dat ik na-mens de hele spelersgroep spreek, wanneer ik u zeg dat voor ons de charme van een Braziliaanse tournee vooral ligt in het feit dat onze vrouwen en vriendinnen *niet* meegaan.'

Het was bijna te pijnlijk voor woorden dat iets wat zo zonne-klaar was als de charme van een buitenlandse tournee aan deze voorzitter moest worden uitgelegd. Sommige mensen begrepen helemaal niets.

'Hallo, schatje,' zei de voetballer zo naturel mogelijk. *'What's up?'*

'Ik zat opeens te denken,' zei de voetbalvrouw. 'Is het nou op dit moment zomer of winter in Brazilië? Dat ik dacht: moet ik nog wat kleren bijkopen? Maar wat voor kleren dan?'

De voetballer haalde diep adem.

'Die tournee is uiteindelijk toch alleen voor ons,' zei hij, nog altijd behoorlijk naturel. 'Ik weet niet, opeens te weinig geld of zo. Een hoop blabla, dat eerst de resultaten moeten verbeteren en zo. Maar volgende maand spelen we een oefenwedstrijd in België. Dan mogen jullie wel allemaal mee.'

Er viel een stilte. Zonder speld dit keer.

'Wat hoor ik?' vroeg de voetbalvrouw. 'Wat is dat voor geluid?'

De voetballer greep met zijn hand in het haar van de vrouw met het landelijk bekende gezicht waardoor ze abrupt haar hoofd stilhield.

'Niets,' zei hij, iets minder naturel dan eerst. 'Kauwgom. Ik heb kauwgom in mijn mond. Dat is wat je hoort.'

De voetbalvrouw keek in de spiegel. Huilend vond ze zichzelf er nog dommer uitzien dan normaal. Ze moest denken aan de bijeenkomst in het spelershome van een week geleden, na afloop van de benefietwedstrijd ten behoeve van 'Leren knikkers voor Afrika'. Daar had de nieuwbakken trainer zich losgemaakt uit een groepje officials, was op haar afgestapt en had drie volle bierglazen op de bar neergezet.

'Dit zijn twee verdedigers,' had hij gezegd, terwijl hij op de glazen had gewezen. 'En dit een doorgebroken speler. Hoe noem je dat?'

'Geen idee,' had zij naar waarheid geantwoord.

Daarop had de trainer zich met een grijns omgedraaid naar het groepje officials. 'Het is een vrouw,' had hij gezegd.

Met kracht smeet ze haar mobieltje naar haar behuilde spiegelbeeld. Daarna stond ze op, deed een paar wankele passen naar achteren en liet zich op de mohairen sofa vallen.

Ze was dan wel heel erg dom, maar ze realiseerde zich onmiddellijk dat ze niet boven op een kussen was neergeploft. Het was iets van een andere materie dan een kussen: ook zacht en harig, maar tegelijk hard en breekbaar vanbinnen.

Er klonk een geluidje: een zucht was het, meer niet.

'Tinkerbell,' zei ze.

Het was geen schreeuw of wanhoopskreet. Hooguit een constatering.

DOORGESPEELD

Mijn eerste voetbalwedstrijd zag ik in Arnhem.

Hij ging tussen Beneden-Rijnse Boys (het latere Vitesse) en FC AVOSD. Waar de afkortingen in AVOSD voor stonden, weet ik niet meer: waarschijnlijk iets met Arnhem Vooruit en daarna nog wat. Belangrijker was de naam die het elftal in Arnhem en omstreken had opgebouwd, en die in die naoorlogse periode minder van doen had met de voetbaltechnische kwaliteiten van de club dan met het simpele gegeven dat AVOSD tijdens de oorlogsjaren 'gewoon had doorgespeeld'.

Oom Wisse was een halfbroer van mijn moeder. Binnen de FC AVOSD vervulde hij de positie van voorstopper. Ik weet niet of de benaming 'voorstopper' in die tijd al bestond, maar een betere omschrijving van oom Wisses taakopvatting in het veld zal er wel nooit meer gevonden worden. Eigenlijk stopte oom Wisse alles: niet alleen ballen, maar ook doorgebroken spitsen en middenvelders, en een enkele keer zelfs de hele wedstrijd, wanneer hij de scheidsrechter van een 'meidenbeslissing', zoals hij het zelf noemde, beschuldigde.

Meer dan als voorstopper, of Wisse Ruitenberg, stond hij dan ook bekend onder zijn bijnaam, die 'de Grebbeberg' luidde. Soms werd de bijnaam op zijn beurt weer ingekort tot kortweg

'Grebbe'. 'Die moet eerst nog maar eens langs de Grebbe zien te komen,' kon je de supporters op de tribunes tegen elkaar horen zeggen, wanneer een speler van de tegenpartij de helft van AVOSD durfde te betreden.

Wij vertrokken op een zaterdagmorgen vanuit onze eenvoudige woning nabij Wolfheze voor de anderhalf uur durende wandeling door de Warnsborner Bossen naar het tussen Presikhaaf en de Geitenkamp gelegen voetbalstadion. Wij, dat waren vader en ik. Mijn jongere zusje Stella wilde ook mee, maar daar had vader geen oren naar. 'Blijf jij maar hier om met je poppen te spelen of moeder te helpen met vaatwassen,' zei hij. 'Voetbal is immers geen meidensport.'

De tocht door de Warnsborner Bossen was in die jaren niet geheel van gevaar ontbloot. In de donkere gedeelten hielden zich nog altijd Duitse soldaten schuil tot wie het nieuws over het einde van de oorlog nog niet was doorgedrongen. Ook lagen de paden en lanen nog altijd bezaaid met landmijnen. Een paar dagen eerder was een damhert op een mijn gelopen. Van het hert zelf werd weinig teruggevonden, alleen het gewei hing ergens hoog aan een boomtak, als de vergeten trofee van een jacht zonder winnaars of verliezers.

Maar na anderhalf uur stevig doorstappen, waarbij niet werd gesproken, bereikten wij ongedeerd het voetbalstadion. Er was een houten clubgebouw, en er stond een uit surrogaatgrenen opgetrokken statribune, die plaats bood aan een kleine zeventig toeschouwers. Aan de bar van het clubgebouw troffen wij oom Wisse. Hij rookte de ene sigaret na de andere en spoog geregeld met een luide rochel op de vloer, waarbij hij de hielen van zijn kicksen tegen elkaar liet knallen. Op de bar stond een glas met een ondoorzichtige bruine vloeistof dat hij met korte tussenpozen naar zijn lippen bracht.

Vader informeerde naar de kansen van AVOSD tegen Beneden-Rijnse Boys.

'Eitje,' zei oom Wisse, leegde zijn glas, spoog op de grond en stak een nieuwe sigaret op.

Uiteraard waren alle mensen in die tijd ouder, maar het hoofd van oom Wisse was op zijn geheel eigen wijze oud. Te oud om een voetballer te zijn in elk geval. Hij had een soort slag in zijn haar dat je tegenwoordig nog zelden ziet. Of beter gezegd: de slag zou je er eventueel nog wel in kunnen krijgen, maar het hoofd daaronder niet. Hoofden als dat van oom Wisse kom je vandaag de dag alleen nog tegen op oude, aan de randen gekartelde, zwart-witfoto's, maar nooit meer in de werkelijkheid van vlees en bloed.

'Mien jungske,' zei hij tegen mij in zijn onnavolgbare Oud-oosterbeekse accent en streek mij over mijn hoofd. Ook het accent zou nu in een televisiedocumentaire ongetwijfeld onderti-teld moeten worden.

Na de aftrap nam AVOSD al snel de leiding. Binnen een kwar-tier stond het 2-0. Een counter van Joris Anthonissen, de spits van Beneden-Rijnse Boys, werd door oom Wisse gestuit met een kruising tussen een kop- en een elleboogstoot. Daarna stak hij zijn hand uit en hielp Anthonissen met een brede grijns over-eind van de grasmat. 'Grebbe! Grebbe!' scandeerden de suppor-ters. De scheidsrechter had zijn opschrijfboekje al uit zijn borst-zak gehaald, maar stak dat nu snel weer terug.

'Hij is goed. Hij is goed!' zei vader, terwijl hij mij aanstootte. 'Dit wordt een inmaakpartij. Let op, Herman.'

Het gebeurde kort voor het einde van de eerste helft. Eerst klonk er een kort, droog salvo, en toen nog een paar losse knal-len. Daarna werd het stil. Recht tegenover de statribune, op de plaats waar het veld vrijwel direct aan de bosrand grensde, wa-ren drie Duitse soldaten verschenen. Hun uniformen waren ge-havend. Slechts een van de drie droeg een geweer, waarmee hij boven zijn hoofd in het rond zwaaide.

Het vreemde, zo herinner ik mij, was dat er eigenlijk geen sprake was van paniek. De spelers slenterden wat over het veld. De toeschouwers bleven gewoon staan waar ze stonden. Toen liep oom Wisse als enige naar de bosrand.

Van mijn plaats op de tribune zag ik hoe hij de soldaten een voor een de hand schudde. Vervolgens hield hij ze zijn pakje sigaretten voor. Nadat de soldaten allemaal een sigaret hadden gepakt, gaf oom Wisse ze vuur. Daarna stak hij het pakje in het uniformborstzakje van een van hen. Van de overzijde van het veld bereikte ons iets wat op een korte lach leek.

Het volgende ogenblik waren de Duitsers weer even snel verdwenen als ze gekomen waren. Oom Wisse liep terug naar het eigen strafschopgebied, naar de plek waar Joris Anthonissen al die tijd met zijn gezicht voorover in het gras was blijven liggen. Hij hurkte neer bij de spits van Beneden-Rijnse Boys, keerde hem op zijn rug en voelde zijn pols. Daarna schudde hij zijn hoofd tegen de scheidsrechter, die tot dan toe op een afstandje was blijven staan toekijken.

'Kom, we gaan naar huis,' zei vader en pakte mijn hand.

'Wordt er niet meer doorgespeeld?' vroeg ik.

'Vandaag niet, jongen,' antwoordde vader. 'Vandaag niet.'

Die avond, voor het slapengaan, vertelde vader aan Stella en mij over een hond die geen vader en moeder had en die alleen naar eten moest zoeken. Toen het verhaal uit was, vroeg hij wat wij later wilden worden.

Stella lag in haar eigen houten bedje. Haar lappenpop sliep boven op haar borst. 'Verpleegster,' zei zij.

En toen keek vader naar mij. 'En jij, jongen?' vroeg hij met een glimlach.

'Soldaat,' zei ik, maar toen bedacht ik me plotseling. 'Nee,' zei ik. 'Geen soldaat. Als ik later groot ben wil ik voetballer worden.'

Vader was opgestaan. Hij blies de kaars uit die in een kande-
laar boven het raamkozijn van de zoldering was bevestigd.

'Slaap wel, lieve kinderen,' zei hij.

NEDERLAND-SPANJE 0-1

Omdat ik al oud ben, weet ik dat vroeger alles beter en mooier was. Het Nederlandse voetbal van 1974. Van 1978. Je kon als Nederlander in elk buitenland met opgeheven hoofd voor de dag komen. Je liet het oogverblindende Nederlandse voetbal op je *afstralen*.

Toch werd je er ook weleens doodziek van. Van weer een Italiaan of Spanjaard die je verzekerde dat de Nederlanders eigenlijk hadden moeten winnen. Dat ze het meer verdienden dan de uiteindelijke winnaars. Er knaagde iets in al die lof. 'Nederland speelde het mooiste voetbal,' zei de Italiaan of Spanjaard – en hij herinnerde je er nogmaals aan dat we weer verloren hadden.

Mijn vrouw is Spaans. Zij houdt niet echt van voetbal. Behalve als het Spaanse elftal een EK of WK speelt. Zij vindt Iker Casillas een knappe man. In de bijna vijfentwintig jaar van onze vaste relatie heeft het ergst denkbare scenario zich nooit voorgedaan. Op 11 juli 2010 was het eindelijk zover. Wij hadden veel dingen overleefd: de IKEA, het verwijderen van de Spaanse zender TVE van de Amsterdamse kabel vanwege de stierengevechten, de Nederlandse moeders die alles beter weten, de levensgevaarlijke thuisbevalling zonder verdoving, het eerste broodje tartaar speciaal bij Dobben. ('Hoezo kun je hier alleen een glas melk bestellen?' vroeg zij. 'Een glas *melk*? Bij een broodje met *vlees*?' Wij waren toen amper een halfjaar samen, in Barcelona kreeg je ook bij de McDonald's en de Burger King een halve liter bier in een plastic glas. 'Ze zouden failliet gaan als ze geen alcohol mochten schenken,' zei zij. 'Een glas melk... wat een vies idee.')

Wij kregen een zoon met een Nederlands en een Spaans paspoort. 'Als Nederland tegen Spanje moet voetballen, krijg jij het zeker wel moeilijk?' vroegen niet al te slimme volwassenen aan hem. 'Voor wie ben je dan?'

Nooit heeft mijn zoon met zijn ogen geknipperd wanneer hij elke keer hetzelfde antwoord gaf: 'Voor Nederland.'

Hier moet natuurlijk meteen worden bij gezegd dat het Spaanse voetbal jarenlang niets voorstelde. In Spanje zelf werd mooi gevoetbald, maar Spanje als land bakte er niks van op de diverse E- en WK's. Totdat Spanje twee jaar geleden ineens als Barcelona ging voetballen – met voor meer dan de helft aan spelers uit die ploeg. Ja, zo kan ik het ook.

Nu eerst een bekentenis: natuurlijk ben ik ook voor Nederland, maar toch ben ik altijd meer voor een club dan voor een land. Dat heeft voor een deel met de supporters te maken. Die slappe hap Oranjesupporters met hun oranje pruiken en toeters en gekke met Nederlandse vlaggen beschilderde gezichten. Die sfeer als op een braderie. Een barbecue met aangetrouwde familie. Die *gezelligheid* vooral: dat is toch niet waar het bij voetbal om begonnen was. Sowieso het feit dat mensen die de rest van het jaar niets van voetbal willen weten, mensen die zelfs helemaal niets van voetbal *begrijpen*, opeens allemaal juichen voor Nederland. 'Wat gebeurt er? Een penalty? Waarom wordt die goal afgekeurd? Voor welk land speelt Suarez dan nu?'

Voor de echte voetballiefhebber is het een opluchting wanneer een WK weer *voorbij* is.

Tijdens onze laatste tournee met *Hard Gras* stelde onze stagiair en abonnementverkoper Pelle mij in het busje een keer de enige echte gewetensvraag. 'Wat heb je liever?' vroeg hij. 'Dat Nederland wereldkampioen wordt of dat Ajax de Champions League wint?'

'Dat Ajax de Champions League wint,' antwoordde ik – die honderdste seconde aarzeling in mijn stem was met het blote oor niet te horen. 'En jij?' vroeg ik. Pelle is voor zijn levensonderhoud volledig afhankelijk van het aantal abonnementen dat hij verkoopt, maar hij aarzelde nog korter dan ik: 'Ajax natuurlijk.'

Thuis stelde ik dezelfde vraag aan zoon P. – en kreeg hetzelfde en enige juiste antwoord.

Het grote nadeel van een Nederlands elftal is dat er ook spelers meedoen die geen Ajax-achtergrond hebben. Dat je ook voor die spelers moet juichen wanneer ze zich voor de zoveelste keer huilend laten vallen, om een gele kaart voor de tegenstander mekkeren of iemand zijn scheenbeen doormidden proberen te schoppen. En het is niet eens alleen de Ajax-achtergrond. Het is het clubvoetbal. Ik kijk honderd keer liever naar Robin van Persie bij Arsenal, Wesley Sneijder bij Real Madrid of Inter, Van der Vaart bij HSV of Real Madrid dan bij het Nederlands elftal. Het spreekt vanzelf dat supporters van genoemde clubs geen braderieën of barbecues voor het hele gezin organiseren.

Met deze insteek keek ik op 11 juli naar de finale. Ik hoopte met heel mijn hart dat Nederland zou winnen. Tegelijkertijd was ik blij dat het maandag 12 juli ongeacht de uitslag allemaal voorbij zou zijn. Dat we ons dan weer in alle rust konden gaan voorbereiden op het begin van het nieuwe *voetbal*seizoen.

Voor wie in het buitenland was of geen televisie heeft: we hebben die finale verloren. Iedereen heeft gezien op welke manier. 'Als we hadden gewonnen, had niemand meer gezeurd over de manier waarop,' zei een enkeling achteraf.

Een paar weken geleden waren wij een paar dagen in Berlijn met mijn Spaanse zwager. Maar ik moet eigenlijk zeggen: mijn *Catalaanse* zwager. Mijn zwager had nooit iets met het Spaanse nationale elftal, maar uitsluitend met zijn club FC Barcelona. Nog tijdens Spanje-Portugal was hij voor Portugal. Maar daarna had de ommekeer ingezet. Er waren toch wel erg veel spelers van Barcelona die meededen, luidde zijn laffe redenatie. En het Spaanse elftal speelde ongeveer hetzelfde als zijn club.

Ik vermeld dit alleen maar om te illustreren welke verschrikkelijke schade nationalisme in het hoofd van een echte voetballiefhebber kan aanrichten.

Het was de tweede dag van ons verblijf in Berlijn. We zaten op een terrasje op het plein voor de Rijksdag. Tot nu toe hadden wij het onderwerp weten te vermijden. Zelf was ik er al in geslaagd om de hele finale te verdringen.

'Nou, nou, dat Nederlandse voetbal...' zei mijn zwager vanuit het niets.

'Het was een schandalige vertoning,' zei mijn vrouw. We dronken bier, maar ik vroeg me nu af of ze niet beter melk had kunnen bestellen.

'Die Spanjaarden zijn gewoon allemaal watjes,' zei zoon P.

'Kijk,' zei ik. 'Italianen maken theater. Ze laten zich vallen en schreeuwen of ze hun milt hebben gescheurd. Maar Spanjaarden zijn echte watjes. Ze hebben *echt* pijn bij het eerste het beste tikkie.'

'Ze gaan meteen huilen,' zei zoon P. 'Ze zijn *echt* zielig.'

'Nou, nou...' zei mijn zwager.

Ik keek naar het gerestaureerde gebouw van de Rijksdag. En ik wist opeens hoe ik me voelde. Hoe ik me nog jarenlang zou voelen. Het was een waarheid die zich als een tegelwijsheid in mijn hoofd nestelde; een tegelwijsheid geschreven in gotische letters: 'Als we de oorlog hadden gewonnen, zou niemand meer hebben gezeurd over de manier waarop. Nu moeten we ons ons leven lang schuldig blijven voelen over wat we anderen hebben aangedaan.'

Een paar dagen geleden keken P. en ik naar Dinamo Kiev-Ajax. De wedstrijd was levendiger en spannender en mooier dan welke wk-wedstrijd ook. Geen betere remedie om de oorlog, de schaamte en het schuldgevoel te vergeten dan het voetbal.

DE WEG KWIJT

BEKENTENIS VAN EEN
SUBSIDIEVRETER

Wij deden het meestal zo: we verzonnen iets, een losse draad, een krantenknipsel, iemand die we bij de tramhalte hadden zien staan, en daarna gingen we improviseren in onze repetitieruimte. Iemand zette een gek hoedje op, een ander trok een gek jasje aan, een derde trok een gek gezicht. Van daaruit gingen we verder. Er kwamen teksten die in het begin nog helemaal niet vaststonden. Er kwam een titel. En er kwam een subsidieaanvraag. Dit hele proces nam ongeveer zes maanden in beslag. Dan kwam de eerste try-out. In de zaal zaten vaak mensen net als wij, mensen die ook improviseerden, die net zulke brillen op hadden en vaak ook hetzelfde haar en dezelfde jassen en dezelfde schoenen. Dat waren onze vakgenoten. We hebben een keer zitten turven bij de première, en dan bleek dat het publiek voor negentig procent uit vakgenoten bestond. De overige tien procent kwam voor rekening van vrienden en familie. Ik kan me niet meer precies herinneren wanneer het bij mij begon te knagen. Misschien wel op die ene try-out waarop een vakgenoot na afloop aan de bar tegen mij zei 'dat er best leuke dingen in zaten', om daarna meteen te vragen 'wat ik er zelf van vond'. Of misschien was het ook wel op die avond dat een andere vakgenoot een taxi bestelde en ik vroeg of dat niet te duur was en de vakgenoot antwoordde 'dat ze nog minstens een ton op de bank hadden staan' zodat een taxi er best afkon. Destijds stond ik er nog niet bij stil, maar later in bed ben ik me af gaan vragen van wie die ton eigenlijk was, door wie dat geld bijeen was gebracht. Ongeveer rond diezelfde tijd begon ik me te realiseren dat er zelden gewone werkende mensen naar onze voorstellingen toe kwamen. Werkende mensen die met hun belastinggeld tenslotte toch onze salarissen betaalden. Achteraf vraag ik me vaak af hoe het komt dat het bij mij nog zo lang heeft geduurd. Het besef dat een subsidie niet wezenlijk verschilt van een uitkering. Ja, wij doen er wat mee, kun je zeggen, we maken een theaterstuk. Maar als ik heel eerlijk diep in mijn hart kijk, is zes maanden repetitietijd wel erg lang. Aan het theaterstuk zie je die zes maanden nooit af, wil ik maar zeggen. Goed beschouwd kun je zo'n stuk als dat van ons in een week in elkaar timmeren. Wij zouden met hetzelfde bedrag aan subsidiegeld dus ook vijftig theaterstukken per jaar kunnen maken. En dan nog iets anders: het aantal voorstellingen ligt opzettelijk laag, anders worden we te moe, of in ons eigen jargon: 'Anders creëren we te weinig ruimte in ons hoofd voor het opdoen van nieuwe ideeën.' Het zijn opnieuw de mensen die wel werken die opdraaien voor onze moeheid, realiseer ik me ook nu pas. Je kunt namelijk best jezelf bedruipen, maar dan moet je meer dan honderd voorstellingen per jaar doen. Honderd keer in de bus naar zo'n theater in de provincie, we moesten er niet aan denken. In die bus is het overigens altijd heel gezellig: één maakt de grapjes, een ander kan heel goed een imitatie van een commerciële artiest doen. Zo noemen we artiesten die zichzelf kunnen bedruipen namelijk: commercieel. Commercieel betekent in ons wereldje dat het niks is. Iedereen die zelf zijn geld kan verdienen, noemen we commercieel, dan ben je daar tenminste van af. Nu pas besef ik dat je ook door te werken best je artistieke vrijheid kunt kopen, maar het is aan de andere kant wel erg lekker om anderen het werk te laten doen en als een bedelaar je hand op te houden. Over één voorval schaam ik me nog het diepst. Jaren geleden werd onze theatergroep een keer met opheffing bedreigd. Toen zijn we met toeters en bellen en gekke kleren en gekke gezichten de straat opgegaan om te demonstreren en het verkeer tegen te houden. Onder de automobilisten was op zijn zachtst gezegd weinig begrip voor onze actie. Daarop scholden wij ze uit voor fascisten. Tegenwoordig begrijp ik dat die mensen van hun werk kwamen en naar huis wilden, dat het dezelfde mensen waren die voor onze lamlendigheid een deel van hun salaris afstonden. Tot slot nog dit: heeft Pablo Picasso ooit een subsidieaanvraag ingediend? Ernest Hemingway? Martin Scorsese? Eminem? Ik kan zo nog wel een tijdje doorgaan: de lijst met wel werkende, trotse kunstenaars is gelukkig nog altijd langer dan de lijst subsidievreters. Is het werk dat zij ons gegeven hebben commercieel? De vraag stellen is hem beantwoorden. Ik zou kortom iets terug willen doen. Ik zou anders gezegd voor het eerst in mijn leven willen gaan werken en zelf mijn geld verdienen. Het probleem is echter dat ik niks kan, dat heb ik ook altijd te pas en te onpas in interviews verklaard: 'Ik ben dit gaan doen omdat ik niets anders kan.' Wie heeft goede raad? Wie heeft er werk voor mij, zodat ik althans een deel van het geld dat ik jarenlang ten onrechte van al die wel werkende mensen heb afgepakt, kan terugbetalen?

BEKENTENIS VAN EEN
FESTIVALDIRECTEUR

Tja, van welk festival ben ik eigenlijk geen directeur geweest? Ik heb ze allemaal wel zo'n beetje gehad. Sommige zijn in de openlucht, andere binnen. Maar de belangrijkste pijlers van elk festival zijn altijd dezelfde drie: 1. Is er koffie? 2. consumptiebonnen, en 3. Zijn er genoeg oortjes? Eerst gaan we vergaderen, daar hoort een kan koffie bij, en koffiekopjes en koekjes. Is er weleens onderzoek gedaan hoe lang mensen in verschillende beroepsgroepen in hun koffie roeren? Wij roeren volgens mij langer dan directeuren van een op omvallen staande bank, maar zeker weten doe ik het niet. Daarna stoten we meteen door naar het belangrijkste punt: de consumptiebonnen. Zijn er genoeg? Hebben ze niet per ongeluk dezelfde kleur? Je zult ze er altijd bij hebben, van die figuren die de bonnen van vorig jaar bewaren! Als enige land op de hele wereld werkt Nederland op festivals met consumptiebonnen. Consumptiebonnen zijn de democratie in een notendop. Wie je ook bent, hoe belangrijk je je ook voelt, je sluit gewoon met je drie bonnetjes achter in de rij aan. Ik zal proberen om zo min mogelijk namen te noemen, maar op een van de filmfestivals waar ik directeur van was probeerde Robert de Niro een voorkeursbehandeling te krijgen. Hij wilde een glas water. Gewoon zomaar! Dat iemand dat voor hem ging halen! 'Gewoon achter in de rij aansluiten, meneer De Niro!' heb ik toen gezegd, en hem met een knipoog nog een vierde consumptiebonnetje gegeven. Dat dan weer wel, je moet soepel blijven, als directeur moet je kunnen improviseren. En je wilt natuurlijk ook dat zo iemand nog eens terugkomt. Maar ze moeten niet gaan doen of ze hier de grote jongen kunnen uithangen. En ze moeten vooral niet denken dat iedereen meteen voor ze gaat lopen rennen. Op een popfestival heb ik een keer Madonna aan haar oor naar de rij wachtenden meegesleept. Mevrouw wilde dat er een Daiquiri Cola voor haar werd gehaald! 'U krijgt drie bonnetjes, net als iedereen!' zei ik, zo luid dat iedereen het kon horen. Dat is een goed signaal. Wij zijn Nederlanders. Bij ons gaat het zo! Dan kom ik nu op het derde punt: de oortjes. Festivalmedewerkers moeten oortjes in, oortjes om te kunnen horen wie waar is en wanneer de volgende act gaat beginnen. Ook gasten en artiesten voelen zich prettig wanneer ze door oortjes worden omringd, ze denken dat het betreffende festival goed is georganiseerd, dat het gesmeerd loopt. Wat niemand weet, en eigenlijk ook niet hoeft te weten, is dat de oortjes altijd uit staan. Altijd. Dat spaart elektriciteit, maar het spaart vooral een hoop gelul over niks. Dan de muziek voor in de pauze. Het beste en het goedkoopste is altijd een banjospeler en een wat te dikke vrouw die liederen zingt. Hoe dikker hoe goedkoper ze zijn, is mijn ervaring. Hetzelfde geldt voor de banjospeler. Niemand wil een banjospeler hebben, dus die zijn al lang blij als ze voor een appel en een ei de pauzemuziek mogen verzorgen. Verder volgen wij altijd één gouden regel: nooit buitenlanders. Dus als je bijvoorbeeld een zigeunerorkestje wilt, laat de bezetting dan voor honderd procent uit Nederlanders bestaan. Liefst blanke Nederlanders. Je voorkomt daarmee dat iemand opeens zijn portemonnee kwijt is, of erger. 'Je mag best muziek uit de zogenaamde derde wereld,' zeg ik. 'Maar dan ga jij wel mee naar het politiebureau als er een verkrachting moet worden aangegeven.' Muziek laat je verzorgen door Nederlanders, liefst blanken, dat hebben wij overal zo gedaan, van De Parade tot de Filmdagen, van het Festival op de Oude Gracht tot de Nederlandse Dansprijzen. Blanke Nederlanders leveren kwaliteit, ze draaien hun hand niet om voor een moppie melancholische zigeunermuziek, flamenco of Caribische marimba's. En ze zeuren niet over die drie consumptiebonnen. Wat het ergste is wat ik in mijn hele loopbaan heb meegemaakt? Het Filmfestival pleegt een zware aanslag op je lichaam. Je moet naar honderden kutfilms kijken, of laten kijken. Er is er geen een bij die zelfs maar in de buurt komt van een Amerikaanse B-film. Je moet onthouden welke scenarioschrijver dit jaar de prijs heeft gewonnen voor de meest gedurfde dialoogzin. Dit jaar was dat: 'Ik wil met mijn gekantelde bekken op je geschoren lul zitten, homohoer!' Verder valt het eigenlijk best mee. Lange rijen voor de bars en de buffetten, want het geld is al opgegaan aan de oortjes. En aan de consumptiebonnen. Dit jaar hadden we voor die bonnen een nieuwe drukker uit Zuid-Ossetië. Die deed het voor de helft als die Roemeen van vorig jaar. Dat soort dingen. Daar moet je op letten als je directeur van een Nederlands festival bent.

BEKENTENIS VAN EEN
KUNSTSCHILDER

Ik ben een kunstschilder. Tenminste dat dacht ik. Daar heb ik
ruim vijftig jaar in geloofd. Nu ben ik oud en bijna dood. Ik zit
op mijn atelier en kijk naar mijn eigen schilderijen, en ik hoor
mezelf hardop zeggen: 'Hoe moet je het houden?' Daarna schiet
ik in een gierende lach. Gierend, omdat ik al vijftig jaar dezelfde
shag rook: Javaanse Jongens, zestig per dag. Mijn lach klinkt als
de koude start van een auto waarvoor geen wegenbelasting meer
betaald hoeft te worden. Ik kijk dus naar een van mijn eigen
schilderijen en vraag me hardop af hoe je het moet houden: zo,
of op zijn kop, of half gekanteld. Of het kortom iets uitmaakt,
omdat er namelijk toch niet op te zien is wat het voorstelt. Ik
schilder het soort schilderijen waarvan de mensen zeggen: 'Dat
kan mijn dochter van vijf ook.' Vroeger vond ik zo'n opmerking
reactionair. Typisch een opmerking van een cultuurbarbaar.
Maar nu, tegen het eind van mijn leven, besef ik dat het echt
waar is. Elke dochter van vijf kan een beter schilderij maken.
Met een beetje geluk weet je ook nog hoe je het moet houden.
Op de academie hadden we vroeger een docent die zei dat als je
wilde schilderen als Picasso, je eerst een paard moest kunnen tekenen. Maar ik wilde helemaal geen tijd verspillen aan een paard.
Ik wilde meteen de Vrouw Met Twee Vissen op haar Hoofd schil-

deren. Toen kreeg ik zelf verkering met een vrouw. Ze rookte ook shag en kon net als ik wel een paar mandflessen wijn per avond aan. Ze had wat mensen een 'doorleefde' stem noemen: het was of haar stembanden met zaagsel of zand waren bestrooid als de vloer van een oud bruin café. Op sommige dagen klonk ze eerder als een zeehond vlak voor hij gevoederd wordt, of meer nog als de claxon van een oude T-Ford die een maand in de regen had gestaan. Ik schilderde haar, maar geen een schilderij leek. Ik kon nog altijd geen paard tekenen, laat staan een vrouw. Mijn vrouw had lelijk, recht haar dat voor haar ogen hing. Op haar twintigste was haar gezicht al uitgedroogd, als een kurk. Ze stonk nog erger dan ik. Toen zijn we kinderen gaan maken. Dronken. Ook de kinderen stonken al vanaf hun geboorte. Wij sliepen altijd een gat in de dag, zelfs toen onze kinderen de leerplichtige leeftijd bereikten. Van zowat alle scholen werden ze afgestuurd. Maar ze hadden wel een vader die op verjaarspartijtjes de gezichten van alle genodigden beschilderde. Weliswaar met olieverf, want ik was totaal bezopen, maar toch zou je dit later als leuke herinneringen kunnen zien. Zo niet onze kinderen. Zodra ze meerderjarig waren, zijn ze de deur uitgegaan. De oudste studeert economie in Canada, de jongste is makelaar in Kuala Lumpur. Typische producten van het kapitalisme, zeiden mijn vrouw en ik altijd schamper. Maar toen ik de oudste laatst vroeg waarom hij uitgerekend in Canada was gaan studeren, zei hij heel duidelijk verstaanbaar: 'Om maar zo ver mogelijk van jullie stinkende aanwezigheid en jouw mislukte kutschilderijen verwijderd te zijn.' Ik vroeg hem nog wat hij daarmee precies bedoelde, maar hij had al opgehangen. Het is waar: wij hadden nooit dure cadeautjes voor ze. En ook nooit nieuwe kleren. Want ik schilderde, maar ik verkocht geen reet. Ik denk dat ik binnenkort mijn kinderen nog eens ga bellen, omdat ik nu, tegen het eind van mijn leven, iets beter ben gaan begrijpen waarom ze ons nooit meer op komen zoeken. Voor het te laat is in elk geval. Hoe sterft een kunstenaar zoals ik? Meestal wordt hij dood gevonden. In een portiek, of in een plas verf midden in zijn eigen atelier. Laatst zei iemand bij de bakker tegen me: 'Echte kunstschilders, zoals u, met een baard en verf aan hun vingers, zie je tegenwoordig nog maar zelden.' Het is net of de wijn uit de mandfles me vandaag de dag niet meer smaakt. Ook dat wil ik tegen mijn kinderen zeggen.

BEKENTENIS VAN EEN
DEELRAADBESTUURDER

Ik ben een deelraadbestuurder. Of nee, laat ik duidelijker zijn: ik *was* een deelraadbestuurder. Tegenwoordig zwerf ik van Aldi naar Aldi voor goedkoop bier uit beugelflessen. Die drink ik op met andere beugelflesdrinkers op het plein met de fontein. In het begin vertelde ik de andere beugelflesdrinkers nog weleens over mijn verleden als deelraadbestuurder. 'De professor', noemden ze mij – die bijnaam ben ik nooit meer kwijtgeraakt, maar over mijn ervaringen in de deelraad houd ik nu wijselijk mijn mond. Een deelraad – het woord zegt het eigenlijk al. Een geheel kan in afzonderlijke delen worden opgedeeld, maar een deel kan op zijn beurt nooit een geheel worden. Of anders gezegd: halfvolle melk wordt nooit meer vol. Waar is bij mij het breekpunt gekomen? Ik geloof dat dat was op de dag dat ik over het fietspad fietste. Wij van de deelraad hadden het fietspad laten opbreken en daarna het werk zeven maanden stilgelegd. Een halfjaar eerder was het fietspad ook al opgebroken. Dit in verband met de herindeling. Ook zo'n woord, herindeling. Het verkeer wordt omgeleid… maar ik dwaal af. Ik fietste dus over het opgebroken fietspad, ook al was fietsen een te mooi woord voor hoe ik me voortbewoog. Een ander woord weet ik niet: ik ben (*was!*) zoals gezegd een deelraadbestuurder, ideeën of oorspronkelijke gedachten heb ik nooit gehad. Aan het eind van het opgebroken fietspad gekomen, zag ik opeens borden die aangaven dat het verkeer de komende zeven maanden zou worden omgeleid. Ik was kortom aan de rand van ons bestuursgebied gekomen, vanaf hier begon het grondgebied van de aangrenzende deelraad. Maar hadden ze ons iets verteld over die werkzaamheden? Nee, dat was zogezegd niet gecommuniceerd. Het stak des te heviger omdat de aangrenzende deelraad in een veel mooier gebouw dan dat van ons is gevestigd. Alle deelraden zijn in mooie gebouwen gevestigd. Voormalige ziekenhuizen, gesloten inrichtingen. Je zou eens moeten bedenken wat je met die gebouwen zou kunnen doen. Nu zitten er deelraadbestuurders in die de hele dag in hun koffiekopjes roeren. Dat soort gedachten heb ik tegenwoordig wanneer ik het vierde of vijfde beugelflesje aan mijn mond zet. Het andere breekpunt was de fontein. De fontein op het plein. Wij hadden de halve wereld rondgereisd en ten slotte in China de arbeiders gevonden die bereid waren om onder erbarmelijke en onveilige werkomstandigheden de fontein voor een habbekrats te fabriceren. De dag van de opening was feestelijk. De arbeiders hebben wij hun hongerloontje betaald, maar we hebben ze nooit bedankt. Kort na de ingebruikneming begon het gezeik. Omwonenden begonnen te klagen over het geluid dat het water maakte. Het geluid van een fontein hield ze van het werk. Toen hebben we de fontein een maand lang niet meer laten spuiten. In plaats van het leger op die omwonenden af te sturen, denk ik nu. Maar ik ben inmiddels geen deelraadbestuurder meer. Het leger had erop af moeten worden gestuurd, de huizen van de betrokkenen hadden door bulldozers met de grond gelijk moeten worden gemaakt. De mannen hadden van de vrouwen moeten worden gescheiden. Ik heb een voorstel over wat er met de deelraadbestuurders moet gebeuren. Mensen klagen altijd dat niet-stemmen een verloren stem is.

Mijn voorstel behelst het volgende: geef de niet-stemmers hun stem. Wanneer bij de deelraadverkiezingen de opkomst lager is dan vijfentwintig procent, dienen alle deelraadbestuurders af te treden. Ze mogen daarna nooit meer een politieke functie bekleden. Sterker nog: ze mogen nooit meer werk zoeken. Ze krijgen geen uitkering. Dat zal ze leren om fietspaden op te breken en hun oor te luisteren te leggen bij mensen die over stromend water klagen. Wie over stromend water klaagt, klaagt uiteindelijk ook over de zee, heeft een Chinese wijsgeer gezegd van wie de naam me nu even niet te binnen wil schieten. Wanneer dit totale werkverbod voor voormalige deelraadbestuurders succes heeft, kan het misschien een vervolg krijgen in de landelijke politiek. Zelf heb ik al een voorschot genomen op mijn jarenlange incompetentie. Ik zit op een bankje bij de fontein. Ik knal mijn zevende beugelflesje open. Mijn hoofd voelt leeg. Maar dat voelde het altijd al.

BEKENTENIS VAN EEN
MEELIFTER

Ik ben een meelifter, of met andere woorden: een ontdekker van anderen. Dit houdt in dat je bij anderen het talent eerder ziet dan zij het zelf zien. Later kun je zeggen: 'Ik heb hem of haar nog ontdekt.' Of: 'Ik heb dat en dat bandje nog in een café met lekkend plafond zien spelen, ik zag toen al, als enige, dat ze heel groot konden worden, en dat heb ik ook tegen ze gezegd en nu spelen ze alleen nog in voetbalstadions en zijn ze mij inmiddels vergeten. Of beter gezegd: ze zijn helemaal vergeten dat ik het als eerste zag, hoe groot ze konden worden.' Want dat is een beetje de schaduwkant van het meelifterschap, dat het geheugen kort is. Ik moet het anders formuleren, ik moet eerlijker zijn. Het punt is dat ik zelf niet zoveel kan. Vroeger niet, en vandaag de dag nog minder. Maar ik had wel een oog voor talent. Ik zag dat anderen wat in hun mars hadden, en ikzelf niet. Zo heb ik jaren geleden tegen iemand gezegd: 'Weet je dat jij heel goed kunt acteren?' Inmiddels speelt de betreffende persoon de sterren van de hemel, maar inmiddels is hij ook zogenaamd vergeten dat ik dat destijds als eerste tegen hem gezegd heb. Ondankbaarheid is doorgaans mijn deel. Je moet een gepantserde huid hebben als je anderen ontdekt. Je kunt natuurlijk ook je mond houden. Je kunt iemand met een heel mooie stem heel mooi horen zingen, maar je houdt gewoon je bek dicht. Je zegt bijvoorbeeld: 'Een grote zal je nooit worden.' Of: 'Ik heb mensen wel beter horen zingen.' Wat ik vaak doe om het geheugen van de door mij ontdekte talenten op te frissen, is het volgende: ik herinner de buitenwereld eraan dat het allemaal ongepolijste diamantjes waren toen ze destijds mijn pad kruisten. Dat ze zonder mijn tussenkomst nooit gepolijst hadden kunnen worden. Ik zeg bijvoorbeeld: 'Nu is hij de hoofdrolspeler in een avondvullende speelfilm. Maar je had hem destijds moeten zien. Volkomen de weg kwijt. Ik heb hem toen onder mijn vleugels genomen. Ik ben hem gaan polijsten. Ik heb hem net zo lang gepolijst tot hij glom. Nu willen ze hem allemaal hebben voor de hoofdrol, maar zelf is hij intussen vergeten aan wie hij die hoofdrol te danken heeft.' Een van mijn favoriete typeringen in dit verband is 'ongeleid projectiel'. Zo heb ik ooit iemand ontdekt die zijn gitaar verkeerd om vasthield. Vandaag de dag zijn al zijn concerten al maanden van tevoren uitverkocht. Niemand weet dat nog, van die verkeerd om vastgehouden gitaar. Maar ik wel. 'Ik weet niet of iedereen het weet,' zeg ik. 'Maar hij was een ongeleid projectiel. Het heeft me maanden gekost, maar uiteindelijk heeft hij zijn gitaar omgedraaid. En moet je hem nu eens horen.' Het heeft bij mij nog aardig lang geduurd voordat ik tot het inzicht kwam dat al die zogenaamde ongeleide projectielen ook zonder mijn tussenkomst hun talent net zo hadden ontwikkeld. Nee, ik moet nog eerlijker zijn: ik ben *vandaag* pas tot dat inzicht gekomen. Ik ben een meelifter. Als er talent voorbijkomt steek ik mijn duim omhoog. En met een beetje geluk stopt het talent en neemt mij mee. Ergens waar ik wel of niet moet zijn, op de afrit van de A4, gooit het talent mij er weer uit. En later, veel later, wordt het talent naar die ene meelifter gevraagd. Naar mij. 'Ach, dat herinner ik me niet meer,' antwoordt het talent. 'Ik heb zoveel meelifters gehad, hoe wil je dat ik me die ene herinner?' Vroeger vond ik dit ondankbaar. Arrogant. Vandaag de dag besef ik dat ik al die tijd heb gedacht dat ik de enige was. De enige meelifter op andermans talent. Nog maar een paar weken geleden kwamen ze mij interviewen. Ik heb zelf namelijk ook dingen gedaan, alleen niet echt goed. Ik ben wat je in de volksmond een doorzetter noemt. Een vastbijter. De vastbijter weet dat als je maar lang genoeg doorzet je ook zonder talent een heel eind kunt komen. Daarom herinnerde ik de interviewer aan het feit dat ik ook nog aan de wieg van een groot talent had gestaan, zij het uiteraard niet het mijne. 'Hij was een ongeleid projectiel,' zei ik. 'Hij kon geen gitaar vasthouden. Hij kon geen teksten onthouden. Hij wist niet welke dag van de week het was. Op de ene afspraak verscheen hij wel, maar te vroeg. Op de andere afspraak verscheen hij niet, of te laat. Ik ben toen met dit ongeleide projectiel aan de slag gegaan. Dat heeft mij weken, zo niet maanden, van mijn eigen tijd gekost. Vandaag de dag is hij nog altijd een ongeleid projectiel. Maar wel een ongeleid projectiel dat door mijn tussenkomst inmiddels weet hoeveel hoofdbrekens hij anderen bezorgt.' Dit zei ik nog maar een paar weken geleden. Nu besef ik hoe weerzinwekkend kleinerend ik mij tegenover het ongeleide projectiel heb gedragen. Want als je goed tussen mijn woorden door leest, hoor je het volgende: 'Dit ongeleide projectiel is dommer dan ik. Ik heb weliswaar veel minder talent, maar ooit heb ik in de nabijheid van dit ongeleide projectiel verkeerd. Op een dag heb ik mijn duim opgestoken en is het ongeleide projectiel gestopt. Ergens op de afrit van de A4 heeft hij mij er weer uit gegooid. Nooit zal ik toegeven dat het ongeleide projectiel gewoon meer talent had dan ik. Ik zal hem uitsluitend zijn vergeetachtigheid blijven nadragen.' Want dat is nog altijd wat het meest steekt: die vergeetachtigheid. Als er maar één ongeleid projectiel was geweest dat had gezegd: 'Ik heb mijn grote talent aan slechts één persoon te danken,' – en dan daarna mijn naam had genoemd. Maar dat is nooit gebeurd. Soms droom ik dat zoiets alsnog gebeurt. Maar dan word ik wakker en besef ik dat het, opnieuw, alleen maar een droom was. In die dromen steek ik ook nog vaak mijn duim op. Om mee te liften op elk talent dat mij ziet staan en stopt. Maar als ik wakker word ben ik weer gewoon thuis. In mijn eigen slaapkamer. Of op de afrit van de A4.

BEKENTENIS VAN EEN OUDEJAARSCABARETIER

Voor een oudejaarscabaretier zijn dit hectische tijden. Dat zijn het eigenlijk al vanaf 1 januari, toen ben ik namelijk begonnen met try-outen. In het begin was er nog weinig actualiteit waar ik spitsvondige grappen over kon maken, later nam die actualiteit alleen maar toe. Eerst had je Obama. Ik verzon een grap over Obama. Toen kwam de kredietcrisis. Ik verzon een grap over de kredietcrisis. Daarna had je die terroristische aanslagen. Ik weet nu nog even niks, maar dat gaat zeker komen. Ik ben goed in mijn vak. Ik weet hoe je een zaal moet bespelen. Ik zeg bijvoorbeeld: 'Hebt u Silvio Berlusconi laatst gezien…? Silvio Berlusconi…? Ja, mensen, Silvio Berlusconi… Heb je laatst gezien hoe Silvio Berlusconi…?' Vanaf dat moment heb ik de zaal te pakken. De grap die ik maak doet er al niet zoveel meer toe. Het gaat om de herkenbaarheid. Iedereen kent Silvio Berlusconi. Daarnaast maak ik ook harde grappen. Over mensen. Ik vind alle mensen burgerlijk. En dat zeg ik ook gewoon. Ik zeg het mijn publiek recht in hun gezicht: dat ze burgerlijk zijn. Dan liggen ze dubbel. Daarna maak ik grappen over homo's. Smakeloze grappen, vieze grappen, nare grappen. Grappen die homo's walgelijk vinden. Maar het maakt me geen flikker uit. Ze zijn toch in de minderheid. Ze moeten wel mee lachen, als boeren met kiespijn, anders worden ze door gezonde hetero's uitgekotst. 'Kom op!' zeg ik. 'Jullie moeten hier toch tegen kunnen? Jullie zijn toch geen mietjes of zo?' Dat werkt altijd. Dat werkt ook bevrijdend, om homo's weer eens gewoon ouderwets in hun gezicht uit te lachen. Soms ga ik verder. Soms eet ik een bord vla en dan doe ik net of ik het publiek die vla in hun gezicht ga spugen. 'Dit schijnt op de eerste rij niet zo leuk te zijn,' zeg ik, en dan moet iedereen lachen. Of ik vraag een vrouw op het toneel. Een vrouw die geen nee durft te zeggen. 'Hoer!' zeg ik tegen de vrouw, en dan krijgt ze de vla recht in haar smoel. Dat is een lach. Onlangs was er iemand foto's aan het maken van mijn optreden. Die heb ik toen zijn camera afgepakt en op het podium kapotgeslagen. Niet alleen een fotograaf, nee, ook nog eens zwart, vrouw en homofiel. Ik heb het burgerlijke publiek opgeroepen de fotograaf in elkaar te schoppen en daarna te verkrachten en daarna met vla te bespugen. Eerst durfden de mensen niet. Omdat ze nog gevangenzaten in hun eigen burgerlijkheid. Maar daarna hebben ze die zwarte pot helemaal uit elkaar getrokken. Toen ik die avond thuiskwam, stond er een televisieploeg voor de deur. Ik had nog vla over. Daarna heb ik hun camera kapotgeslagen. Daarna heb ik de cameraman het ziekenhuis in geslagen. Later heb ik gezegd dat ik spijt had. Dat ik dronken was, maar dat ik een broertje dood heb aan burgerlijkheid. 'Hé, stelletje trutten!' roep ik, terwijl ik de eerste rij onder schijt. 'Durf er eens iets van te zeggen, vieze flikkers! Negers! Minderheden!' Ik heb mensen verkracht, zowel voor als na de voorstelling. Als ze om een handtekening kwamen vragen, heb ik de deur van de kleedkamer op slot gedraaid. Mannen of vrouwen, het maakt me geen ruk uit, ik discrimineer niet. Als ze met me op de foto willen, sla ik eerst hun camera kapot. Ze hebben me een keer dronken aangehouden, toen heb ik de hele cel in het politiebureau onder gescheten. En toen die agenten me om een handtekening en een fotootje vroegen, heb ik ze recht in hun gezicht gezegd dat ze burgerlijke fascisten waren. Er waren een paar jonge broekies bij, halve flikkers waarschijnlijk, die nog nooit in hun eigen politiebureau waren verkracht terwijl ze hun kapotgeslagen camera's door moesten slikken. Ik heb een bekend gezicht. Iedereen zegt mij gedag. De burgermaatschappij draagt mij op handen. Als ik een pleidooi houd voor de mensenrechten, maakt iedereen vijf euro over. Als ik oproep tot een executie, scandeert een heel voetbalstadion 'Dood! Dood! Maak hem dood!' Gewoon privé ben ik best een leuke man. Lekker zappen op de bank met mijn tweede vrouw en mijn kinderen uit mijn eerste huwelijk. Biertje erbij. Pinda's. Tot een paar weken geleden. Toen mijn oudste dochter opeens een foto van me maakte met haar mobieltje. Het was een reflex. 'Hoer!' schreeuwde ik tegen haar, en daarna smeet ik haar mobieltje kapot. Het was een raar en doodstil moment. Het zijn hectische tijden, zo een paar weken voor mijn oudejaarsconference. Soms vraag ik me af hoe het allemaal zo gekomen is. Soms pieker ik me suf over een grap over dat stukgooien van het mobieltje van mijn dochter. Maar dan schiet me niks te binnen. Het is dan net of ik daar de afstand niet voor heb. Of het talent. Of ik dat nooit heb gehad. Maar ik weet dat die twijfel verdwijnt als sneeuw voor de zon, wanneer ik op oudejaarsavond het podium opstap. 'Stelletje homo's, ken je die van die neger die bij Obama het Witte Huis kwam stofzuigen?' Dan volgt altijd weer die bevrijdende lach en is alle twijfel weg. Dan weet ik dat ik het nog kan.

BEKENTENIS VAN EEN HARING

Ik ben een haring. Of beter gezegd: ik *was* een haring. De zee, het zwemmen, de getijden, de andere vissen – het ligt allemaal achter me. Mijn leven was kort en weinig opzienbarend. Dat is ook wat ons, haringen, aankleeft. Dat heel erg normale. Dat maar gewoon doen omdat je dan al gek genoeg doet. Niemand houdt een haring in een aquarium. Omgekeerd vinden wij dat tropische gedoe altijd een beetje aanstellerig: *nichterig*, noemen we het onder elkaar, en dan weet iedere haring wat daarmee wordt bedoeld. Het zit hem behalve in die ongeloofwaardige kleurtjes vooral in de manier van bewegen. Een tropische vis beweegt zich of hij voortdurend ergens van schrikt. 'O gut, het zal toch niet waar zijn!' roept hij uit, en als hij daarbij zijn hand voor zijn mond zou kunnen slaan, zou hij het zeker doen. Haringen hebben een broertje dood aan aanstellerij. Wij zijn de mussen van de oceaan. Wij maken geen capriolen, wij vertonen geen kunstjes die door David Attenborough op film zouden kunnen worden vastgelegd. Wij zwemmen, meer kun je er niet over zeggen. Wij zwemmen alsof we het druk hebben, alsof we altijd ergens naartoe onderweg zijn. Onderweg naar ons werk bijvoorbeeld, hoewel ook wij, net als de meeste zeebewoners bar weinig te doen hebben. Als we al werk konden krijgen, zou het kantoorwerk zijn. Van negen tot vijf op kantoor, een broodtrommeltje mee voor de lunch. Tropische vissen doen meer modellenwerk, ze zien de zee als één uitgestrekte catwalk. Daarna willen ze zo snel mogelijk bij de film. Als ze een duiker met een camera zien, gaan ze heel erg vlot doen, het kan altijd een cameraman van David Attenborough zijn. Wij doen gewoon, we zien er ook gewoon uit, en allemaal hetzelfde: grijs. De zee kent geen openbaar vervoer, maar van een afstand lijkt een school haringen nog het meest op een volgepakte metro. Als wij voor een auto konden sparen, zou het een Ford zijn, of een Opel. Eergisteren kwam de trawler. Vandaag lig ik al in de haringkar. Af en toe komt er een tram voorbij, de haringkar staat op een brug over een gracht. Er is ook zalm, er zijn mosselen en kibbeling en allemaal opgedofte salades. Maar wij, de haringen, zijn veruit het populairst. Vroeger heette de haring nog 'de zalm der armen', dat leerden wij op school. Maar vandaag de dag hebben de armen gewoon een gevulde bankrekening of een uitkering. 'Doe mij een haring met uitjes en zuur,' hoorde ik een stem, en voor ik het wist lag ik op een kartonnetje met een prikkertje door mijn lijf. Boven in het prikkertje wapperde de Nederlandse vlag. 'Waar gaat het met de wereld naartoe?' zei de stem. 'Het moet echt niet veel gekker meer worden.' Daarna zat ik in een mond. 'Ik zeg altijd: doe maar gewoon, dan doe je al gek genoeg,' zei de volle mond: vol van mij. Het waren de laatste woorden die ik hoorde. Het hadden ook de woorden op mijn grafsteen kunnen zijn.

GELOOFWAARDIGE
VERHALEN

OVER DE LENGTE VAN
EEN GANG

Barcelona.

Iets in de naam van de stad klinkt al anders dan Rome, Londen of Parijs. Om over Manchester, Auxerre, of Dortmund maar te zwijgen. Zoals bekend kun je maar één favoriete stad hebben. Barcelona ligt lekker in de mond, als een veelbelovende bonbon waarvan ook de vulling niet teleurstelt. 'Ik moet volgende week naar Barcelona,' klinkt gewoon beter dan dezelfde zin met een van bovengenoemde steden in de hoofdrol. Dit heeft ook alles te maken met de keuze voor 'moet' in plaats van 'ga'. 'Ik moet volgende week naar Dortmund,' betekent bijna hetzelfde als 'Ik moet volgende week naar de mondhygiëniste'. Dezelfde zin met 'Parijs' of 'Londen' betekent al jaren helemaal niks meer. Meestal wordt hij uitgesproken door mensen tot wie het niet is doorgedrongen dat Sartre dood is, of die in alle ernst geloven dat je tegenwoordig in Londen 'best heel behoorlijk kunt eten'.

Maar wie naar Barcelona 'moet', leidt blijkbaar een leven waarin leukere dingen moeten dan in de mensenlevens die zojuist de afslag Dortmund hebben gemist en nu een verschrikkelijk eind moeten omrijden. In Manchester wordt het heel vroeg donker, en in Rome staan veel Romeinse ruïnes.

De eerste keer was in 1977. Wie in Nederland woont, komt zijn latere favoriete steden doorgaans vanuit het noorden of oosten binnen, maar wij waren op de terugweg uit Marokko en kwamen dus via de zuidelijke invalsweg. 'Wij', dat waren Barten van Elden en ik. Onze aftocht uit Marokko was een jammerlijke geweest. Na drie dagen vergeefs liften kochten wij van ons laatste geld een buskaartje Malaga-Barcelona. Het was heel vroeg in de ochtend toen de bus ergens in het havengebied stopte. Over een verlaten straat met twee rijbanen aan weerszijden van een voetgangerspassage slenterden we met onze rugzakken in de richting waar wij het stadscentrum vermoedden. In een café op een groot plein dronken wij een *café con leche*. Buiten waren schoonmakers met een karretje bezig gevallen bladeren van het plaveisel af te spuiten.

Amper twee uur later stonden wij alweer aan de uitvalsweg. De ochtendspits was inmiddels begonnen. Het was december en het was koud, en er stopte niemand. In de verte zag ik twee wonderlijke torens boven de daken van de zes verdiepingen hoge huizenblokken uitsteken. Het was net of de torenspitsen eerst met inktvisschubben waren beplakt en daarna nagetekend door Anton Pieck.

'Dat is die kathedraal die nooit afkomt,' zei Barten van Elden, die van dit soort dingen meer wist dan ik. 'Van Gaudí.'

'Van wie?' zei ik.

Later die middag bereikten we toch nog Andorra. Het had gesneeuwd, auto's met sneeuwkettingen ratelden ons stapvoets voorbij zonder te stoppen. Op het kruispunt waar wij onze rugzakken in de metershoge sneeuw hadden laten zakken, hing zo'n dichte mist dat wij het bord ANDORRA 12 KM aan de overkant van de weg niet meer konden lezen. Tegen de koude dronken wij de helft van onze fles *anís* leeg die we op het nippertje in Barcelona hadden gekocht. Daarna begonnen ook wij langzaam in de mist op te lossen, tot we uiteindelijk geheel uit het zicht waren verdwenen.

Jaren later, in 1985 om precies te zijn, keerde ik in Barcelona terug. Via de noordelijke invalsweg dit keer. Dezelfde invalsweg die bij het eerste bezoek nog de uitvalsweg was geweest. In de dagen daarna zou ik nog meer herkenningspunten in omgekeerde volgorde tegenkomen. Zo duurde het toch nog een halve ochtend slenteren over de Ramblas voordat het tot me doordrong dat dit de straat met voetgangerspassage was waarover ik de eerste keer vanuit de haven de stad was binnengekomen. Een van de hippere cafés in 1985 was Zürich, dat aan het begin van de Ramblas aan de Plaza de Catalunya lag. Maar pas toen ik vanuit het café door het raam naar buiten keek, besefte ik dat ik hier eerder op een verlaten ochtend een *café con leche* had gedronken. Het was of ik elke keer twee in verschillende jaren genomen foto's van dezelfde locatie naast elkaar moest leggen, die ook nog eens vanuit een andere hoek waren genomen – als in een fotoboek met een hoog *toen*...-gehalte, het soort fotoboek waarin je een foto van je geboortestraat aantreft, maar dan zonder geparkeerde auto's, of met alleen hoge bomen en een paardentram.

Ik had een adressenboekje bij me met namen en telefoonnummers van mij onbekende Barcelonezen die mij door enthousiaste Nederlandse vrienden en kennissen waren verstrekt, met de toevoeging dat ik hun Barcelonese vrienden en kennissen 'altijd kon bellen'. Zelf ben ik nogal voorzichtig met telefoonnummers van anderen. In het bijzonder met nummers die je 'altijd kunt bellen'. Ik had kortom besloten om de nummers de nummers te laten en ze alleen te bellen wanneer ik zwaargewond zou raken. Maar na enkele weken van disco in, disco uit werd ik op een late en katterige ochtend toch weer wakker naast het adressenboekje. Ik draaide het bovenste nummer, legde uit via wie ik belde ('Aah, Essanderr Sluuruufter!' riep de vriendelijke vrouwenstem aan de andere kant van de lijn. *'Que tal está?'*) en werd uitgenodigd de volgende zondag *sobre las tres* (om een uur of drie) langs te komen.

Die zondag stapte ik rond het afgesproken tijdstip uit de metro bij de halte Verdaguer. Een paar blokken verderop, in de Calle Provença, zag ik de kerktorens van Gaudí tussen de platanen schemeren. De kerk was nog steeds niet af. Meer dan op door Anton Pieck getekende inktvisschubben leek hij van dichtbij, en vanuit deze hoek, op een uit zijn krachten gegroeid koekhappershuisje uit een attractiepark.

Ik belde aan op Roger de Flor 256 *tercero-segundo* en nam de lift naar boven. Het was een lift met veel metalen krullen en traliewerk, zoals liften in zwart-witfilms met een begin, een midden en een eind. Op de derde verdieping deed mijn toekomstige vrouw de deur open.

Ik stapte over de drempel en keek linksaf een lange, met zwarte en witte tegels belegde gang in. Aan het eind van de gang gloorde daglicht, maar waar precies was door de lengte niet goed te zien. Tot mijn spijt gebaarde mijn toekomstige vrouw echter dat wij rechtsaf moesten, naar een woonkamer aan de straatzijde, gevuld met tientallen door elkaar pratende Barcelonezen. Voordat ik de woonkamer betrad, keek ik nog één keer, bijna heimelijk, over mijn schouder. Aan de gang leek geen einde te komen, hij loste simpelweg op in de verte, als in een tekening waarin opzettelijk met het perspectief is geknoeid.

Ik woonde destijds op een donkere verdieping in een donker, zogenaamd 'schilderachtig' zijstraatje van de Ramblas. In het nog donkerder trapportaal zochten junks naar hun aderen, de onontbeerlijke kakkerlakken lieten zich op de meest onverwachte momenten, met een voorkeur voor de uren na middernacht, uit de laden van de keukenkastjes op de stenen vloer vallen, en op de verdieping boven de mijne had ooit Pablo Picasso nog gewoond. Wanneer ik 's nachts de slaap niet kon vatten, probeerde ik op de naam van de schrijver te komen die ooit had gezegd dat op onverwarmde zolderkamers weliswaar kunst werd gemaakt, maar nooit zulke goede kunst als in een centraal verwarmd huis en op een elektrische schrijfmachine. Ik was kortom rijp voor een verhuizing.

Mede door mijn gebrekkige Spaans verliep het gesprek met de tientallen Barcelonezen wat stroef. Bovendien was ik met mijn gedachten vooral bij de gang. Mijn kans kwam toen ik naar de wc vroeg en deze 'de derde deur links' bleek te zijn. Bij die derde deur was de gang nog lang niet op de helft van zijn volle lengte. Onbedwingbare nieuwsgierigheid dwong mij om me in de deur te vergissen en dieper in de gang door te dringen. Aan het einde was een reusachtige kamer, ook al met zwarte en witte tegels op de vloer, badend in een zee van licht dat door de metershoge ramen van een aangebouwde serre naar binnen viel. De ramen op hun beurt zagen uit op de torenspitsen van Gaudí's Efteling-kathedraal.

Ik stak mijn handen in mijn zakken en liep langzaam door mijn toekomstige werkkamer. Voor de ramen hield ik stil. In een hijskraan, die nog hoger was dan de torens zelf, hing een kruiwagen met bouwmaterialen. Het was daar, voor de ramen van de serre, dat mijn toekomstige vrouw zich bij mij voegde. Ik had haar niet horen aankomen.

'Mooi hè?' zei ze. Ik wist niet of zij het over het uitzicht of over de kerk zelf had, en heb haar daar later ook nooit meer naar durven vragen.

Ik knikte bevestigend.

'Gaudí,' zei ik, omdat mijn Spaans eigenlijk te gebrekkig was om daar nog al te veel aan toe te voegen.

Vele jaren later, tijdens een van de talrijke reconstructies van onze eerste ontmoeting, vroeg ik haar voor de zoveelste keer wat haar eerste indruk van mij was geweest.

'Ik vond je een tamelijk arrogante en ontoegankelijke lul,' zei mijn vrouw. 'En jij?'

'Ik keek helemaal niet naar jou,' zei ik, omdat een leugen op zo'n moment later nooit meer rechtgezet kan worden. 'Ik keek in die gang, en ik dacht: in een huis met zo'n gang wil ik wel wonen.'

Daarna legde ik haar nog eens uitvoerig en geduldig uit dat dat 'arrogante' en 'ontoegankelijke' voornamelijk door de zogenaamde taalbarrière kwam, door mijn gebrekkige Spaans kortom, waardoor ik op het eerste gezicht misschien wat stroef was overgekomen. Een arrogante en ontoegankelijke lul heeft ook het voordeel dat hij naderhand alleen maar mee kan vallen, zoals enkele dagen later, toen wij elkaar rond vier uur 's ochtends voor het eerst kusten in danszaal Cibeles aan de Calle Córcega. Om vijf uur 's ochtends waren wij in het huis met de lange gang, waar ik de volgende vijf jaar niet meer weg zou gaan.

Uiteindelijk zijn wij die nacht in de danszaal als onze officiële 'huwelijksdatum' blijven vieren. Maar op de een of andere manier is het net of de foto van de gang op de eerste pagina van het fotoalbum thuishoort, en die van de eerste kus op pagina twee.

Toen hij nog klein was vroeg mijn zoon P. vaak hoeveel nachtjes het nog slapen was voordat we weer naar Barcelona zouden gaan. Ik dacht dan altijd even aan de gezinnen waarin kinderen vergelijkbare vragen stelden, maar met andere steden als eindbestemming. In een vraag met 'Dortmund' zou vooral angst doorklinken, maar ook in gezinnen met 'Parijs' of 'Londen' zat er iets goed scheef. Zoveel kansen waren er niet in een mensenleven om je kinderen een ideale jeugd voor te schotelen.

Een aantal jaren geleden nam ik P. voor het eerst mee naar het Camp Nou-stadion voor de wedstrijd Barcelona-Rayo Vallecano (5-1). Omdat in Spanje de 's avonds gespeelde wedstrijden om negen uur begonnen, had je niet echt de tijd om na te denken of ze dan misschien veel te laat waren afgelopen voor een kind van zes.

We gingen met mijn zwager en diens zoon van twaalf. Door een gelukkige samenloop van omstandigheden bewoonde mijn zwager intussen het huis in de Calle Roger de Flor 256. Wanneer wij in Barcelona verbleven, sliepen wij nog altijd in dezelfde kamer waar wij zestien jaar eerder om vijf uur 's ochtends naar binnen stommelden. Wel leek de gang inmiddels een stuk korter. In elk geval had hij niet meer het soort lengte dat aan de wieg van een ontluikende verliefdheid kon staan. Misschien kwam het door de andere verlichting die mijn zwager en zijn vrouw hadden opgehangen, waardoor je wel beter kon zien waar je liep, maar die tegelijkertijd iets wezenlijks weghaalde uit het perspectief. Anders kwam het gewoon door de tussenliggende tijd die inmiddels verstreken was – dezelfde tijd die alles korter maakt, dus ook de lange gangen.

Barcelona-Rayo Vallecano was de wedstrijd waarin Patrick Kluivert de hele eerste helft werd uitgefloten omdat hij had laten doorschemeren misschien te zullen vertrekken, waarbij zelfs de naam van Real Madrid was gevallen. Het was vooral het noemen van deze laatste club die de trainer dwong Kluivert in de rust te wisselen. Kluivert was destijds P.'s favoriete speler. Die middag hadden wij in de fanshop van de FC Barcelona nog een computerfoto laten maken waarop hij naast Kluivert in het Camp Nou-stadion poseerde. Iets in de belichting maakte dat je kon zien dat het een trucfoto was. P.'s gezicht was simpelweg te wit naast het bruine hoofd met zes dagen oud baardje van Patrick Kluivert.

De gang was nog altijd lang genoeg voor een partijtje voetbal. Ook toen wij om halfeen 's nachts thuiskwamen van de wedstrijd – en na een paar biertjes met *pulpo en su tinta* in een naast het stadion gelegen restaurant. Mijn zwager en zijn zoon liepen uit naar 3-1, maar toen schoot P. een van de nieuwerwetse lampjes van de muur. Het was net of plotseling de stadionverlichting uitviel, zoals in die chaotische Europacupfinale tussen AC Milan en Olympique Marseille, en dus had er eigenlijk niet meer doorgespeeld mogen worden – maar wij deden het toch.

Door het uitvallen van een van de lampen werden niet alleen onze schaduwen, maar ook de gang zelf langer. Gedurende een vol kwartier was hij zelfs net zo lang als zestien jaar geleden. Ik stond in mijn doel – de deur naar mijn voormalige werkkamer – en overzag het zwart-wit betegelde veld. In de verte, bij het doel van de tegenstander, nam mijn zwager een omstreden beslissing, die ik onder normale omstandigheden, en bij normaal licht, waarschijnlijk zou hebben aangevochten, maar die ik nu liet voor wat hij was, omdat ik nog even ongestoord van de gang wilde blijven genieten zoals ik hem ooit voor het eerst zag.

'Over hoeveel nachtjes gaan we weer naar Barcelona?' vroeg P.

Ik keek op van de krant waarin ik zojuist een interview met Rafael van der Vaart had gelezen. Sinds september 2001 speelt P. bij GeuzenMiddenmeer, op een steenworp van het vroegere Ajax-stadion. Toen hij zijn eerste doelpunt had gescoord, zijn we naar de Arena gegaan om een nieuw Ajax-shirtje voor hem te kopen.

'Wie moet er achterop?' vroeg ik. 'Chivu? Kluivert mag ook, al speelt-ie niet meer bij Ajax.'

P. dacht even na. 'Nee, ik wil die andere,' zei hij. 'Hoe heet-ie ook alweer? Die zo goed is…'

'Van der Vaart,' zei ik.

'Die,' zei hij.

Het meisje dat de namen achter op de shirtjes stoomde, zei dat de hele naam van de voetballer niet op een kindermaat shirtje paste en dat het daarom 'v.d. Vaart' zou worden. P. knikte. 'Dat is oké,' zei hij.

'Weet je wat hier allemaal in de krant staat?' vroeg ik, toen ik het interview uit had. 'Dat Rafael van der Vaart linksbenig is, net als jij. En dat hij net als jij een Spaanse moeder heeft. Zijn opa en oma wonen in Spanje, net als jouw opa en oma, en ze hebben een satellietschotel gekocht om hun kleinzoon te kunnen zien voetballen. En verder wil Van der Vaart nog een paar jaar bij Ajax blijven voetballen, en weet je waar hij daarna naartoe wil? Hij zegt het hier zelf in de krant.'

'Naar het Nederlands elftal?' zei P.

'Dat sowieso. Nee, als hij bij Ajax weggaat, wil hij naar Barcelona.'

Net als jij, wilde ik eraan toevoegen, maar hield me nog net bijtijds in.

'En wanneer gaan wij?'

Ik telde de nachtjes op mijn vingers, alsof ik niet allang wist welke datum op de tickets stond vermeld.

'Over tien nachtjes,' zei ik.

OPEN ZEE

Wat doe je op een strand? Die vraag houdt mij al een jaar of zevenenvijftig bezig. Lang geleden is het leven vanuit zee aan land gekomen. In de daaropvolgende miljoenen jaren heeft dat leven zich zo ver mogelijk van diezelfde zee verwijderd. Zeewater is niet te drinken – dat was toen ook al zo. Zwemmen is frisser in een meer of rivier. Pas sinds de uitvinding van de zeewaardige boot (vierduizend jaar geleden) heeft de mens weer voor de golven gekozen. De terugkeer naar het strand dateert van nog korter geleden (tweehonderd jaar). De oude Egyptenaren, Grieken en Romeinen zaten echt niet voor de lol aan het strand. 'Alsjeblieft niet, zeg!' zeiden ze elkaar van generatie op generatie na.

Vroeger (de eerste veertien jaar, en zo af en toe ook nog wel daarna) wist ik het wel: wat ik op een strand moest doen. Als je geluk had was het eb en kon je dammen en forten bouwen tegen de opkomende vloed. Ik wist toen nog niet dat ik een Nederlander was – althans niet bewust. Er zijn dingen die alleen Nederlanders doen. Wanneer je in het binnenland van Spanje bij veertig graden boven nul een zwaarbepakte eenzame fietser staande op zijn pedalen tegen een steile helling ziet opklauteren, is het in negen van de tien gevallen een Nederlander. Ook tweehonderd kilometer schaatsen bij zeventien graden onder nul vinden alleen Nederlanders leuk. Op het strand pik je ze er zo tussenuit. Blonde en blanke gezinnen waarvan de kinderen een dam aan het opwerpen zijn tegen de naderende golven, de vader helpt een handje mee: Nederlanders. Andere nationaliteiten likken aan een ijsje. Of ze hebben net een luchtmatras opgeblazen en moeten nu echt even gaan liggen. Of ze liggen al, met hun gezicht voorover op een krant. Voor graven en scheppen is het echt te warm.

Vandaag de dag gaat het met mij zo: al dan niet gedwongen door de omstandigheden (vakantie, gezinsleven, jonge kinderen) ga ik op een strand zitten. Daar dient zich al meteen het eerste probleem aan, want waar zit je op? Een ligstoel zou eigenlijk het prettigst zijn, maar die zijn allemaal bezet. Op de mooiste strandjes (de strandjes die je na drie uur lopen en een levensgevaarlijke afdaling bereikt, beladen met parasols en koelboxen vol bier) schitteren die ligstoelen bovendien door afwezigheid. Wel kun je hier met een duikbril tot heel diep in het water kijken. Vissen in vele kleuren kijken terug. Maar voorlopig heb je nog even niet zo'n zin in vissen. Bij mooie strandjes is het water ook altijd kouder dan op een gewoon strand. Je rekt je zo ongemakkelijk mogelijk uit op dat ene kleine stukje nat zand tussen de harde en scherpe rotsen.

Ik pak een boek of krant, maar eigenlijk is het licht te fel en doen de pagina's pijn aan je ogen. Ik zit niet goed. En bovendien: waarom zou ik willen lezen? Lezen doe je maar in je eigen tijd. Vanuit het water word ik gewenkt door iemand met een duikbril op zijn hoofd. Of ik er ook in kom. Aan de horizon trekt van links naar rechts een wit cruiseschip voorbij. Dat wil zeggen: het lijkt eerst of het helemaal niet beweegt, maar als je even niet kijkt was het daarnet nog daar en nu al daar.

Ik weet wat het beste voor mij is: me overgeven aan het niets. Aan het niet lezen, niets doen, niets denken vooral. Maar vandaag heb ik geen zin in niets doen, het is alleen dat het niet anders kan. Ik zit hier, op het mooiste strandje, waar nietsdoen *moet.*

Als ik een schep had… denk ik, terwijl ik probeer in te schatten of het eb of vloed is. Of anders maar met mijn blote handen…

Na nog wat staren naar de rotsen en de blauwe, lege zee (het cruiseschip is nu echt helemaal weg), komt mijn blik tot stilstand bij de koelbox. Een ijskoud biertje, liefst snel achter elkaar in een paar slokken leeggedronken, zou alles in een begrijpelijker perspectief kunnen plaatsen, zo weet ik uit ervaring. Een *milder* perspectief. Overgave aan het hier en nu. Dat is mijn redding. Maar alleen met mijn eigen nuchtere gedachten, met mijn *ongemakkelijke* gedachten, gaat me dat niet lukken.

Een paar uur later word ik wakker. Ik heb ook precies een paar uur te lang geslapen. Mijn hoofd gloeit en bonst. De onbedekte delen van mijn lichaam lijken een beetje rood, ook al kun je dat in dit licht niet helemaal goed inschatten. Ik sta op. De horizon beweegt. Nu zie ik dat de zon toch echt al een flink stuk lager staat.

Nog even een snelle duik en dan naar huis.

Jaren geleden, in een tijd waarin de mensen al wel voor hun plezier naar het strand gingen, hadden mijn ouders een huisje gehuurd aan de kust van Bretagne. Elke dag vertrokken we halverwege de ochtend naar het strand, waarvan we pas tegen het eind van de middag terugkeerden. Mijn ouders sleepten twee aluminium ligstoelen mee. Hangend in die ligstoelen las mijn vader de krant of een dik boek. Mijn moeder las een nog dikker boek. Door haar zonnebril was het niet te zien of zij werkelijk las, maar af en toe zag ik haar een bladzijde omslaan. Desalniettemin leek het gelezen en nog te lezen gedeelte nooit dunner te worden gedurende die drie weken dat wij in Bretagne verbleven.

Zelf had ik geen ligstoel. Ik had alleen een handdoek. Soms lag ik op die handdoek en staarde naar de witte wolken in de lucht of bladerde in een stripboek. Vaker vertrok ik meteen na aankomst op het strand richting zee om daar een zandkasteel, dijkenstelsel, of irrigatiesysteem te construeren.

Het verschil tussen eb en vloed is in Bretagne gigantisch. Niets was bestand tegen de uiteindelijk alles wegvagende zee. Ook kwam de vloed snel en verraderlijk. Soms bestudeerde ik de gezinnen die zo te zien voor het eerst op dit strand waren. Zich nog onbewust van het loerende gevaar hadden zij hun handdoeken, parasols en picknickmanden te dicht bij de vloedlijn uitgespreid. Dan kwamen de golven, maar ze gingen nog altijd niet weg. Straks hebben we nog tijd genoeg, redeneerden ze – maar die tijd kregen ze nooit.

Eerst was er een uitrollende golf die even aan het puntje van een handdoek likte. Voeten werden met een gilletje in de lucht gestoken, iemand was al zo verstandig om de handdoek een paar meter naar achteren te trekken – maar dan kwam de volgende golf en trok alles mee. Alles. Emmertjes en schepjes, half opgegeten stokbroden, verrekijkers, de picknickmand zelf: alles werd tientallen meters verder het strand op geworpen.

'Kijk,' zei mijn vader. 'Die zitten te dichtbij. Dat wordt genieten straks.'

Verder zei hij niet zo heel veel meer gedurende de rest van de dag, evenals mijn moeder. Zolang ik erbij was, zeiden ze zo min mogelijk. Ik vertrok naar de vloedlijn waar ik dan plotseling hun stemmen kon horen. Ik was denk ik een jaar of acht, maar op die leeftijd weet je al precies het onderscheid te maken tussen een leuk en een minder leuk gesprek. Wanneer ik bij de ligstoelen terugkeerde voor een boterham of iets te drinken, vielen ze weer stil en deden of ze in hun dikke boeken verdiept waren. Kort na mijn vertrek begon het niet zo leuke gesprek opnieuw.

Omdat het de laatste dagen meestal eb werd in plaats van vloed had ik iets nieuws bedacht om bij de vloedlijn te bouwen. Met mijn schep construeerde ik dijken van dertig centimeter hoog in een vierkant. Wanneer de zee zich terugtrok bleef het water in het vierkant achter. Daarna maakte ik een gat in de dijk waardoor het water weg kon stromen. Zo won ik land. Ik had een gebied ingepolderd. Een Nederlander, zullen de andere badgasten ongetwijfeld gedacht hebben.

Soms bleef er een vis in mijn drooggelegde polder achter. Ik pakte de vis op en liet hem los boven mijn met water gevulde plastic emmertje.

'Kijk, ik heb een vis gevangen,' zei ik tegen mijn ouders, maar dan zag ik al snel de rode wangen en behuilde ogen van mijn moeder, en de verbeten trek om de mond van mijn vader terwijl hij deed of hij las. Ik bracht de vis terug naar zee, een hele wandeling inmiddels.

Op een middag huurde mijn vader een waterfiets. Ik had hier niet om gevraagd. Sterker nog: achteraf gezien denk ik dat ik gedurende die hele zomervakantie heb gebeden dat er nooit een waterfiets zou worden gehuurd.

Wie schrijft, moet altijd goed nadenken wanneer hij een bepaald belangrijk gegeven uit zijn verhaallijn 'verkoopt'. Je kunt bijvoorbeeld heel lang verzwijgen dat een personage in feite blind is, tot hij uiteindelijk struikelt over een poef die hij niet heeft gezien, en hard ten val komt. Wanneer de lezer op dat moment nog van niks weet, is die val ronduit 'ongeloofwaardig'.

Ik kies er daarom meestal voor om dit soort gegevens niet kunstmatig lang achter te houden. Voor de verhaallijn, en voor wat hierna komt, is het een essentieel gegeven dat mijn vader niet kon zwemmen. Niet een beetje niet kunnen zwemmen, nee:

helemaal niet. Later heeft hij nog een keer zwemles genomen, maar hij was waarschijnlijk al te oud. Op een van zijn eerste lessen vergezelde ik hem naar het zwembad. Daar hing het grote, witte lichaam van mijn vader in de 'hengel', terwijl hij, met zijn armen door het chloorblauwe water maaiend, de geschreeuwde instructies van de badmeester probeerde op te volgen. Over wat deze aanblik met een zoon doet, zal ik een andere keer schrijven.

We bevonden ons inmiddels op volle zee. Een kalme zee was het, een zee zonder vooruitwijzend drama. Wanneer je naar boven keek, naar de ook al zo kalme, strakblauwe hemel, was er letterlijk geen vuiltje aan de lucht.

'Na de vakantie gaan je moeder en ik een tijdje apart wonen,' zei mijn vader. 'Wij houden allebei nog evenveel van jou, maar niet meer van elkaar. Ik ga een nieuw huis zoeken. Je mag bij mama blijven, maar je kan ook bij mij komen wonen als ik dat nieuwe huis eenmaal gevonden heb.'

Het water midden op zee was niet echt helder. Je zag geen vissen. Je zag eigenlijk helemaal niks.

'Je hoeft nu nog niet te beslissen,' vervolgde mijn vader. 'Je kunt er gewoon rustig over nadenken.'

We rondden de pier waar een klein model vuurtoren of lichtbaken op stond. Er zaten een paar vissers. Meeuwen doken naar beneden en landden met een klap op het water. Voorbij de pier begon de havenmond. We merkten het aanvankelijk nauwelijks, maar er was hier een sterke stroming die de waterfiets naar open zee trok. Of misschien werd het ook wel gewoon eb.

'Ik heb een andere vrouw gevonden van wie ik meer houd dan van je moeder,' zei mijn vader. 'Het is nu misschien nog te vroeg, maar op een dag zal ik je aan haar voorstellen. Zij wil jou in elk geval heel graag leren kennen.'

Vanuit zee naderde een schip. Een vrachtschip of een olietanker. De waterfiets draaide een paar keer om zijn as en werd daarna met steeds grotere snelheid richting open zee en richting de olietanker getrokken.

'Papa!' zei ik. 'Papa, kijk!'

Nu zag mijn vader het gevaar ook. We waren nog maar een paar honderd meter verwijderd van de olietanker die als een nieuwbouwflat van zeven verdiepingen boven ons uittorende.

'Trappen, jongen!' zei hij. 'Terug naar het strand!'

We trapten alsof ons leven ervan afhing. Nee, niet *alsof*: ons leven hing er echt van af. Maar het trappen had niet het gewenste effect. De olietanker kwam alleen maar nog sneller dichterbij – of wij dichter bij de olietanker.

In mijn gedachten zag ik al hoe de waterfiets tegen de tanker aan zou botsen en er daarna onder zou verdwijnen. Ik had gelezen over drenkelingen die zich aan hun redders vastklampen, die hun redders in een ijzeren greep houden waardoor beiden – redder en drenkeling – verdrinken. Ik keek opzij naar mijn vader. Ik had ook ergens gelezen dat je in zo'n geval de drenkeling het beste bewusteloos kon slaan. Het hoofd van mijn vader was rood aangelopen van het trappen. Ik probeerde de plek te bepalen waar ik hem straks vol met mijn vuist zou moeten raken. Met mijn knokkels. Ik zou ons beider levens redden – maar dan moest mijn vader mij niet in een ijzeren greep kunnen nemen. Hij moest geen kracht meer hebben om ons allebei naar de bodem te trekken.

En opeens gebeurde het wonder. We waren nog maar amper tien meter van de tanker verwijderd toen de waterfiets in een andere stroming terechtkwam, misschien wel de stroming die van de boeg afkomstig was, bedacht ik veel later. Met hoge snelheid schoten we langs de volle lengte van het schip. Ademloos, zonder een woord tegen elkaar te zeggen, keken we omhoog. Het was de omgekeerde hoogtevrees die ik wel eerder had ervaren bij reusachtige brugoverspanningen. Even dacht ik nog dat we aan de achterkant van de tanker in de schroef zouden worden gezogen – dan hoefde ik mijn vader in elk geval niet meer te redden, schoot het door me heen.

Maar bij de achtersteven werd de waterfiets juist nog verder van de tanker weggeduwd. Golven sloegen nu over ons heen, maar we kapseisden niet. Daarna kwamen we opnieuw in een nieuwe, rustiger stroming terecht die ons in een kalm tempo evenwijdig langs het strand meevoerde. Een klein halfuur later trokken we de waterfiets op het zand.

'Hoe was het?' vroeg mijn moeder. Ik kon het niet goed zien omdat ze haar zonnebril had opgezet. Misschien had ze gehuild.

Ik wilde iets zeggen als 'leuk' of 'vermoeiend', iets neutraals in elk geval, maar toen liet mijn vader zich met een zucht in de ligstoel vallen.

'We zijn bijna door een olietanker overvaren,' zei hij zonder mijn moeder aan te kijken.

Soms zit ik in vakanties nog weleens op het strand. Liever zit ik op een terras op de zeeboulevard om alleen maar naar het strand te kijken. Op het strand zelf zie je het strand eigenlijk niet – je kijkt eerder naar de zee, naar dat ene witte zeil of dat onbeweeglijke cruiseschip aan de horizon.

Ik sta op en rek me uit. Iets verder naar rechts liggen een paar waterfietsen op het zand. Ik loop naar de golven om te voelen hoe koud het water is.

GEEN AGENDA

Zij had een agenda waar alles in stond. Niet alleen stond alles
erin, er stak ook aan alle kanten van alles uit. De agenda was van
zichzelf al heel erg groot en dik, en hij werd alleen nog maar dikker door alle losse dingen die tussen de pagina's waren gestoken.
Losse brieven, losse telefoonnummers, losse rekeningen, losse
folders, losse uitnodigingen – alles wat niet direct in de agenda
zelf kon worden opgenomen vond een tijdelijke, en uiteindelijk
vaak permanente behuizing tussen de pagina's.

Inmiddels weet ik dat zij eigenlijk helemaal niets te doen had
(toen al niet, en nu waarschijnlijk nog minder), maar in die tijd
geloofde ik nog in dikke agenda's, of liet me er in elk geval door
imponeren. In die tijd geloofde ik nog dat een dikke agenda voor
iets anders stond dan alleen voor zichzelf. Voor een Ander Leven
bijvoorbeeld: een Ander Leven vol vertakkingen en zijwegen die
allemaal in de agenda tezamen kwamen.

Het had er natuurlijk ook mee te maken dat ik zelf geen agenda had. Mijn eigen leven kende geen zijwegen of vertakkingen,
het bewoog zich eerder voort langs een rechte lijn – langs één enkele lange rechte weg zonder bomen of schaduw, met een bijna
onmerkbaar verloop heuvelopwaarts: het soort hoogteverschil
dat in de wielrennerij met de term *vals plat* wordt aangeduid,

waardoor je in eerste instantie niet begrijpt waar je toch zo moe van wordt.

De eerste keer dat zij haar agenda uit haar tas tevoorschijn haalde en hem op tafel legde, kon ik mijn blik er niet van afhouden. Bijna zonder adem te halen keek ik naar het eindeloze bladeren, het veel te lange zoeken naar een geschikte datum, het zuchten en steunen, gevolgd door de opmerking dat zij de komende week, en ook de week daarop, eigenlijk niet één dag kon, maar dat zij misschien op vrijdagochtend, of nee, wacht even, toch beter op donderdagmiddag, nog wel een gaatje zou kunnen vinden.

Meer dan eens heeft zij ook voor mij naar zo'n gaatje gezocht. Wie zelf geen agenda bezit, is voorbestemd om de gaatjes te vullen in de overvolle agenda's van de anderen.

Zij heette Martha, en op een doodstille en donkere zondagavond klopte zij op het raam van mijn kamer. De kamer lag op de begane grond, achter een winkeltje met gekke spulletjes die niemand hebben wilde. Om in de kamer te komen moest je eerst het winkeltje door. De gekke spulletjes lagen en stonden overal: op schappen, in kasten, op tafels, op stoelen en op de grond. Er waren ook spulletjes die aan draadjes aan het plafond hingen, en wanneer ik 's avonds thuiskwam stootte ik in het donker weleens met mijn hoofd tegen iets aan wat een zacht tinkelend geluid maakte.

Soms lag ik in mijn eenpersoonsbed en bad ik hardop dat alle gekke spulletjes een vroegtijdig einde zouden vinden: dat alles in duizenden stukjes zou breken en daarna tot gruis en stof zou vergaan.

Ik had de kamer nog niet zo lang. Een paar weken eerder waren mijn vader en zijn vriendin langs geweest om te zien hoe ik woonde. Ik had thee ingeschonken, en mijn vader en zijn vriendin hadden om zich heen gekeken en hun best gedaan om iets aardigs over de kamer te zeggen. Daarna had mijn vader gevraagd of ik geen chocolade in huis had, of anders toch op zijn minst een koekje voor bij de thee.

Toen ze weer vertrokken waren keek ik naar de vaas met bloemen die ze voor mij hadden meegebracht. Daarvoor was alles dood geweest, maar door de bloemen leek er plotseling iets tot leven te komen. Het was een nauwelijks waarneembaar leven, het soort leven dat sterrenkundigen soms vermoeden op duizenden lichtjaren van hier, op planeten die om evenzovele sterren in ver verwijderde melkwegstelsels heen draaien, omdat het eenvoudigweg ondenkbaar is dat we helemaal alleen zijn in het onafzienbare heelal. Maar er was geen vergissing mogelijk: het kon niets anders dan een nieuw begin van leven zijn.

Ik keek naar de bloemen, en ik besefte dat ik waarschijnlijk niet nog lager zou kunnen komen. Ik was op het voorlopig laagst gelegen punt van mijn leven aanbeland. De laatste jaren had alles een neergaande lijn gevolgd, maar nu zat ik echt helemaal onderin. Lager kon gewoonweg niet. Van nu af aan zou er alleen nog maar sprake zijn van een lijn omhoog.

Het was op dit laagst gelegen punt dat Martha voor het eerst op mijn raam klopte. Ik liet haar binnen, en een tijdlang stonden we samen in het winkeltje tussen de gekke spulletjes. Achteraf denk ik dat ik daarom zo lang en doordringend naar haar keek – om in elk geval niet naar de gekke spulletjes te hoeven kijken. Achteraf gezien denk ik dat zij daarom later ook zei dat het van het begin af aan meteen al had 'geklikt' tussen ons: door de manier waarop ik naar haar had gekeken op die eerste avond, en dat zij niet voor niets haar 'intuïtie' had gevolgd door op mijn raam te kloppen.

'Ik zag je licht branden,' zei Martha. 'Dus ik dacht, laat ik eens kijken hoe hij woont.'

Later was zij naar de wc gegaan, en toen zij terugkwam had zij opgemerkt dat ik geen douche had.

We dronken water uit de kraan, want meer had ik nog altijd niet in huis. Ik keek naar Martha en vroeg mij af of het inderdaad waar was: dat er echt in levenden lijve een vrouw naast mij op de bank in deze kamer zat.

'Als je een keer wilt douchen, kun je altijd bij mij terecht,' zei Martha toen wij ten slotte weer bij de buitendeur stonden. Het was zo'n nacht waarop de stad opeens naar platteland rook. Er was geen wind, en alles – ook de sterren en de andere hemellichamen – stond stil in de lucht. Het rook naar mest en naar boerderij, ook op de hoek waar het winkeltje met de gekke spulletjes lag, en waar het normaal gesproken alleen maar naar pis rook. Normaal gesproken had ik haar daar en op dat moment kunnen kussen – maar ik deed het niet.

Wie te lang alleen is geweest ziet zichzelf als een huis dat al jaren leegstaat en waar niemand meer wil wonen. Wie te lang leegstaat kan zich niet voorstellen dat een ander door jou gekust zou willen worden – dat die ander de lippen zou willen voelen van iets wat al jaren geleden is dichtgetimmerd, omdat het zelfs voor kinderen daarbinnen nog te gevaarlijk spelen is.

Een paar dagen later belde zij op om mij aan haar aanbod te herinneren. Dat ik nog altijd bij haar kon komen douchen. 'Omdat je bij je ouders niet terechtkunt,' voegde zij eraan toe.

In de eerste plaats zijn het mijn ouders niet, wilde ik zeggen. Het is alleen mijn vader die bij zijn vriendin woont. En inderdaad is het gewoonweg ondenkbaar dat ik daar zou gaan douchen. Maar ik zei alleen dat ik haar dankbaar was, en dat ik binnenkort zeker een keer zou komen.

Een paar dagen later belde ook mijn vader.

'Had je er niet aan kunnen denken om tenminste iets van chocolade of koekjes in huis te halen?' zei hij. 'Of ben je nog steeds in de contramine wat haar betreft? Had dat dan even van tevoren gezegd, dan waren we helemaal niet gekomen. Zij heeft zelfs de moeite genomen om bloemen voor je mee te nemen. En ook een vaas die nog van haar ouders is geweest.'

Op het moment zelf had ik het mijn vader nooit uit kunnen leggen, maar wie op het laagst gelegen punt van zijn leven is aangeland, heeft de grootste moeite om overeind te komen. Die weet in elk geval dat het nooit meer lager kan. Vanaf het laagste punt gaat het alleen nog maar omhoog. Chocolade en koekjes zijn sowieso *nicht in Frage*. Op het laagst gelegen punt van je leven kijk je hooguit naar boven: je zit ergens onderin, maar bovenaan gloort het daglicht waarin De Anderen zich bewegen.

Op die eerste avond had Martha om zich heen gekeken, en zij had opgemerkt dat ik geen douche had. Wat zij niet had gezien was hoe laag ik eigenlijk stond.

Misschien stond zij zelf wel zo laag, dat dat soort dingen haar niet eens opvielen. Ja, achteraf gezien moet dat het zijn geweest. Zij stond zelf al heel erg laag. Zij zat ergens helemaal onderin, waardoor je niet ziet hoe laag de ander precies zit.

Het verschil tussen Martha en mij was dat ik het licht bovenin kon zien. Dat ik wist dat ik omhoog moest om bij dat licht te komen – terwijl zij gewoon als vast gegeven onderin zat en het halfduister als de normale lichtval ervoer.

Zonder gezelschap is het onderin wel heel erg alleen. Vandaar dat ik Martha op die eerste avond nog niet had gekust, maar mij wel had voorgenomen om in elk geval een keer bij haar te gaan douchen.

Het had er natuurlijk ook mee te maken dat ik enkele weken voor de ontmoeting met Martha voor het eerst het Grote Schrikbeeld had gezien.

Het Grote Schrikbeeld zat alleen op een kruk aan de bar van

het café. Het keek door het raam naar buiten. Af en toe kneep het zijn ogen samen tegen het buitenlicht of nam een slokje van zijn bier. Onder de kruk lag een grote, harige en oude hond.

Het Grote Schrikbeeld wilde het graag over dingen hebben. Over vroeger bijvoorbeeld, toen er van alles was gebeurd. Of over de prijs van een glas bier, heel erg lang geleden. Of over hoeveel een ritje met de tram in die tijd kostte.

Maar er was niemand die wilde luisteren. Dat is altijd zo met Grote Schrikbeelden. Alleen de hond spitste af en toe zijn oren. Maar zelfs de hond, die zijn baas tot op de dag van vandaag altijd trouw was gebleven, had inmiddels zo zijn twijfels. Over hoe lang het allemaal nog zou gaan duren. Dieren voelen dat soort dingen heel goed aan. Bij vulkaanuitbarstingen of laag overvliegende bommenwerpers kruipen zij bij voorkeur onder een tafel of verlaten de stad.

Wat deze hond zich afvroeg was of de trillende hand, die daarboven aan de bar het glas bier omklemd hield, hem ook morgen nog te eten zou kunnen geven. Of anders overmorgen.

Daarom richtte hij ook elke keer zijn kop op wanneer er iemand binnenkwam. Elke nieuwe bezoeker werd door de hondenblik afgetast op mogelijkheden. Op een eventuele gezamenlijke toekomst. Een toekomst waarin de hond niet alleen achter zou blijven.

Het was op een avond dat ik zelf niet naar buiten wilde dat ik het Grote Schrikbeeld voor het eerst had gezien. Zelf bleef ik liever binnen, maar soms deed mijn hoofd dingen waar ik uit eigen beweging nooit opgekomen zou zijn. Wanneer ik te lang bleef liggen, wilde het plotseling gaan staan. Het nam mij mee naar buiten, de straat op, en daarna verder, door nog meer straten.

Soms opende het de deur van een café waar niemand was dat het kende. Ook bij anderen riep het hoofd blijkbaar geen herkenning op. Het keek even naar binnen en vervolgde dan zijn weg. Eigenlijk wilde ik liever terug naar huis, maar het hoofd stond blijkbaar een bepaald doel voor ogen. Het wilde in elk geval nog verder. Omdat er misschien ergens nog iets te zien of iets te doen was.

Het was op een van die avonden dat ik voor het eerst het Grote Schrikbeeld zag. Ik kon twee dingen doen: ik kon naar binnen gaan en naar zijn verhalen luisteren, of ik kon meteen weer vertrekken.

Terwijl ik stond te twijfelen in de deuropening, keek ik naar de hond. En de hond keek naar mij. En het was op dat moment dat ik iets zag in de hondenblik waarvan ik zeker wist dat ik het al eerder had gezien, al was dit technisch gesproken onmogelijk. Het was ook daarom en op dat moment dat ik de hond graag van alles had willen beloven. Over de toekomst, en over een leven zonder angst voor dingen die verdwijnen.

Wat ik in de hondenblik had gezien, was hoe ik zelf soms naar mensen moest hebben gekeken. Mensen die mij ooit hadden beloofd dat zij mij nooit alleen zouden laten. Of dat zij op zijn minst in leven zouden blijven.

En omdat ik wist dat zulke beloften nooit te houden zijn, had ik mij met een ruk omgedraaid om het café weer zo snel mogelijk te verlaten.

Ik wil met dit alles niet zeggen dat Martha net op tijd kwam. Hooguit was zij niet te laat gekomen.

Hooguit kwam zij misschien net iets te vroeg.

De laatste vrouw was inderdaad alweer van een behoorlijke tijd geleden. De laatste vrouw was van vóór Finland geweest, waar ik naartoe was gegaan om iets met mijn handen te doen. Iets met je handen doen hing in de tijd waarin dit verhaal zich afspeelt meer in de lucht dan tegenwoordig – maar ook geloofde ik dat het hoe dan ook beter voor mij was om eens een tijdje wat minder met mijn hoofd te doen.

Tot aan Finland had het allemaal nog een stijgende lijn gevolgd. Daarna was het onherroepelijk begonnen te dalen – eerst heel langzaam, zodat je bijna het verschil niet zag, maar algauw ging het zo snel naar beneden dat je je begon af te vragen hoe lang het dalen nog door zou gaan en of je nog altijd niet bij de bodem was aanbeland.

Finland zelf was meer een soort stilstaan in de lucht. Je bent op het hoogste punt, maar je weet het zelf nog niet. In elk geval kijk je nooit naar beneden, uit angst voor wat je daar misschien zult zien.

In Finland is er bijna geen overgang tussen winter en zomer. Eerst zijn er alleen maar donkergroene naaldbomen, met takken die doorbuigen onder de sneeuw, en plotseling schiet het veel lichtere groen van de berkenbomen er in één keer doorheen. Wat wij lente noemen duurt in Finland hooguit tien dagen. Het is net of de natuur niet langer kan wachten, na zo lang in het donker en onder een dikke sneeuwlaag te hebben verkeerd: of alles van de ene op de andere dag helemaal anders moet, omdat het zo wel lang genoeg heeft geduurd.

In de trein van Helsinki naar het zevenhonderd kilometer noordelijker gelegen Lieksa had ik nog gedacht dat ik aan een nieuw begin begonnen was. Een zogenaamde verse start. Maar op het station van Lieksa brandde maar één lantaarn. Bovendien sneeuwde het zo hard dat er behalve sneeuwvlokken in lantaarnlicht eigenlijk niet zoveel van Finland te zien was.

Je hebt het weleens met films waar je middenin valt. Of beter gezegd: met films waarvan je niet weet of ze al bijna zijn afgelopen of dat ze nog moeten beginnen. Een trein komt ergens aan op een nachtelijk station. Het sneeuwt. Onder één enkele lantaarn staat een man kennelijk te wachten om iemand van de trein te halen – maar net als je er goed voor gaat zitten, zwelt de muziek plotseling aan en begint de aftiteling door het beeld te lopen.

Zo zal ik ook destijds misschien wel hebben overwogen om gewoon te blijven zitten. Om door te rijden tot aan de eindbestemming van de trein – om deze zo met mijn eigen eindbestemming te laten samenvallen. Maar iets in mij fluisterde mij in dat ik hier moest zijn – en dat ik alleen door uit te stappen de aftiteling een halt toe kon roepen.

In de trein had ik alleen maar onafgebroken aan de laatste vrouw gedacht. En dan vooral aan het afscheid, waarbij ik had gezegd dat onze liefde zo sterk was dat deze met gemak een scheiding van zeven maanden zou overleven, en dat ik voorlopig alleen maar iets met mijn handen wilde gaan doen. Dit was, uiteraard, in de tijd dat ik dacht dat zoiets nog gewoon zomaar kon. Toen er nog uitsluitend sprake was van stijging, en er zelden bij het dalen werd stilgestaan. In de tijd dat ik in volle ernst geloofde dat er mensen op deze wereld rondliepen die bereid waren om zeven maanden op mijn terugkomst te wachten.

En zo gebeurde het dat ik op het perron van het station van Lieksa nog één keer oplichtte in het schijnsel van die ene lantaarn – om daarna door de duisternis te worden opgeslokt, zoals dat heet.

Pas zeven maanden later zou ik weer uit het duister tevoorschijn komen. Ik droeg inmiddels halfhoge groene kaplaarzen, waarvan ik de bovenranden had omgeklapt. De laatste vrouw keek eerst naar de kaplaarzen, en pas daarna naar mijn gezicht. Zeven maanden eerder had zij afscheid van mij genomen, en toen had zij gezegd dat zij altijd op mij zou blijven wachten, ook al zou ik zeven jaar wegblijven in plaats van zeven maanden – maar zij had wel afscheid genomen van iemand zonder kaplaarzen.

Zelf geloofde ik toen nog dat de kaplaarzen iets over mijzelf zeiden, iets wat niet zo direct in woorden was uit te drukken, maar wat alles te maken had met wie ik in die zeven maanden was geworden.

Maar met de kaplaarzen had ik ondertussen ook een stilzwijgende afspraak geschonden. Zeven maanden eerder had zij afscheid genomen van iemand *zonder* kaplaarzen, en na zeven lange maanden wachten had zij er iemand *met* kaplaarzen voor teruggekregen.

Na de breuk met de laatste vrouw bleef ik nog een tijdje ergens op hopen. Zo was ik in het begin nog nieuwsgierig naar wie er misschien juist voor de groene kaplaarzen zou vallen.

Maar na verloop van tijd was ik zelfs daar niet meer nieuwsgierig naar.

Martha's douche kwam rechtstreeks uit op haar kamer. Er was geen tussenruimte met een wastafel waar je in de spiegel kon kijken. Geen stukje niets, waar je nog ergens over na kon denken. Of het allemaal wel zo'n goed idee was bijvoorbeeld: om in de kamer van een vrouw die net zo laag genoteerd stond als jijzelf onder een douche te gaan staan.

Op de deur van de douche waren lijstjes geprikt. Lijstjes met dingen die zij nog moest doen. Die lijstjes zaten ook op de ijskast, boven het fornuis, op de buitendeur, op haar klerenkast – op de muur boven haar bed.

Naast de telefoon lag een opengeslagen blocnote met mensen die zij terug moest bellen. Dit was in de tijd vóór de antwoordapparaten en de mobiele telefoons: toen het nog bijna ondoenlijk was om vierentwintig uur per dag bereikbaar te zijn. Boven op de opengeslagen blocnote lag de agenda.

Waarschijnlijk kwam het vooral door die afwezigheid van een tussenruimte dat alles die eerste keer heel erg vanzelf ging. Ik kwam uit de douche, een handdoek om mijn middel geslagen, en liep naar de stoel waar ik mijn kleren overheen had gehangen. Martha zat op de bank in haar agenda te bladeren. Ik stond met mijn rug naar haar toe toen ik de handdoek liet zakken. Het bladeren hield op. Ik hoorde hoe Martha van de bank opstond, naar mij toe liep en achter mij kwam staan.

De agenda was hoofdzakelijk gevuld met eetafspraken. DONDERDAG: *D. en B. hier eten,* stond er bijvoorbeeld te lezen. VRIJDAG: *Eten bij A. en F.* Soms was de afspraak voorzien van een kleine toevoeging. *(Geen rijst!)* stond er achter *G. en H. hier eten,* en onder *Eten bij L. en J.* waren in grote haast en bijna onleesbaar de woorden *Honderd jaar eenzaamheid terugvragen!* neergekrabbeld.

Gedurende een kort ogenblik vroeg ik me af of zowel G. als H. niet van rijst hield, of dat het alleen G. was. En of G. misschien een vervelende ziekte had, waardoor hij, of zij, helemaal geen rijst mocht hebben. Ook probeerde ik me L. en J. voor de geest te halen: eerst lagen ze nog gewoon naast elkaar in bed, waarbij L. voor de derde achtereenvolgende nacht met een zucht *Honderd jaar eenzaamheid* op pagina één dichtsloeg en het bedlampje uitknipte. Maar toen ik de aantekening bij een volgende keer door de agenda bladeren opnieuw tegenkwam, hadden zij het boek 's nachts in de tuin laten liggen, waarna het helemaal was natgeregend: de pagina's plakten aan elkaar, en het was natuurlijk weer eens J. haar schuld, waardoor L. terecht vond dat zij het dan ook maar aan Martha uit moest proberen te leggen.

Meestal bladerde ik door de agenda wanneer Martha zelf onder de douche stond. Ik hield altijd één vinger tussen de pagina's, op de plek waarop hij opengeslagen had gelegen, en luisterde scherp of ik het water nog hoorde lopen. Ik bladerde door een leven waarin alle dagen van de ochtend tot de avond gevuld waren. Ik probeerde het plaatsvervangend benauwd te krijgen van zoveel eetafspraken, maar dat lukte altijd maar half. Tegenwoordig weet ik dat agenda's alleen uit doodsangst zo gevuld kunnen raken, maar destijds vroeg ik me nog af waarom ik zelf nooit eetafspraken had.

Wanneer de telefoon ging, zette Martha onmiddellijk de douche uit en kwam, in een badhanddoek gewikkeld en met natte haren, de kamer binnengestormd. De hoorn klemde zij doorgaans tussen haar wang en haar linkerschouder, zodat zij haar handen vrij had voor een pen en het bladeren in de agenda.

Er zat altijd een aantal zogenaamde 'constanten' in Martha's telefoongesprekken. Zo liet zij zelden onvermeld dat zij het druk had ('Druk, druk, druk, druk...'), om pas daarna te vragen of K. (of L., of W., of S. en A., of R. en B.) misschien binnenkort een keer wilden komen eten. Vervolgens begon het eigenlijke bladeren in de agenda. 'Vrijdag kan niet,' zei Martha, 'dan komen L. en A... Even kijken... Zaterdag eet ik bij S. en R... Zondag... O, zondag kunnen jullie niet... Nou, dan wordt het volgende week, maar die zit eigenlijk al helemaal vol... Vrijdag heb ik misschien nog een gaatje, want het is mogelijk dat B. en G. uiteindelijk niet kunnen...'

Een paar keer heb ik haar horen zeggen dat zij de hele komende week, en eigenlijk ook de week daarop niet één dag kon. 'Ik kan gewoon geen één dag,' zei zij, wanneer er aan de andere kant van de lijn kennelijk om nadere uitleg werd gevraagd.

Dat was toen onze korte relatie alweer op zijn eind begon te lopen. Ik had haar om uitleg gevraagd omdat ik vond dat zij de laatste tijd zo afstandelijk deed en met haar gedachten meer bij haar eetafspraken leek dan bij mij. Eerst luisterde ik geduldig naar het bladeren in de agenda, naar haar zuchten en steunen – het zoeken naar een *gaatje*. Maar toen ik haar daarna hoorde zeggen dat zij *gewoon* geen één dag kon, begon ik het vermoeden te krijgen dat zij op het punt stond om mij te dumpen.

Ik haalde diep adem en vroeg haar om mij nog één kans te geven. Om het er in elk geval nog een keer rustig met zijn tweeën over te hebben, desnoods pas na de komende twee weken – zodat ik in elk geval het tijdstip en de plaats van het dumpen weer geheel in eigen hand had.

Waarna zij ten slotte toch nog het gaatje vond. Op een middag bij haar thuis, vlak voordat L. en G., of R. en J., zouden komen eten.

De Martha's van deze wereld dumpen niet. Die *worden* gedumpt.

En dat is ook precies zoals het uiteindelijk is gegaan.

Behalve eetafspraken maken en net zolang haar agenda vullen tot alle dagdelen waren volgeboekt, kon Martha helemaal niets. Wat haar er niet van weerhield om alles ten minste één keer te proberen.

Naast de briefjes met dingen die nog gedaan moesten worden, hingen tientallen ingelijste houtskooltekeningen en aquarellen. De tekeningen en aquarellen vroegen op een bepaalde, wel heel erg nadrukkelijke manier om aandacht. Of anders op zijn minst om een mening. Of ze bijvoorbeeld goed waren – of juist helemaal niet.

Ik heb die mening nooit gegeven. Nadat ik me had uitgekleed probeerde ik altijd zonder naar de muren te kijken de deur van de douche te bereiken.

Ook over haar korte verhalen, haar foto's, haar collages, haar nooit uitgevoerde hoorspelen, haar half voltooide filmscenario's, haar half uitgedachte ideeën voor televisieseries heb ik me alleen in de lafste bochten en ontwijkende terzijdes uitgelaten. Verder dan zeggen dat 'er wel leuke dingen in zaten' ben ik nooit gegaan. En zelfs dan durfde ik haar nooit recht aan te kijken.

In de tijd dat ik regelmatig bij haar kwam douchen deed zij iets onduidelijks bij een theatergroep. Aanvankelijk was het niet veel meer dan koffiezetten en het dichtlikken van de zogenaamde 'mailing', maar gaandeweg kreeg zij ook kleine rolletjes toegewezen. Zo zat zij in een uitvoering van de theatergroep, waarvan de titel me nu even niet te binnen wil schieten, drie uur achtereen in een stoel. Net als eerder met de houtskooltekeningen en de aquarellen probeerde ik gedurende de volle drie uur te vermijden om naar Martha te kijken.

Soms haalde ik haar af bij het repetitielokaal van de theatergroep in het oostelijk havengebied. En zo was ik, onbedoeld, ook aanwezig bij de bespreking waarop werd besloten om haar in de zak te naaien.

Van die dag herinner ik me vooral het half opengescheurde pak met boterhammen, de gezinspot pindakaas en het pakje margarine die bij de ingang van het repetitielokaal lagen. Het was dezelfde dag waarop de regisseuse van de theatergroep zei dat zij het volgend seizoen, of anders in elk geval in het seizoen daarop, iets met Napoleon wilde gaan doen.

De zak met boterhammen was daar door iemand neergelegd, het zal wel nooit meer te achterhalen zijn door wie. Iemand anders had de zak opengescheurd en er waarschijnlijk één of twee boterhammen uit genomen. Naast de zak lagen broodkruimels. Er lag ook een mes, waaraan restanten pindakaas en margarine kleefden. Ik kan me dat allemaal nog zo goed herinneren, omdat ik zelf in die tijd zelden vooruitdacht. Als ik al iets met Napoleon, of met wie dan ook, had willen doen, dan had dat op zeer korte termijn gemoeten – bij voorkeur binnen nu en een halfuur.

Als ik al dacht, dan was dat hoofdzakelijk achteruit: over al die dingen die ik *niet* had gedaan. Over alles wat ik, al dan niet door de omstandigheden gedwongen, in de loop der jaren had nagelaten.

In het repetitielokaal hingen veel briefjes die met niet of nooit begonnen en met één of meer uitroeptekens eindigden. Het kostte weinig moeite om Martha's handschrift te herkennen. 'NIET de verwarming helemaal tot op de nulstand draaien!'

'NOOIT de koffiefilters in de gootsteen leeggooien!' 'ALTIJD in de vuilniszak onder het aanrecht!!!' 'GEEN vuile kopjes op het aanrecht!!!'

In het midden van het lokaal stond een veel te grote ronde tafel. De tafel was te groot omdat ook het repetitielokaal eigenlijk veel te groot was. Elk woord, iedere gesproken zin bleef niet bij de tafel hangen, maar zocht eerst het verst verwijderde punt in de ruimte op, caramboleerde vervolgens langs de muren of tegen het plafond, om ten slotte in sterk verminkte vorm en met veel nagalm bij de tafel terug te keren. O's werden a's, e's werden o's, en alle overige klinkers au's of oe's. Medeklinkers keerden vaak helemaal niet meer terug.

Maar het voorstel van de regisseuse van de theatergroep om Martha in de zak te naaien was desalniettemin redelijk goed te verstaan. Na het voorstel viel er een korte stilte. Daarna was iedereen het er eigenlijk vrij snel over eens.

Ook Martha zelf keek niet anders dan anders. Martha keek zoals zij altijd keek wanneer haar een nieuwe kans geboden werd.

Op de eerste twee try-outs ging alles nog goed. De zak rolde van achter de coulissen het speelvlak op en kwam vlak voor de eerste rij tot stilstand. Daar bleef hij liggen tot aan de eerste pauze.

Halverwege het tweede gedeelte begon de zak te bewegen. Na de eerste repetities had de regisseuse Martha bezworen het iets kalmer aan te doen. 'Hoe meer *minimal* hoe beter,' had zij gezegd. Maar tegen de tijd dat de try-outs begonnen, was men weer teruggekeerd naar het uitgangspunt, waarbij de beweging vooral heftig en wanhopig moest zijn.

Na de tweede pauze lag de zak nog wel op het toneel, maar inmiddels was hij alleen maar gevuld met oude kleren en kranten. Martha zat dan al lang en breed in het café van het theater achter een glas bier. Meestal voegde ik me na die tweede pauze bij haar.

Haar gezicht was rood aangelopen en bezweet – maar ze keek wel altijd buitengewoon voldaan, alsof ze iets achter de rug had wat niet zomaar door de eerste de beste op dezelfde wijze had kunnen worden volbracht. Ik schoof mijn kruk dichter naar haar toe en sloeg mijn arm om haar heen. Soms kuste ik haar achter haar oor, en hield tegelijkertijd niet op mijn hand door haar haar te halen. Op die momenten verbeeldde ik me werkelijk dat ik van haar hield. Achteraf gezien weet ik zelfs zeker dat ik meer van haar was gaan houden na het besluit om haar in de zak te naaien en haar zo het toneel op te laten rollen.

Achteraf gezien verbeeld ik me dat ik ook toen al wist waarom dat was, maar desalniettemin durfde ik daar nooit aan te denken.

Tijdens de repetities en de try-outs zat ik op de houten tribune en probeerde zoveel mogelijk aan andere dingen te denken. Ook probeerde ik, net zoals altijd, zo min mogelijk naar de zak op het voortoneel te kijken.

Zo dacht ik bijvoorbeeld aan een lange treinreis met allemaal stations in de nacht: aan een leven zonder eindbestemming, waarbij je toch voortdurend het gevoel hebt dat je alle afslagen hebt gemist. Aan een leven waarin je nergens kunt keren, om daarna alsnog de afslag te nemen die je eigenlijk had moeten nemen.

Ik dacht aan de keer dat ik in Finland door de nacht liep en voortdurend het gevoel had dat er iets of iemand naast de weg in het struikgewas *parallel* met mij meeliep. En in het halfduister van de theaterzaal keek ik omlaag naar mijn groene kaplaarzen, waarvan de randen nog altijd waren omgeklapt.

Soms hoopte ik dat Martha in de zak op het toneel een snelle en pijnloze dood zou sterven. Waarna er beneden in de bar iemand anders op mij zou wachten. Iemand anders, die onmiddellijk zou begrijpen dat wat mij betreft het ergste alweer achter de rug was.

Op de première rolde de zak niet in een rechte lijn het toneel op, maar *diagonaal*, waardoor hij achter de lichttafel uit het zicht verdween. Eerst wisten de acteurs niet goed wat ze moesten doen. Maar na een korte aarzeling werd het stuk gewoon voortgezet alsof er niets was gebeurd.

Pas een klein kwartier later klonk voor het eerst het geluid. In het begin was het nog niet duidelijk wat het was. Ook wist aanvankelijk niemand waar het precies vandaan kwam. Op de houten tribune keken de toeschouwers om zich heen en naar elkaar. Alleen ik bleef zonder adem te halen strak voor mij uit naar het toneel kijken.

Het duurde nog zeker vijf minuten voordat het voor iedereen duidelijk werd dat het geluid van achter de lichttafel kwam. Het was inmiddels dan ook geen zacht gesnotter meer, maar een hysterisch huilen met lange gierende uithalen. Het soort huilen dat van zichzelf niet meer op kan houden. Ook klonk er een dof en gesmoord getrappel, alsof iemand zich met alle macht uit een aardappelzak probeerde te bevrijden.

Nu brak die korte naamloze periode aan waarin het publiek niet tot een beslissing durft te geraken of het er allemaal bij hoort, of juist helemaal niet. De acteurs waren inmiddels stuk voor stuk in een soort verstarring geraakt, niet meer in staat te bewegen. Maar op zich zei dit uiteraard weinig. Zelf was ik opnieuw de enige onder de toeschouwers die wist dat het er zowel niet als wel bij hoorde – maar de tijd was simpelweg te kort om dat allemaal uit te gaan leggen.

De knoop werd ten slotte doorgehakt door de regisseuse, die ergens van achter de tribune toe kwam snellen en een teken gaf om het zaallicht aan te doen. In plaats van onmiddellijk de zak te openen richtte zij zich eerst tot het publiek en maande het om rustig de zaal te verlaten. De boodschap was duidelijk: niemand mocht Martha zien op het moment dat zij uit de zak zou worden gehaald.

Soms mis je de ene afslag na de andere, om dan plotseling toch de enige goede te vinden die je eigenlijk al die tijd hebt gezocht. Vaak doet zo'n afslag zich maar één keer in een mensenleven voor. Vandaar dat ik gewoon tussen de overige toeschouwers naar de uitgang ben geschuifeld.

Om daarna zo snel mogelijk in het duister te verdwijnen.

Zo is het altijd een beetje in het midden blijven liggen wie nou precies wie heeft gedumpt. Ik haar, omdat ik ben weggelopen op een moment dat zij mij misschien wel het meest nodig had. Of zij mij, omdat zij mij nog diezelfde avond, of de volgende dag, of in de dagen daarna, helemaal nooit meer heeft gebeld om te vragen waar ik gebleven was.

In latere jaren ben ik nog weleens vaker mensen met grote en dikke agenda's tegengekomen. In de jeugdherberg van Madrid was er een Amerikaanse jongen, die ongetwijfeld Bob of Steve heette, en die een nog veel grotere en dikkere had dan Martha destijds. Eigenlijk was het meer een soort adressenboek waarin hij alle adressen en telefoonnummers had verzameld van de mensen die hij op zijn reizen had ontmoet. Nadat wij twee minuten met elkaar hadden gepraat, overhandigde hij mij de agenda en stopte mij een pen in de hand.

Ik keek hem vragend aan.

'Alleen je adres en je telefoonnummer,' zei hij.

'Maar wij kennen elkaar nog maar net,' zei ik.

'Dat geeft toch niet,' zei Bob (of Steve) met een brede grijns. 'Als ik in Amsterdam ben kom ik je zeker opzoeken.'

Na jaren belde ook Martha mij ineens weer op. Ik woonde inmiddels niet meer achter het winkeltje met de gekke spulletjes, maar zij had 'via via' mijn telefoonnummer weten te bemachtigen. 'Ik kreeg je nummer,' zei zij. 'Dus ik dacht, eens kijken hoe het met hem gaat.'

Met mij ging het intussen stukken beter dan ik hardop durfde te zeggen – laat staan tegen iemand als Martha. 'Gaat wel,' zei ik daarom.

Waarna zij zei dat het inmiddels 'heel erg goed' met haar ging. Niet gewoon goed, nee, heel erg goed. 'In elk geval een stuk beter dan, nou ja, je weet wel…' voegde zij eraan toe, en liet een samenzweerderig lachje horen.

Sinds die eerste keer belde zij mij nog weleens vaker op. Zij zei dan altijd dat het beter met haar ging: beter dan het 'heel erg goed' van haar eerste telefoontje. 'Het gaat een stuk beter met me,' zei ze. 'Dat wilde ik je in elk geval even laten weten…'

Ik luisterde naar haar stem, die altijd iets te opgetogen klonk, alsof zij niet mij maar in de eerste plaats zichzelf diende te overtuigen. Maar meer nog dan naar haar stem luisterde ik naar de geluiden op de achtergrond. Zij belde meestal vanuit een telefooncel: ik hoorde auto's optrekken bij een stoplicht, een door de bocht piepende tram, of een eindeloos lange goederentrein die over een brug denderde.

Niet zo lang geleden hoorde ik helemaal niets, en ik betrapte mijzelf erop dat ik onwillekeurig uit het raam keek om te zien of zij misschien in de telefooncel hier schuin tegenover mijn huis stond.

Weer een andere keer hoorde ik alleen maar stromende regen, terwijl door mijn raam op dat moment het zonlicht naar binnen viel. Zij is ver weg, dacht ik toen. Zij is in elk geval niet in de buurt.

Ik heb haar nooit gevraagd waar zij vandaan belde: de geluiden op de achtergrond zeiden mij meestal genoeg. Zij was ergens waar ik zelf niet was. Of beter gezegd: zij was ergens waar ik zelf niet hoefde te zijn.

Op zeker moment had zij daar en daar, op die plek, op dat en dat uur, over straat gelopen en had zij aan mij gedacht. Daarna was zij de dichtstbijzijnde telefooncel binnengegaan en had mijn nummer gedraaid.

'Ik ben blij om te horen dat het inmiddels beter met je gaat,' zei ik, en daarna zei ik dat ik nu moest ophangen omdat er net aan de deur werd gebeld, of dat er iets op het vuur stond aan te branden.

Ik moest altijd als eerste ophangen. Ik was degene die de verbinding verbrak – zij was degene die de ingesprektoon hoorde.

Een paar jaar geleden zag ik haar plotseling op een Koninginnedag. Zij stond in een aan één kant opengewerkte tent, en haar gezicht was beschilderd als dat van een clown. Martha sprong in de tent op en neer en maakte vreemde, niet geheel verstaanbare geluiden. Tientallen kinderen zaten op houten bankjes, klapten in hun handen en gierden het uit van het lachen.

Ik verschool me half achter een boom en keek de tent in. Martha kon nog altijd helemaal niets, maar ditmaal was het met de mantel van 'lekker gek' en 'het is toch maar voor kinderen' bedekt. Het duurde bijna een kwartier voor ik mezelf erop betrapte dat ik, vrijwel voor het eerst, langer dan een paar seconden rechtstreeks naar haar had gekeken wanneer zij met iets van haarzelf naar buiten trad.

En kortgeleden stond zij plotseling in de drukke winkelstraat. Zij was helemaal in het wit. Ook haar gezicht was wit geschminkt. Zij stond boven op een kistje en bewoog helemaal niet. Dit was tegelijkertijd ook het kunstje waarvoor zij geld stond in te zamelen: het zo bewegingloos mogelijk blijven staan.

Gedurende een kort ogenblik hield ik mijn pas in en keek haar aan. Het was waarschijnlijk voor het eerst sinds het douchen en de lijstjes en de aquarellen en al het andere dat wij elkaar rechtstreeks aankeken.

Even glansde er in Martha's blik een vage fonkeling van her-kenning. Maar meteen daarop hield zij zich in: waarschijnlijk in het besef dat zij inmiddels al tientallen voorbijgangers om zich heen had verzameld, en dat zij onmiddellijk door de mand zou vallen wanneer zij nu uit haar personage zou treden.

Zo keken wij elkaar gedurende enkele seconden aan. Zonder elkaar overigens echt te zien. Ook dacht ik niet dat zij mij de ko-mende dagen, of de komende maanden, nog zou bellen om te zeggen dat het inmiddels beter met haar ging.

Een doodenkele keer denk ik nog weleens aan de ochtend na de première. Aan de ochtend na de avond waarop zij ingenaaid in een zak uit het beeld was gerold.

Ik zat in mijn kamer achter het winkeltje met de gekke spulle-tjes, en ik keek naar mijn groene laarzen. De randen waren nog altijd omgeklapt. Ik overwoog om ze terug te klappen, of zelfs om de laarzen helemaal uit te trekken.

Totdat ik besefte dat ik ze al niet meer echt aanhad – laat staan dat de randen hoefden te worden teruggeklapt.

Wel ben ik die ochtend een reep chocolade en een pak koekjes gaan kopen. Zelf eet ik zelden chocolade. En in elk geval nooit koekjes.

Aan de andere kant weet je van tevoren nooit wie er langs kan komen.

OVERVAL

De eerste keer dat ik met de politie in aanraking kwam was in 1961. Ik was toen acht jaar oud.

Gideon Goudzwaard had een pistool, of beter gezegd: hij had er twee. Eén voor hem en één voor mij – omdat in je eentje met één pistool spelen minder leuk was dan met zijn tweeën met twee.

Gideon Goudzwaard had wel meer dingen. Zo was hij de eerste op school met een zogenaamde transistorradio. Het was de dag na sinterklaasavond. Op het speelplein stond de halve school om hem heen, terwijl Gideon langzaam de antenne uitschoof. De transistorradio was niet groter dan een pakje sigaretten. Toen Gideon aan de volumeknop draaide, klonk er gedurende een paar seconden een menselijke stem.

'In dichte mist,' zei de stem, om vervolgens in een krakerige ruis weg te sterven – voorgoed, naar later zou blijken.

Maar Gideon Goudzwaard was niet het type dat zich door dergelijke tegenslagen van de wijs liet brengen. 'Er zijn hier te veel vogels,' zei hij, terwijl hij zijn afkeurende blik over de bomen rond het schoolplein liet glijden. 'Die storen de ontvangst.'

Later was hij ook de eerste jongen die een vliegtuig mee naar school nam. Het was van plastic, ging op een echte benzinemotor en vloog rondjes aan een touw. Door het touw volgens een bepaalde techniek te bewegen kon je het vliegtuig laten stijgen of dalen.

Deze keer was de hele school uitgelopen. Aanvankelijk kostte het Gideon enige moeite om de motor aan de praat te krijgen, maar na een halfuur trekken en rukken aan de propeller begon het vliegtuig hobbelend aan een half rondje over de grijze tegels van het speelplein. Daarna ging het vrijwel verticaal de lucht in.

Op het hoogste punt gekomen stond het gedurende een volle seconde doodstil in de lucht – de motor sputterde een paar keer en het was net of de propeller naar adem hapte. Van beneden af gezien had het vliegtuig op dat moment ook wel iets van een roofvogel die ergens in de diepte op de grond iets van zijn gading heeft ontdekt. De meesten van ons hadden tijdens het opstijgen al een paar passen achteruit gedaan om Gideon en zijn touw niet voor de voeten te lopen, maar nu zocht iedereen in grote haast een veilig heenkomen onder de bomen. Iemand schreeuwde iets. Een ander viel op de grond.

Toen kwam het vliegtuig in een duikvlucht naar beneden. Het maakte meer lawaai dan bij het opstijgen, maar de klap waarmee het de grijze tegels raakte viel ons eigenlijk allemaal mee. Alleen hadden we tot dusverre nooit geweten dat plastic in zoveel kleine stukjes uiteen kon spatten – maar vanaf die dag wisten we dat dus wel.

Naderhand wikkelde Gideon de benzinemotor en de propeller, die als door een wonder de crash onbeschadigd hadden overleefd, in een witte zakdoek en zei dat het vliegtuig gemakkelijk vervangen kon worden maar de motor niet.

Een paar weken later nam hij mij na schooltijd apart.

'Wanneer ben jij jarig?' vroeg hij.

Ik noemde een datum ergens over een paar maanden, en toen

gaf Gideon mij iets wat in cadeaupapier was ingepakt. 'Dan is dit vast voor je verjaardag,' zei hij.

Ik trok het papier eraf en woog het pistool in mijn hand. Daarna haalde Gideon ook het zijne uit zijn jaszak. De twee pistolen waren precies hetzelfde: geen klapperpistolen van het model zoals die wel door cowboys werden gedragen, en daarom eigenlijk al bij voorbaat ongeloofwaardig, maar *echte* pistolen, zoals die bijvoorbeeld door gangsters of polietsies werden gebruikt.

Het was het soort pistool dat je over de in die tijd nog niet met kogelvrij glas en videocamera's beveiligde counter van het plaatselijke bankfiliaal heen op de bankbediende kon richten. Je handlanger sprong ondertussen met een lege zak over diezelfde counter om deze met geld te vullen.

We besloten om nog diezelfde middag te beginnen.

Het eerste doelwit was groentehandel Kamman in de Beethovenstraat. Bij groentehandel Kamman zijn de groenten het duurst van het hele westelijk halfrond, maar dat wisten wij toen nog niet. Vanaf het trottoir schoten wij onze magazijnen leeg op het bedienend personeel en de aanwezige klanten. De pistolen waren geladen met tientallen kleine plastic balletjes, die zilverachtig van kleur waren. De balletjes sprongen over de vloer van de winkel, waar ze alle kanten op stuiterden. Of ze belandden tussen de sperzieboontjes uit de Provence, die die dag net in de aanbieding waren.

Op straat schoten wij tientallen voorbijgangers in de rug, of van dichtbij in de nek. Er waren er enkelen die de achtervolging inzetten, maar wij waren acht, en twee keer zo snel. Het maakte ons allemaal weinig uit: in de Beethovenstraat waren de mensen allemaal behoorlijk stom – maar hoe stom en in welke verschrikkelijke en onvoorstelbare proporties, daar konden wij ook toen nog nauwelijks weet van hebben.

In de Beethovenstraat had je in die tijd een speelgoedwinkel waar alles heel erg duidelijk in de etalage lag. Zo zag je bijvoorbeeld niet alleen maar een mondharmonica, een auto of een trommel met daarnaast een kaartje of sticker met hoeveel of dat het kostte – nee, in de etalage van de speelgoedwinkel werd niets aan het toeval overgelaten. Naast de mondharmonica lag een oranje kartonnetje met daarop in hoofdletters de tekst: MOND-HARMONICA – fl. 2,95. Naast de auto lag eenzelfde kaartje: AUTO – fl. 1,60.

Ook naast de trommel lag een kaartje. Ik had weleens minutenlang voor de etalage gestaan, en dan zocht ik soms naar iets waarvan ik niet zou weten wat het was. Waar ik eigenlijk diep in mijn hart op hoopte was op een nieuw woord, of een nieuw ding – welke van de twee zich ook maar als eerste zou aandienen – maar ik vond het nooit. In de etalage van de speelgoedwinkel had de hele wereld al een naam. Ook de trommel heette er TROMMEL – en wat hij precies kostte ben ik gelukkig vergeten.

Naast de speelgoedwinkel lag de juwelier, en het was daar waar Gideon naar binnen wilde. 'Juwelen, Herman!' zei hij. 'Juwelen! Kom op nou!'

En zo gebeurde het dat wij de juwelierszaak binnendrongen en dat ik mijn pistool op de juwelier richtte, terwijl Gideon de vitrines met diamanten, edelstenen en halskettingen leeghaalde.

Daarna gingen wij naar de speelgoedwinkel. Ditmaal was het Gideon die het pistool op de verkoper richtte, terwijl ik op mijn beurt luid en duidelijk om de trommel vroeg. 'De trommel!' zei ik nog eens, zodat er geen misverstand mogelijk was.

De verkoper keek mij aan. 'Ik weet wel wie jij bent,' zei hij. 'En ik weet ook wie jouw vader en moeder zijn.'

En het was toen dat ik het pistool op het voorhoofd van de verkoper zette en de trekker overhaalde. 'PISTOOL,' zei ik. 'Fl. 6,95.'

Het zilverkleurige balletje stuiterde terug van het voorhoofd van de speelgoedverkoper en danste weg achter de toonbank.

Het was pas veel later, nadat wij ook de slagerij, de banketbakker, de Eichholz en de AKO hadden overvallen, dat ik plotseling twee sterke handen op mijn schouders voelde. Gideon bleek al op de achterbank van de politiekever te zitten. We reden eerst langs zijn huis, omdat hij het dichtstbij woonde, in het duurdere gedeelte van de Gerrit van der Veenstraat.

Nadat de agent hem thuis had afgeleverd en weer op de voorbank naast zijn collega had plaatsgenomen, zei hij: 'Nou! Zijn vader wist niet eens dat hij zo'n pistool had...' En daarna draaide hij zich om naar mij. 'En jouw ouders? Ik hoop het wel voor je.'

Mijn moeder deed de deur open. Toen zij de twee agenten zag, slaakte zij eerst een geluidloze gil om mij daarna in haar armen te sluiten. Ik probeerde haar ondertussen met blikken duidelijk te maken dat er niets aan de hand was, dat wij hooguit een paar winkels hadden overvallen en wat voorbijgangers hadden doodgeschoten.

En het was ook op datzelfde moment dat de agenten aan mijn moeder vroegen of zij wist dat ik in het bezit van het pistool was.

'Ja,' zei mijn moeder. 'Dat heb ik vorige week voor hem gekocht.'

Waarna de agenten huns weegs gingen.

Een paar maanden later werd het pistool uit de handel genomen omdat het te veel op de werkelijkheid leek. Volgens onbevestigde berichten zouden er al diverse overvallen mee zijn gepleegd.

En een paar weken geleden vroeg de politie in mijn woonplaats plotseling mijn aandacht voor het volgende: een gewapende overvaller was een benzinestation aan de ringweg binnengedrongen en was er, na het personeel te hebben bedreigd met een vuurwapen, vandoor gegaan met een niet nader gespecificeerd geldbedrag.

Daarna verscheen er een compositietekening in beeld. En zoals dat wel vaker gaat met compositietekeningen heb je zelden het gevoel dat je de geportretteerde de volgende dag op straat zult herkennen. Het omgekeerde is echter wel degelijk mogelijk. Ook al zijn er jaren overheen gegaan, of zou je zelf wat meer aandacht aan de ogen of aan de kin hebben besteed, je weet onmiddellijk om wie het gaat: om wie of wat de tekenaar heeft bedoeld.

Gideon Goudzwaard was hooguit een jaar of dertig ouder geworden. Op de compositietekening zag hij er nog steeds niet uit of hij zich door kleine tegenslagen zou laten ontmoedigen.

En terwijl ik naar de telefoonnummers op het televisiescherm keek – de telefoonnummers die ik kon bellen als ik meer wist over de mogelijke dader – dacht ik aan de trommel die ik nog altijd ergens onder of helemaal achter in een kast heb liggen. De trommel die inmiddels het daglicht al dertig jaar lang niet meer kan velen, zoals dat heet, maar die zoveel meer waarde voor mij heeft omdat ik er destijds nooit een cent voor heb hoeven betalen.

WIND UIT HET NOORDEN

Soms komt ze nog weleens terug in een droom.

In die droom kan ik altijd nog iets voor haar doen. Meestal ren ik over straat. *De* straat. Buiten adem. Maar ik kom wel op tijd. Ik zet mijn schouder tegen de voordeur. Het slot breekt open met een knal.

'Ik ben het!' schreeuw ik.

Het huis is stil. De grote vingerplant staat nog gewoon in zijn pot naast de trap. Geen scherven aardewerk, geen losse aarde en losgetrokken wortels op het parket.

Geen bloed.

Dan hoor ik haar stem. 'Snel! Snel! Hij is hier! De badkamer!'

Ze zeggen dat blinden zo dromen. Blinden dromen dat ze kunnen zien. Dan worden ze wakker en dringt de werkelijkheid langzaam tot ze door. Een nieuwe dag. Maar het blijft donker.

Zo zijn ook mijn dromen over haar. Ik word wakker. Mijn hart bonst.

Ik was op tijd! Dit keer was ik op tijd…

Dan zie ik het eerste zwakke schijnsel van de nieuwe dag achter de gordijnen. Ik kreun. Ik kreun en sluit mijn ogen.

Ik zoek het donker.

Lange tijd was het bureau Buitenveldert een rustige uithoek. Weggelopen huisdieren, vuurwerk in brievenbussen, een kind dat was verdwaald in het Beatrixpark – dat was het wel zo'n beetje. Met die verdwaalde kinderen moest je nog het voorzichtigst zijn. Het Beatrixpark had een nare bijklank in de buurt. *Zij is het laatst gezien toen ze de zuidingang van het Beatrixpark in liep.* Een zinnetje in de krant. Zo'n zinnetje kon ik honderd keer overlezen. Honderd keer. Ik hoopte dat het zo zijn betekenis zou verliezen. Maar dat deed het nooit. Er zijn zinnetjes die je altijd bijblijven. Tot aan je eigen dood, vermoed ik, en misschien ook nog wel daarna.

En dan waren er natuurlijk de zelfmoorden. Zuid en Buitenveldert hebben nog altijd het record. Met kop en schouders winnen we het van de andere stadsdelen. Dat is iets wat ze liever uit de kranten houden. Je leest over de hoogste huizenprijzen, de hoogste scores in Cito-toetsen, over de meeste hondenkapsalons per vierkante meter, over de beste onbespoten restaurants en sushibars. Maar over de zelfmoorden lees je zelden.

Ze hebben een voorkeur voor pillen, en voor ramen op de derde verdieping. Zelf heb ik geen voorkeur. Een vergeten actrice in een nachtpon op de stoeptegels is voor de meeste mensen misschien een minder prettig gezicht, maar niet voor mij. Er is altijd minder bloed dan je denkt. Een dun straaltje bij het achterhoofd. Je buigt je over de dode. Je ruikt de drank. En iets anders. Iets wat moeilijk te beschrijven is. De lucht van de vergetelheid. Van de vergane roem. Misschien ruikt het nog het meest naar oude bloemen. Bloemen die te lang in een vaas hebben gestaan.

Bij slaappillen moet je altijd eerst kijken of iemand echt wel dood is. Je legt een hand in een hals. Je voelt een pols. Je kijkt op je horloge. 'Of mijn horloge staat stil, of deze vrouw is dood,' zeg ik tegen de collega die met me mee is gegaan. Als het een nieuwe collega is. De meesten kennen hem al. Hij is niet van mij. Hij is van Groucho Marx.

Daarna ga je op zoek naar afscheidsbriefjes. Elke zelfgekozen dood zonder afscheidsbriefje is verdacht. Je roept de familie bijeen. Je kijkt een voor een naar de gezichten. Wie heeft hier belang bij? vraag je je af. Wie krijgt de erfenis? Vandaag de dag met euthanasie is het nog lastiger. Er zijn genoeg huisartsen te vinden die bereid zijn de familie een handje te helpen. 'Oma had geen leven meer,' zeggen de kleinkinderen. 'Geen menswaardig bestaan.' Maar vanuit je ooghoek zie je dat ze de zilveren kandelaars al apart hebben gezet. Dat zijn dingen waar je op moet letten. In Zuid en Buitenveldert meer dan in de andere stadsdelen.

Een jaar of tien geleden is de verandering ingezet. Eerst kwamen de Russen. Daarna kwamen de Karpatenkoppen. Koele huurmoordenaars, gepokt en gemazeld in de Balkanoorlogen. Killers uit Bosnië, Kroatië, Servië. Moeilijk om uit elkaar te houden. Je hebt ook helemaal geen zin om ze uit elkaar te houden. Geen geduld. Jongens die waren getraind om de sluipschutters in de flatgebouwen rond Sarajevo van elf hoog over het balkon te flikkeren. Zulke jongens hebben er geen moeite mee om op klaarlichte dag het vuur te openen in een winkelcentrum. Vrouwen en kinderen. Kinderwagens. Voor de Blokker of het Kruidvat ligt het lijk. In een vreemde knik. De knik van de dood. *Een bekende van de politie*, lees je later in de krant. *Een afrekening in het criminele circuit.* Wij ruimen de rotzooi op. De hersens, de stukjes schedel, de meer dan dertig patroonhulzen. Sporenonderzoek, noemen we dat. We doen net of we iets zoeken. Maar in feite zoeken we niets. We weten genoeg. Weer een, denken we. Weer eentje minder.

Ja, vroeger was dit een rustige buurt. Een saaie buurt zelfs. Nu hebben de mensen een kogelvrije deur in de badkamer, zodat ze nog ergens heen kunnen vluchten bij een gewapende inbraak.

De glasscherven boven op de tuinmuren zijn vervangen door rollen prikkeldraad. Camera's houden de tuin en de straat in de gaten. Grote kwijlende honden springen tegen het toegangshek en steken hun natte tongen tussen de spijlen door. Honden van tot voor kort in Nederland onbekende rassen. Vechthonden uit Patagonië. Honden die op de Boliviaanse hoogvlakten de schapen bij elkaar drijven. Honden met kaken die getraind zijn om een wolf doormidden te scheuren. Een paar jaar geleden maakten mensen zich nog druk over pitbulls. Nu lachen we om pitbulls. Schoothondjes waren dat vergeleken bij de Zuid-Amerikaanse moordenaars. Watjes. Mietjes.

Vandaag loop je door de straten ten zuiden van de De Boelelaan en waan je je in een bewaakte compound. Een toeristencomplex in een derdewereldland. Zo'n complex met zwembaden en longdrinks waar je beter niet naar buiten kunt gaan omdat je anders wordt gekeeld en verkracht door de lokale bevolking. Er zijn nog net geen wachttorens met machinegeweren, maar die kant gaat het wel op. Twee, drie jaar, schat ik. Vijf hooguit.

Het telefoontje kwam hier gewoon binnen in de centrale meldkamer. We hadden een griepgolf. We waren onderbemand. Ik had die nacht dienst in de meldkamer.

De tapes zijn bewaard. Ik zou ze kunnen afluisteren. Maar dat is niet nodig. Ik ken ze uit mijn hoofd.

'Bureau Buitenveldert.'

'Hij is… hij is…' Een vrouwenstem. Een fluisterende vrouwenstem.

'Hallo… Met wie spreek ik? Wat kan ik voor u doen?'

'Wacht…'

Een geluid. Een gordijn? Een douchegordijn misschien?

'Kunt u zich bekendmaken. Met wie spreek ik?'

'Hij is nu in de tuin. Ik zie hem! O, u moet komen! U moet nu komen!'

Ik knip met mijn vingers naar Jenny en zet mijn toestel op *meeluisteren.*

'Wordt er bij u ingebroken? Kunt u iets zien in de tuin?'

'Nee, nee…! O, alstublieft!'

Jenny is opgestaan van haar bureau. Ik kijk op de klok boven het prikbord. Vijf over twee. Geen normale tijd voor een inbreker. De meesten wachten tot vier, vijf uur 's ochtends. De uren waarop de slaap het diepst is.

'Waar bent u? Heeft u een adres? Bent u alleen?'

Ik stel te veel vragen in één keer, realiseer ik me. Regel nummer 1: Je moet ze eerst geruststellen. Inbrekers doen je meestal niks zolang je je niet verzet. Hoe rustiger het slachtoffer, hoe meer hij of zij zich later zal weten te herinneren. Een accent. Een bepaalde aftershave… We hebben er een keer eentje kunnen inrekenen omdat het slachtoffer het merk van de bivakmuts herkende. Het was eigenlijk geen bivakmuts, maar een dure Italiaanse merkmuts waar de dader gaten in had geknipt. Stone Island. Het winkelmeisje wist zich een klant te herinneren die voor de spiegel de muts helemaal over zijn hoofd had getrokken.

'Ben je hier?' Een mannenstem. Van verder af. Gedempt. Aan de andere kant van een deur? 'Doe open, godverdomme!'

Een klap. Nog een. Een dreun, als van een vuist op hout. Gekraak.

'Ga weg! Ga weg! O, alstublieft! Hij vermoordt me. Hij komt me vermoorden!'

Het is nu duidelijk te horen. De vrouw huilt.

'We komen eraan,' zeg ik. 'Een adres. U moet mij een adres geven –'

Het geluid van versplinterend hout. Een harde klap, een deur die wordt geopend en met kracht tegen een muur slaat. En daarna alleen nog de ingesprektoon.

'Hallo?' zeg ik. 'Hallo?' Ik weet niet waarom dit is, dit 'hallo?' roepen in een telefoon waaruit alleen nog een ingesprektoon klinkt. Iets uit een film misschien. Iets wat we in een film hebben gezien. Ook in films wordt er vaak in telefoons geroepen naar mensen aan de andere kant van de lijn die de verbinding al eeuwen geleden hebben verbroken.

'Jezus…' Jenny heeft een hand op mijn schouder gelegd. 'Het nummer. Wat is het nummer?'

Alle binnenkomende telefoontjes worden geregistreerd en opgenomen. En net als zo'n beetje iedereen hebben ook wij nummermelding. Het nummer verschijnt niet alleen op het display van het toestel, maar wordt ook opgeslagen op de harde schijf van de computer. Opgeslagen en nagetrokken. Eén druk op de knop en je krijgt het bijbehorende adres. Nog een druk op de knop en er verschijnt een plattegrond met de exacte locatie. Zonder dat je verder een vinger hoeft uit te steken, worden deze gegevens doorgegeven aan de TomToms van de dichtstbijzijnde patrouillewagens.

In een ouderwetse reflex kijk ik altijd nog het eerst naar het display van het telefoontoestel.

Onbekend.

'Shit.' *Onbekend* duidt op een geheim nummer. Normaal gesproken is dit nog geen ramp. De computer draait zijn hand niet om voor geheime nummers. Zolang hij aanstaat… Of ik moet eigenlijk zeggen: zolang hij maar online is.

Op dit moment staat hij op de screensaver: een tekenfilmeend die door een brandende hoepel springt. Jenny is eerder bij de muis dan ik.

Daar verschijnt het groene laken al op het scherm. Het groene laken dat als achtergrond dient voor de patiencekaarten. *Mijn* patiencekaarten. Mijn spel ook. Mijn twintigste spelletje van die avond. Ik had er nog geen een helemaal uit kunnen spelen. Met deze laatste was ik er dichtbij.

'O, Hugo…' Jenny knijpt in mijn schouder. Ik hoor haar giechelen. Ze weet nog niet wat er aan de hand is. Ze denkt dat ze me heeft betrapt. Meer niet.

'Ja, ja…' Ik probeer een lach, maar het klinkt niet echt. Hij kan ook niet echt klinken. Ik moet nu snel beslissen of ik me van de domme houd wanneer de computer straks niet met het aan het geheime nummer toebehorende adres op de proppen komt, of dat ik haar mijn onvergeeflijke fout gelijk opbiecht.

Jenny Brouwer is wat je een atypische politievrouw zou kunnen noemen. Begin dertig. Moeder van twee jonge kinderen. Vier en zes. Een lul van een man waar ze een jaar geleden van is gescheiden. Ik heb die man een keer ontmoet op een borrel voor de partners van alle agenten van dit bureau en ik geef haar volkomen gelijk.

Mijn ex-vrouw was er destijds ook. Ze was toen nog niet mijn ex-vrouw. Een maand na de borrel zou ze me vertellen dat ze een poosje met de kinderen bij haar moeder in Alkmaar ging wonen. Om af te koelen, zoals ze zelf zei. Nog een maand later had ze daar al een school voor ze gevonden. Ik wilde niet dat mijn kinderen in Alkmaar zouden opgroeien. Maar het was inmiddels zo geregeld dat ik ze alleen nog om het andere weekend mocht zien. De eerste tijd althans – vóór het straatverbod.

'Ik heb…' begin ik. *Ik heb de computer offline gezet, omdat anders Dirk of ieder ander kan zien dat ik zit te patiencen.* Dirk is onze portier. Hij verveelt zich wanneer hij te lang naar de bewakingscamera's kijkt die de straat, de hoofdingang en de cellen in de gaten houden. Om de tijd te doden breekt hij in op onze computers. Er zijn geen bewijzen. Soms zie ik mijn scherm minimaal verspringen. Een fractie. Een honderdste van een millimeter.

Wij weten allemaal dat je moeder een hoer is, Dirk typte ik een keer nadat ik mijn scherm zo had zien verspringen. En toen ik aan het eind van de dag naar huis ging, gaf hij mij vanachter het kogelvrije glas van zijn portiershokje een vette knipoog.

'Hij staat offline, Jenny,' zeg ik, en ik slaak een diepe zucht. 'Ik heb hem even offline gezet en ik ben vergeten om opnieuw in te loggen.'

De andere droom die ik soms heb, begint met een groen laken. Een groen laken met patiencekaarten. Zij schreeuwt nog om hulp, maar het is toch al te laat. Ze is al dood. Dus kan ik rustig mijn spelletje afmaken. Droom ik.

Een psychiater heeft me ooit verteld dat schuldgevoel in dromen van heel dikke planken wordt gezaagd.

Jenny zegt niets. Ze klikt het patiencespel weg en slaat een paar toetsen aan. Niets. Het laatst geregistreerde telefoontje is naar Pizzeria Pescara. Vijf uur geleden. Als om ons in ons gezicht uit te lachen, verschijnt er een plattegrond in beeld waarop met een Italiaans vlaggetje de locatie van de pizzeria staat aangegeven.

'En nu?' zegt Jenny. Ze heeft haar hand van mijn schouder afgehaald. Ze staat met beide handen in de zakken van haar spijkerbroek op een meter van mijn bureau.

'Nu niets,' zeg ik. 'Wachten of ze misschien nog een keer belt.'

Als je in onze branche alles volgens de regels speelt, loop je het grootste deel van de tijd achter de feiten aan. Buiten op straat is het oorlog. Een oorlog die met alle middelen gestreden wordt. Soms vallen er onschuldige slachtoffers. Omstanders. Burgerdoden – net als in een echte oorlog.

Wat we weleens doen is dat we een drugscafé binnenvallen en iedereen die we daar aantreffen meenemen voor verhoor op het bureau. Iedereen behalve één. Die ene is de grootste dealer van allemaal. De baas. Een grote jongen. Dat weten we al van tevoren. Het doel van de operatie is helemaal niet om al die kleine dealertjes en gebruikers in te rekenen. Het doel is om twijfel te zaaien. Na een paar uur wachten en pesten op het bureau, sturen we iedereen weer naar huis. In groepjes van twee of drie. *Waarom is X. niet meegenomen?* vragen ze zich af. X. is de baas. De grote dealer. *Zou X. een informant van de politie zijn?*

Als we geluk hebben, wordt X. een paar dagen later met een kogel door zijn hoofd aangetroffen op een parkeerterrein van een hotel aan de ring. Een schot van dichtbij, hij heeft het niet zien aankomen. Hij heeft zelfs nog behulpzaam zijn portierraampje opengedraaid. We beginnen aan het sporenonderzoek. We hangen de rood met witte linten op. We knipogen naar elkaar. Operatie geslaagd.

~~Als er vijf criminelen in vergadering~~ bijeenzitten, zijn er drie informant van de politie. Ik heb het hier over de grote jongens. Ze proberen zich in te dekken voor als het later misloopt. We vergelijken de informatie. Zo weten we wie er zit te liegen. We weten in welk restaurant ze de volgende week gaan eten. Dan reserveren wij daar ook een tafeltje. Naast dat van hen. En we zorgen dat we er een halfuurtje eerder zijn dan zij.

'Proost jongens!' We heffen onze glazen. Je ziet ze kijken. Naar ons. Maar vooral naar elkaar. *Hoe wisten ze dit nou weer?* Van A. misschien? Of toch van B.? Twee weken later wordt C. voor zijn café onder vuur genomen met een uzi. Bij een uzi heb je weinig kans. Je doet nog een paar stappen, maar je bent al dood voordat je met je gezicht voorover tegen de stoep slaat. Zulke etentjes betalen zichzelf altijd terug.

In die bewuste nacht luisterden Jenny Brouwer en ik het telefoontje nog een paar keer terug.

'Hier heeft ze het over de tuin,' zei ik. 'Ze ziet hem in de tuin.

En nog geen twee minuten later staat hij voor de deur van de badkamer. Wat vertelt ons dat?'

'Een huis met een tuin,' zei Jenny. 'Een huis met een begane grond. Met de badkamer op de begane grond.'

'Heel goed.'

Het was waar. Jenny was goed. Ik sprak niet minder dan de waarheid toen ik tegen haar zei dat ze goed was. Maar deze nacht dienden mijn complimenten ook nog een ander doel.

'Hoeveel huizen met een tuin hebben we hier?'

'Hier? Je bedoelt in dit district? Vijfduizend?'

'En hoeveel huizen met een badkamer op de begane grond?'

'O, zo bedoel je... Ik weet niet – '

'We hebben het hier over een huis met een tuin,' onderbrak ik haar. 'Dat kan alles zijn. Twee onder een kap. Een vrijstaande villa. Een bungalow. Maar hoeveel van die huizen hebben de badkamer op de begane grond? Een badkamer is toch vaker op de eerste verdieping?'

Jenny had maar drie seconden nodig. Ik wist zeker dat ze dacht dat ze er helemaal zelf op was gekomen. Dat was goed.

'Of er is helemaal geen eerste of tweede verdieping,' zei ze. 'Een huis met alleen een begane grond. Bij een huis met alleen een begane grond is de badkamer ook op de begane grond.'

'Juist,' zei ik. 'Het kan natuurlijk altijd nog, een villa of een bungalow met meer verdiepingen en de badkamer beneden, maar ik heb het in elk geval nog nooit gezien. Dan hebben ze beneden op de begane grond hooguit een extra douche. Of een sauna.'

'Tenzij...' Ik zag het voor mijn ogen gebeuren. In Jenny's gezicht. De blosjes van opwinding. De opwinding van de ontdekking. 'Moet je horen. Je moet het zo bekijken, Hugo. Een vrouw belt de politie. In paniek. Er is iemand in de tuin. Een inbreker. Of nee, geen inbreker. Een man. Een bekende. Haar eigen man...'

Ik knikte goedkeurend. 'Ga door.'

'Je roept. Je roept om hulp. Je schreeuwt. Je gilt. Je holt de straat op. Wat dan ook. Je sluit je in elk geval niet op in de badkamer zolang die man nog in de tuin is.'

'Tenzij…'

'Precies! Tenzij… Tenzij het een vrijstaand huis is. Een huis met alleen een begane grond. Een afgelegen huis. Er zijn helemaal geen buren die haar zouden kunnen horen. Gillen heeft geen zin. En ze moet door de tuin om de straat te kunnen bereiken. Maar in de tuin is híj. Die vluchtweg is afgesneden. Ze gaat naar de badkamer en doet de deur op slot.'

Ik zei nu helemaal niets meer. Ik haalde mijn hand over mijn ongeschoren gezicht. Ik keek haar afwachtend aan.

'Hoeveel vrijstaande huizen met een tuin zijn er in ons district? Een vrijstaand huis met alleen een begane grond? Een bungalow waarschijnlijk. Een villa heeft algauw meer verdiepingen. Dertig? Veertig?'

'Nou, misschien nog wel meer. Dat zou me niet verbazen. In Buitenveldert. Of dat stuk Zuid bij het Vossius. Dat kanaal. De Bernard Zweerskade. Daar heb je een paar van dat soort huizen. Maar er is nog iets anders…'

Nu was het Jenny's beurt om mij alleen maar vragend aan te kijken. De blosjes op haar wangen zaten er nog steeds.

'Wat doe je in een noodgeval? Een geval van leven of dood? Je belt de politie. Het alarmnummer. 112. Toch?'

'Ja.'

'Maar dit telefoontje was niet naar 112. Het kwam hier rechtstreeks binnen. Die vrouw belde *ons*. Het bureau Buitenveldert. Wat betekent dat? Dat betekent dat ze dat nummer al ergens had. Je hebt geen tijd om het nummer van een specifiek politiebureau in het telefoonboek op te gaan zoeken wanneer je in levensgevaar verkeert. Ze had ons nummer bij de hand. Opgeslagen in een telefoon. Een mobiele telefoon hoogstwaarschijnlijk. Een telefoon die je altijd bij je hebt.'

'Je bedoelt dat ze ons al eerder nodig had.'

'Eerder ja. Waarbij we dat *eerder* denk ik heel ruim moeten nemen. Weken, maar misschien ook maanden terug. Dat is waar we naar moeten zoeken. Een telefoontje naar ons bureau van een vrouw die zich bedreigd voelde. Of een vrouw die aangifte wilde doen van huiselijk geweld. Een telefoontje gedaan met een geheim, niet-traceerbaar nummer.'

'En een vrijstaande bungalow van één verdieping met een tuin.'

'Ja. En met die bungalow beperken we ons tot hier. Tot Buitenveldert. En Zuid tot aan de Apollolaan. Iemand die bij het Vondelpark woont, belt eerder naar een ander bureau. Naar een bureau in het centrum. Het hoofdbureau bijvoorbeeld.'

Ik heb het al over de regels gehad. Over het achter de feiten aan hollen. De eerste schending van de regels was mijn patiencespel. Of beter gezegd: het offline zetten van mijn computer. De tweede schending werd gepleegd door Jenny. Door op haar beurt mijn schending nooit te melden. Toen niet. En ook later niet.

Ik denk dat dat de reden is dat mijn droom soms met het groene laken begint. Het groene laken en de patiencekaarten.

Zelfs als Jenny op haar beslissing terug had willen komen, dan is het daarvoor hoe dan ook te laat. We gingen die nacht samen op pad. Maar alleen ik zou het eerste ochtendlicht zien doorbreken in de lucht boven Buitenveldert. Alleen ik zou het gefluit van de eerste vogeltjes horen.

Jenny zag of hoorde toen al niets meer.

We begonnen op Google Earth. Ik begon althans op Google Earth. Jenny voerde de sleutelwoorden 'huiselijk geweld', 'mishandeling' en 'inbraak met geweld' op de computer in en verbond deze met alle binnenkomende meldingen van de afgelopen maand. Op Google Earth heb je een zoekfunctie waarbij je het aantal verdiepingen van de bebouwing in kunt voeren. Daarnaast kreeg je in de meldkamer automatisch de links naar *misdaadkaart.nl*, en de navigatiesystemen van TomTom en Heckler-Brown op je computerscherm.

Misdaadkaart.nl loopt altijd een beetje achter, maar je ziet wel meteen een patroon. Tasjesroof vanaf scooters is vooral Oost. Schietpartijen Zuidoost. En, zoals ik al zei, zelfmoorden Zuid en Buitenveldert. De TomTom is leuk als je een Italiaans restaurantje zoekt in de Jordaan, Heckler-Brown is een Duits-Canadese vinding en wordt onder andere gebruikt in Afghanistan en Irak. Het verbindt satellietbeelden met beelden gemaakt uit kruisraketten, weerballonnen, verkeersvliegtuigen en onbemande vliegtuigjes. In tegenstelling tot op Google beweegt het beeld. Met de muis kun je bij wijze van spreken een straat binnenvliegen. Het is dezelfde techniek die ook in zogenaamde smart bombs wordt toegepast. Iedereen kent nog wel de beelden van de bombardementen op bunkers en bruggen in Irak en Servië: we zien een bestelauto over de brug rijden, het volgende ogenblik vliegt de hele brug vlak achter de bestelauto de lucht in. Bij Google zie je nog net de in een straat geparkeerde auto's. Bij Heckler-Brown zie je de was aan de lijn wapperen.

In een straal van drie kilometer rond ons bureau voerde ik de gegevens in (alleen begane grond; vrijstaand; tuin) en drukte op *Enter*. Na zeven tellen verschenen er twaalf hits op mijn scherm. Drie in Zuid, negen in Buitenveldert. Ik zette het programma op driedimensionaal en begon in Zuid. Het was elke keer weer fascinerend om te zien. Je begon bij het tuinhek en ging vervolgens de tuin in. Je wandelde om het huis heen, met de muis liep je tot aan de voordeur. Daar hield het op. Hoe lang zal het nog duren?

vroeg ik me vaak af. Hoe lang nog voordat we ook naar binnen kunnen? Technisch gesproken moet het niet eens zo ingewikkeld zijn. Je hoeft alleen maar de bouwtekeningen van de architect in te voeren en die te koppelen aan de foto's die mensen zelf op een makelaarssite als Funda zetten wanneer ze hun huis te koop aanbieden.

Ik was net aan de derde bungalow in Buitenveldert begonnen, een wit geval met twee garages en een beeldentuin, toen Jenny tussen haar tanden floot.

'Hugo, kom eens kijken.'

Ik stond op en ging achter haar staan. Ik bedwong de aanvechting om nu op mijn beurt mijn hand op haar schouder te leggen. Dat zou net iets te veel van het goede zijn. Er waren verder geen woorden meer vuilgemaakt aan mijn patiencekaarten. Het was beter als dat zo bleef.

'Hier,' zei ze. 'Drie weken geleden.'

Ik keek op haar scherm. Een melding van mishandeling. Om 01.15 uur in de ochtend. Een vrouw. Ze had geen naam opgegeven. Het toestel waarmee de melding was doorgegeven had een geheim nummer.

'Bingo,' zei Jenny.

'Wacht even, wacht even. Niet te snel. Heb je een adres?'

Jenny scrolde de tekst verder naar beneden.

'Hier,' zei ze. 'Erenborg 8.'

Ik voelde een koude rilling door mijn ruggengraat omhooggaan. De rilling kwam tot stilstand in mijn nekharen. Het was bijna of ik ze kon horen knetteren.

Met een paar passen was ik terug bij mijn eigen computer. Er waren vier bungalows vlak bij elkaar. Allemaal in straten met namen als Hartelstein, Arenborg en Ouborg. Ik was net bij de vierde bungalow aangeland. Daar was hij: Erenborg. Met twee muisklikken had ik het huisnummer.

Acht.

'Bingo!' zei ik. 'Je had gelijk.'

Jenny zat ondertussen driftig te typen.

'Heb je je speaker aanstaan?' vroeg ze.

Ik draaide aan het knopje van mijn speaker die ik laag had gedraaid omdat je bij elk gewonnen patiencespel applaus hoorde.

'Daar komt-ie,' zei Jenny.

'Bureau Buitenveldert.' Ik herkende de stem: Mats Thomassen van Moordzaken. Een stevige drinker, maar verder een echte *crack*.

'U moet komen…! U moet nu komen!'

Over de monitors van onze computers keken Jenny en ik elkaar aan. Er was geen vergissing mogelijk.

'Wat kan ik voor u doen, mevrouw? Wat is er precies aan de hand?' (Thomassen)

'Mijn man… Hij maakt me bang! Hij…'

Een mannenstem op de achtergrond. Het was niet te horen of het dezelfde mannenstem was. Het was ook niet te verstaan wat hij zei.

'Waar belt u vandaan? Kunt u ons uw adres geven?' (Thomassen)

Gerommel en gefluister. Dan een stilte.

'Hallo…? Hallo…? Bent u daar nog?'

'Ik… ik… Neemt u mij niet kwalijk. Ik moet nu ophangen. Dank u wel. En nogmaals excuses voor dit misverstand.'

Een klik. De ingesprektoon.

'Hallo…? Hallo?' Ook Thomassen had naar films gekeken waarin mensen in een telefoon praten waarvan de lijn al dood is.

'En verder?' vroeg ik. 'Wat is er met dit telefoontje gedaan?'

'Thomassen heeft het adres nagetrokken en er een patrouillewagen op afgestuurd. Volgens hun rapport zijn ze aan de deur te woord gestaan door een man. Hij wilde ze niet binnenlaten.

Maar op aandringen van de twee agenten is wel zijn vrouw naar de deur gekomen. Ook zij verzekerde hun dat alles inmiddels in orde was.'

'En dat was het? Geen tweede bezoek? Geen nader onderzoek?'

'Voor zover ik hier kan zien niet nee.' Jenny was weer begonnen te typen. 'Wacht even… Kom eens kijken…'

'Dat is toch raar,' zei ik. 'Dat hoort toch niet. Je kan toch aan je water voelen dat er geen hol van klopt?'

'Kom eerst kijken, Hugo. Hier…'

In twee tellen stond ik weer naast haar. Ze had hetzelfde Google-kaartje op haar scherm als waarop ik eerder het huizen- en stratenplan van Buitenveldert had opgezocht. Dat wil zeggen: voordat ik was overgeschakeld op Heckler-Brown voor de driedimensionale beelden van de afzonderlijke bungalows.

Bij een vijftal huizen op het kaartje stond een wit tekstballonnetje met een naam. Een voor- en een achternaam. Ik keek naar het tekstbalkje en ik zag dat Jenny *www.waarwonenzij.nl* had ingetypt. Ik kende de site. Hij was een klein jaar geleden opgezet als aanvulling op *vipspotting.nl*. Het idee was gekopieerd van Hollywood waar je op een site kan opzoeken waar de filmsterren en andere beroemdheden wonen.

Ook bij Erenborg 8 stond een wit tekstballonnetje. Maar de naam zei me helemaal niets. Ik kende voetballers, voetbaltrainers, tv-presentatoren en een paar filmacteurs, maar daar hield mijn kennis wel zo'n beetje op. Een paar huizen verder woonde de laatste aankoop van Ajax, zag ik, een middenvelder die zijn transfersom van twaalf miljoen nog altijd niet in doelpunten had terugbetaald.

'En wie mag dat wel zijn?' vroeg ik.

Jenny draaide zich om op haar stoel. Haar mond viel open, ze probeerde althans te acteren of haar mond letterlijk openviel.

'Jezus, Hugo! Waar ben jij al die tijd geweest?'

Ik haalde mijn schouders op.

'Kom, ik leg het je in de auto wel uit,' zei Jenny. 'Hopelijk zijn we nog op tijd.'

Ik pakte mijn zwarte leren jasje van de kapstok en zette mijn eveneens zwarte baseballpetje van de New York Yankees op. Ik keek op de klok. 02.54 uur. Er waren negenenveertig minuten verstreken sinds het telefoontje. We hadden snel gewerkt. We konden tevreden zijn.

Ik dacht dat er een grote kans bestond dat de patiencekaarten vergeten zouden worden.

Wat betreft dat laatste kreeg ik inderdaad gelijk. Al kon ik op dat moment nog niet vermoeden op welke manier.

Op de parkeerplaats wilde Jenny naar een van de witte politie-golfjes lopen, maar ik pakte haar zachtjes bij haar elleboog.

'We gaan met mijn auto,' zei ik.

Sinds een halfjaar reed ik in een Porsche 911. Tweedehands, dat wel, maar nog altijd ver boven mijn budget.

'Waarom?' vroeg Jenny.

'We willen niet met een witte politieauto die doodstille, chique buurt in rijden. Een Porsche valt daar veel minder op.'

Ik moet eerlijk zijn. Ik had de Porsche gekocht om indruk op mijn kinderen te maken. Of nee, geen indruk. Ik had een beeld voor ogen waarin ze juichend uit hun nieuwe huis zouden komen rennen omdat het weer een weekend was waarin ze mee mochten met papa in zijn Porsche. De nieuwe man van mijn ex runde een schoenenwinkel in het centrum van Alkmaar. De woning was een lelijke eengezinswoning in een straat met te veel drempels. De eerste keer dat ik er met de Porsche in reed, knalde er zo'n kutding hard tegen de bodem.

'Hoe oud ben je nu eigenlijk?' zei mijn ex-vrouw, terwijl ze

door het minuscule achterraampje een blik wierp op de achterbank. De schoenverkoper was wijselijk in de voordeur blijven
staan. 'Hier passen we niet eens in.'

'Eén kind voorin, een op de achterbank,' zei ik. 'Meer hoeven
er helemaal niet in te passen. En die lul daar mag er niet eens
naar kijken. Wil je dat zo dadelijk tegen hem zeggen?'

Twee weekenden ben ik ze in de Porsche af komen halen.
Daarna werd het straatverbod van kracht. Niet vanwege de Porsche overigens. Vanwege iets anders. Iets wat ik beter niet had
kunnen doen. Maar soms gaan de dingen zoals ze gaan.

Ik was in de buurt van Alkmaar vanwege een bij een pompsta-
tion achtergelaten vluchtauto. Een vluchtauto die was gebruikt
bij een overval op een juwelier in de Beethovenstraat. Ik was alleen, en ik was snel klaar. Ik keek op mijn horloge en zag dat over
een halfuur de school van mijn kinderen uit ging.

Natuurlijk viel het buiten de regeling waarin ik ze uitsluitend
om het andere weekend mocht zien. Maar *who cares*? Een vader
komt zijn kinderen afhalen in zijn nieuwe Porsche, neemt ze
mee voor een paar Big Tasties bij de McDonald's en brengt ze
daarna keurig naar huis. Naar hun *nieuwe* huis. Het huis in de lelijke straat met het drempeloverschot.

Vrijwel meteen toen ik de straat van de school in reed, zag ik
de schoenverkoper bij het hekje staan. Hij droeg een rood windjack en een bruine corduroy broek. Hij had zijn handen in de
zakken van het jack.

Meer dan eens als ik 's nachts wakker lag, vroeg ik me in alle
ernst af of mijn ex-vrouw misschien gek was geworden. Of dat
de schoenverkoper soms 'andere kwaliteiten' had. Kwaliteiten
waar ik liever niet te lang over wilde nadenken.

Alle wachtende ouders draaiden hun hoofd om toen ik de
Porsche aan de stoeprand parkeerde en uitstapte. Ik had mijn leren jasje aan en mijn Ray-Ban op mijn neus. Een groter contrast

met de lul in het windjack was niet denkbaar.

'Ha,' zei ik, terwijl ik op hem toeliep. Ik hield mijn handen in de zakken van mijn spijkerbroek. Ook de Ray-Ban zette ik niet af.

'Hugo…' Hij probeerde een glimlach, maar ik keek er dwars doorheen. Ik rook de angst. *Zijn* angst. Ik rook hem zoals een hond de angst van een in het nauw gedreven kat ruikt. Een vage pislucht was het. Pis vermengd met lauwe melk.

'Ik was in de buurt,' zei ik. 'Ik dacht: ik neem de kinderen mee voor een ritje. Een hamburgertje en een frietje. Over een uurtje breng ik ze naar huis.'

De lul keek om zich heen, maar de andere ouders hadden hun aandacht alweer verplaatst naar de schooldeur waar zo aanstonds hun kinderen door naar buiten zouden komen.

'Dat lijkt me geen goed idee, Hugo,' zei hij. 'Dit valt buiten de regeling.'

'Kom op, ik ga ze echt niet ontvoeren of zo. Ik wil gewoon even iets leuks doen met mijn kinderen. Daarna bezorg ik ze weer keurig terug.'

De lul richtte zijn bange blik nu op de schooldeur die juist op dat moment openklapte.

'Weet je wat?' zei ik. 'We vragen het ze straks zelf. Met wie ze mee willen. Als ze met jou mee willen, zal ik niets doen om ze te overtuigen. Ik ga ze niet tegen hun zin meeslepen. Dat beloof ik je.'

'Hugo, doe dit nou niet. Dit kan alleen maar nadelig voor je uitvallen. Voor de regeling.'

Ik zei niets. Binnen in mijn hoofd hoorde ik een geluid. Een geluid als van een brekende tak. Maar het waren mijn eigen kiezen, realiseerde ik me. Ik had mijn kaken zo hard op elkaar geklemd dat mijn kiezen dit geluid maakten. Ik dacht dat het op het hele schoolplein te horen moest zijn geweest.

Alle ooggetuigen hebben naderhand verklaard dat ik als eerste de lul bij zijn windjack heb vastgegrepen. Ik ga hun verklaringen niet tegenspreken. Ze hebben het goed gezien.

'Vieze, vuile, smerige klootzak!' zei ik. 'Het is al erg genoeg dat *mijn* kinderen bij jou thuis aan tafel zitten. Dat ze misschien wel op je schoot kruipen als je ze voor gaat lezen. Gadverdamme! Ik moet al kotsen als ik er alleen al aan denk!'

'Hugo, laat me los!' piepte hij. 'Daar! Je kinderen! Daar komen je kinderen!'

Ik liet me niet door hem afleiden. Onder de kraag van zijn windjack had ik vat gekregen op de col van een trui. Ik draaide hem een paar keer om en sneed zo zijn luchtpijp af.

'Is dat zo, viezerd?' schreeuwde ik. 'Lees je ze voor? Neem je ze op schoot? Breng je ze naar bed?'

Hij piepte iets onverstaanbaars ten antwoord. Ik liet mijn knie omhoogkomen en hij klapte dubbel. Ik had mijn dienstpistool onder mijn leren jasje in mijn broekriem geklemd. In één seconde had ik het in mijn hand en richtte ik het tegen zijn voorhoofd.

'Geef dan antwoord, vuile lafbek! Probeer je vadertje voor ze te spelen door zoete broodjes met ze te bakken? Ik zou je hier moeten doodschieten, smeerlap!'

De voor het hek verzamelde ouders stoven uiteen. 'Een pistool!' hoorde ik van diverse kanten roepen. 'Hij heeft een pistool!'

'Papa!' Ik keek op en zag mijn oudste dochter. In tegenstelling tot alle volwassenen was zij niet weggerend. Ze stond op een paar meter van ons af. Haar schooltas was op de grond gevallen. 'Papa!' zei ze nog een keer.

'Dag lieverd,' zei ik. 'Ik kom jullie afhalen. Ik wilde jullie meenemen naar McDonald's. Hebben jullie trek in een lekkere Big Tasty met frietjes?'

Ik keek naar beneden. Naar de lul die daar op zijn knieën zat. Er liepen tranen over zijn wangen, en in het kruis van zijn bruine corduroy broek was een donkerbruine vlek zichtbaar geworden.

Een paar dagen na het incident werd ik bij de hoofdcommissaris geroepen.

'Ik heb zojuist de advocaat van je ex-vrouw gesproken, Hugo,' zei hij. 'Ze nemen genoegen met een straatverbod. In ruil daarvoor zullen ze dan geen aanklacht indienen.'

'Een straatverbod? Maar –'

'Wacht even, ik ben nog niet klaar,' zei de hoofdcommissaris. 'We mogen in onze handen knijpen dat het hierbij blijft. Een agent die onder diensttijd een pistool trekt om persoonlijke zaken te vereffenen, daar zit het korps echt niet op te wachten. Oneervol ontslag was de meest logische optie geweest. Maar ik ben bereid om je nog één kans te geven. Al ga je de komende tijd niet meer de straat op. Het wordt voorlopig alleen bureauwerk.'

'Bureauwerk?' herhaalde ik.

'Bureauwerk, ja. Binnen blijven. Telefoontjes aannemen en de administratie doen. Ik vind je op dit moment te labiel om patrouilles te doen.'

'Wat is er?' vroeg Jenny.

We reden door het donkere Buitenveldert. Er was vrijwel geen verkeer op straat. Achter de lichtmasten van voetbalclub AFC was het eerste rode streepje dageraad te zien.

'Wat dan?' zei ik. 'Wat zou er moeten zijn?'

'Nee, ik dacht even dat je het tegen mij had.'

'Hoezo? Ik zei toch niks?'

'Jawel. Je zei: "vuile, vieze, gore klootzak", en je knarste heel hard met je tanden. Ik dacht even dat er een afbrak.'

Ik voelde met mijn tong langs mijn tanden en kiezen. Ik proefde geen bloed.

'Sorry,' zei ik. 'Ik dacht aan de nieuwe man van mijn ex.'

Gelukkig begon Jenny te lachen. In het begin had ik nog geprobeerd om het geheim te houden, het incident bij het schoolplein en het daaruit voortvloeiende straatverbod. Maar dit soort nieuwtjes verspreidt zich met de snelheid van het licht door het politieapparaat. Op bureau Buitenveldert was het iedereen vroeg of laat ter ore gekomen. Ik dacht dat mijn collega's mij zouden gaan mijden, maar het tegendeel gebeurde. Hier en daar kreeg ik een schouderklopje of een knipoog. Een al wat oudere buurtregisseur vertrouwde mij tijdens een kopje koffie in de kantine toe dat hij in mijn geval precies hetzelfde zou hebben gedaan.

Op de vrouwelijke collega's had mijn daad nog een bijkomende uitwerking. Ik weet niet hoe ik het anders moet noemen, maar mijn gebruik van geweld tegen de schoenverkoper *erotiseerde*. Het maakte me mannelijker. Het detail van de schoenverkoper die in zijn broek had gepist, sorteerde een ander effect op de vrouwen dan op de mannen. Ik zag het aan een blik, een glimlach, een neerslaan van de ogen. Ik had een *straatverbod* gekregen. Ik was gevaarlijk. Voor sommige vrouwelijke collega's was het aantrekkelijk om met een gevaarlijke man om te gaan.

Een van die vrouwelijke collega's was Jenny.

'Heb je je kinderen nog gesproken?' vroeg ze nu.

'Ik bel ze bijna dagelijks,' zei ik. 'Maar ik merk iets. Ik weet niet precies wat ze doen, mijn ex en die lul, maar allebei mijn kinderen klinken afstandelijker. Het is een gevoel, meer niet, maar ik heb de hele tijd het idee dat ze zo snel mogelijk op willen hangen.'

'En wanneer mag je ze weer zien?'

'Niet dit weekend, het weekend daarop. Weet je, Jenny, soms

heb ik het gevoel dat ik die lul beter had kunnen doodschieten. Dan had ik misschien vijf tot acht jaar gekregen, maar dan hadden mijn kinderen twee keer per week op het bezoekuur mogen komen. Dan had ik ze vaker gezien dan nu.'

Jenny moest weer lachen.

'Het volgende weekend, zei je. En wat doe je dít weekend?'

Ik keek haar even van opzij aan. Ze glimlachte en richtte haar blik daarna weer op de weg. Een paar maanden geleden waren we ermee begonnen, met het uitwisselen van series. Dvd-boxen van tv-series. Eerst *The Sopranos* en *Prison Break*, de laatste tijd vooral *Dexter*.

Het tweede seizoen van *Dexter* hadden we niet uitgewisseld. Dat hadden we in zijn geheel bij mij thuis gekeken. Samen op de bank, een paar biertjes, een fles witte wijn, pizza's. Het was veel leuker om gelijktijdig commentaar te kunnen leveren dan een dag later op het bureau. Soms konden we niet meer stoppen en gingen we door tot drie uur 's ochtends.

Jenny had een mountainbike met tweeëntwintig versnellingen. Daarop reed ze dan om vier uur 's ochtends naar huis. De laatste keer had het hard geregend en was ze niet naar huis gegaan.

'Ik heb gisteren het derde seizoen van *Dexter* van internet gehaald en op drie schijfjes gebrand,' zei ik.

'Mmm… En, is-ie goed?'

Dexter was goed. Ik had alleen de eerste twee afleveringen van het nieuwe seizoen bekeken, en het begon veelbelovend. Dexter was een forensisch deskundige bij de politie van Miami. Een bloedexpert. Maar in zijn vrije tijd vermoordde hij moordenaars en verkrachters die door toedoen van een slimme advocaat of door een gerechtelijke dwaling ten onrechte op vrije voeten waren gekomen. Het knappe van de serie was dat het onmogelijk was om niet met Dexter te sympathiseren.

'Ik ben nog niet begonnen. Ik dacht: ik wacht op jou. Dus als je dit weekend niets te doen hebt…'

Er stonden vooral auto's uit de duurdere prijsklasse geparkeerd in het korte *cul de sac*-straatje dat naar de naam Erenborg luisterde. Een paar Jeep Commanders, vier Range Rovers, een Jaguar XF en zelfs een Porsche Panamera. De Panamera was de eerste vierdeurs uitvoering van het mooiste automerk ter wereld. Als ik ooit een klapper zou maken in de staatsloterij zou ik de 911 meteen inruilen voor een Panamera, ook al had ik strikt gesproken geen vier deuren meer nodig.

Nummer 8 was een witte bungalow die op een meter of vijftig van de straat af lag. Geen bovenverdieping. Er was een laag hekje en een onverlicht tuinpad dat naar de voordeur leidde. Iets verder naar rechts was een oprit. Aan het einde van de oprit stond een laag en donker gebouwtje, waarschijnlijk de garage. Boven de voordeur brandde een buitenlicht.

Ik reed door tot het einde van het straatje, parkeerde de Porsche aan de stoeprand en zette de motor uit.

Ik wilde al uitstappen, toen Jenny haar hand op mijn onderarm legde. 'Misschien is het beter als ik alleen ga, Hugo.'

'Wat zeg je nou? *No way!*'

Ze slaakte een diepe zucht. 'Natuurlijk: iedereen weet dat we onderbemand zijn op het bureau. Maar als ze er straks achter komen dat ik je hierheen heb meegenomen, terwijl je eigenlijk binnen moet blijven, dan krijgen we allebei de grootste stront. Jij vliegt er waarschijnlijk helemaal uit. En ik… Nou ja, voor mij is het ook niet handig.'

'Ik laat je niet alleen naar die bungalow lopen, Jenny. Einde discussie. We verzinnen wel wat. Als er iets misgaat, zal ik zeggen dat ik je heb *gedwongen*. Maar er gaat niets mis. Als er niets misgaat, hoeft niemand het verder te weten.'

Om mijn woorden kracht bij te zetten, stapte ik uit en sloeg mijn portier dicht. Na een paar tellen stapte ook Jenny uit.

'Overmorgen,' zei ik. 'Overmorgen is het vrijdag en begint het weekend. We kunnen ook eerst ergens wat gaan eten en daarna pas met *Dexter* beginnen. Ik heb gehoord dat die Italiaan op de Hogeweg heel erg goed is.'

Ik woonde in de Watergraafsmeer. Ik wist al lang hoe goed de Italiaan daar was. Maar dit klonk beter.

Jenny zei niets. Zwijgend liepen we terug naar nummer 8. Ik klikte het tuinhekje open en stapte het tegelpaadje op. Behalve het buitenlicht brandde er verder geen licht achter de ramen aan de voorzijde van de bungalow.

'Wat doen we?' vroeg ik. 'Bellen we gewoon aan of gaan we eerst achterom om poolshoogte te nemen? Jij mag het zeggen. Jij bent hier de *commanding officer*. Ik hoor hier helemaal niet. Ik hoor achter mijn bureau te zitten.'

'Hugo...'

'Grapje. Lieve schat, wat doen we?'

'We bellen aan. Maar voorzichtig...'

Langzaam, en terwijl we zo min mogelijk geluid probeerden te maken op het tegelpaadje, liepen we naar de voordeur.

Er was alleen een bel. Geen naambordje. Jenny had me in de auto ingelicht. Volgens *waarwonenzij.nl* behoorde de bungalow toe aan Derek Brand. Brand was schrijver. Een *literaire* schrijver – deze toevoeging verklaarde waarom ik nog nooit van hem had gehoord. Maar ook literaire schrijvers haalden soms verkoopcijfers die maakten dat ze zich een vrijstaande bungalow konden permitteren, had Jenny me verteld.

Bij 'literaire' schrijvers moest ik vooral aan bruine cafés en hectoliters drank denken. Aan een vies en ongezond leven. Ik had een keer een undercoveronderzoek moeten doen op het Boekenbal, het jaarlijks terugkerende feest waarmee de zogenaamde Boekenweek werd ingeluid. Een feest was het in elk geval niet. Ik vond het er vies ruiken. En ik zag veel vieze mannen en vrouwen. Dronken mannen en vrouwen die waarschijnlijk oprecht meenden dat ze zich mooi hadden aangekleed, maar die er voornamelijk *gek* bijliepen. De een nog gekker dan de ander. Pauwenveren en paarse stola's. Mannen in krijtstreeppakken die twintig jaar jongere vrouwen aflebberden. Tegen middernacht had de vieze lucht zijn hoogtepunt bereikt en was ik onverrichter zake vertrokken.

Derek Brand had een paar bestsellers op zijn naam staan. De laatste, *Wind uit het noorden*, had Jenny gelezen.

'Echt goed,' zei ze. 'Als je begint, kun je niet meer stoppen. Een ijzersterk plot. En ontzettend herkenbaar ook.'

Ik had niet doorgevraagd. Ik was bang dat zij anders *Wind uit het noorden* voor mij zou meenemen dit weekend. En dat zij nog wekenlang zou blijven doorvragen of ik het al had gelezen.

Ik drukte op de bel. Binnen klonk een gedempt *ding dong*, een geluid dat je eerder bij een nachtclub dan bij een literaire schrijver verwachtte. Nog voor het geluid was weggestorven trok ik mijn pistool uit mijn broekriem en drukte de veiligheidspal los.

'Hugo!'

'Ssst! Laat mij maar even, Jenny. Ga naast de deur staan, zodat niemand je ziet…'

'Maar…' Jenny slaakte een zucht, maar deed toen toch wat ik zei.

Op hetzelfde moment werd de voordeur geopend door een man in een zwarte kimono.

'Ha, bent u daar eindelijk!' zei hij. Hij had grijs haar en een dunne grijze snor. Het Clark Gable-type, maar dan de wat softere, verwijfde Nederlandse uitvoering.

Ik deed een stap naar voren en zag de ravage in de hal. Scherven van wat eens een aarden pot moest zijn geweest lagen verspreid over het parket, evenals de resten van een plant. Ik kon even niet op de naam komen, maar toen had ik hem opeens. *Een vingerplant!*

'Wie is dat?' Een vrouwenstem. Een vrouwenstem die mij maar al te bekend in de oren klonk. Rechts, aan het eind van de hal, stond een deur open. Een witte houten deur waarvan een paar planken versplinterd waren. De deurklink lag op de grond.

De vrouw die nu vanachter de versplinterde deur de hal binnenstapte, droeg ook een kimono. Een witte. Daarom kwamen de bloedsporen des te duidelijker uit. Ze had ook bloed in haar gezicht en in haar blonde haar. Het gebied rond haar neus en bovenlip was een samengeklonterde massa van vers en oud bloed.

'Help!' riep ze toen ze mij zag. 'O, help me alstublieft!'

Zonder een seconde te aarzelen greep ik Clark Gable bij de kraag van zijn kimono. Tegelijkertijd schopte ik hem hard tegen zijn linkerknie. Nog in zijn val plantte ik mijn vuist midden in zijn gezicht. Toen hij eenmaal gestrekt op het parket lag, drukte ik de loop van het pistool hard tegen zijn mond. Ik stootte door, en tot mijn voldoening voelde ik een paar boventanden afbreken.

'Zo, Derek!' schreeuwde ik. 'Word je daar geil van om vrouwen af te tuigen? Nou, dit was de laatste keer!'

Ik haalde uit en trof hem met mijn vuist vol op zijn neus. Bloed spatte met kracht omhoog, als champagne uit een fles die eerst langdurig op en neer is geschud.

'Hugo!' Dat was Jenny. Vanuit mijn ooghoek zag ik haar met getrokken pistool de hal binnenstormen.

'Nee!' gilde de vrouw in de witte kimono.

Ik geef het toe. Ik had zin om de trekker over te halen. Ik dacht niet alleen aan *Dexter*, maar ook aan het land waarin wij onze politietaken dienden te vervullen. Na hooguit drie jaar zou

Clark Gable weer vrij rondlopen om andere vrouwen in elkaar te timmeren.

Het is mijn zwakke plek. Vrouwen en kinderen. Mijn eigen vrouw had mij vaak genoeg het bloed onder de nagels vandaan getrokken, toch had ik nooit een vinger naar haar uitgestoken. Nooit. Ik had erover gefantaseerd, dat geef ik toe. Maar ik had de fantasieën nooit ten uitvoer gebracht.

'Hugo, dat is Derek Brand niet!' schreeuwde Jenny.

'O, Erwin!' gilde de vrouw. In drie stappen was ze bij ons en liet zich op haar knieën zakken. Ze duwde me weg. Ze duwde mijn hand met het pistool weg. 'Sukkel!' beet ze me toe. 'Ongelofelijke lul! Domme lul! O, Erwin!'

Jenny knielde naast ons neer. Ze pakte de vrouw bij haar kimono. 'Waar is uw man? Waar is Derek?'

'Hij is…' huilde zij. 'Hij was in de tuin…'

Het was op dat moment dat we het geluid van een startende motor hoorden. Van heel dichtbij, alsof hij in een belendend vertrek werd gestart.

Jenny was als eerste bij de deur. Ik liet Clark los en spoot achter haar aan.

Naast de bungalow werd de garagedeur geopend. Van binnenuit. Koplampen floepten aan.

Jenny sprong voor de geopende garagedeur en zwaaide met haar armen. Het pistool in haar rechterhand.

'Jenny, niet doen!' schreeuwde ik.

Er klonk een geluid van gierende banden. De auto trok op. Een zwarte Porsche Cayenne, zag ik toen hij met hoge snelheid de oprit op scheurde. Van 0 tot 100 kilometer in 6,4 seconden, wist ik. Ik had alle bladen gelezen. Al was ik de Cayenne altijd een beetje als het winkelwagentje van de Duitse autogigant blijven beschouwen. Een auto waarmee je boodschappen doet en de kinderen van school haalt.

Jenny had geen schijn van kans. Eerst was er de droge klap, ge-volgd door het gekraak als van een zak chips die geplet wordt toen de voorzijde van de Cayenne haar bekken en middenrif verbrijzelde. Daarna het nog drogere geluid toen zij met een snelheid van zestig kilometer per uur over de motorkap heen schoof en tegen de voorruit aan knalde. De voorruit barstte in duizenden stukjes uiteen, de bestuurder was kennelijk tijdelijk verblind, want de Cayenne begon te slingeren en belandde naast de afrit op het tegelpaadje waar hij vervolgens door het tuinhek-je de straat op knalde.

Ik schoot maar één keer.

Aan de overkant van de straat kwam de Cayenne tot stilstand tegen een lantaarnpaal.

In films en tv-series zie je vaak dat stervende politieagenten nog een paar laatste woorden spreken. Woorden als: 'Beloof me dat je hem te pakken zult krijgen,' of: 'Ik heb altijd van je gehou-den.'

Maar Jenny zei helemaal niets meer. Ze was van de motorkap afgegleden en lag naast de lantaarnpaal tegen een vuilniszak aan.

In een vreemde knik. De knik van de dood.

Een dun straaltje bloed liep uit haar linkermondhoek over haar kin. In de praktijk valt het vaak mee, de hoeveelheid bloed.

Ik heb het derde seizoen van *Dexter* nooit meer uitgekeken. Be-schouw het als een soort eerbetoon. Of niet. Beschouw het als iets wat ik gewoon niet meer voor elkaar krijg zonder haar naast me op de bank.

Wel ben ik inmiddels begonnen aan *Wind uit het noorden*. Ik heb nooit veel opgehad met literaire boeken. Maar het leest toch anders wanneer je weet dat de schrijver regelmatig zijn eigen vrouw mishandelde. Dat hij meer dan eens dreigde haar te zul-len vermoorden.

Je zoekt naar voortekenen, ik weet ook niet hoe ik het anders moet noemen. Dingen die vooruitwijzen naar latere gebeurtenissen in de werkelijkheid.

Ook lees je een boek anders wanneer je weet dat jij het bent die de schrijver met één welgemikt schot in zijn achterhoofd van het leven hebt beroofd.

Ik heb die voortekenen nog niet gevonden. De stijl van *Wind uit het noorden* is een beetje gekunsteld. Toch wil je weten hoe het afloopt – ook al weet ik natuurlijk al lang hoe het afloopt.

Nee, in het boek zijn nergens voortekenen te vinden van die bewuste avond toen Derek Brand eerder dan verwacht terugkeerde van een voorleesavond in een bibliotheek en zijn vrouw samen met haar Erwin onder de douche in de badkamer aantrof.

Eigenlijk wil ik me er niet te lang mee bezighouden. De mensen doen maar. Het is hun leven.

Vaker denk ik aan Jenny. Aan wat ik voor haar had kunnen doen. Aan wat er was gebeurd wanneer ik wat minder onbesuisd naar binnen zou zijn gestormd. Ik wil niet psychologiseren. Het psychologiseren laat ik graag over aan schrijvers als Derek Brand.

Wanneer ze hun ogen sluiten, zien de meeste mensen zwart.

Ik zie groen.

Dat is nog iets anders wat ik sinds die nacht niet meer doe: patiencen.

ANSICHTKAART UIT GUERNICA

Over Pablo Picasso en zijn beroemde schilderij *Guernica* doet de volgende anekdote de ronde – en zoals dat wel vaker gaat met anekdotes die de ronde doen, is het ook hier zeer de vraag wat er wel en wat er niet waar van is gebeurd.

In 1942 deden de Duitsers een inval in Picasso's Parijse atelier. Picasso was juist bezig de laatste hand te leggen aan zijn *Guernica*.

De Duitse soldaten keken een poosje zwijgend naar het schilderij. '*Haben Sie das gemacht?*' vroeg een van hen ten slotte.

'*Nein,*' antwoordde Picasso. '*Das haben Sie gemacht.*'

Een jaar of wat geleden bracht ik op doorreis in Spanje een bezoek aan Guernica. Alles was er nieuw, of beter gezegd: alles was ooit een keer nieuw geweest, in de jaren veertig en vijftig, de periode waarin de volledig verwoeste stad was herbouwd.

Guernica was van het soort lelijkheid dat zich er ook over honderd of over duizend jaar tegen zal blijven verzetten om ooit weer mooi te worden – ongeveer volgens hetzelfde principe als waarmee broeken met wijde pijpen en schoenen met plateauzolen weliswaar opnieuw in de mode kunnen raken, maar opnieuw *mooi*… nee, dat zit er tijdens onze jaartelling niet meer in.

Op een terras aan een drukke verkeersader at ik een *tapa* en dronk een glaasje wijn. Ik probeerde me een voorstelling te maken van de verwoesting die hier op klaarlichte dag vanuit de lucht op de stad was neergedaald, maar mijn voorstellingsvermogen vond nergens houvast. Ook de blauwe hemel, waar het tenslotte toch allemaal vandaan was gekomen, en waarin op dat uur van de dag enkele vluchtige wolkjes voorbijdreven, bood nu, ruim vijftig jaar na dato, geen enkel aanknopingspunt.

Nee, er was helemaal niets meer. De wederopbouw van de stad was de kroon op haar verwoesting. Aan een ruïne kun je nog zien dat hij kapot is, maar aan iets nieuws, hoe snel dat nieuwe soms ook veroudert, valt nooit af te leiden waar het voor in de plaats gekomen is.

En het was daarom in Guernica dat ik terug moest denken aan die enige keer in mijn leven dat ik zelf aan de oorlog en de verwoesting had deelgenomen. Ook voor die verwoesting had er iets anders in de plaats moeten komen, maar uiteindelijk is dat er nooit van gekomen.

Dat was in 1967 en de Juni-oorlog (ook wel Zesdaagse Oorlog genoemd) tussen Israël en zijn Arabische buurlanden was pas een paar dagen oud. In de weken voorafgaand aan het uitbreken van het conflict hadden de kranten vol gestaan met talrijke overzichtsstaatjes van het aantal manschappen, tanks, pantserwagens en vliegtuigen waarover de strijdende partijen beschikten. Steeds weer opnieuw werd de nadruk gelegd op het *numerieke* overwicht van de Arabische legers op het kleine Israël. Het zou een strijd van David tegen Goliath worden. Nederlandse automobilisten hadden stickers op hun achterruit bevestigd met de tekst *Wij staan achter Israël*. Op de televisie verschenen gironummers waarop men een financiële bijdrage kon overmaken.

'Ze staan al aan het Suezkanaal,' zei mijn moeder. Zij had dit nieuws zojuist gehoord van haar vriendin M., die zij op straat was tegengekomen.

Op de eerste dag van de oorlog had ik een bedrag van fl. 18,50 (achttien gulden en vijftig cent) op een van de gironummers overgemaakt.

Dat kwam zo.

Die achttien gulden vijftig waren het resultaat van wekenlang sparen en uiteindelijk bestemd voor de aankoop van de nieuwe lp van The Beatles, *Sergeant Pepper's Lonely Hearts Club Band*, die op punt van verschijnen stond (fl. 18,50, dat kostte een langspeelplaat in die tijd).

Maar toen was er opeens die vriendin van mijn moeder – dezelfde M. van het nieuws over het Suezkanaal. Zij had gehoord wat ik van plan was met mijn spaargeld te gaan doen.

'Zou Herman *in deze tijd* zijn geld eigenlijk niet naar Israël moeten overmaken in plaats van er een lp voor te kopen?' had zij mijn moeder gevraagd.

'En? Ga je het doen?' vroeg mijn moeder op haar beurt aan mij.

'Mm… Ik weet het niet,' zei ik, terwijl ik dacht aan de tijd die het mij zou kosten om opnieuw achttien gulden en vijftig cent bij elkaar te sparen. Kon ik wel zo lang wachten? Tegen die tijd zou de nieuwe lp van The Beatles toch op zijn minst al enigszins *verouderd* zijn – echt *nieuw* zou hij in elk geval wel nooit meer worden.

En toen zei mijn moeder iets wat zij waarschijnlijk nooit had mogen zeggen, maar wat plotseling een heel ander licht op mijn dilemma wierp. De vriendin had haar verzekerd dat wanneer ik het zou kunnen opbrengen om al mijn spaargeld (fl. 18,50) naar Israël over te maken, zij dan op haar beurt, als beloning voor zoveel wegcijfering van eigenbelang, de nieuwe lp van The Beatles voor mij zou kopen.

'In dat geval…' zei ik. Op die manier kreeg ik zowel mijn lp en had ik in één moeite door ook nog een goede daad gedaan.

Mijn moeder besefte haar vergissing. 'Dit had ik je natuurlijk nooit moeten vertellen,' zei ze.

'Nee,' zei ik, 'maar dat hoeft jouw vriendin natuurlijk nooit te weten.' Ik schudde mijn spaarpot leeg en overhandigde haar de fl. 18,50.

Op de vierde dag van de Zesdaagse Oorlog keek ik naar de televisiebeelden van de kilometers lange colonnes uitgebrande Egyptische tanks en vrachtwagens in de Sinaïwoestijn. Het Israëlische leger stond inmiddels inderdaad aan het Suezkanaal.

Ik keek naar de geblakerde voertuigen en moest plotseling denken aan het televisie-interview van een paar maanden eerder met die bekende Nederlandse schaker, in een zondagmiddagprogramma voor het hele gezin. De schaker had net een of andere prijs of trofee gewonnen: een lelijk beeldje, waaraan echter wel een aanzienlijk geldbedrag verbonden was.

'Wat gaat u met dat bedrag doen?' wilde de presentator weten.

'Deze prijs,' zei de bekende schaker, terwijl hij de presentator strak aan bleef kijken, 'deze prijs gaat in zijn geheel naar het Nationale Bevrijdingsfront van Vietnam…' – hij zei niet *Vietcong*, dat deden alleen de allerergste lakeien van het imperialisme, nee, hij zei *Nationaal Bevrijdingsfront*. 'Ze mogen ermee aanschaffen wat ze willen: medische apparatuur, medicijnen, voedsel, dekens… waar ze het meeste behoefte aan hebben, *maar ik hoop…*' – en hier verhief de schaker zijn stem – '*ik hoop dat ze er een machinegeweer voor kopen!*' Er viel een ongemakkelijke stilte. De presentator wist daarna niet hoe snel hij het gesprek toch nog in prettige banen kon leiden. Een dergelijke uitspraak was in die tijd behoorlijk gewaagd op de Nederlandse televisie – en helemaal op dat tijdstip en in dat programma. Het was een welgemikte baksteen dwars door de ruit van de vredige zondagmiddag en er zou nog wekenlang over worden nagepraat.

Ik herinner me nog goed hoe enorm ik de schaker bewonderde: niet alleen om *wat* hij had gezegd, maar vooral om de kracht en de nauwelijks ingehouden woede waarmee hij de woorden de presentator, en daarmee heel zondags Nederland, in het gezicht had geslingerd.

Achttien gulden en vijftig cent waren misschien wel niet genoeg om een machinegeweer voor te kopen, maar toch… Zelfs als het bedrag alleen maar in de aanschaf van een veldfles of een doosje pleisters was gaan zitten, dan was er langs een omweg toch weer fl. 18,50 vrijgekomen om deze zwartgeblakerde colonne mogelijk te maken.

Ik keek naar de beelden, en ik besefte dat, langs hoeveel omwegen dan ook, mijn spaargeld uiteindelijk in de Sinaïwoestijn terecht was gekomen.

Enkele dagen na de Israëlische overwinning vertrok de vriendin van mijn moeder voor onbepaalde tijd naar het buitenland.

Sergeant Pepper's Lonely Hearts Club Band lag inmiddels in de etalage van de platenwinkel. De eerste dag was hij nog nieuw, maar met elke volgende dag waarop ik niet tot aanschaf kon overgaan, werd hij zienderogen ouder.

Soms stond ik minutenlang voor de etalage. Op de hoes van *Sergeant Pepper's* droegen The Beatles militaire uniformen. Het waren uniformen die ook ooit nieuw waren geweest, afkomstig uit een oorlog die nog veel langer geleden dan de meest recente was gewonnen of verloren – het was maar net van welke kant je het bekeek.

Vriendinnen van moeders hadden er over het algemeen weinig benul van hoe snel de dingen soms kunnen verouderen.

's Nachts in bed dacht ik aan de verwoeste Egyptische tanks in de Sinaïwoestijn. In mijn gedachten stond ik midden tussen de uitgebrande colonne, en uit de blauwe, onbewolkte hemel klonk plotseling een stem.

'*Haben Sie das gemacht?*' bulderde de stem.

Ik schudde van nee en wees naar de vriendin van mijn moeder, die een eindje verderop stond. Ze had iets onder haar arm wat bij nader inzoomen een langspeelplaat bleek te zijn. In mijn hoofd stond de vriendin van mijn moeder helemaal aan het eind van de colonne. Achter haar rug glinsterde water.

In mijn hoofd stond zij al aan het Suezkanaal.

'*Nein,*' antwoordde ik de stem. '*Das hat sie gemacht...*'

OVER DE LEEGTE VAN EEN STADION

Alle volle stadions lijken op elkaar, elk leeg stadion is leeg op zijn eigen wijze.

Vroeger was ik niet zo'n stadionliefhebber. Ik vond voetbal meer iets voor de tv. Een liggende houding, blikje bier erbij, de onhoorbaar suizende centrale verwarming, en dan de voorbeschouwing: allemaal genietingen die onmogelijk zijn in een stadion – of die je anders wel onmogelijk worden *gemaakt*.

Het begint al met de lange weg ernaartoe. De file of de overvolle metro, de lange rijen voor Vak Noord B, de eerste met fijne regendruppels doorsneden tochtvlaag, en daarna de lucht van frituurvet die de hele wedstrijd blijft hangen, de te dikke man in het kuipstoeltje naast je – en het vooruitzicht van de file of nog vollere metro terug, een vooruitzicht dat het genieten van het voetbal even grondig kan verpesten als vliegangst een vakantie op Lanzarote.

Maar een aantal jaren geleden was daar opeens de gouden oplossing. Zoals alle gouden oplossingen schitterde hij door zijn eenvoud. Dezelfde eenvoud die je de meeste gouden oplossingen over het hoofd doet zien.

Ik ging *eerder* naar het stadion. Niet een beetje eerder, nee: *veel eerder*.

En op diezelfde heldere, onbewolkte dag is mijn liefde voor het lege stadion ontloken. In de eerste plaats was er vanaf die dag natuurlijk geen file meer, ik was het stadion al binnen voor de wind opstak, er stonden geen lange rijen voor het frituurvet zodat ik rustig de tijd had voor een piepschuimen menubox-deluxe met cheeseburger en frites, en die dikke man kwam nu *na* mij binnen, wat op de keper beschouwd misschien weinig verschil maakte, maar wat mij toch iets gaf wat heel in de verte leek op *thuisvoordeel*.

Soms is de oplossing voor het een de ontdekking van iets anders (zie ook: Columbus; westelijke route naar Indië, en Archimedes; som van het verplaatste badwater). Het stadion was weliswaar leeg, maar leeg in afwachting van een wedstrijd. Er zijn mensen die *de tijd doden* met kaartspel, of met het doorbladeren van de *National Geographic* in de wachtkamer van de tandarts, maar een leeg stadion is tijd die leeft. Je wilt de tijd voor aanvang van een wedstrijd in elk geval niet doden. Je bent ooggetuige van verstrijkende maar levende tijd. Je kijkt om je heen en je denkt maar één ding: *Ik zit in een leeg stadion, dus ik leef.*

Er zijn mensen die aan pas aangeschafte boeken ruiken. Zoals ik. Verder kijk ik langdurig naar de eerste pagina. Ik lees de eerste zin, en laat daarna mijn blik naar beneden dwalen, over de andere zinnen, de alinea's. Op zo'n moment weet ik dat er niets mooiers is dan met letters bedrukte pagina's, en er bekruipt mij een gevoel dat lijkt op geluk.

Het geluksgevoel kan vanaf nu alleen nog maar verpest worden. Door het boek zelf, door het *verhaal*. De eerste zin is meestal goed, daar zorgen schrijvers wel voor, dat ze hun lezers niet al bij de eerste zin kwijtraken. Maar er zijn heel veel boeken waarvan de eerste zin meteen ook de *beste* zin was.

Een leeg stadion is als het ruiken aan de pagina's; de lege stoelen, de grasmat met de zich warmlopende spelers zijn de nog ongelezen zinnen en alinea's. De eerste zin is het fluitje voor de aftrap. Hierna kan het alleen nog maar bergop- of bergafwaarts gaan. Soms blijft een boek met de rug geknakt op het nachtkastje liggen om nooit meer te worden opgepakt. Soms zijn er wedstrijden waarbij je hoopt dat ze nooit zullen aflopen.

De eerste zin van het levensverhaal van mijn tien jaar jongere broer was nog een goede zin. *Wij zijn erg blij met de geboorte van onze gezonde zoon Anthony.* Maar ergens onderweg is de rug geknakt. Het liefst had ik zijn leven op het nachtkastje naast mijn bed laten liggen, maar de laatste tijd vult Anthony weer steeds vaker mijn gedachten. Vaker dan mij lief is. Hij wacht rustig op een leeg moment waarop ik nergens anders aan denk om vervolgens toe te slaan.

In een leeg stadion bijvoorbeeld.

'Godverdomme,' zei ik laatst, kort voor aanvang van de wedstrijd.

'Wat is er?' vroeg mijn zoon P. (13).

'Niets. Ik dacht aan iets naars.'

'Aan wat dan?'

Ik zuchtte diep. 'Weet je nog je oom Anthony? Die oom waar ik je weleens foto's van heb laten zien?'

'Die oom die dood is? Dacht je daaraan?'

Based on a True Story, staat er soms op de titelpagina van een boek, of onder de titel van een speelfilm. Of we willen of niet, strekken we toch even onze rug bij zo'n mededeling. *A True Story.* Net zo waar als ons eigen leven. Of anders gezegd: de knokpartijen van Frodo en de Hobbits staan redelijk ver van ons bed, maar het verhaal van de ongeneeslijk zieke honkballer en zijn doofstomme moeder had ons ook zelf kunnen overkomen.

De eerste voetbalwedstrijd waar mijn vader mij mee naartoe nam was Ajax-Feyenoord (toen nog Feijenoord) in het Olympisch Stadion. Ik was een jaar of acht. Feijenoord won met 3-1. Kort daarvoor had hij mij ook meegenomen naar een concert van het Concertgebouworkest. Dit alles onder het mom van dat je alles één keer gezien of gehoord moet hebben.

Van het Concertgebouworkest herinner ik me vooral de tijdloze oneindigheid van het concert. De muziek zelf zei mij helemaal niets. Het was leegte, maar leegte die gevuld werd door klanken die niet de mijne waren. Er lagen nergens speelkaarten of *National Geographics*. De muziek ging door tot hij was afgelopen. Ik herinner me dat ik vooral op de oren van de mensen lette. *Ze zitten hier met hun oren*, dacht ik. Het is bij die ene gedachte gebleven.

Voor zover ik weet zijn we daarna niet nog eens naar een concert of voetbalwedstrijd geweest. Wel nam mijn vader mij mee op een helikoptervlucht van Rotterdam naar Brussel en leidde hij mij rond langs de drukpersen van de krant waar hij werkte. En verder waren er nog een paar andere eenmalige probeersels waarmee mijn ouders erachter probeerden te komen wat ik nu eigenlijk 'echt leuk' vond. Ik noem de padvinderij, het ponykamp en het zeilkamp, ik zal niet te veel in details treden, er zijn woorden – *padvinderij; kamp* – die hun eigen verschrikkingen al in zich meedragen.

Dat ik nooit naar voetbal ben gestuurd had weer een heel andere reden. In de eerste klas van de lagere school vroeg de gymnastiekleraar of ik het soms 'expres' deed.

'Wat expres, meneer?' vroeg ik.

Een paar weken later zat ik met mijn beide ouders bij de huisarts die ons doorverwees naar de neuroloog. *Motorisch gestoord*, ving ik meer dan drie keer op, terwijl de neuroloog mijn knieën en voetzolen met een hamertje beklopte en me over een op de vloer van zijn spreekkamer geschilderde stippellijn liet lopen.

Er viel ook nog een ander woord, of beter gezegd: twee woorden. Zoals de meeste ingewikkelde aandoeningen had ook deze haar naamgeving aan haar Duitse ontdekkers te danken. Het klonk ongeveer als Creutzfeld-Jacob of Torhout-Werchter, maar lag waarschijnlijk dichter in de buurt van Mahsnamm-Schiessfield. Doet het er iets toe of ik de naam van de ziekte vergeten ben, of hem liever privé wil houden? Het verwijsbriefje naar verder neurologisch onderzoek ligt nog altijd in dezelfde lade waarin ook het inschrijfformulier voor het ponykamp is terug te vinden. *Ongeschikt voor welke sportbeoefening dan ook*, staat er onderaan te lezen.

Van *motorisch gestoord* naar gewoon *gestoord* is het maar een kleine stap, één bijvoeglijk naamwoord in feite – en zo voelde het ook. Mijn vader heeft nog jaren net gedaan of hij een normale (*gezonde*) zoon had. Op zaterdagmiddagen togen wij naar het Beatrixpark, maar de bal die hij naar mij toe schoot, miste ik altijd op een haar na. Soms gleed ik uit in het gras. Ik probeerde niet te huilen, maar daarna wilde ik alleen nog maar naar huis.

's Nachts in bed fantaseerde ik soms over mijn vader. Over dat deel van zijn leven dat niet zichtbaar aan de oppervlakte lag. Ik fantaseerde dat hij uit een Duits krijgsgevangenenkamp ontsnapte. Ik fantaseerde prikkeldraad en zoeklichten en herdershonden. Ik fantaseerde dat mijn vader het vuur moest openen op zijn achtervolgers. 's Ochtends was het verhaal al zo geloofwaardig dat ik het zonder haperingen aan mijn vriendjes op school kon vertellen.

'Is dat echt gebeurd?' vroegen ze.

'Ja,' zei ik. 'Dat is echt gebeurd.'

In mijn latere leven hoefde ik al veel minder te fantaseren. De werkelijkheid haalde mij in, zoals dat heet. Het enige waar ik mij zorgen over diende te maken was of die werkelijkheid wel geloofwaardig genoeg was. Of ik de vraag of het 'echt gebeurd' was nog altijd bevestigend kon beantwoorden. Zonder blikken of blozen. Zonder zelfs maar met mijn ogen te knipperen. *Based on a True Story.*

Rond mijn tiende vertrokken wij voor drie jaar naar Amerika. Vanwege de krant waar mijn vader voor werkte. We woonden er nog maar een paar maanden (in Chainsville, NY, op een kleine twintig mijl buiten New York) toen president Kennedy werd vermoord. Ik zag de eerste negers van mijn leven. Mijn vader nam mij mee naar een honkbalwedstrijd.

Pas veel later heb ik begrepen dat het waarschijnlijk een 'ongelukje' moet zijn geweest, maar destijds deden mijn ouders of ze echt blij waren. Ik moest ook blij zijn, zeiden ze: blij dat ik nu eindelijk het langverwachte broertje kreeg waar ik al die jaren om had gezeurd.

Anthony... – van het begin af aan zat er iets aanstellerigs, iets *huilerigs*, in die naam. Aanstellerig, omdat we toch maar drie jaar in Chainsville zouden blijven. En huilerig omdat het gewoon zo klonk wanneer mijn moeder hem riep.

'Anthonyyy? Het eten wordt koud.'

'Kun jij vanavond op Anthony passen, Herman?'

'Is Anthony gevallen? Wat heeft Herman nou weer met je gedaan? Kom maar bij mama...'

Als er één ding van het begin af aan duidelijk werd over mijn tien jaar jongere broertje, dan was het wel dat hij niet 'motorisch gestoord' was, of anderszins aan aandoeningen met dubbele Duitse namen leed.

Toen mijn vader Anthony op zijn beurt naar het Olympisch Stadion en De Meer meenam bleef het niet bij één keer. Eenmaal terug in Nederland vertrokken ze samen naar het Beatrixpark en kwamen pas aan het eind van de zaterdagmiddag weer terug.

'Waarom ga je niet mee?' zei mijn moeder. 'Je kunt toch niet de hele dag binnen blijven zitten lezen?'

'Geen zin,' gromde ik.

Op zijn zesde debuteerde Anthony in de F1 van GeuzenMiddenmeer. Toen hij bij de E'tjes kwam, vroegen ze of hij af en toe bij de D1 wilde invallen. Mijn vader stond elke wedstrijd langs de lijn. Soms ging ik mee. Altijd met tegenzin. Al in die tijd keek ik liever naar voetbal op televisie.

Wat behalve zijn talent aan mijn broertje opviel was zijn opvliegende karakter, om het maar eens zacht uit te drukken. Gele en rode kaarten waren zijn deel. Trekken aan shirtjes, spugen naar tegenstanders, medespelers en de scheidsrechter, tot regelrechte matpartijen in de kleedkamer – er bestond weliswaar geen dubbele Duitse naam voor, maar het was duidelijk dat hij niet *spoorde*, zoals ik een van zijn toenmalige coaches een keer hoorde zeggen.

'Weten jullie nog in Amerika?' zei ik tegen mijn ouders. 'Die keer dat hij de leuning van zijn kinderstoel stukbeet omdat hij geen brownies meer kreeg. Of toen hij die merel doodsloeg op de veranda?'

Maar mijn vader en moeder wuifden alles weg. 'Hij is een beetje een opgewonden standje,' zei mijn vader, 'maar hij heeft ook...' Hier zweeg hij en keek mij aan. *Hij heeft ook iets wat jij nooit zult hebben,* las ik in zijn blik.

Op zijn twaalfde werd Anthony gescout door een Nederlandse club uit de Eredivisie. Ik noem de naam van de club hier niet, om niemand verder in diskrediet te brengen. Het maakt allemaal weinig uit, wie echt alles wil weten kan op Google aan de slag. Mijn broer en ik hebben uiteraard dezelfde achternaam, al kwam die achternaam in latere jaren uitsluitend nog in sterk ingekorte vorm in het nieuws – zoals in *Taakstraf voor Anthony K. omgezet in geldboete.*

Zijn eerste gewapende overval pleegde hij desalniettemin pas kort voor zijn achttiende verjaardag. Onze moeder was inmiddels na een kort ziekbed overleden. Mijn vader woonde samen met een twintig jaar jongere vrouw die stage liep bij Radio 1.

'Snap jij het, snap ik het?' zei mijn vader op een avond en schudde zijn hoofd.

We zaten aan tafel in het huis van de vriendin op het Minervaplein in Amsterdam-Zuid.

'Ik weet het niet,' zei ik. 'Ik ben echt niet bijgelovig, normaal gesproken geloof ik niet in die dingen, maar denk je niet dat het ook met Amerika te maken kan hebben? Ik bedoel, de cultuur daar is al anders, maar ik heb het meer over de breedtegraad. Destijds in Chainsville. Dat was toch amper groter dan Holysloot. Maar omgerekend vonden er twintig keer zoveel moorden en verkrachtingen plaats.'

Mijn vader nam een hap van de kwarktaart die zijn vriendin hem had voorgezet. 'Ga jij nou maar weer boeken lezen,' zei hij.

Het postagentschap van Hulst (Z.Vl.) ligt aan een plein waar ook een Albert Heijn-filiaal, een drogist en een leverancier van autoaccessoires zijn gevestigd. Die zevenentwintigste januari 1984 had het 's ochtends licht geregend.

Toen Anthony K. en zijn handlanger, de eveneens eenentwintigjarige Theo B., met hun vluchtauto, een lichtblauwe Opel Corsa, met gierende banden via de Gentse Poort de bebouwde kom van Hulst achter zich lieten, verloor het profiel van het rubber al even zijn grip op de in de ochtendzon glinsterende straatklinkers, maar Theo B. wist de auto nog net bijtijds uit de slip te trekken.

De buit, op de achterbank, bedroeg een schamele vierduizend gulden en een honderdtal bewijsbrieven 'aan toonder' waarmee je op een spaarhypotheek kon intekenen.

Eigenlijk hadden ze geen schijn van kans toen kort na het passeren van Zandberg, op het rechte stuk weg van Zandberg naar

Graauw, de politieversperring opdoemde. Theo B. heeft nog geremd. De Corsa schampte een elektriciteitshuisje en belandde op zijn kop in de naast de weg gelegen akker.

'Maar wie is er dan met schieten begonnen?' vroeg mijn vader een paar dagen later, nadat hij het krantenartikel nog een keer had overgelezen. 'Anthony doet zoiets niet. Hij is toch niet helemaal gestoord?'

Dit keer was het mijn beurt om een stuk taart in mijn mond te steken en een veelbetekenend zwijgen in acht te nemen. Bessen. Bessen op een laag van droog bladerdeeg. Ik dacht aan een knallende *oneliner* over boeken lezen en sport, maar hield hem wijselijk voor me.

De zondag daarop werd er voor de aftrap een minuut stilte in acht genomen bij de eredivisieclub waar Anthony het afgelopen halfjaar op de reservebank had gezeten. Zijn medespelers droegen zwarte rouwbanden om hun bovenarm. Ergens blies iemand iets op een trompet.

Soms zit ik in de lege stadions en 'komt het allemaal terug', zoals dat heet.

Liever ben ik echter alleen met mijn gedachten. Ik hou van het moment vlak voor de wedstrijd wanneer alles nog mogelijk is.

IS HET ALLEMAAL
AUTOBIOGRAFISCH?

SCHRIJVEN & DRINKEN

VOOR RON KOCH (1920-1973)

Elke schrijver weet dat je van drank beter gaat schrijven.

Schrijvers die het tegendeel beweren zou je liever niet persoonlijk willen kennen – in elk geval wil je hun werk niet lezen. Er was een tijd waarin ik geen zin meer had in interviews met popsterren. Vanwege het vele geleuter over het slachten van dieren, of over Sarajevo, of over de noodzaak van het behoud van regenwouden en indianen met dessertbordjes door hun lippen. Dat was vooral omdat het geleuter tussen jou en de muziek in kwam te staan. Soms klonk een stem als iets waar je al heel lang naar had gezocht maar dan zei diezelfde stem iets wat je liever nooit had willen horen. En vanaf die dag kwam het tussen jou en die stem nooit meer helemaal goed.

Het duurt wat langer voordat je ook met schrijvers tot de conclusie komt dat je ze liever niet sprekend aan het woord wilt horen. Niet over een wereld zonder nodeloos geweld, of over de positie van de schrijver binnen de samenleving – maar nog minder over al hun kleine ditjes en datjes en hebbelijkheden van hoe laat ze precies wakker worden en te eten krijgen. Over het meest ideale tijdstip om met schrijven te beginnen, bijvoorbeeld. Of over de meest ideale pen. Waarom juist wel of waarom juist niet op een computer, of op een schrijfmachine, of op handgeschept papier met een kroontjespen, of met een vulpen in oude kasboeken die je alleen in dat ene stalletje aan de Seine van een bijna blind mannetje kunt kopen ('als je Parijs binnenkomt meteen links'), of juist uitgerekend de allergoedkoopste viltstift uit de kiosk van om de hoek omdat zo de daad van het schrijven zelf niet bij voorbaat al de adem van het hogere over zich heen krijgt.

Van een schrijver wil je eigenlijk niet weten hoe zijn adem ruikt. Of ook hij na twee keer blazen toch gewoon mee moet naar het bureau. Je wilt niet weten hoe zijn haar 's ochtends om halfacht zit, je bent niet wezenlijk geïnteresseerd in de exacte ingrediënten van zijn ontbijtje, in zijn vrouw, in het aantal kaarsen of roze gloeilampen op zijn schrijftafel – in zijn werkmethode, de uren die hij slapend of wakend of schrijvend doorbrengt.

Een schrijver is iemand met wie je desnoods 's avonds laat nog wel mee naar huis gaat, maar naast wie je in elk geval niet wakker wilt worden.

Er zijn drie soorten schrijvers. De eerste soort drinkt helemaal niets. In de boeken van deze schrijvers staat ook nooit iets wat je langer dan drie minuten bijblijft. Uiteraard rookt de schrijver van de eerste soort ook niet. Wanneer iemand in zijn buurt een sigaret opsteekt, begint hij demonstratief te hoesten en met zijn hand te wapperen, alsof hij haast stikt in de rook. Vaak worden de boeken van deze schrijvers uitgegeven door uitgevers die zelf ook niets drinken of roken.

De tweede soort schrijver heeft een drankprobleem. In de boeken van deze schrijvers worden wij niet zelden deelgenoot gemaakt van hun worsteling met de alcohol. Zoals bekend maakt drank meer kapot dan heel. Aan de andere kant wordt er met thee geen kunst gemaakt, zoals het spreekwoord zegt. De schrijver van de tweede soort heeft er kortom moeite mee om tussen de kunst en de thee de zogeheten gulden middenweg te vinden. Hij ziet de drank uitsluitend als zijn vijand, maar beseft ondertussen niet dat een nog veel grotere vijand – de thee – in de coulissen staat te wachten om de macht over te nemen.

Tot slot de derde soort schrijver. Deze drinkt rustig door en heeft eigenlijk nergens last van. Een doodenkele keer maakt hij zich weleens ongerust, maar dan kijkt hij naar andere schrijvers die nog meer drinken dan hij en toch ook achtentachtig zijn geworden (of dreigen dat te worden). Hij weet dat je van drank beter gaat schrijven. Dit laatste heeft zich al zo vaak bewezen dat hij daarover niet meer in discussie gaat. Hij weet ook dat er schrijvers bestaan die beweren dat drank en cafébezoek je van het schrijven afhouden, maar eigenlijk wil hij noch deze schrijvers, noch hun boeken beter leren kennen. Een schrijver die niet drinkt en geen cafés bezoekt is als een (…) die (…), redeneert hij – maar vaak heeft hij tegen die tijd al zoveel gedronken dat hij niet op een passende vergelijking kan komen. Dat vindt hij ook helemaal niet erg. De passende vergelijkingen laat hij graag aan de schrijvers van de eerste soort over, die er toch al wereldkampioen in zijn – omdat immers alles in hun leven passend is, dus ook de vergelijkingen.

Wat wel heel erg is, dat is een schrijver van de tweede soort die eerst met een stuk in de kraag de ene pagina na de andere vol kalkt om het de volgende ochtend gelijk weer te versnipperen, 'omdat ik er in het heldere licht van de dag niets meer mee kon'.

De drank is weliswaar zijn vriend die hem de ene geniale vondst na de andere influistert, maar een vriend met wie hij zogezegd niet door dezelfde deur naar binnen kan. De drank krijgt zo iets stiekems, iets buitenechtelijks – een maîtresse die dingen met je doet die je aan je eigen vrouw nooit zou durven voorstellen.

Maar als schrijver kun je de drank niet met valse beloften aan het lijntje houden. De drank gaat voor alles of niets. De drank wil met jou onder één dak, door dik en dun, en voor de eeuwigheid. Met drank trouw je, voor minder gaat zij niet – al zal zij er naderhand wel alles aan doen om er samen iets moois van te maken.

En zolang je haar niet verloochent – bijvoorbeeld door te beweren dat je alles wat jullie de vorige avond met zoveel plezier samen in elkaar hebben zitten knutselen, de volgende dag hebt weggegooid omdat het bij nader inzien toch niet goed genoeg was – zal zij er ook altijd zijn wanneer je haar nodig hebt.

Een jaar of tien geleden werd er na een routinebloedproef bij mij een zogenaamde verhoogde leverfunctie geconstateerd. Door de telefoon deelde mijn huisarts mij mee dat ik minder moest gaan drinken.

'Ik heb vooral de laatste weken nogal stevig ingenomen,' probeerde ik nog. 'Dus misschien geeft die bloedproef daardoor een enigszins vertekend beeld.'

Maar daar trapte mijn huisarts niet in. 'Wat wij op jouw leverplaatje zien is het gevolg van jarenlang overmatig drankgebruik, Herman.' Er klonk geen enkel verwijt in zijn stem. Het was alleen maar een constatering.

'Hoeveel glazen drink je nou eigenlijk per dag?' vroeg hij daarop.

Dit was de vraag die ik het meest vreesde. Ik zou een aantal noemen, en daarna zou mijn huisarts mij op het hart drukken om dit aantal met minimaal de helft te verminderen. Na het noemen van het aantal zou mijn leven nooit meer hetzelfde zijn. Ik zou in elk geval nooit meer een boek kunnen schrijven – terwijl ik er op dat moment pas anderhalf af had.

Aan de andere kant had ik weleens ergens gelezen dat alcoholisten hun drankverbruik altijd te laag opgaven. Een alcoholist zei bijvoorbeeld twee à drie, terwijl hij in werkelijkheid twintig à veertig bedoelde.

Maar ik was geen alcoholist. Ik had geen drankprobleem. Ik had alleen een lever die over mijn drankinname had geklikt. Na afloop van dit gesprek zou ik hem eens flink op zijn donder geven, besloot ik grommend – maar over het aantal glazen hoefde ik, als niet-alcoholist, in elk geval niet te liegen.

Vooral niet een te laag aantal opgeven, fluisterde een Engel mij in. Het was dezelfde Engel die altijd boven op de fles Famous Grouse zat en mij bijtijds waarschuwde wanneer er een nieuwe ingekocht moest worden.

'Ik wil daar heel eerlijk over zijn,' zei ik. 'Een glas of negen, tien.'

Ik kon zelf horen dat mijn stem heel natuurlijk had geklonken. Heel vanzelfsprekend ook.

Aan de andere kant van de lijn bleef het enkele seconden stil. Het was de langste stilte uit mijn leven. 'Probeer het dan bij die negen à tien te houden, Herman,' zei mijn huisarts. 'Laat het er in elk geval niet meer worden.'

Heel lang geleden was er een collega van mijn vaders werk die kringetjes rook door een opgerolde krant kon blazen. Eerst rolde hij de krant op tot een lange koker, dan stak hij een sigaar op en blies de rook erin. Aan de andere kant van de krant kwam de rook er in perfecte kringetjes weer uit.

Een kind wil hetzelfde kunstje liefst honderd keer achter elkaar zien – net zolang tot het doorheeft dat het inderdaad niet meer dan een kunstje is. Of beter gezegd: tot het doorkrijgt dat het vertoonde kunstje en de persoon die het kunstje vertoont slechts zijdelings iets met elkaar te maken hebben.

Nadat mijn vaders collega door de krant had geblazen, vroeg hij of ik bij hem op schoot kwam zitten, dan zou hij het kunstje nog een keer doen. Dat vroeg hij altijd wanneer mijn ouders net even de kamer uit waren. Van dichtbij rook de adem van de collega naar duizenden eerder opgestoken sigaren, en ook nog naar iets anders wat ik destijds niet goed kon plaatsen. Het was geen onprettige lucht. Ergens diep in mijn hart wist ik zelfs zeker dat het mij meer om het inhaleren van de adem van mijn vaders collega te doen was dan om het hele kunstje met de opgerolde krant.

Kort na mijn zevende verjaardag kwam de collega van mijn vaders werk van de ene op de andere dag helemaal nooit meer op bezoek. Hij was naar Australië geëmigreerd, zeiden mijn ouders, of naar Nieuw-Zeeland.

Wat kinderen, behalve kunstjes met rook door opgerolde kranten, ook graag willen zien, zijn jeugdhelden aan wie zij een voorbeeld kunnen nemen. Of anders op zijn minst jeugdhelden die iets doen wat tot navolging uitnodigt.

In het boek *Jeroen en de zilveren sleutel* (de naam van de schrijver of schrijfster ben ik vergeten) at de hoofdpersoon, Jeroen, altijd 'een stapel boterhammen'. Ik weet niet precies meer hoe het kwam, maar ik denk dat het vooral met het woord 'stapel' te maken had, dat ik zelf vanaf de dag dat ik dat boek had gelezen ook alleen nog maar 'stapels' boterhammen wilde eten.

Iets soortgelijks gebeurde er niet lang daarna met de drank. Dit keer in de persoon van kapitein Haddock. Op Kuifje zelf heb ik het nooit zo gehad. Hij schrok weliswaar voor weinig terug, maar ondertussen was hij wel heel erg braaf en saai – ongeveer net zo braaf en saai als het jongetje dat in de klas een paar banken voor mij zat en altijd als eerste zijn vinger opstak.

Kapitein Haddock had daarentegen een opvliegend karakter, hij vloekte veel en lang, had gevoel voor humor en een drankprobleem. Vaak smokkelde hij zijn flessen whisky stiekem aan boord, in kisten met opschriften die een andere inhoud vermeldden. Soms hield Kuifje het verhaal gaande, terwijl de blik van kapitein Haddock op slechts één ding gericht bleef: de fles whisky die tussen hem en de verhaallijn in op tafel stond. 'En wat moeten ze een dorst hebben gehad. Denk toch eens aan die verschrikkelijke dorst…' Ik zal een jaar of acht zijn geweest toen ik voor het eerst een borrelglaasje uit de drankkast van mijn ouders pakte en het volschonk met cola. Jarenlang heb ik op deze wijze gespeeld dat ik 'aan de whisky' was. Tijdens het drinken uit het borrelglaasje met cola keek ik regelmatig om mij heen of niemand mij zag – hoewel ik in feite natuurlijk niets strafbaars of verwerpelijks deed.

Ik wilde 'dronken' worden, ook al wist ik nog niet goed wat dat was. 'Dronken' was leuker dan 'niet dronken'. Leuker dan braaf en saai en de beste van de klas zijn in elk geval.

Terwijl mijn leeftijdgenoten met spanning zaten te wachten tot ze eindelijk naar een film van boven de achttien mochten, keek ik vooral uit naar een leeftijd waarop ik oud genoeg zou zijn om mijn eigen drankprobleem te creëren.

Mijn ouders hadden niet zoveel met drank. Mijn moeder dronk weliswaar een glaasje wijn 'voor de gezelligheid', maar na drie glaasjes begon zij al te giechelen of stootte haar glas omver. Ik vond dat gegiechel altijd een beetje stom. Ik denk nu dat het destijds al vaststond dat ik nooit een 'gezelligheidsdrinker' zou worden. Zo eentje die eerst veel te lang aan zijn glas ruikt, om vervolgens de wijn zonder enige schaamte, en in aanwezigheid van de onderdanig naast het tafeltje wachtende ober, over zijn tong te laten gorgelen, om ten slotte de hele fles terug te sturen omdat hij 'kurk' heeft.

Nee, waar het mij vanaf het allereerste begin om ging was uitsluitend en alleen het effect. 'Kurk' of niet, het kon allemaal ongeproefd en zonder vertraging naar binnen – ware het niet dat het mij bij wijn over het algemeen veel te langzaam ging.

Mijn vader dronk het liefst helemaal niet. Wanneer het echt

niet anders kon zette hij bij speciale gelegenheden een glaasje champagne aan zijn lippen, maar echt van harte ging het nooit. Toen ik een jaar of veertien was, ging ik weleens met hem uit eten bij restaurant Sluizer in de Utrechtsestraat. De wijn werd in die jaren nog per glas besteld – en was ook bijna altijd wit. Witte wijn kwam eigenlijk wel goed uit, want op mijn veertiende hield ik eigenlijk nog steeds niet echt van drank.

Wel had ik inmiddels een drankprobleem dat helemaal van mij alleen was, en waarmee ik kon doen en laten wat ik wilde. Een maand of zes eerder had ik namelijk een ontdekking gedaan die bepalend zou zijn voor de rest van mijn leven: wanneer het me lukte om het glas witte wijn zo onopvallend mogelijk in zijn geheel in één keer leeg te drinken voordat het eten werd gebracht (in die tijd meestal cordon bleu met sla en frites), dus op een nuchtere maag, kon de avond zogezegd niet meer stuk.

'Wat drink je schielijk,' zei mijn vader wanneer hij mijn lege glas zag. Dan kwam de cordon bleu, en het was natuurlijk niet zo gezellig, een heel bord vol met eten en geen witte wijn meer, dus bestelde mijn vader zuchtend een tweede glas.

Ik sneed in mijn cordon bleu, schoot uit en veegde in één keer al mijn frieten van mijn bord. Mijn vader keek me aan en zei: 'Van drank moet je genieten. Als je zo schielijk drinkt als jij, stijgt het allemaal naar je hoofd.'

Ik geloof niet dat ik het woord *schielijk* sinds die etentjes met mijn vader bij Sluizer nog vaak heb gehoord – waarschijnlijk zelfs nooit meer. Maar soms zijn er woorden die, ook al hoor je ze maar één keer, op hun geheel eigen wijze bepalend voor de rest van je leven blijken te zijn.

Schielijk… – in al die jaren heeft zich nooit een ander woord aangediend dat mijn verhouding tot de drank treffender ty-peert. Het is iets tussen snel en stiekem in. Tussen eerst schichtig (nog zo'n soort woord) om je heen kijken of er niemand op je let en daarna razendsnel je glas achteroverslaan. Een leeg glas wijst niet meteen met een beschuldigende vinger naar de dader, zo redeneert de schielijke drinker – waarna hij snel (stiekem, schichtig) een volgend glas bestelt.

In openbare gelegenheden praat de schielijke drinker altijd te zacht, of juist te luid. Zijn normale stemgeluid vindt hij doorgaans pas de volgende ochtend terug. 'Negen à tien,' zegt hij dan, terwijl hij in werkelijkheid toch echt 'negentien' bedoelt.

Een schielijke drinker pik je er zo tussenuit door zijn merkwaardige bestelgedrag. Aanvankelijk is de schielijke drinker er namelijk alles aan gelegen om net te doen of hij helemaal geen schielijke drinker is. Zo zit hij eerst minutenlang naar het zojuist voor hem neergezette pilsje op de bar te staren, alvorens het zo naturel mogelijk naar zijn lippen te brengen. Dit noemen wij de fase van het 'indrinken'. De schielijke drinker zit er dan nog gewoon 'voor de gezelligheid', of doet althans alsof. Hij heeft zo overduidelijk en voor iedereen zichtbaar geen haast om dit eerste glas leeg te drinken, dat het in de gaten begint te lopen. Zo verraadt de schielijke drinker zich uiteindelijk altijd, al verkeert hij zelf nog altijd in de waan dat de mensen hem voor een gewone 'gezelligheidsdrinker' houden.

Het is al laat op de avond wanneer de schielijke drinker ten slotte alle remmen loslaat. Zijn stem heeft dan duidelijk hoorbaar aan volume gewonnen en zit al bijna op 'te luid'. Zijn gebaren hebben nu ook meer ruimte nodig. Hij heeft het over dingen die hij nog van plan is te gaan doen. Soms stoot hij daarbij iets om.

Pas tegen sluitingstijd treedt er een soort verstilling op in het gedrag van de schielijke drinker. Hij zet de glazen nog wel aan zijn lippen, maar het is al of het eigenlijke drinken zich inmiddels in het verleden of in de toekomst afspeelt.

Soms drinkt hij niet en staart alleen maar wat voor zich uit.

Dan denkt hij aan Het Verloren Gegane Paradijs van die andere glazen uit een ver verleden. Toen 'één à twee' ook echt 'één à twee' betekende.

Toen de avond – en eigenlijk het hele leven, zo meende hij toen nog – na twee witte wijntjes al niet meer stuk kon.

Ook op die spaarzame momenten dat ik ergens met volledige overgave in heb geloofd – in een verhaal, in een vrouw, in mensen die beloofden dat ze terug zouden komen, in mensen die mij met de hand op het hart verzekerden dat ze niet dood zouden gaan, in een god die met God zelf niets te maken wilde hebben – had ik meestal al ergens een paar glazen besteld. Of anders had ik ze wel in een verloren moment, staande voor de ijskast, bij mijzelf thuis achterovergeslagen.

Wat nooit echt is veranderd, is het schichtig om mij heen kijken of er niet iemand is die mij ziet. Zelfs in mijn eigen huis. Voor mijn eigen ijskast.

Ook in mijzelf geloofde ik uitsluitend wanneer ik minimaal twee of drie glazen naar binnen had – liefst van iets sterkers dan alleen wijn of bier. En alleen als u het in huis heeft en het niet te veel moeite is.

In jezelf geloven is één ding – maar geloven in datgene wat er uit je hoofd aan gedachten, invallen et cetera naar buiten komt, vergt een soort geloof in het eigen kunnen dat nuchter domweg niet te verhapstukken is.

Desalniettemin zijn er mensen die daar geen enkele moeite mee lijken te hebben. Aan de andere kant heb ik altijd proberen te vermijden om die mensen een hand te geven. Of anders deed ik het alleen met tegenzin. Wanneer het echt niet anders kon.

Omgekeerd geloven andere mensen eerder in mij wanneer ik mijn twee of drie glazen al naar binnen heb. Het heeft er alles mee te maken dat je dan anders uit je ogen kijkt. Wie in zichzelf gelooft, kijkt anders uit zijn ogen dan de eerste de beste mislukte slaplul die weliswaar *zegt* dat hij een hele reeks baanbrekende films gaat maken als hij eenmaal groot en volwassen is, maar naar welke films je vervolgens tot je een ons weegt kunt blijven zoeken op de filmpagina's in de krant.

Bij het goed uit je ogen kijken ga je simpelweg in een andere versnelling. Niet noodzakelijkerwijs in een hogere versnelling. Nee, je schakelt eerder terug om beter te kunnen inhalen. Als je dat weet over te brengen, zit je goed.

Ik weet niet meer welke schrijver het was die heeft gezegd dat hij, voordat hij met schrijven begon, eerst zichzelf ervan moest overtuigen dat hij inderdaad een schrijver was en niet de een of andere bedrieger.

Zo controleer ook ik altijd eerst mijn blik in de spiegel voordat ik met schrijven begin. En nadat ik de eerste twee of drie glazen achterover heb geslagen. Is het de blik van iemand die weet wat hij wil, dan begin ik. Zo niet, dan schroef ik opnieuw de dop van de fles.

Ik kijk nooit te lang in de spiegel. Wat ik daar zie is namelijk niet helemaal een geruststellend gezicht. Vaak zie ik een tamelijk verhit hoofd dat iets met mij wil waar ik zelf niet altijd op zit te wachten. Het is het hoofd van een soort hyperactieve broer, die allemaal plannen voor je heeft gemaakt waarover je zelf nog niet bent ingelicht.

Zelf wil je liever nog even blijven liggen, maar het hoofd heeft al ver voor het aanbreken van de dag fietsen gehuurd en kijkt nu op de kaart waar we het eerst naartoe zullen gaan.

In het gunstigste geval. Want vaak genoeg is het hoofd ook met de auto. Je kijkt in de spiegel en je zou het hoofd willen vragen of het eigenlijk nog wel kan rijden. Of het geen gevaar is voor de overige weggebruikers, en of het daarom niet beter is dat hij vannacht de auto hier laat staan, waarna hij hem morgenochtend op kan komen halen – en dat je nu een taxi voor hem gaat bellen.

Maar de hyperactieve broer staat al aan het portier van zijn auto te rukken. Zijn sleuteltjes zijn inmiddels al drie keer in de goot gevallen.

Terwijl hij je van zich afduwt roept hij luid en duidelijk: 'Natuurlijk kan ik nog rijden, klootzak!'

De eerste die mij over dat goed uit je ogen kijken heeft verteld, was mijn oom Ron. Verder was hij zo'n beetje de enige uit de familie bij wie ik wat drinken betreft terechtkon. Wat betreft het echte doordrinken, bedoel ik dan.

Het was 1969. Ik was vijftien jaar oud en de zomervakantie stond voor de deur. Het jaar daarvoor had ik nog samen met mijn ouders in een kampeerauto door Frankrijk gereisd. Op elke camping stond mijn vader vroeger op, zodat hij, gezeten op een klapstoel voor de kampeerauto, ongestoord een brief of ansichtkaart aan zijn buitenechtelijke vriendin in Amsterdam kon schrijven. Mijn moeder had vier dikke delen Simone de Beauvoir bij zich, die in de beperkte ruimte van de kampeerauto altijd wel ergens in de weg lagen.

Overdag sprak zij alleen het minimale aantal noodzakelijke woorden. 's Avonds bij het eten dronk zij in haar eentje een hele fles rode wijn leeg. Waarna zij eerst begon te giechelen, om vervolgens mijn vader met restjes van de maaltijd te bekogelen. 'Lafaard!' riep zij dan, terwijl zij een stukje kaas van de streek in zijn haar gooide. 'Dat is wat je bent! Een lafaard!'

Waarna ik maar eens bij het riviertje ging kijken of daar nog wat te doen was.

Je zou kunnen zeggen dat wij in 1969 opgehouden waren om als gezin te bestaan. Mijn vader wilde die zomer liever met zijn vriendin op reis. Mijn moeder had nog wel ergens een Simone de Beauvoir liggen. Maar eigenlijk werd de keus aan mij gelaten of wij al dan niet nog één keer als gezin op vakantie zouden gaan. Zodat mijn wens om die zomer van 1969 bij mijn oom Ron in Amerika door te brengen als een zucht van verlichting kwam.

Oom Ron woonde in een houten huis op het strand van Big Sur in het noordwesten van Californië. Daar was hij na lange omzwervingen door Noord- en Zuid-Amerika een jaar of vier eerder neergestreken.

Die omzwervingen waren al ver daarvoor begonnen. In 1961 om precies te zijn. In dat jaar verliet oom Ron de even buiten Arnhem, aan de voet van de Zijpendaalse Berg gelegen oude watermolen waar hij met zijn vrouw en drie kinderen woonde. Om er nooit meer terug te keren.

Het was een klassiek geval van 'even een pakje sigaretten kopen' – al weet ik niet zeker of mijn oom in die tijd al rookte.

Ik herinner me sowieso weinig van de paar bezoeken die ik samen met mijn ouders aan de watermolen in Zijpendaal moet hebben gebracht. Ik herinner me vooral een motor met zijspan, die in de tuin geparkeerd stond. Ook had oom Ron een dubbelloops jachtgeweer, waarmee hij achter de molen op vogels en konijnen schoot. Soms laadde hij zijn kinderen en mij in het zijspan en scheurden we met hoge snelheid de Zijpendaalse Berg op en af. Onder het rijden haalde oom Ron zo nu en dan iets plats uit de binnenzak van zijn leren motorjack, schroefde de dop eraf en nam een flinke slok.

Later stuurde hij mij ansichtkaarten uit Amerika. Of eigenlijk waren het foto's van hemzelf die hij precies op ansichtkaartformaat had uitgeknipt. Op al die foto's stond hij zittend op, of leunend tegen, een motor te poseren. 'Hi Herman!' had hij op de achterkant geschreven. 'Dit is je *uncle* Ron op Highway 50. Het is nog een heel eind. Maar we hoeven gelukkig dan ook nergens naartoe. *Come and see me some time! Your uncle Ron.*'

Ik plakte de ansichtkaarten op de muur boven mijn bed. Soms, wanneer mijn ouders al naar bed waren, knipte ik het licht aan en bestudeerde ze een voor een. Op een van de foto's was duidelijk te zien hoe oom Ron, gezeten op het zadel van zijn Harley-Davidson, een heupflacon in zijn linkerhand geklemd hield.

Achteraf gezien weet ik zeker dat mijn ouders mij nooit naar oom Ron hadden laten vertrekken wanneer wij in 1969 nog een gezin waren geweest. Dezelfde oom Ron die acht jaar eerder een pakje sigaretten of iets anders was gaan kopen, om nooit meer bij zijn eigen gezin terug te keren. Maar wij waren inmiddels geen gezin meer. Het was gewoon handig als ik er even een paar maanden niet was. Het was alleen al daarom minder belangrijk waar ik precies naartoe ging.

Samen brachten ze mij naar het vliegtuig. En samen stonden ze op de pier van de luchthaven te zwaaien – naar een vliegtuig dat nog wel op het platform stond, maar in feite al lang vertrokken was.

Achteraf gezien vond ik het zelf ook wel handig om er even een paar maanden niet te zijn. Achteraf gezien ben ik nog altijd dankbaar dat wij in 1969 waren opgehouden een gezin te zijn.

De motorfiets hing eerst schuin naar links, en meteen daarop weer schuin naar rechts. Beneden in de diepte beukten de golven van de Stille Oceaan tegen de rotsen en voor ons uit slingerde Highway 1 zich in steeds scherpere bochten langs de kust. Oom Ron had een ring door zijn linkeroor en droeg een bruin leren jack met franjes die in mijn gezicht wapperden wanneer hij op de rechte stukken de gashendel vol opendraaide.

Door het gebrul van de motor was het geluid van de branding niet te horen, maar ik had geen behoefte aan nog meer geluiden: alsof het brullen van de motorfiets de soundtrack was van de enige film die ik daar en op dat ogenblik wilde zien.

Al vanaf het moment dat oom Ron mij van de luchthaven van San Francisco was komen halen, had ik het gevoel dat ik ergens terecht was gekomen waar ik al mijn hele leven had moeten zijn. Behalve naar de weg, de zee, de ondergaande zon boven het bijna zwarte water van de Pacific, de ring door het oor van mijn oom en de stoffige punten van zijn laarzen, keek ik vooral naar de borden met plaatsnamen aan de kant van de weg: Santa Cruz... Watsonville... Monterey... Carmel... het waren namen die alleen al in hun klank meer beloofden over het echte leven, en hoe dat geleefd moest worden, dan Abcoude, Ouderkerk aan de Amstel, of Duivendrecht.

Het was al bijna donker toen de motorfiets plotseling het bos aan de rechterkant van de weg indook. Over een steil paadje vol stenen hobbelden we naar beneden. Toen kwam de motor tot stilstand. In het licht van de koplamp was een houten huisje te zien. Het stond op palen en er was een brede veranda die om het hele huis heen liep. In de verte zag je in het schijnsel van de lichtbundel nog net het witte schuim van de branding.

Oom Ron zette de motor uit. '*Here we are,*' zei hij. En terwijl hij afstapte en mij van de buddyseat afhielp, verscheen er een brede grijns op zijn ongeschoren gezicht. '*Welcome to Uncle Ron's Cabin.*'

We betraden het huis. Oom Ron deed eerst een olielamp aan. Daarna schroefde hij de dop van een fles whisky. 'Ik heb tot mijn spijt geen ijs,' zei hij.

Die eerste avond heb ik ongetwijfeld meer gedronken dan goed voor mij was. Maar in de daaropvolgende dagen leerde ik al snel hoe je de drank moest doseren. Het was immers nog maar kort geleden dat ik van twee glazen witte wijn al dronken werd, en dat was dan ook nog in aanwezigheid van mijn vader, die het tweede glas eigenlijk al een onverantwoordelijke uitspatting vond.

Oom Ron had helemaal geen witte wijn in huis. Bij hem kon je kiezen tussen bier of iets sterkers. Iets sterkers was meestal whisky, maar af en toe werd zo tegen een uur of vier 's middags ook de dop van een fles gin of wodka afgeschroefd.

'Je moet er eerst achter zien te komen welke drank het beste bij je past,' zei oom Ron. We zaten op de veranda voor zijn huis en keken naar een eenzame surfer op de golven van de Stille Oceaan, die nu niet meer zwart was, maar diepblauw. 'Of ik moet eigenlijk zeggen: je moet eerst weten op welk moment van de dag je het beste iets van het een kunt nemen, of juist iets van het ander.'

Ik knikte, en kneep mijn ogen samen tegen de felle zon. De surfer werd eerst hoog boven de golven uit geslingerd en verdween daarna uit het zicht.

'Ik moet het nog anders zeggen,' zei oom Ron. Hij was opgestaan, leunde tegen de balustrade van de veranda en goot het bodempje bier uit zijn blikje in zijn glas whisky. 'Het is juist andersom. Jij zoekt helemaal niets uit. Het is de drank die jou uitzoekt. Een goede, rijpe whisky wil uiteindelijk terug naar de aarde die hem heeft voortgebracht. En het is alleen maar logisch dat die whisky de laatste minuten boven de grond bij voorkeur doorbrengt in een lichaam en in een hoofd, die er nog wat mee doen.'

Ik nam een slok van mijn bier en stak daarna mijn hand uit naar oom Ron. Zonder mij aan te kijken gaf hij mij de fles.

'Neem champagne,' vervolgde hij. 'Champagne heeft een voorkeur voor nichten en hoeren. Overal waar hoeren en nichten zich verzamelen, is de champagne er als de kippen bij om tot op de bodem te worden leeggedronken.'

'Nichten en hoeren,' zei ik.

'Precies,' zei oom Ron. 'Jij begrijpt wat ik bedoel. Jou hoef ik al weinig meer te vertellen. Bier. Bier is de meest aardse drank die er is. De dag loopt op zijn eind, je bent moe, je hebt even geen zin meer in jezelf, je gaat zitten en trekt je eerste biertje open.'

Oom Ron spreidde zijn armen uit in een weids gebaar dat op dat moment niet alleen de drank, maar ook de achter hem liggende oceaan, en misschien wel de hele rest van de wereld moest omvatten.

'Je landt. Je maakt een zachte landing. Het bier trekt je terug naar de aarde. Bier is de meest aardse drank die er is. Als er geen bier was, zou je nooit meer kunnen landen.'

Ik knikte opnieuw. De surfer was inmiddels overeind gekrabbeld, maar werd onmiddellijk door een volgende golf omver gedonderd.

'Whisky, gin, wodka,' zei oom Ron. 'Die geven je vleugels. Je stijgt op. Je wordt de lucht in geschoten, bijna verticaal. Als een raket. Maar je landt ook weer heel erg hard. Dat hoort erbij. Daarom moet er ook altijd bier gedronken worden. Bier is je remparachute. Je garantie voor een zachte landing.'

Hij slingerde zijn blikje op het strand en verdween naar binnen. Meteen daarop kwam hij terug met twee nieuwe blikjes.

'Weet je waarom mensen agressief worden van drank?' zei hij. 'Waarom ze gaan schreeuwen en gaan vechten?' Hij trok een denkbeeldige haar van zijn tong en spoog over de balustrade in het zand. 'Waarom ze gaan huilen?'

Ik deed mijn best om hem vragend aan te kijken. Maar het licht was te fel, en bovendien had ik te lang in de verte gestaard om nog op het gezicht van mijn oom te kunnen focussen.

'Omdat drank de ruimte moet hebben,' zei hij. 'Drank heeft een hekel aan middelmatigheid. In een middelmatig hoofd wordt drank helemaal gek. Dan moet er onmiddellijk een raam open. Maar in middelmatige hoofden klemt het raam altijd. Dus begint de drank aan dat raam te rukken en te trekken, en als het dan nog niet opengaat, slaat het de ruit stuk. Voor de broodnodige frisse lucht.'

Ik knikte en nam een slok. In de verte, en tot aan de horizon, waren er alleen maar golven te zien. Ik had kunnen gaan staan. Maar ik ben blijven zitten.

'Je moet eerst weten wat de drank met jou doet,' zei oom Ron. 'En daarna kun je bedenken wat jij met de drank gaat doen. Als je precies doet wat de drank je vertelt, kun je je hele leven blijven zweven. En toch altijd zacht landen.' Een eindje verderop liep iemand met een surfplank langs het strand. Vervolgens waadde hij tot aan zijn middel het water in, ging voorover op de plank liggen en peddelde met zijn handen zeewaarts.

'Morgen gaan we naar Monterey,' zei oom Ron.

Het popfestival van Monterey werd gehouden in een park naast het strand. Leunend tegen een palmboom luisterde ik naar de opzwepende sitar van Ravi Shankar. Oom Ron had zijn heupflacon meegenomen en af en toe namen we een slok.

Tijdens het optreden van Otis Redding verdween oom Ron in de menigte – *to score some more*, zoals hij het zelf formuleerde. Ik bleef achter met de nog halfvolle heupflacon. Toen Janis Joplin begon te zingen, was het net of het park een paar centimeter van de grond loskwam. Ik keek om me heen of anderen dat gevoel ook hadden, maar dat was moeilijk in te schatten. Gedurende een volle seconde dacht ik aan mijn ouders, daarna steeg ik langzaam op en zag alleen nog hoe ze met zijn tweeën in de diepte naar me stonden te zwaaien. Op de eerste tonen van 'Purple Haze' raakte de heupflacon leeg. Ik zag hoe Jimi Hendrix eerst zijn gitaar met zijn tanden bespeelde en hem daarna in brand stak.

Ik wist niet meer hoeveel tijd er was verstreken toen oom Ron terugkeerde. Ik had me inmiddels langs de stam van de palmboom naar beneden laten zakken en zat op de grond. Oom Ron grijnsde breed en hield een halveliterfles Famous Grouse omhoog. Naast hem stond een man in een zwarte regenjas. Aan een koordje om zijn nek hing een leesbril met halve glazen. Hij werd vergezeld door een baardige jongen met een camera op zijn schouder.

'Dit is Donn,' zei oom Ron. 'Hij maakt een film over het festival.'

Ik kwam overeind en gaf de man in de regenjas een hand. 'Donn Pennebaker,' zei de man. '*Nice to meet you.*' Daarna ging de fles Famous Grouse van hand tot hand.

Op het podium werden de instrumenten en luidsprekers inmiddels ingepakt.

'*Let's go backstage,*' zei Pennebaker.

Voor een gedeukte caravan zat Jimi Hendrix op een klapstoeltje, de verkoolde resten van zijn gitaar op zijn schoot. Hij leek volledig in zichzelf verzonken, maar toen hij Pennebaker zag, begon hij luid te lachen. Er werden handen geschud, en de fles ging opnieuw rond. Ook ik kreeg een hand van Hendrix.

'*My cousin Herman,*' zei oom Ron. '*From Amsterdam.*'

Jimi Hendrix keek mij gedurende enkele tellen aan. Ik had niet de indruk dat er al te veel tot hem doordrong.

'*From Amsterdam, huh?*' zei hij ten slotte, en liet mijn hand los.

Later, toen de meeste festivalbezoekers al naar huis waren, gingen we met een klein clubje naar het strand. Ik probeerde uit alle macht om mijn kop erbij te houden, maar ik kan me al met al maar weinig van die nacht herinneren. Ik weet nog wel dat Keith Moon, de drummer van The Who, als een kikker over het strand sprong. En Janis Joplin leunde op de schouder van oom Ron, maar viel toch voortdurend op de grond. '*Never in my fucking life been so tired,*' herhaalde zij steeds maar weer – en uiteindelijk viel zij ook inderdaad in slaap. Jimi Hendrix was in geen velden of wegen meer te bekennen.

We zaten op de rotsen bij de ingang van de baai van Monterey. Iemand had een vuur gemaakt. Ik luisterde naar het knetteren van de takken in de vlammen, naar de over de stenen uitrollende golven van de oceaan en het schorre blaffen van de zeeleeuwen in het donker.

Op een gegeven moment hurkte de baardige cameraman voor ons neer. Ik zag hoe het rode lampje boven de lens aan-floepte.

'Je mag de groeten doen,' zei oom Ron.

Ik trok een gezicht en zwaaide in de camera. Ik zwaaide naar mijn ouders.

Een jongen speelde op een gitaar. Pas toen hij begon te zingen, herkende ik zijn stem. '*Love me two times/ One for tomorrow/ One for today/ Love me two times/ I'm going away,*' zong de stem, die net zo zwaar en donker was als de nacht en de zee en het heelal om ons heen.

Oom Ron legde zijn linkerhand op mijn knie. 'Kom, jongen,' zei hij. '*It's time to go.*'

In de daaropvolgende weken aten we krab in de haven van Morro Bay, reden we met de motor Highway 1 af tot aan Santa Barbara, aten taco's en *fajitas* in San Luis Obispo (en dronken daar de nodige margarita's bij), en zagen we coyotes en gieren in het Los Padres National Forest.

Maar verreweg de meeste uren en dagen brachten we toch door op de veranda van Uncle Ron's Cabin. Wanneer de zon onderging roosterde oom Ron Mexicaanse worstjes op een vuurtje of trok een kiloblik tonijn open. Die worstjes en die tonijn propte hij tussen twee plakken brood. Waarna hij mij veelbetekenend aankeek. 'Vis moet zwemmen, Herman,' zei hij glunderend.

Waarop ik twee verse blikjes bier uit de ijskast ging halen.

Een paar dagen voordat ik terug moest naar Amsterdam,

kwam het gesprek toch nog plotseling op Nederland.

We zaten aan de wodka. Of beter gezegd, we waren 's middags met whisky begonnen, en toen die op was, wist oom Ron nog ergens onder in een kast een fles Moskovskaya te liggen. De zon was al achter de horizon van de oceaan verdwenen, en er hing een donkerrode mist boven het water.

'Het begon eigenlijk toen ik op een middag door Arnhem liep,' zei hij. 'En ik zag een bordje voor de deur van een winkel hangen. CLOSED. Gesloten, weet je wel. Of het stond er anders… Wegens omstandigheden gesloten. Ja, dat was het: wegens *familieomstandigheden* gesloten. En ik weet nog goed dat ik bij mijzelf dacht: Dat wil ik ook. De hele tent dichtgooien. Wegens familieomstandigheden. Nee, zoiets verzin je niet.'

Ik dacht aan mijn zwaaiende ouders op de luchthaven Schiphol, en ik knikte bevestigend.

'Vanaf die dag zat het rotsvast in mijn hoofd,' vervolgde oom Ron. 'Maar ondertussen dacht ik aan alles wat ik uit zou moeten gaan leggen. Dat het niet meer ging, en dat soort dingen. Dat ik iets anders wilde. Maar ondertussen ging het eigenlijk best. Wat het dus des te moeilijker maakte. Want ik wist niet waar ik moest beginnen. En dat heb ik uiteindelijk dan ook maar niet gedaan.'

Dit keer was het mijn beurt om onze glazen tot de rand toe vol te schenken.

'Wie zijn familieomstandigheden in eigen hand neemt,' zei oom Ron zacht, 'die leeft eigenlijk twee keer. Die geeft zichzelf een herkansing, ook al was de eerste kans helemaal zo slecht nog niet.' Opnieuw knikte ik heftig. Maar het was inmiddels al zo donker, dat ik betwijfel of oom Ron het nog heeft gezien.

Enkele dagen later namen we afscheid op de luchthaven van San Francisco. Oom Ron sloeg een arm om mij heen en drukte mij tegen zich aan.

'Het ga je goed, jongen,' zei hij. Hij gaf me iets plats wat in bruin papier was ingepakt. 'Voor in het vliegtuig,' zei hij. 'Om een beetje te zweven.' Ik scheurde het papier open. Het was precies zo'n heupflacon als hij zelf altijd bij zich had. Of misschien was het wel zijn eigen heupflacon – wie zal het zeggen?

Aan het gewicht te voelen, was hij in elk geval tot de rand toe gevuld.

In de jaren daarna zijn we elkaar zo nu en dan blijven schrijven – al waren dit vaak niet meer dan berichtjes van een paar regels achter op een ansichtkaart.

Ik was nog maar net twee weken achttien of ik reed op mijn eerste eigen motorfiets naar school. Met de zelfontspanner maakte ik een foto waarop ik zo vanzelfsprekend mogelijk tegen de tank van de motorfiets leunde, heupflacon losjes in de hand. Ik knipte de foto tot het formaat van een ansichtkaart. Op de achterkant schreef ik: 'Hi oom Ron! Dit is je *cousin* Herman. We gaan nog steeds nergens naartoe,' en stuurde deze op naar Big Sur.

Ik was in dat laatste schooljaar de enige leerling met een motorfiets. Ik parkeerde hem meestal recht tegenover de school, precies in het midden van het parkeervak waar de aardrijkskundeleraar normaal gesproken altijd zijn laffe, racekakbruine Opel Kadett neerzette. Vanuit het klaslokaal zag ik met grote tevredenheid hoe het Opeltje nerveuze rondjes om de school heen draaide, op zoek naar een parkeerplaats. Het duurde daarna ook niet zo lang meer voordat de eerste meisjes vroegen of ze onderweg van het ene feestje naar het andere even achterop mochten zitten. Achter op een motor moet je je veel steviger vasthouden dan achter op een brommer.

Ongeveer rond diezelfde tijd ben ik begonnen om onder schooltijd te drinken. In eerste instantie alleen in de pauze. Dat brak de dag enigszins in tweeën. Zo was er een eerste, vervelend gedeelte – het gedeelte van de dag dat niet vooruit was te branden – en er was een tweede gedeelte, waar altijd een bepaalde glans over lag. Bij dat tweede gedeelte maakte het ook minder uit hoe lang het duurde, of wat er precies werd verteld. Alleen moest ik af en toe naar de wc om mijzelf vanuit mijn heupflacon bij te tanken. Zodat de glans niet verloren ging. Vasthouden wat je had, daar ging het om.

Na schooltijd waagde ik mij aan mijn eerste pogingen tot schrijven. Om de angst voor het schrijven zelf te overwinnen nam ik er meestal iets te drinken bij. Of beter gezegd, ik had de drank nodig om mijzelf ervan te overtuigen dat ik inderdaad een schrijver was – of er in elk geval een wilde worden. De afstanden tussen de afzonderlijke zinnen waren in die beginfase nog vrijwel onoverbrugbaar. De drank duwde mij van de ene zin naar de andere. Soms voelde ik mij onder het schrijven als iemand die kringetjes rook door een opgerolde krant wil blazen, maar al begint te hoesten als hij de rook in zijn mond heeft verzameld – als iemand die bij de deur van een feestje staat te wachten, maar te verlegen is om naar binnen te gaan. In werkelijkheid staat hij te wachten tot hij door de anderen naar binnen wordt getrokken. Waarbij hij tenminste even kan spelen alsof hij eigenlijk helemaal niet wil.

In januari 1973 ontving ik de volgende brief van oom Ron. Hij was geschreven op briefpapier van een motel.

Ambassador By The Sea Motel
Santa Barbara (CA)

Hi Herman!

Dit is voorlopig het laatste bericht dat je van mij zult ontvangen. Zoals je weet heb ik ooit mijn familieomstandigheden aangepast aan mijn eigen hoop en verlangens in die tijd. Inmiddels ben ik op een punt aangeland waarop ik de familieomstandigheden opnieuw in eigen hand moet nemen.

Ik kan je allerlei dingen gaan uitleggen over het hoe en waarom, maar dat zal ik niet doen. Dat is nooit zo mijn stijl geweest. Ik
ben gewoon moe. Het wordt tijd om opnieuw een pakje sigaretten te gaan kopen.

Ook heb ik lang genoeg gezweefd. Ik heb zin om te landen.
Vanaf vandaag is de winkel kortom gesloten.

Ik wil niet sentimenteel worden, ik heb tenslotte wat gedronken. Daarom geef ik je een kus op allebei je wangen, en ook nog
een stevige omhelzing.

Als je nog eens aan mij denkt, denk dan niet met verdriet. Dat
is nergens voor nodig. *Love me two times. I'm going away.* Dag lieve jongen.

je uncle Ron

Ongeveer een jaar na die zomervakantie in Big Sur draaide
Monterey Pop in de Nederlandse bioscopen. Mijzelf heb ik in de
film niet teruggevonden. Ook de jongen met de gitaar kwam
niet in beeld. Alles wat ze die avond op het strand hadden opgenomen, was blijkbaar in de eindmontage gesneuveld. Wel
schijnt er hier en daar een zogenaamde *director's cut* te circuleren: een onverkorte versie, die is uitgebracht na de dood van Jimi
Hendrix en Janis Joplin, met een paar nooit op plaat uitgebrachte nummers, en met meer beelden van hun optreden, zowel *on*
als *backstage.*

Misschien dat in die versie iets van de strandscène bewaard is
gebleven. Misschien draait er ergens op dit moment in het een of
andere donkere filmhuis wel een kopie van *Monterey Pop* waarin een vijftienjarige jongen op een nachtelijk strand in Californië naar de camera zwaait.

Zijn oom heeft zijn arm om zijn schouder geslagen en zwaait ook. Dan zoomt de camera in op het gezicht van de jongen. Het is een tamelijk verhit gezicht. Het heeft net teruggeschakeld in een lagere versnelling om beter te kunnen inhalen.

Het is het gezicht van iemand die voor het eerst in zijn leven in zichzelf gelooft.

Jaren later ben ik nog een keer teruggekeerd naar Big Sur. Ik heb het strandhuis bezocht en ben daarna doorgereden naar Santa Barbara. Op de luchthaven van San Francisco had ik nog overwogen om een motorfiets te huren in plaats van een auto. Maar het was bewolkt. Bovendien had ik even geen zin in symboliek of dingen met meer dan één betekenis – of in iets anders wat naderhand als goedkoop zou kunnen worden uitgelegd.

In een bar in Santa Barbara heb ik het eerste biertje van die dag besteld. Met een ijskoude wodka ernaast. Je inwerken, schoot het door mij heen. Indrinken. Er iets mee doen, het geeft niet wat. Vasthouden wat je hebt.

Ik heb nog meer biertjes besteld. En ook nog meer ijskoude wodka's. Geen familieomstandigheid die mij inmiddels nog op de vingers keek. Ik moest denken aan die schrijver die ooit werd gevraagd om een scenario te schrijven. Het scenario moest in drie maanden af. De schrijver was net met drinken gestopt. Hij antwoordde: 'Dit scenario zou mij normaal gesproken een half-jaar kosten. Maar voor deze ene keer ben ik bereid om naar de fles terug te keren. Dan krijgen jullie het scenario over drie maanden.' En hij keerde, zoals beloofd, terug naar de fles – en leverde het scenario binnen twee maanden in.

Het Ambassador By The Sea Motel was gemakkelijk te vinden aan de zeeboulevard. Volgens familieleden uit de tweede hand (familieleden die om begrijpelijke redenen niet met naam en toenaam in een verhaal wilden, hoewel ze aan de andere kant nieuwsgierig waren wat ik over oom Ron ging schrijven) is het ongeveer zo gegaan. Oom Ron is rond de vijftiende januari in Santa Barbara aangekomen. Daar heeft hij 's avonds ingecheckt in het Ambassador By The Sea Motel. Misschien is hij dezelfde avond nog ergens wat gaan drinken in de stad. Wellicht heeft hij nog met iemand gepraat. Wellicht heeft iemand hem nog gezien. Aan de andere kant trekt een man van tweeënvijftig op een Harley-Davidson nauwelijks méér de aandacht dan een willekeurige voorbijganger. Althans niet in Santa Barbara. Niet in 1973.

Daarna heeft hij op zijn hotelkamer nog een aantal brieven geschreven. Misschien heeft hij nog op bed gelegen.

Misschien heeft hij nog televisiegekeken. Wellicht heeft hij zich nog moed ingedronken.

De volgende ochtend is oom Ron bij zonsopgang naar de pier van Santa Barbara gelopen. Daar is hij in het water gesprongen. Of misschien heeft hij zich wel heel langzaam laten zakken, om aan de temperatuur te wennen.

Daarna is hij de oceaan in gezwommen. Richting horizon. Even een pakje sigaretten kopen. Winkel gesloten.

Terwijl ik met mijn rug naar het motel uitkeek over de oceaan, heb ik nog even overwogen om iets te doen: een soort daad die aan mijn aanwezigheid hier nog enige diepte zou verlenen. Om bijvoorbeeld naar het strand te lopen en daar de naam van mijn oom in het zand te schrijven. *Ron Koch, 1920-1973.* Waarna de eerste golf uit de Pacific de naam natuurlijk weer zou uitwissen, om hem voor altijd mee te nemen naar zee. Dit alles uiteraard tegen de achtergrond van een goudgele ondergaande zon. Een whiskygele zon. Een gouden met whisky doordrenkte hemel, met in rood de letters THE END erdoorheen geprojecteerd – er komt nog muziek bij.

Ik had kortom ineens zin in iets symbolisch. Dat heb ik wel

vaker als ik me heb ingedronken. Maar tegelijkertijd is er in dat soort situaties ook altijd een waarschuwingslampje dat opflikkert. Zo ga ik bijvoorbeeld nooit vechten. Of dingen vernielen. Ook val ik zelden in slaap op de schouder of schoot van iemand die dat eigenlijk helemaal niet wil. En verder ga ik in elk geval nooit huilen.

Geen valse symboliek dus. Bovendien was het bewolkt. Een zachte motregen viel naar beneden toen ik de trap op liep naar de eerste verdieping van het motel. De boulevard was op dit uur vrijwel verlaten. Ik keek door de zoeker en klikte af.

Op de pier waren de eerste lichtjes ontstoken, en ik moest denken aan die vriend die mij de ochtend na een feestje met veel drank altijd opbelde met de vraag 'of hij nog rare dingen had gezegd'. Ook moest ik denken aan die schrijver die op de vraag of hij dronk om beter te kunnen schrijven, antwoordde: 'Nee, ik drink om te vergeten wat ik geschreven heb' – en gelijk in één moeite door ook aan die andere schrijver die ooit had gezegd dat hij hoopte dat al zijn boeken tegelijk met hem zouden verdwijnen.

Ik had kortom zin om een raam open te zetten. Of anders om er eens flink op te beuken, net zolang tot het glas zou breken. Maar ik wist inmiddels dat er niets klem zat. Dat het gewoon open kon.

Ik wilde daarom voorlopig maar even niet vragen of ik nog rare dingen had geschreven. En ik wilde vooral niets doorhalen of verbeteren. Ik wilde het gewoon precies zo laten staan – precies zoals het tenslotte allemaal is gebeurd.

ETEN MET HERMAN KOCH

Geachte heer Koch,

Hierbij richten wij ons tot u met het volgende verzoek. 'Wij' zijn een kleine, belangeloze productiemaatschappij voor ideeën en dingen die op het creatieve vlak aan de orde kunnen komen, veelal in samenwerking, dan wel in opdracht van zendgemachtigden op radio en televisie alsmede geschreven media.

Wij benaderen u om het volgende. Mede gezien het succes van uw roman *Eten met Herman Koch* dachten wij dat het een aardig idee zou zijn om u in verschillende situaties die met eten, restaurants en bediening te maken hebben te portretteren. Onze voorkeur gaat hierbij uit naar een eenvoudige setting bij u thuis.

Wij denken aan een opzet waarin we eerst samen met u de ingrediënten gaan inslaan op de markt, in de supermarkt, de buurtwinkel: wat maar uw voorkeur heeft. Een soortgelijk portret hebben wij ooit gemaakt met Hans Uitenooyen Basterdlaars. Als u al nieuwsgierig wordt klikt u dan op de volgende link: http://youtube.com/uitenooyenbasterdlaars/wg/1300f/groenemarkt/123/wp.

Omdat er in uw boek veel beschrijvingen staan van groente en sla, leek het ons een aardig idee om allereerst deze producten in te kopen. Van elk groen product zal vervolgens een schilderij worden geschilderd door Wiesje Lookhuis, die zich in de afgelopen jaren heeft gespecialiseerd in olieverfschilderijen met bladgroente en loofhout als hoofdonderwerpen.

Voor de vis- en vleesgerechten (in uw boek rijkelijk oververtegenwoordigd volgens ons!) werken wij samen met de gevluchte Roemeense fotograaf Ilon Ionesco. Van u verwachten wij alleen een korte, geestige tekst onder elke foto en ieder schilderij.

Misschien kunt u van tevoren een lijstje aan ons opsturen met uw top 100 van uw persoonlijke lievelingsmuziek. Daaruit kiest een panel van elf gewone lezers de beste vijfentwintig die vervolgens door het gefilmde gedeelte van het portret worden verweven.

Persoonlijk ben ik er nog niet aan toegekomen uw boek te lezen. Zou u (liefst zo snel mogelijk!) een korte samenvatting van hooguit vijfduizend woorden kunnen schrijven waar uw boek over gaat, waarom u het geschreven hebt, hoe u op het idee gekomen bent etc.? Gezien de tijdsdruk bij dit soort omvangrijke producties is morgenochtend het handigst.

Na het inkopen van de ingrediënten gaan we verder bij u thuis. Vast onderdeel van het portret is het inpakken van de ijskast. Uw ijskast wordt door twee illusionisten en een boeienkoning verpakt in zilverfolie en hijskettingen. Zelf moet u onder in uw ligbad (als u geen ligbad heeft, wordt dit de doucheput) een sleutel opduiken waarmee u uw ijskast kunt 'bevrijden'. De opbrengst van het aantal minuten dat u binnen de tijd gebleven bent, gaat naar een nader door u te bepalen goed doel.

De maaltijd zelf wordt zowel gefilmd als gefotografeerd als geschilderd. Wiesje Lookhuis is allergisch voor katten. Mocht u een kat hebben, kan die dan één (1) dagje bij de buren? Ik kom nogmaals terug op de tijdsdruk. Gezien de ingewikkelde voorbereidingsprocedure verdient het de voorkeur wanneer ons hele team zich al vanavond bij u thuis meldt. Na een eenvoudige maaltijd (desnoods halen we ergens wat) kunnen we dan vroeg naar bed, om morgenochtend op tijd te beginnen.

Tot slot wil ik nog even herhalen (maar dat is heel persoonlijk) dat ik uw boek nog niet heb gelezen, maar dat ik bij het doorbladeren een paar buitengewoon ongeloofwaardige passages ben tegengekomen. Ik ben gewoon eerlijk. Ik dacht: misschien wordt u al te veel omringd door mensen die u alleen maar bewonderen en u nooit de waarheid durven zeggen.

Wij verheugen ons op vanavond!

met hartelijke groet,

Uinie Pluis
hoofd productie en communicatie *Beter Idee Krijg Je Nooit*

P.S. Beste Herman,
Misschien dat na het lezen van mijn naam bij jou een belletje is gaan rinkelen. Misschien ook niet. Maar ik ben inderdaad dezelfde Uinie die destijds twee tafeltjes achter jou zat op het Erasmus College (eindexamenklas 1972). Je was toen op zijn zachtst gezegd een dromerig type. Niet erg communicatief, om het wat onvriendelijker te zeggen. Als ik jou wat over huiswerk vroeg, keek je me aan of ik je aan een schaaltje bedorven sardines liet ruiken. Je had meer oog voor een ander type meisjes dan ik. Oppervlakkige meisjes vooral. Herinner je je Samantha nog? Die nam je altijd mee achter op je brommer. Op het laatste schoolfeest vroeg ik je ten dans. Je maakte gebruik van de harde muziek om net te doen of je me niet begreep. Nog geen minuut later stond je te tongen met Samantha. Je had toen al aspiraties als schrijver, weet ik nog. Ik vond het altijd een beetje gênant wanneer meneer Van Rooijen weer eens een verhaal van jou voorlas met de toevoeging dat het 'geniaal' was. Niet

zozeer gênant voor ons als wel voor jou. Hoe moet het zijn om als zeventienjarige ten overstaan van een hele klas zo over het paard te worden getild? Nu zie ik je soms bij Pauw & Witteman *en* De Wereld Draait Door. *Daar doe je dan altijd zo gewoon en bescheiden, maar het is een andere uitingsvorm van in wezen dezelfde arrogantie. Arrogantie en onverschilligheid ten aanzien van de gevoelens van anderen. Je geloofde toen al heel erg in jezelf. Dat is niet erg, zolang het niet ten koste gaat van je medeleerlingen. Weet je nog wat je tegen me zei op de laatste schooldag? Nee, dat weet je vast niet meer. Je zei: 'Weet je, Uinie. Je hebt geluk gehad dat je met mij in de klas hebt gezeten. Want als over tien, of twintig, of dertig jaar de kranten en de televisie bij je aanbellen om je naar mij te vragen, zal je kunnen zeggen: "Ja, ik heb bij hem in de klas gezeten. Hij was toen al zo."' Je lachte erbij, maar ik zag aan de blik in je ogen dat het geen grap was. Nu je voorspelling is uitgekomen, hoop ik dat jij er een blij gevoel aan overhoudt. Zo van: zie je wel, ik had nog gelijk ook. Ik houd er in elk geval geen blij gevoel aan over. Ik vond het arrogant en onnadenkend. Zo ga je als mensen niet met elkaar om. Ik hoop daarom dat je straks eerlijk antwoord zult willen geven op een paar vragen die ik voor ons project heb voorbereid. Dat je niet alleen je leuke lachje zult lachen als de camera eenmaal loopt, maar dat je het lef hebt om ook al die nieuwe bewonderaars van nu te vertellen wie je eigenlijk bent.*

je
Uinie

HUISARTS

Lang geleden speelde ik met de gedachte om huisarts te worden. Ik wilde dicht bij de mensen komen – zo dichtbij mogelijk, om precies te zijn. Ik wilde op de rand van hun bed zitten en naar hun verhalen luisteren. Naar hun klachten. Ik zou alles te weten komen over slechte huwelijken, zo redeneerde ik. Over slechte seks en verdrongen verlangens. Ik zou binnendringen in een gezin. Ik zou alles te weten komen over elk afzonderlijk gezinslid: veel meer dan wat zij van elkaar wisten.

Ik dacht aan andere beroemde schrijvers die het schrijven combineerden met het beroep van huisarts. Aan Anton Tsjechov en Louis Ferdinand Céline. Beiden verklaarden dat zij de mens zonder hun beroep van huisarts nooit zo goed hadden kunnen leren kennen. Beiden waren in meer of mindere mate mensenhaters.

Er zijn mensen die niet tegen bloed kunnen. Die mensen worden later als ze groot zijn postbode, of ze beginnen een bedrijfje dat kant-en-klare maaltijden bezorgt bij bejaardenhuizen. Van bloed moet je houden. Ik geloof dat elke arts van bloed houdt, zoals elke brandweerman van uitslaande, door de dakbalken heen brekende vlammen.

Mijn eerste bewuste kennismaking met het bloed vond op

mijn achtste plaats. Ik had een vriendinnetje dat een hoofd groter was dan ik. Samen zouden we bij mij thuis een vlieger maken.
Met een aardappelmesje sneed ik een kerfje in de vliegerstok
waar straks het touw doorheen moest. Ik schoot uit en haalde
mijn halve duim open – in de lengte. Het bloed liep niet uit de
duim, nee, het spoot eruit. Ritmisch. Althans in mijn alles aan-
dikkende en overdrijvende kinderherinnering. Ritmisch op het
ritme van de hartslag, zo hield ik mezelf voor.

'Het is niets,' zei ik tegen het vriendinnetje, terwijl ik een theedoek om de duim wikkelde. Maar het vriendinnetje stond al niet
meer naast me. Ze lag gestrekt op de grond, haar ogen waren gesloten. Mijn moeder gilde toen ik haar de met bloed doordrenkte theedoek voorhield. Mijn vader reed mij naar onze huisarts.
Toen deze de theedoek van mijn duim afwikkelde, ging het spuiten gewoon door.

'Het is niets,' zei ik opnieuw en grijnsde naar de huisarts.
Daarna keek ik weer naar de wond en naar het bloed. Ik kon
mijn ogen er niet meer van afhouden.

'Dit is heel flink van je, Herman,' zei de huisarts, terwijl hij de
wond begon te hechten. 'Ik heb hier jongens zoals jij gehad die al
tien keer waren flauwgevallen.'

Bij thuiskomst zorgde ik ervoor dat mijn vader deze woorden
van de huisarts een paar keer herhaalde. Tegenover mijn moeder, maar vooral tegenover het, een hoofd grotere, en wel flauwgevallen vriendinnetje.

Een schrijver leeft de levens die hij niet zelf kan leven in de
boeken die hij schrijft. Zo ben ik in 1996 gestopt met roken, maar
in mijn verhalen roken mijn personages nog gewoon lekker
door. Ook heb ik mensen die ik in het werkelijke leven haat in
mijn boeken uit de weg laten ruimen, een verdiend pak rammel
gegeven of in een ravijn laten storten. Ik heb ze altijd zo beschreven dat ze precies weten dat het over hen gaat.

In mijn laatste boek, *Zomerhuis met zwembad*, heb ik eindelijk mijn niet geleefde leven van huisarts uitgeleefd. *Huisarts*, luidde zelfs maandenlang de simpele werktitel. Ook de huisarts uit het boek komt dicht bij de mensen – bij zijn patiënten. Te dicht, kun je beter zeggen. Hij ziet nauwelijks bloed. Hij ziet voornamelijk schimmels en eczeem en ingegroeide teennagels. De plekken van het lichaam 'waar de zon nooit komt', zoals hij het zelf formuleert. Hij vergelijkt zijn geknutsel aan het menselijk lichaam met het werk van de Wegenwacht: hij mag de motorkap openen en een paar kabels vervangen, maar voor een grondige reparatie zal de auto toch echt naar de garage moeten.

Halverwege het werk aan *Huisarts/Zomerhuis met zwembad* was ik bij mijn eigen huisarts om mijn oren te laten uitspuiten. Ik vertelde hem waar ik mee bezig was.

'Zulke vieze werkjes als jij nu doet,' zei ik. 'Daar krijgt mijn hoofdpersoon een steeds grotere hekel aan.'

'Een vriend van mij zei dat hij precies om die reden kinderarts was geworden,' zei mijn huisarts, terwijl hij een natte, zwarte prop vuil uit mijn oor zoog. 'Omdat kinderen niet vies zijn.'

Er ging mij een licht op: een licht dat soms een heel boek in een ander, helderder daglicht kan zetten.

'Mag ik dat gebruiken?' vroeg ik.

WAAROM SCHRIJFT U?

'Misschien zijn er ook nog vragen uit het publiek?' zegt de interviewer. 'De schrijver is bereid om al uw brandende vragen te beantwoorden.'

Het tl-licht brandt. Op een tafel staan tachtig koffiekopjes. En
een plastic doos met koekjes. Regendruppels lopen langs de bi-
bliotheekramen naar beneden.

'De eerste vraag is altijd moeilijk,' zegt de interviewer.

Er is voorgelezen uit eigen werk. De interviewer heeft de
schrijver vervolgens naar de terugkerende thema's gevraagd. Hij
zei het nog net niet hardop, maar hij bedoelde de *te vaak terugkerende thema's*.

'Je hebt twee soorten schrijvers,' had de schrijver geantwoord.
'De een probeert elke keer iets nieuws. De ander schrijft elke keer
hetzelfde boek.'

Hij had zijn blik over de hoofden van de toeschouwers laten
glijden. Zijn eigen antwoord had hem in de oren geklonken als
een klok die om twaalf uur precies twaalf keer slaat. Maar de gezichten van de toeschouwers – voor het merendeel vrouwen met
praktisch geknipt haar – stonden ernstig.

De geur van koffie begint op te stijgen naar het tl-verlichte
plafond. De schrijver denkt aan het flesje bier dat hij straks aan

zijn mond zal zetten. Het zal enige moeite kosten: de bibliothecaresse zal na een lange zoektocht door gangen, langs boekenstellingen en achter kopieerapparaten ergens een flesje bier weten op te duiken.

'Er was er nog eentje,' zal ze zeggen.

Er wordt naar een opener gezocht. Na een kwartier wordt die opener zelfs gevonden. Het bier zelf is op kamertemperatuur.

'Iemand zou het voor u in de ijskast hebben moeten zetten,' zal de bibliothecaresse zeggen, 'maar diegene heeft zich vanochtend ziek gemeld. We kampen trouwens met meer zieken.'

Een bromvlieg is de bibliotheek binnengevlogen en botst tegen de tl-buizen. *Als in een verhaal van Anton Tsjechov,* mijmert de schrijver. Hij hoort het suizen in zijn oren. Hij denkt nu aan zijn auto. Zijn eigen auto op de parkeerplaats buiten de bibliotheek. Op het moment waarop hij straks de motor start, zal het leven opnieuw een aanvang nemen.

'Daar zie ik een vinger,' zegt de interviewer.

Je hebt praktisch haar en praktisch haar. Je hebt tuinen met kunstgras en tuinen met alleen tegels. Dit is een tuin met alleen tegels.

'Waarom schrijft u?' vraagt de vrouw.

'Heeft iedereen de vraag verstaan?' vraagt de interviewer. 'Anders zal ik hem nog even herhalen. Waarom schrijft u? wil mevrouw weten.'

De bromvlieg brandt zijn vleugels aan een tl-buis en stort neer in de plastic doos met koekjes.

'Graham Greene heeft ooit gezegd: "Ik begrijp de mensen niet die niet schrijven,"' antwoordt de schrijver en laat zijn blik opnieuw over de hoofden van de toeschouwers glijden. 'Ik ook niet.'

Dan is het tijd om eigen werk te signeren. Voor de signeertafel vormt zich een rij.

'Kunt u erin zetten: "voor Wenstinieleinde, met veel leesplezier"?' vraagt een vrouw bij wie één plukje kunstgras over haar oorschelp kietelt.

'Is Wenstinieleinde met een korte of een lange ij?' vraagt de schrijver.

'Wilt u misschien een kopje koffie?' vraagt de bibliothecaresse. 'Onze medewerkster die het flesje bier voor u zou gaan zoeken heeft zich vanochtend ziek gemeld. We kampen met veel zieken. Zelf ben ik ook ziek maar ik ben toch gekomen.'

De bromvlieg is nog niet dood. Hij probeert onder de koekjes uit te komen en weer op te stijgen.

'Het is voor mijn man,' zegt de vrouw die heeft gevraagd waarom de schrijver schrijft. De tegels op haar hoofd liggen zo dicht tegen elkaar aan dat er geen gras tussen de voegen kan groeien. 'Hij had heel graag zelf willen komen maar hij is ziek. Hij heet Uijnst.'

'Is dat met een lange of een korte ui?' vraagt de schrijver.

In het haar van de volgende vrouw die haar boek op de signeertafel legt, onderscheidt de schrijver een verroeste driewieler, een lege krat bier en een al jaren niet meer gebruikte zandbak waar nu kennelijk de katten uit de aangrenzende tuinen hun behoefte in doen.

'Zou u erin willen schrijven: "voor Draapkreft",' zegt de vrouw, '"ik hoop dat je al dood bent als ik je dit boek vanavond cadeau geef. Of dat je uit jezelf weg bent gegaan, zonder moeilijke afscheidsbriefjes op de keukentafel. Ik hoop dat je het op een nette manier doet, zodat ik niet straks allerlei losse rommel moet identificeren."'

De schrijver wist niet dat bromvliegen zo sterk zijn dat ze een heel koekje de lucht in kunnen tillen – maar het kan blijkbaar, zolang je het met je eigen ogen kunt zien.

'Ik heb nog één laatste vraag,' zegt de vrouw wanneer de

schrijver de opdracht voor in zijn boek heeft geschreven. 'Die ik daarnet niet durfde te stellen.'

In gedachten start de schrijver zijn auto op de parkeerplaats. 'Gaat uw gang,' zegt hij.

'Is dat nou voor een groot deel autobiografisch wat u hier zo op zo'n avond meemaakt?'

IN MEMORIAM

DOOR HERMAN KOCH ACHTERGELATEN LEEGTE
WAS AL LANGER VOELBAAR

De gisteren op het station van Lamswaarde aan uitputting bezweken Herman Koch werd in 1953 in Arnhem geboren, maar verhuisde al op zijn tweede met zijn ouders naar Amsterdam. Hij zat daar later op het Montessori Lyceum, maar werd van school gestuurd. Toch begon Koch daarna aan een studie. Hij studeerde drie maanden Russisch, en koppelde aan deze studie ook reizen. Zo werkte hij een jaar op een boerderij in Finland.

Vijftien jaar lang zat Herman Koch iedere ochtend bij de telefoon te wachten op de dag dat de Nobelprijs wordt uitgereikt. Wanneer hij voor de zoveelste keer hoorde dat hij hem weer niet gekregen had, schudde hij meewarig zijn hoofd.

'Jonathan Franzen?' mompelde hij dan. 'Is dit serieus?'

Of: 'Daniel Kehlmann… Een Duitser, het is mij volkomen duidelijk. Nee, ik klink helemaal niet teleurgesteld. Waarom zou ik teleurgesteld moeten klinken?'

Toen hij hem uiteindelijk toch kreeg, moest het hem door een verpleegster worden ingefluisterd. Desalniettemin maakte Koch niet de indruk dat hij het begreep. 'Ach, ach, ja, ja,' zei hij, en dutte vervolgens weer in.

Met zijn veertig jaar jongere laatste vrouw Katia, van Sloveense afkomst, raakte hij in een ernstig conflict verwikkeld over de rechten op zijn vroege werk. Een week geleden liet hij al die rechten na aan een organisatie ter bescherming van daklozen, en nam met zijn jongste dochter, Julia, de trein naar het zuiden. Op het station van Lamswaarde kreeg hij koorts. Het was herfstig weer. Er lagen blaadjes op de rails en er was ook iets met een bovenleiding. Daar, in de niet-rokenruimte van het station, kwam er gisteravond een eind aan 'de lange reis die leven heet', zoals hij het zelf verwoordde in misschien wel zijn bekendste boek, *Jij niet, muis!* (2024).

Ik heb zijn boeken nog eens herlezen. De meeste zijn goed. Gisteren heb ik hem nog proberen te bellen, maar hij nam niet op. Ook dat laatste tekent Herman Koch ten voeten uit, zowel tijdens zijn leven als na zijn dood.

VERANTWOORDING

'Korte geschiedenis van het bedrog' is in verkorte vorm als radioboek uitgezonden. De langere versie is door Herman Koch uitgesproken in maart 2010 aan de TU Delft, waar hij in 2010 gastschrijver was.

'Zuipen en de rest net als vroeger' verscheen eerder in *Het volle leven. Herinneringen aan Gerard Reve*, Uitgeverij De Bezige Bij, Amsterdam, 2006.

'Gérman & La Naranja Mecánica' verscheen eerder in *Halve finale* EK '88. *Nederland-Duitsland*. Uitgeverij Carrera, Amsterdam, 2008.

'Tinkerbell' verscheen eerder in *Hard Gras 67*. Uitgeverij Nieuw Amsterdam, Amsterdam, 2009.

'Nederland-Spanje 0-1' verscheen eerder in *Hard Gras 73*. Uitgeverij Nieuw Amsterdam, Amsterdam, 2010.

De verhalen in de afdeling *De weg kwijt* zijn eerder verschenen in *Propria Cures*, in 2008.

'Over de lengte van een gang' is eerder verschenen in *Hard Gras* en als *Literair Juweeltje*. B for Books, Maartensdijk, 2010.

'Open zee' verscheen eerder met de titel 'Plons'. Uitgeverij Voetnoot, Amsterdam, 2011.

'Wind uit het noorden' verscheen eerder in *Stervensuur. Acht literaire thrillerverhalen.* Met een voorwoord van Bas Heijne. Anthos, Amsterdam, 2010.

'Over de leegte van een stadion' verscheen eerder in *Hard Gras 57.* Uitgeverij Nieuw Amsterdam, Amsterdam, 2007.

'Eten met Herman Koch' verscheen eerder in *Titaantjes waren we. Schrijvers schrijven zichzelf.* CPNB, Amsterdam, 2010.

'Huisarts' verscheen eerder in *Arts & auto.*

'Waarom schrijft u?' verscheen eerder bij Holland Park Press, Londen, 2011.

'In memoriam' verscheen eerder in *Tirade 438.* Uitgeverij G.A. Van Oorschot, Amsterdam 2011.

'Sadako wil leven', 'Virginie, *c'est moi*', 'Verzorgde reis', 'Aan de grens', 'De voorbijganger', 'De weg naar de kust', 'De bewondering', 'Betreft: mijn bovenbuurman', 'Man in het gras', 'Droge Sandra', 'Kick Off 2', 'Nog één spaatje voor Hristo', 'Doorgespeeld', 'Geen agenda', 'Overval', 'Ansichtkaart uit Guernica' en 'Schrijven & drinken' stonden eerder in de bundels *De voorbijganger* (Uitgeverij Meulenhoff, Amsterdam, 1985), *Geen agenda* (Uitgeverij Meulenhoff, Amsterdam, 1998) en *Schrijven & drinken* (Uitgeverij Meulenhoff, Amsterdam, 2001).